谭正璧学术著作集

中国文学进化史
诗歌中的性欲描写

谭正璧 著

上海古籍出版社

图书在版编目(CIP)数据

中国文学进化史 诗歌中的性欲描写 / 谭正璧著.
—上海：上海古籍出版社,2012.12(2015.1 重印)
(谭正璧学术著作集)
ISBN 978 - 7 - 5325 - 6684 - 6

Ⅰ.①中… Ⅱ.①谭… Ⅲ.①文学史- 中国 Ⅳ.
①I209

中国版本图书馆 CIP 数据核字(2012)第 236635 号

本书由上海文化发展基金图书出版专项基金资助出版

谭正璧学术著作集

中国文学进化史

诗歌中的性欲描写

谭正璧 著

上海世纪出版股份有限公司 出版
上 海 古 籍 出 版 社

(上海瑞金二路 272 号 邮政编码 200020)

　　(1)网址：www.guji.com.cn

　　(2)E-mail：gujil@ guji. com. cn

　　(3)易文网网址：www.ewen.co

上海世纪股份有限公司发行中心发行经销

江苏金坛古籍印刷有限公司印刷

开本 890×1240 1/32 印张 9.625 插页 3 字数 25,000

2012 年 12 月第 1 版 2015 年 1 月第 2 次印刷

印数：1,301—2,350

ISBN 978-7-5325-6684-6

Ⅰ·2631 定价：36.00 元
如有质量问题，请与承印公司联系

出 版 说 明

　　谭正璧(1901—1991),字仲圭,上海嘉定黄渡人,中国农工民主党党员,著名的俗文学研究家、文史文献专家、作家和教育家。曾就读于江苏省立第二师范,肄业于上海大学。先后在上海女校、上海美专、震旦大学、齐鲁大学、山东大学、华东师范大学执教,历任中国作家协会代表,上海市文史研究馆馆员。自 1920 年起开始发表作品,成果斐然,著作等身(作品有 150 种之多,总字数逾千万),在多个领域都取得了骄人的成绩。今年是谭正璧先生 110 周年诞辰,我社决定把谭先生的学术著作结集出版,以飨读者,以纪念谭正璧先生。

　　此次收入的作品共 15 种分 13 册,具体如下:《中国文学进化史》、《诗歌中的性欲描写》、《中国女性文学史》、《女性词话》、《中国小说发达史》、《话本与古剧》、《元曲六大家略传》、《三言两拍源流考》(上下册)、《弹词叙录》、《木鱼歌 潮州歌叙录》、《曲海蠡测》、《古本稀见小说汇考》、《评弹通考》、《螺斋曲谭》、《评弹艺人录》。这是谭先生的作品第一次结集,上列最后两种(《螺斋曲谭》与《评弹艺人录》)是谭先生未发表过的遗稿。其他几种都曾经出版过,其中《中国文学进化史》、《诗歌中的性欲描写》、《女性词话》、《中国小说发达史》四种建国后未重版,此次分别以 1929 年光明书局版、1928 年光明书局版、1934 年中央书店版、1935 年光明书局版为底本。另外九种皆以建国后出版的通行本为底本。此次结集,在尽量保持谭著原貌的同时,也做了很多查漏补缺、辨讹正谬的工作。特别是《三言两拍源流考》,此书为谭先生积数十年之力而成,共90 万字左右,1963 年我社曾付型,但由于政治原因未能出,直到

1980 年才得以《三言两拍资料》之名面世，又因为种种原因删掉了近一半的篇幅。此次出版不但恢复了原名，而且把当初删掉的内容也尽可能一一复原，使读者可见当日之全豹。

此集由正璧先生哲嗣谭壎、谭篪合编，所收 15 种作品基本按撰述时间的先后来编排。正璧先生 1980 年后因眼疾不能视物，由女儿谭寻代笔，父女二人合作继续著述，故自《弹词叙录》起撰者皆曾署父女二人之名，此次结集为统一体例，著者仅署谭正璧名，特此说明。

2011 年 11 月

总　目

序　言

璧　华[*]

为纪念谭正璧先生 110 周年诞辰，上海古籍出版社把先生的十五种学术论著（包括两种遗稿）结集出版，它的面世，将会推动中国文学史和俗文学学术研究的进展，可以说是学术界的佳音。

作为曾亲炙经年的学生，我明知力不从心，仍然勉为其难地撰写了这篇序言，阐述先生的学术成就和学术贡献。

演变进化的文学史观

不论在中国文学史还是在俗文学的研究中，贯串作品的主线都是先生演变进化的文学思想。他在 1929 年出版的《中国文学进化史》的第一章第三节《进化的文学史》中指出，文学的定义是："叙述文学进化的历程和探索其沿革变迁的前因后果，使后来的文学家知道今后文学的趋势，以定建设的方针。"

---

* 璧华，本名纪馥华，山东大学中国语言文学系毕业，香港大学哲学硕士。长期从事教科书编辑工作，曾任香港现代教育研究社、新亚洲出版社、文达出版社、麦克米伦出版香港有限公司中文总编辑。同时从事文学评论、中国古代文学研究工作。

著作有：文艺随笔《幻美的追寻》、《意境的探索》；散文集《夜半私语》；文学评论集《中国新写实主义论稿》（一、二集）、《香港文学论稿》。编纂的选集：古代的有《庾信诗赋选》（与谭正璧合编）、《李白》、《李商隐》、《陶渊明》、《中学文言读本》等；现当代的则有《中国现代抒情诗一百首》、《台湾抒情诗赏析》、《香港小说赏析》（与舒非合编）、《鲁迅与梁实秋论战文选》、《中国新写实主义文艺作品选》（二至七编，与杨零合编）。

照上述定义看来,文学史的使命有两种:

"一是叙述过去文学进化的因果,所以退化的文学应当排斥于文学史之外;一是指示未来文学进化的趋势,当然在希望现在文学家走上进化的正轨。"①

这种文学进化观不但运用在文学史著作(包括《中国小说发达史》)中,也运用到俗文学的探索中去。在《话本与古剧·玉堂春的故事演变》中,先生对戏曲家阿英认为《玉堂春》出于弹词的看法提出异议,说阿英因此认为玉堂春故事的演变,是由繁复到单纯的观点是违反了文艺内容进化的原则。照文艺内容进化的原则"无论哪个故事的演变只有由朴素到丰赡,而从没有由繁复而倒转为单纯的",这是一切文艺作品中几乎没有一个故事是例外。"所以,《玉堂春》弹词所叙较话本小说和京戏为繁复,这不但由于这几种文艺形式(也就是演出手法)不同,也是由于故事演变的自然趋势。弹词已将话本小说中许多不合理的叙述使之合理,缺漏的地方使之完备"。②

毫无疑问,他的文艺思想深受当时鲁迅文艺思想的影响,例如鲁迅曾在《上海文艺之一瞥》中说:"惟有明白旧的,看到新的,了解过去,推断将来,我们的文学发展才有希望。"③这种观点对他的文学进化论思想多所启发,而且他非常喜欢鲁迅的《中国小说史略》,曾毫不掩饰此书对自己著述的影响:"我一读到即爱不忍释,从它里面窥见了中国小说园地奇花异卉,万紫千红,又复分科别类,加以分析批判,使人知所抉择,不禁顿开眼界,观赏不尽,并由此获得中国古典小说的全貌。也引起了我从事这项研究的雄心。"④1935

---

① 谭正璧:《中国文学进化史》,第 10 页,上海光明书局印行,1932 年再版。

② 谭正璧:《话本与古剧》,第 155—156 页,上海古籍出版社,1985 年版。

③ 鲁迅:《上海文艺之一瞥》,见于《鲁迅杂文全编》第三卷,第 112 页,人民文学出版社,2006 年版。

④ 谭篪:《破土而出夜明珠——谭正璧传记》(未定稿),2010 年版。

年出版的《中国小说发达史》是在鲁迅《中国小说史略》发表十年后修订本出版前编写的,那时他已经陆续搜集到许多宝贵的小说新资料。《自序》中陈述自己撰著的动机以及该书的特色时说:"编者素嗜通俗文学,于小说尤有特殊爱好,窃不自揆,因将十年来浏览所获,尽加网罗,参之周氏原作,写成《发达史》二十余万言。书中对于每一时代某种作品所以发生或其所以发达的历史原因或社会背景,尤三致意焉。"①但是他并非萧规曹随,而是在鲁迅《中国小说史略》的基础上有所发展,特别是在作家的介绍,社会文化背景的分析等方面均更为详尽,而且有自己独特的见解。

不能不提及胡适的"历史进化的文学观"于先生的影响,从《中国文学进化史》中把长期处于边缘地位的元代杂剧、明清小说拉入中心地位,而把正统的载道文学驱逐出去,可资证明。先生思想开放,对各种学派均能兼收并蓄,海纳百川。②

探索俗文学不遗余力

先生的约一百五十种著作几乎囊括文学的所有领域,其中以研究中国文学史和探讨中国俗文学成就最大,尤以对俗文学的钩沉辑佚、掘隐发微最为人所称道,硕果累累,是先生留给后人最为宝贵的学术遗产。《著作集》中所收的十五种作品,除了三种是文学史(《中国文学进化史》、《中国小说发达史》、《中国女性文学史》)外,其余十二种均属于后者的专著。当然在文学史著作中亦不乏对通俗文学探讨的成果混合其中。

---

① 谭正璧:《中国小说发达史·自序》第1—2页,上海光明书局印行,1935年再版。

② 胡适:《胡适文集·文学进化观念与戏剧改良》:"第一层总论,文学的进化:文学乃人类生活状态的一种记载,人类生活随时代变迁,故一代有一代的文学。""文学进化观念第二层意义是:每一类文学不是三年两载就可以发达完备的,须是从极低微的起源慢慢地渐渐地进化到完全发达地位。"第三卷第90—91页,人民文学出版社,1998年版。

先生在上世纪四十年代开始研究中国戏曲,他曾自述道:"1940 年……曾在新中国医学院教书,又由赵景深介绍,在华光戏剧专科学校任教(孔另境所办),教授中国戏曲史,亦由此开始进行有关戏曲方面的研究。"①在《话本与古剧》中,有一篇《无声戏与十二楼》就是始写于 1940 年 10 月 15 日,而这本书的上卷《话本之部》的八篇文章皆写于 1940 年至 1945 年间,可见在此期间先生探讨通俗文学所花费的心力。

建国初期,由于政治比较开放,学术研究颇受重视,先生生活较稳定(有固定的工作),居处尚安定,在此十年间,于探索俗文学方面收获甚丰。具体成果为:《话本与古剧》(1956 年),《清平山堂话本校注》(1957 年),《元曲六大家略传》(1955 年);1958 年起开始编写《明清说唱文学文献集》,1959 年完成《三言两拍本事源流考》初稿九十余万字。由于错误路线的干扰,十年动乱期间,先生的学术研究被迫中止。改革开放之后,为了找回白白失去的时间,他很快投入久违了但却时刻挂在心上的说唱文学的探索工作中去,而且取得了骄人的成绩,作品陆续付梓,出版了《三言两拍资料》(1980 年),《弹词叙录》(1981 年),《木鱼歌 潮州歌叙录》(1982 年),《曲海蠡测》(1983 年),《古本稀见小说汇考》(1984 年),《评弹通考》(1985 年)。②

从以上的出版速度,可以看出先生是在追赶时间,他希望在有生之年(此时已年逾八旬,精力大衰)为祖国的通俗文学做出更多更大的贡献。

先生在学术上的巨大成就是和他勤奋、严谨、一丝不苟的治学精神和治学态度分不开的。请读先生的自述:"我今年逾八

---

① 谭篪:《破土而出夜明珠——谭正璧传记》(未定稿),2010 年。
② 著作出版时间表,均见谭篪编《谭正璧年谱》,刊《嘉定文史资料》第 28 辑,2010 年 1 月。

句，又经过十年内乱，双目几瞍，精力大衰，已不能如往昔之勤力写作。回想一生所写文章，大都专务实学，不尚空谈，所以一书一文之成，往往积年累月，专力于推敲词句，引经据典，有时引据不得，翻箧搜架，至于废寝忘食。但自壮至老，从不觉其苦，反觉其乐无穷。"①

这种敬业乐业的精神跃然纸上，读之能不令人动容？使人联想起19世纪德国伟大作曲家贝多芬，双耳失聪，仍然完成并亲自指挥了不朽的《第九(合唱)交响乐》的演出。

先生严谨的治学态度可从他编写《明清说唱文学文献集》看出，先生把弹词等说唱文学列为中国文学体裁的一种，与小说、戏曲等量齐观，此前曾在李家瑞《说弹词(曲海总目)》一文之末见有"将来材料集中一点，想仿黄文旸《曲海总目》之例，作《弹词提要》一书，替中国弹词记一笔细帐"。但是书成与否未见下文，因此先生亦有为说唱文学作品作叙录的夙愿，但范围要较李氏拟编的《弹词提要》为广。1958年起先生即开始《叙录》的编写工作。他先从《木鱼歌 潮州歌叙录》着手，分题摘录每种作品内容大要作为底稿。每阅一书，卷少者可不需竟日，卷多者竟达兼旬，阅毕全书即草一篇，前后共阅读说唱文学作品近千种，编写大要亦近千种，共约二百余万言。历七年之久，全部摘录工作始告完成，然后发凡起例，去芜存精，节缩文字，并附以考证。②

由上述事例可见先生在学术方面主动担任起了繁杂、琐碎、繁重的工作，甘在他人前进的征途上铺路。这种工作，难度极大，若没有不畏艰难、持之以恒，做时"不以为苦，反觉其乐"的精神，是根本无法完成的。

先生的叙录著作不是后世所谓的，只提出要点的书目类著作，

① 谭正璧：《曲海蠡测·自序》，浙江人民出版社，1983年版。
② 谭篪：《破土而出夜明珠——谭正璧传记》(未定稿)，2010年，第111页。

而是经过整理,对每部图书经校勘不同版本,按内容分列篇目,陈述其源流得失,写成简要介绍的那类。

从 1982 年出版的《木鱼歌 潮州歌叙录》中可以看出作者对叙录工作的细致认真的态度。每一作品叙录,概依下列次序编写:(一)版本方面。分作品全称,作品卷回数及回目形式,作品所署作者姓名或列号,出版堂名或局名,曾见著录于某种书目;(二)内容方面。分全书本事大要,本事来源及影响,同题材的他种文艺作品。为了检阅的方便,将 342 种木鱼歌和潮州歌依书名笔画多少依次排列,作者还在上编卷首附有《释木鱼歌》,下编卷首附《释潮州歌》,两篇系对木鱼歌和潮州歌作综合性研究的心得,为的是让读者可以借此获得对两种说唱文学作品的全面认识。① 在《释木鱼歌》的考证中推翻了以往认为"木鱼书"源自刘三姐,特别是源自乾隆光绪年间盛行于华北、东北地区的曲艺子弟书的说法,认为"木鱼书"有不同方言语系,"直接发展是很难的",根据一般诗歌历史发展规律来推测,民间文学是无法离开民歌、民谣而开花结果的,于是结论为木鱼歌"最先它是从地区的民歌、民谣的基础上发展起来的,后来又受到外地民间说唱文学的影响而更丰腴、壮大",其"演变过程",确是"错综复杂"的。②

《木鱼歌叙录》1979 年订正完毕,1980 年 12 月,中国古典文学权威学术刊物(《文学遗产》第三期)破天荒地发表了《释木鱼歌》七节中的五节(二万余字),有人认为是"文化大革命"后拨乱反正的进取历程对"雅文学"学术的反悖,我则认为是文章内容的坚实及富创见所致。有一位学者如此评论道:"一个非粤籍人士而去研究广州话方言粤调歌体,其学术难度和所需学术品格,直令粤人学者

---

① 谭正璧:《木鱼歌潮州歌叙录·例言》,书目文献出版社,1982 年版。
② 谭正璧:《木鱼歌潮州歌叙录·例言》,《释木鱼歌》第四节《木鱼歌从起源到发展》,第 14—18 页。

深感无为和汗颜，其钦佩之情，油然而生。"①

在叙录作品中，《话本与古剧》是最具功力的作品之一。这本著述于1956年出版，一年之内共印三次，虽仅印万册，却曾风行一时。不但受到国内学者重视，广为征引，即国外汉学家亦多所引用，而且有撰专文介绍，可见影响深远。其中《唐人传奇给与后代文学的影响》、《三言两拍本事源流述考》、《玉堂春故事的演变》以及《宋杂剧金院本与元明杂剧》等等，都能通过细密的考证，把相同的作品于不同时代，在内容和形式上的表现进行比较，从发展的观点看出其间的影响和相异之处。例如：《唐人传奇给与后代文学的影响》，作者指出：唐人传奇有一为后代小说所少有的特点，就是题材多数为创作。而且取材范围也扩大，除神话由零星进步而为首尾具备，"嘉言"、"懿行"也由片断进步而为整篇的别传外，在民间流行而为大众所爱好的有关恋爱与豪侠故事的传记，也被传奇家开始取用。因此，它的内容非常丰裕，给予后代文学的影响也非常之大。宋、元、明、清四代的白话小说、唱词及戏剧，时常袭用它们所创造的题材。有的还"青胜于蓝"，写出中国文学史上不朽的名作。例如元稹的《莺莺传》，王实甫改编为元杂剧《西厢记》；蒋防的《霍小玉传》，汤显祖改编为明代传奇《紫钗记》。② 在《玉堂春故事的演变》一文中，作者以话本小说和弹词中故事的方方面面作了详细的比较，发现后者的安排更为合理、情节更为错综复杂、更为动人，从而考证出后者是改编自前者，是从前者脱胎而来，绝非相反，相当是有说服力。③

先生一丝不苟的考证实践使我想起胡适的一番话："我……处处想撇开一切先入的所见，处处有一个搜求证据的目的；处处尊重

① 《符公望作品集》附录（摘自百度网"谭正璧"相关条目）。
② 谭正璧：《话本与古剧》，第69—70页。
③ 谭正璧：《话本与古剧》，第155—156页。

证据,让证据做向导,引我们相当的结论上去。"①这应该是所有忠实于学问的学者必然持有的治学态度吧。

资料丰富,考证缜密

引用资料十分丰富,这是先生学术著作的特色之一。他治学严谨,一丝不苟,一本书、一篇文章中的每一个观点,他都要找出充足的资料来支撑证明,他真能做到胡适所说的"有几分证据,说几分话"。② 想做到这点,必须广泛搜集资料,这全靠他长时间千辛万苦去网罗得来的二万册藏书,其中不少是罕见的孤本,他自述道:"其中小说、戏曲、曲艺部分都是千种以上,尤得之匪易。他如大部丛书、丛刊及经史子集,几乎应有尽有。故向未有所撰作,需用资料,颇能得心应手,极少向他人借用,在十年动乱之中,十去其九,只能望空兴叹。一般图书馆对古代小说一门仅藏三数珍本,且散处各地,无法借用。""在十年动乱中,由于生活所逼,不得不将其藏书售给旧书店,现在要用,其苦可想而知! 现在有些古籍陆续影印或排订出版,虽双目全瞍,仍嘱其女儿买来。"③

先生作品引用资料的丰富与广泛,很少有学者能望其项背。以《三言两拍资料》为例,这是一本耗费了作者近四十年(1935—1963 年)的光阴参阅数百种书籍(书后"引用书目"共 368 种④),辑成这部六十余万言的书(本来是九十余万言,系删减而成⑤)。供

---

① 转引自沈卫威《认识胡适》,第 170 页,河南大学出版社,1991 年版。
② 转引自耿云志《胡适评传》,第 356 页,上海古籍出版社,1999 年版。
③ 储品良:《耕犁千亩实千箱》(原文见 1985 年《社会科学战线》第三期,后收入人民出版社的《为学和为道》一书中)。
④ 谭正璧:《三言两拍资料》,第 901—925 页《引用书目》,上海古籍出版社,1980 年版。
⑤ 此次结集出版收有三言两拍资料补充进了当初删掉的部分,并恢复原名称《三言两拍源流考》。

中国文学史、中国小说史与古典小说研究者之用。

除了资料引用丰富而广泛外，先生还为资料作了细心地排列，给研究者节省无数的时间和精力，因而获得了戏曲专家吴晓铃先生的高度赞赏，在《元曲六大家略传》的序中说："在这样的资料供给的情况下，人们可以对这六个有名的戏剧作家做进一步的更深入的研究工作，给他们以适当的评价。"①

此外，由于资料的搜集工作是无穷无尽的，因而先生这方面的工作也是无休止的。每出版一本书，他并没有结束搜集工作，而是继续搜集以备再版时补充。例如1930年出版的《中国女性的文学生活》，出版后发现了许多新资料，遂于1934年修订再版，增补入不少内容，并易书名为《中国女性文学史》，"此后数十年中，在读书、教学、著述时复加留心，凡遇与之有关的材料，无论多寡，悉心钩稽，笔录甚勤，准备在适当时机，再加增补修订。至1966年'文化大革命'前夕，已得数万言"。② 1955年出版的《元曲六大家略传》也是如此，再版时除统一体例外，并增入近十年中所发现或刊行之新材料。③

先生的学术著作深受读者的欢迎，不少作品都一版再版，不但畅销四方，而且长销不衰，迄今依然。这是因为其著作有以下特色：一是内容能深入浅出；二是文字浅显易懂，20世纪30年代，白话文兴起不久，当时不少人还是用古文著述，而先生绝对不用深奥难解的古文，即使介绍古人的著作言论也一概用浅近的文字或纯粹白话来阐述；三是先生思想开放，勇于接受新思想新观点，不存偏见，能海纳百川，丰富自己，壮大自己。因此相信这套结集的出版，一定会受到俗文学研究者和俗文学爱好者的

① 谭正璧：《元曲六大家略传》，古典文学出版社，1957年版。
② 谭正璧：《中国女性文学史新版自序》，天津百花文艺出版社，1991年版。
③ 同注①。

热烈欢迎。

两代人心血的结晶

在简述谭先生学术贡献时，不能不述及帮助他完成这些著作的女儿谭寻。早年先生即有夫人相助，完成《中国文学家大辞典》等著作。自夫人因病亡故后，谭寻一直是他的得力助手。经历十年动乱，步入耄耋之年的先生双目几近失明，百病缠身，脑又健忘，实际已部分丧失工作能力，再也不可能亲自阅书捉笔，更是全赖谭寻帮他检索资料、援证考实，整理修订而得以完成多部著作。她默默无闻地把自己的青春贡献给文学事业，令人感佩。这套《学术著作集》凝聚了两代人心血的结晶。

2011 年 9 月 9 日写成于香港中央图书馆

中国文学进化史

序

五年之前，我在上海神州女校任教职，也在和今年同样的明媚的春天，偶然一时高兴，终天埋首于宝山路旁一间小楼里的窗下，费去了两个多月的光阴，编成一本五万余言的《中国文学史大纲》。明年九月，由印刷所送到书局里去发卖。到今年一月，不知不觉的已经五版。我写这段事实，并不在要夸张这本书销路之多，只在表示我内心的抱愧。这本书实在是太简陋！但是，如果贡献给一般欲人文艺之门而未得途径的青年，那么这本书还不至于完全成为废物。如果采用为学校教科书，那就要使我汗颜三日了。然而事实还是事实，各省的学校采用为课本，却一年多似一年，我既不能强人不用，那么只有改编的一法。"改编""改编"，说了也将近两年，朋友们盼望着，许多读者也期待着，自己的良心也催促着。到了今年的春天，自己觉得再也不该不践前言了，于是辞去了所担任的两个学校之一的课程，屏绝一切，终日埋首写字台上，一字一字，一行一行，一页一页地写下去，到今天总算告了成功！

本书的内容和体裁，和前书已完全不同，字数也增多了四倍。起初本拟改编，结果却成了另编，这事在我并不以为失望，反而觉得欢喜。当然，积加了五年来研究的经验，家里的藏书也至少比当时增多了六七倍，内容既然扩大，材料也比较丰富，自然再不至弄成前书那样的简陋和肤浅。但我并不是说，本书已满足我的希望，也不是自诩为成功。我的意思，以为多积了五年研究的经验，无论表现的技术是否有进步，总是比作前书时见解要深切些，至少，错误可减少些。能到这样地步，不是已可以使我稍赎前愆吗？

本书有一个和别人所编的中国文学史不同之点，也是我自以为本书的特点,就是不以历史为文学,不叙"载道"的古文。这一点,或许要为国内一般传统文学家所不满。但是他们既尊重传统文学,主张已和我根本不同,当然无赞成之理。就是我,也不需要他们的谅解。我所要求一般读者原谅的,就是我这次抱了采用现成主义,叙述作家的身世,作品的内容,在别人著的文学史上或其他的书本上有使我读了满意而适为本书需要的,往往不很更改,照样录入。我以为文学史是编的,不一定要作(能作果然最好),既称为编,就不妨采用现成的好材料。况且学术为天下公器,学者有一种新发明,当然愿公之天下。经人采用后,更能借以传之久远,在发明者丝毫无所损失。至于改头换面式的虚伪的重述,更大可不必。依照他人的文字的内容而用自己的文字来重述,不但反着了窃取他人发明的痕迹,也使读者因全书为编者一人的手笔而引起单调的感觉。因为这种种原因,就老实不客气地照我主张做了。

特别要谢谢下列诸书的作者,他们所给予我的帮助,我一时说不出他的衡量来。总之,有了他们,使我省了许多许多的参考原书和整理材料的工夫,也使本书完成的日子得以提早,以及其他说不尽的种种。

一	《文学大纲》	郑振铎
二	《白话文学史》	胡　适
三	《中国文学小史》	赵景深
四	《中古文学概论》	徐嘉瑞
五	《中国文学研究》	郑振铎
六	《乐府古辞考》	陆侃如
七	《唐宋传奇集》	鲁　迅
八	《词选》	胡　适
九	《宋词研究》	胡云翼
十	《宋元戏曲史》	王国维

其他零星的参考书，虽未能一一详列，但一样十分感谢！

本书第十一章里叙"弹词文学"一节，本拟独立为一章，因参考乏书，只能写成这样的一段。在国内，关于弹词的材料实在太少了，除郑振铎君偶一搜集而编为目录及范烟桥君略为编入他的《中国小说史》外，再也找不见其他可靠的材料。这种材料正和其他通俗文学一样，有待于向国外去搜求。我在此期望着，有到国外去的机遇的文学研究者，在世界各地著名的图书馆或博物院内加以特别的留意。如能满载而归，那在中国文学史上又得大书特书了。

既已成书，当然出版，不说什么谦虚的话了。漏误的地方，诚恳地望一般读者加以不客气的指正！

　　　　　　　　　　　　　　　七，一八，正璧于黄渡

目　录

一 文学与文学史

过去的文学观

我们现在要研究文学进化史,当然应该先问: 什么是文学,什么是文学史,"进化"二字在文学上及文学史上的意义怎样?

"文学"这两个字的意义,因在中国古书上没有一定的解释,名辞也并不固定,所以很容易引起一般人的误解。吾们单从"文学"这名辞去搜寻它的意义和解释,就已有下列三种的不同:

1.《论语》上孔门四科之一的"文学",是博学的意思,也就是学问的意思。当时所谓的学问,是专指诗书一类,所以又转而为诗书的意义。诗书不过是六艺的一部分,六艺齐备,方得谓之博学,故又转为指六艺的全部。总之,"文学"是指当时学者所应有的学问,这是毫无疑义的。

2. 因为学问称做文学,转而称治学问的和有学问的人做文学。《韩非子・问辨篇》所谓"此世之所以多文学也"一句中的"文学"两字,就和现代新谓"学者"两字的意义完全相同。

3. 到了秦汉时,因为任官吏的人,都是有学问的人,所以又称官吏做"文学"。如蒙恬做狱典官,史称狱典文学;汉令通一艺以上,补文学掌故,郡国举贤良文学,都是这个意思。魏晋以后,还有这个名义存在。

上述的三种解释,意义虽各有所属,但是都从学问的一义上转成,并非各不相关。在这里,我们可以断定我们中国古代所称的文学,是指任何一切的学术,和后人称为"文章"的文学,还是不同。后人所称文章,不过把应用文和艺术文合在一起,至于天文、数学、医药等学,并不牵涉在内。过去的中国文学史,因为根据了中国古代的文学定义,所以成了包罗万象的中国学术史。这种差误,沿自古代,吾们实不该去苛责现代的作者。

吾们再把古代类似文学的意义的名辞举出几个来:

1. 文 《论语》"行有余力,则以学文","博吾以文,约吾以礼"。这两个"文"字,和"文学"这名词在当时的意义全同,都作学问解。至于"独体为文,合体为字"的"文"字,系文字学上的名词。有几种文学史的作者,把文字的变迁也一一叙入,大概把"文学"的"文"字,又误解作"文字"的"文"字了。

2. 辞 《论语》"辞达而已矣","修辞立其诚"。这两个"辞"字,和后代所称"文章"的意义已差不多。但不是"文章学"和"修辞学",而是广义的文学。

3. 文章 《论语》"夫子之文章,可得而闻也"。这"文章"两字,是指用文字组成的篇章,和后代所称"广义的文学"的"文章",意义也微有不同。

我们总括上面的三个名词的意义,只有"辞"和"文章"两义,和现代所谓文学的意义最是相近。但都只说了一个名词而没有说出内容,仍不能使人明白它的定质究竟怎样。到了晋代,就有"文""笔"的分别:"文"指"纯文学","笔"指"杂文学";一即狭义的文学,一即广义的文学。陆机的《文赋》,就只就狭义的文学说,不过仍不免搀混进一小部分的杂文学。到了梁昭明太子编《文选》时,"文""笔"的界限始有更显明的分别,且完全确定了文学的观念;他大胆地排除"经""子""史"于文学范围之外,他只以"事出沉思,义归翰藻"的当做文学。《文选》的不为现代文学者所唾弃，并不在材料的可贵，完全在他这种大胆的见解上。他的兄弟梁元帝也说："吟咏风谣，流连哀思者谓之文。"也属同一的见解。但是"物极必反"，在晋南北朝期间纯文学极盛时期，就惹起一位文学批评家刘彦和的反动，他将前人"文""笔"之分完全推翻，仍旧回复了古时"兼有六艺"的文学的意义。

唐时，那位所谓"文起八代之衰"的韩愈，提倡了"文以载道"的谬说，深入一般文人心理。于是小视诗歌，唾弃小说，除了"明道"以外无文学，此风历宋、元、明、清而不改。此时虽有许多甘愿不入圣庙吃冷猪肉的小说和戏曲作家，可是作品因不见重于士林而动遭散失。中国的小说和戏曲有了将近千年的历史而未能立足于世界文艺之场，就因此故。

在最近，章太炎也曾下过一个文学的定义，他说："有文字著于竹帛叫做'文'，论彼底法式叫做'文学'。"他的所谓论"文"的法式，是"文法学"和"修辞学"，并不是"文学"。大概他也因误解了《论语》上所谓"辞"和"文章"的意义，所以有这"张冠李戴"的定义了。

文 学 的 定 义

老实说句话，要从古人的书本上去找适当的"文学"的定义，是不可能的。即使找到，或别有意义，或仅是"中国文学"的定义，绝不是现代的吾们所需要的真确的"文学的定义"。那么"文学"的定义究竟是怎样呢？哪样才是真确的"文学的定义"呢？

在解答这问题之前，吾们先来分析文学作品中所含的性质怎样，搜寻它发生的动机怎样，考求它和人生的关系怎样。

用心理学上的分析，来说明世间一切学术的性质，我们可以说：哲学是属于意志的，科学是属于知识的，而文学是属于情感的；哲学是求"善"，科学是求"真"，而文学是求"美"。所以文学的性质,必须具有美的情感。所谓美的情感者,是脱离现实生活的利害是非等而艺术化过了的东西,是与个人当前的实际利害无关系的东西。它能使人起一种快感,就是它的情是痛苦时也可起一种快感。欢乐时大笑是快感,酸苦时大哭一场,把满腔幽怨发泄了,也感受到一种快感。为什么山水花月几乎成了文学基本的材料?正因彼等是超出现实生活的利害是非,而令人容易感受一种美感的缘故。反之,道德、金钱、名誉所以被摈弃于文学材料之外,正因彼等易被执着实际的利害是非,而使人起憎恶之感。所谓美的情感,简直是不戴世故的帽的天真无瑕的人类的真情,本身只含善意而不带恶念的真情。"真"和"善"虽不是文学的目的,但是情感如果离去了"真"和"善",便不成为美的情感了。

文学的起原为诗歌,而诗歌实发生于文字之先。所以它的发生的动机,绝不是在要著之竹帛,传之万世。我们去探求诗歌发生的原因,吾们就可感到情感的能力的伟大,而恍然于文学没有了情感便不成为文学的缘故。人是富于想象和情感的高等动物。当在太古时代,他们刚从原人进化而为纯粹的人类,对付环境,渐由用体力而趋于用思想,也渐渐有了灵敏的觉感。他们受到大自然的种种赐予,不免要起一种欣喜和感激的情感,便不期然而然地发出一种赞叹歌慕的声音,自然而和谐,流利而清亮,不但倾泻自己的快感,还可以感动他人,促起同样的快乐。这时候,文学便诞生了。诞生的时候,内容当然是十分简单的,后来又利用他们的想象力,创造了种种美妙的意境。他们感到大自然种种作用的神秘而不可测,遂凭他们的想象力创造许多事物起原说,以满足他们求知的欲望。什么盘古氏开天辟地,什么共工氏头触不周山,以致天倾西北,地陷东南……都是为了要解答他们对于天地怎样起原和西北何以有高原、东南何以有海的怀疑而用想象力创造出来的。这样,文学的内容就逐渐丰富了。

我们明白了文学是怎样起原的,我们即可明白文学和人生的关系。"文学是人生的反映",离开了人生便没有所谓的文学。但是文学并不是人生所需要的,是文学需要人生。有了人生它才有起原,有了人生它才有内容,人生有所活动和变迁,它也跟着活动和变迁,人生向前不绝的进化,它也跟着进化。所以在战争时代,它绝不会歌咏升平;反之,在融和的环境中,它要是无病呻吟,它便不是文学,至多只可算是退化了的文学。文学之于人生,似影随形,须臾不可离,离开了形,影便消灭。"文以载道"为什么不能算是文学的定义,正因为"道"是人生所需要的,"道"不需要人生也会存在。是非利害都是"道"的形容词,不能用来范围文学。所以载道之文绝非文学,或竟可以说,除了载道之文以外都为文学。文学和"道"是各循其道,不能互相并提,有时还要互相冲突。所谓"淫词艳曲,有关世道人心",便是道德家向文学家下的宣战理由书。实在,文学无所谓淫艳,因为人生淫艳,它才淫艳。道德家他戴上了道德的眼镜来看一切,他不去改善人生,使文学随人生变迁,他硬要掩饰淫艳的人生,不许文学家照实写出,也可算不智之甚了。道德是有作用的,文学完全没有作用;道德要积极去实行才有结果,文学越是在消极中越会开灿烂的愉快的花。它们处处站在相反的地位,所以"文以载道"这句话,简直谬误万分,不能成立!

融合上面的三段意义,对于文学是什么这一个问题,吾们总可了然于胸了。简单些说起来,文学的本质是美的情感,在它冲动时,用声音或用文字发泄出来,可以掀动别人的同情。高妙的想象是它的意境,人生的映像是它的资料。它跟着人生活动和变迁而活动和变迁,它永远跟着人生,站在前进不息的创造的大道上,永远没有休息,也永远没有止境:这就是所谓文学,现代人所公认的文学。

进化的文学史

文学为什么要有文学史? 要解答这个问题,我们应该先明白文学史的定义是怎样的。文学史的定义是：

> 叙述文学进化的历程和探索其沿革变迁的前因后果，使后来的文学家知道今后文学的趋势，以定建设的方针。

照这个定义看来，文学史的使命有二种：一是叙述过去文学进化的因果，所以退化的文学应当排斥于文学史之外；一是指示未来文学进化的趋势，当然在希望现在文学家走上进化的正轨。所以它的作用，不外乎在使现在文学家知道文学所以进化和怎样才算退化，根据古人经验，避免蹈其覆辙。文学为什么要有文学史，重大的原因就在这一点上。而且过去文学的进化是盲目的，没有一定步骤的，此后的吾们，可以有所依据而向着进化的大路上去，不至事倍功半。文学史的所以必要，这也是其中一因。

文学史所叙述的文学是进化的文学，所指示的途径是向进化的途径，能够合于这原则的是好的文学史，否则便违反定义，内容纵是特出或丰富，绝非名实相符的佳作。现在文学史的作者，可算是风起云涌了，但是十九非但亦叙退化了的文学，甚至只叙退化的文学而忽视进化的文学。或仍叙入非文学的作家或作品，要求一部真正的合体的文学史，实在还是没有。本书不但拒绝叙非文学的作者或作品，而且对于退化了的文学，也加以非议和忽视，以进化的文学为正宗，而其余为旁及。本书名为《文学进化史》，其取义就在于此。

那么怎样才是进化的文学呢？叙述怎样的文学才算是文学进化史呢？

进化的文学是活文学，它是用当时的活文字来写成的。《诗经》为什么是活文学？因为《诗经》的作者用的是当时的活文字。后来模仿《诗经》而作的文学为什么是死文学？因为在它当时，《诗经》所用的活文字已经死掉了。

进化的文学是创造的自然的文学,它是不模仿古人,不拘于格律,有实感,有印象,无所为而为的。所以抱"以文干禄""文以载道"的主见而作的文学,绝非进化的文学。明清八股,宋明语录,便是一例。

进化的文学是具有文学的特征的文学,它是含有时代精神、地方色彩、作者个性三特色的。宋词为什么不是唐诗?杂剧为什么不合于南人的需要?杜甫的诗何以不似李白的颓废?正因它们各具此特征的缘故。

进化的文学是具有形成文学的各要素的文学,它是涵有真挚的情绪、丰富的想象、高超的思想、自然的形体的。反之,情绪不真挚、想象不丰富、思想不高超、形体不自然的文学,就不能算是进化的文学。

叙述这样的进化的文学的文学史,就是文学进化史。本书是叙述中国的进化的文学的文学史,所以叫做《中国文学进化史》。

那么怎样是退化的文学呢?进化的是否一定可算成功,退化的是否一定可称失败呢?实在文学是没有所谓真正的成功和失败的,它只是要求不绝的进化。所谓进化和退化,却含有相对的意义。譬如诗歌,在唐末由律绝进化为词,等到词成功了,律绝成了退化的文学了。在宋末词进化为曲,等到曲成功了,词也成了退化的文学了。总之,文学在不绝的进化中,含有新陈代谢的作用,本来已进化的文学,可以被更进化的取而代之。最好的譬喻,莫如蛹化为蛾:蛹已成蛾,说是蛹的成功呢,那么蛹已不存在;说是蛹的失败呢,没有蛹便不会有蛾,蛾明明是蛹进化成的。一部文学进化史,都跳不出这一种情形。"失败是成功之母",这句话如用来说明文学的失败和成功,最是适合。词成功了,但律绝是词之母;曲成功了,但词是曲之母。儿子成功,失败了的母亲未尝没有孕育的光荣!

其他文学史中,往往叙述历史的作者和作品,所以有这种谬误,大概因为他们没有认清楚文学和历史的界域。文学是情感的产物,历史为社会科学之一,是知识的产物;文学求美,历史求真;文学是偏于主观的,历史完全是客观的;文学重在虚构,历史都为记实;文学为想象,而历史是事实。所以凡是好的历史,它绝不是文学;反之,好的文学,也绝不是历史。不过中国素来有"小说是补历史的不足"的一个见解,这种显然的误解,不曾有人为之攻破,于是遂深入于一切文学史家的心里,在他们所编的文学史中,不由地将历史也一并叙入了。

至于"载道"的古文,它在哲学史上的地位是很重要的。因为哲学所重在思想,而不在形体。它是属于意志的产物,目的在求善,和文学的趣旨也不同。本书是文学史,而且又是进化的文学史,即是退化了的文学尚且忽视,绝不有叙述历史和哲学的余暇。所以在本书中,历史和古文是完全不见叙载的,并不是无意的遗漏。

文学史的种种

文学史的种类很多,大约可分下面几种——

1. 通史:

(1) 全世界的。例如《世界文学史》、《文学大纲》。

(2) 分洲的。例如《欧洲文学史》、《南美文学》。

(3) 分国的。例如《德国文学史大纲》、《中国文学史》。

2. 专史:

(1) 一个时代的。例如《希腊文学》、《中古文学概论》。

(2) 一个主义或派别的。例如《自然主义文学》、《江西诗社宗派图》。

(3) 一人的。例如《泰戈尔传》、《屈原评传》。

　　(4) 专治文学的一部分的。例如《中国小说史》、《西洋小说发达史》、《宋元戏曲史》。

本书是属于通史分国的一类中，所负的使命，就在叙述中国一国的文学史。

　　中国文学在世界文学史上，并非丝毫没有特色。因为中国的地位，占世界三大文化发源地之一，所以在政治史上，其他二发源地——希腊和印度——已沦于异族权威之下，发展的步骤已中止，近虽有复兴之象，然而因含有其他民族文化的分子太多，不能如中国一脉相传的稍纯粹而有系统。在其他方面，因民族历史之久长，领土的广漠，所以作品的数量之多，绝非他国所能望其项背。在这几点上，中国文学在世界文学史上，已呈出特异的色彩了。

　　中国文学史的时代区分，什么"理胜时代"、"词胜时代"果然不通，就是学西洋分法分做上古、中古等，也并不适当。至于用朝代来分，也有太尊重政治史而以文学史为附庸之嫌。本书的分章，完全依照文学的种类，某一时代的进化的文学是什么，便拿来做叙述的主体。同时有两种，例如唐代的进化的文学是诗歌和传奇，便分成二章来叙述。这种方法，有类于从前的"纪事本末"体，不过叙述的次序，完全依照进化的历程而排列。这种区分法有一种长处，可以使读者明白某一种文学由发达至衰败的历程和因果，一气贯注，不必分开寻找。也有一种短处，就是一个作者同时擅长多种作品，不能放在一起叙述，致读者不易连续的记忆。

　　中国文学的材料，因为年代的久远，地域的广漠，颇有网罗难尽之慨。较古的作品，或已失传，或虽传而仅存一二孤本，非大藏书家不得拜读。再加上权力阶级的好恶而加毁誉，很好的作品，每不为人所注意，甚至作者名字亦不知。本书所叙述，不以地位存人，亦不以无名作家而轻视。所根据的作品，大概可分成二类：

1. 原作。例如曹子建的《曹子建集》、王实甫的《西厢记》、曹雪芹的《红楼梦》。

2. 见于他书所载。如元稹的《会真记》，见《唐代丛书》及《太平广记》；韦庄的《秦妇吟》，见于《考古学零简》；南唐二主的词，见于各种词选；元人的散曲，见《太平乐府》和《阳春白雪》。

至于作品真伪的断定，和断定其他历史——如哲学史、佛学史等——材料所用的方法一样，亦用内证、旁证的方法：

1. 内证。作品的内容，须和作者时代相符；文字也须和同时代所用者相合，而合于文字进化原则。例如元曲之衬白用字，唐人传奇中绝不会用的，如有发现，必为后人伪作。不但文字，就是文体也可作证，例如宋人平话体，绝非汉人所有。此外思想亦可为证，例如佛家思想，绝不会侵入《诗经》的作品中。不但如此，思想是时代的产物，如和时代不合，且在当时不见影响，亦无渊源可寻，即可断是伪作。

2. 旁证。旁证是从他书得来的。例如《古诗十九首》，《玉台新咏》大半都有作者名字，《文选》则以为无名氏所作。昔人要证明《生查子》非朱淑贞所作，就在《六一居士词》中寻出同样的一首，此证因之得成立。《剑侠传》旧题段成式作，因在段作《酉阳杂俎》中发现若干篇，又见在《太平广记》中所引的几篇后面注明系出裴铏《传奇》，我们因知《剑侠传》系后人伪编，唐时并无其书。

　　总之，文学所要求的是美，而文学史是历史之一种，所要求的是真。怎样才能算达到"真"的目的？那么绝非三言两语可尽，全看作者的见解和能力和他的作品的成绩怎样而定。抽象的议论，是无法使人信服的，所以索性不说了。

二　中国文学的初幕

文 学 的 起 原

　　文学的发生，在于有文字之前，而且肇始于风谣。人生不能无情感，既有所感于中，便不能不谋有所以抒于外。班固所谓"哀乐之心感，而歌咏之声发"，朱熹所谓"有欲则不能无思，有思则不能无言，言所不能尽而发于咨嗟咏叹之余者，必有自然之音响节奏而不能已"，文学便在这样情形中发生出来。古代的风谣，和后世文学不同之处，即在于后世渐趋分析的发展，而古代初只成为混合的表现。今人研究风谣所由构成的要素，不外三事：

　　1. 语言——辞——韵文方面成为叙事诗，散文方面成为史传，重在描写，演进为纯文学中的小说。
　　2. 音乐——调——韵文方面成为抒情诗，散文方面成为哲理文，重在反省，演进为纯文学中的诗歌。
　　3. 动作——容——韵文方面成为剧诗，散文方面成为演讲辞，重在表现，演进为纯文学中的戏曲。

在原始时代，各种艺术往往混合为一，所以风谣包含这三种要素，为当然的事情。即后世的文学，犹且常与音乐和歌舞发生连带的关系。因为欲使言语有节奏，不可不求音乐的辅助；欲使音声有力量，不可不借动作以表示：所以诗歌并言，歌舞亦并言。吾们读《吕氏春秋·古乐篇》所谓"葛天氏之乐，三人操牛尾捉足以歌《八阒》"，就可以知道无文字以前的风谣，其言语、音乐、动作三种要素，确有混合的关系。

风谣是原始的文学，由于风谣更进一步便成为诗。诗亦是原始的文学，诗亦可以赅括一切创作的文学。本来由于各体文学发生的程序而言，韵文常先于散文，所以由风谣更进一步的文学，实在可以诗为代表。风谣与诗本来无甚区别，不过由于内容而言，风谣是未成熟的而诗是较成熟的文学作品；从表现的工具言，风谣是以言语而诗则用文字为工具而已。

后来人类智识渐开，对于自然现象，不免好奇而怀疑，遂用思想去解决；解绝不开，便用假设来代替，于是就有种种神话。在这时候，神话便成了文学的中心点，比风谣尤其重要。再后，假设因习久而视成实际，把"神"当做真的存在，于是因感谢之余——因为他们以为神给我们以衣食住——或发生其他希望，就有祷神、求神种种举动。这时，就用音乐的格调，风谣的方式，加上神话中的事实，就产生了颂歌和赞语。不过这时还未有文字，所以不见于书传，而但以口耳相传述。然亦因此故，那时的文学都失传了！现在我们在较古的用文字遗留下的歌谣中，用推溯渊源的方法，还能考见其一二。我们可以断定：最早的诗，除赞美自然外，便以颂神诗发生为最早。

民间传说亦在同时创造出来。如历史上的三皇五帝，都是当时的传说。他们感到前人发明日常生活所必需事物的功绩的伟大，但不知究竟为谁，欲顶礼崇拜而无从，所以造出几个人来做他们膜拜的对象。这几个人如无奇特的性格、神伟的功业，绝不能耸动人的信仰，所以三皇五帝个个是超人的近于神性的伟人。如伏羲龙首人身，便是一例。

西洋文学却起源于颂歌和史诗。颂歌皆关神话，史诗都取材于传说。中国虽似只有颂歌而少史诗，然既有传说，当时史诗或亦很多，不过因篇幅较长而致失传，所以我们现在无从考见。西洋神话记神人之行事,传说则以古英雄为主,其内容亦和此方有相似之处。例如中国有女娲补天神话,北欧有叔尔(日神)的女儿重整天宫的神话。中国传说中的钻木取火的燧人氏、教人结网罟以佃渔的伏羲氏、教民稼穑的神农氏,和希腊传说中的 Hephaispos(火神)、Artemis(佃猎之神)、Demeter(禾稼之神,义为地母)不但取义相同,而且次序之先后亦相同。在这里,又可窥见东西民族文化演进之步骤,彼此亦暗相契合。

古代的诗歌名目,为我们所能考见者,唐虞以前,有葛天氏乐歌八阕。各阕的名目是——一曰《载民》,二曰《玄鸟》,三曰《遂草木》,四曰《奋五谷》,五曰《敬天常》,六曰《建地功》,七曰《依地德》,八曰《总禽兽之极》:大概都是赞颂自然的诗。今歌辞只存一句。诗歌之有文字传留的,只有伊耆氏的《蜡祭辞》四句;此外如黄帝的《枫鼓之曲》十章,亦有目无文;古孝子的《断竹歌》,只有见于他书所引的二句。

唐时有《大唐》和《经首》二诗,一尚见载于典籍,而一已不传,且为多数学者认为后人伪造。比较可信的有《击壤歌》和《康衢谣》,都是当时的民谣。虞时有《南风歌》、《股肱元首歌》、《卿云歌》、八伯的《赞歌》,我们均能欣赏它的原文。舜曾有些关于文学的政绩,就是兴乐。凡诗歌不必尽可入乐,而乐辞则必皆为诗歌,所以兴乐,可以说间接是提倡诗歌,而又间接为提倡文学。他命夔的一段话里,如"诗言志,歌永言,声依永,律和声……"几句话,就可当做诗的定义,而且这种特创的见解,在古时实是不容易有的。

三代诗歌,大都被采入《诗经》,在《书经》中偶引一二首名为歌辞的作品,都和纯文学的诗歌相去甚远。此外只有伯夷叔齐的《采薇歌》和箕子的《麦秀歌》,是富于情感而为血和泪的结晶。箕子的《麦秀歌》,系在商亡后朝周,过商的故都,见宫室毁败而生禾黍,悲愤而作。寥寥十数字中,将亡国惨状和亡国原因和盘托出,而又是凄凉悲惋,用的是何等经济的文学手腕!

《诗》三百篇

周既立国，主张以文治。他们以为诗歌是政治得失的反映，而且发于人情天理的自然，所以很重视诗歌。不但在朝廷设有掌诗的专官，而且又使人往民间采诗。天子巡狩之际，又命太史陈诗以观民风，借知民众之好恶。在这时候，诗人都借诗发抒他的情感，国家依据了以定政治方针，学官又以为教育的科目，所以诗格外的发达起来了。

《诗经》是这时代的代表作，是许多无名诗人心血的产物。本来诗并不是"经"，只因孔子极推崇诗，后人因尊孔之故，遂将他所删定的三百篇加上一个灰色的"经"字。自从"诗"和"经"发生了关系，又加上后人许多灰色的解释，已不成为"诗"而单是"经"了。现在吾们要从"经"的压迫下将"诗"解放出来，所以以后用"三百篇"做名字，而不用《诗经》这灰色名字。

所谓"三百篇"，实际有诗歌三百零五篇。据传说尚有笙歌六篇，有其义而亡其辞。此三百余篇之诗歌，分为"风"、"雅"、"颂"三种。风有十五，雅有"大雅"、"小雅"，"颂"分"周颂"、"鲁颂"、"商颂"：总名为"四诗"。又有人以"南""风""雅""颂"为四诗，其说更为有见，今据以分释其意义：

"南"字是译音。因为当时的中国，建立在黄河流域，南方被视为蛮夷之地，言语亦不通。古时有"南方之乐曰任"之说，"任""南"古音相同，恐是一字两译。后来汉魏乐府有所谓"盐"的一体，六朝唐乐府及宋词有所谓"艳"的一体；"盐""艳"和"南""任"都同音，当有相互关系。"南"在音乐上是曲前所奏的"合乐"，和曲终所奏的"乱"一样。

"风"是讽诵的意思。"南""雅""颂"都可用音乐合起来唱的，"风"是只能讽诵的。汉人说"不歌而诵谓之赋"，"风""赋"一音之转，或本为一字也不可定。歌本有二种，一是合乐之歌，一是徒歌。"风""谣"均属徒歌，所以只能讽诵。经孔子删定后，又把它制出谱来，所以后来也可唱了。"风"本来采自民间，所以有人把"风"字解作"风俗"的意义，也有人解作"讽刺"一义。这都是"望文生义"的强解，并不十分确切。

"雅"是当时的正声。"雅"与"夏"古字相通。古称中原为"夏"，"大雅""小雅"所合的音乐，都是当时中原的正声，故名曰"雅"，和"南方之乐曰任"一样的取义。因为是中原的正声，所以用为朝廷乐歌。

"颂"即"容"的本字，指容貌威仪言。"南""雅"都只可合乐，"颂"是兼可舞的。舞之所重在容貌威仪，故名为"颂"。古代祀神，本都用音乐和跳舞，所以后来指定"颂"为祭祀宗庙的乐歌。

古人解诗，又有所谓"六义"，就是赋、比、兴、风、雅、颂。风是间巷情诗，雅是朝廷乐歌，颂是宗庙乐歌，赋是陈辞直言，比是假物言志，兴为托物兴辞。前三者是说诗的性质，后三者是说诗的体制。但是这种说法虽合理，我们一看"三百篇"的内容，我们便不免要失望。风里也尽有贵族大夫的作品，雅里也未尝无平民之音。现在我们要廓清古代的灰色见解，我们索性把这许多说法都完全打破，而另定出一种新的更好的次序来。

我们归纳全部"三百篇"的性质，大概可分成三类：一、诗人的创作；二、民间歌谣；三、贵族乐歌。

诗人的创作，在"三百篇"中并不多，作者的姓氏也不尽可考。所以我们所认为诗人的创作的许多诗篇中，大部分都是无名诗人所作。虽有少数的诗篇有作者姓氏可考，但也不甚可靠。不过在许多诗篇中，哪一篇是诗人的创作，我们是约略可以知道的。如《正月》《十月》《节南山》《嵩高》《烝民》《四月》《何人斯》《鸱鸮》等，都是这类作品。

民间歌谣，都是流传于大多数孺妇工农口中而无作者名氏的。

其中最占多数的是恋歌。这些恋歌真是词美而婉约,情真而迫切,在中国一切文学中,它们可占到极高的地位。如《静女》、《中谷》、《将仲子》、《东门之杨》、《十亩之间》、《子衿》、《伯兮》等,都是恋歌中的最好的。此外,如《关雎》、《桃夭》、《鹊巢》等均为结婚歌;《蓼莪》、《葛生》等为悼歌;《麟之趾》、《螽斯》等为颂贺歌;《七月》、《甫田》、《大田》、《行苇》、《既醉》等为农歌;《无羊》是最好的牧歌。其他不属于上列的范围的民歌还很多。

贵族乐歌,大部分是用于宗庙,以祭先祖先王的(如《下武》、《文王》等),或是祷歌及颂神歌(如《思文》、《云汉》、《访落》等)。其他一部分则为宴会之歌(如《庭燎》、《鹿鸣》、《伐木》等),为田猎之歌(如《车攻》、《吉日》等),为战事之歌(如《常武》等)。这些诗都没有真挚的情绪,所以后人都不大喜欢去读她。

"三百篇"的时代已不能详加稽考,我们仅知《商颂》中的五篇为商代作品,而其余都是周代产物。在所谓周代产物的诗歌中,多数的诗篇都是带着消极的悲苦的辞调,对于人生的价值,起了怀疑。有的言兵役之苦,有的攻击执政者的贪暴,有的则遁于极端的享乐之途。如《小弁》、《采薇》、《伐檀》、《硕鼠》、《山有枢》诸诗,都足以表现出丧乱时代的情形与思想。而这个丧乱时代,大约是在周东迁的时代前后,所以那些诗篇,大约都是东迁前后的作品。

古诗本有三千余首,为孔子删存三百余首,此说已成为文学史家的聚讼。总之,古诗原不止三百余首,初不过在口头流传,经孔子删编后始得在文字上流传至今,这是可以确信的。"三百篇"以外,如楚狂的《接舆歌》、宁戚《饭牛歌》等,亦颇有名。孔子自己也作有《去鲁歌》、《龟山操》、《获麟歌》及《成人歌》等。到战国时,孺子的《沧浪歌》、荆轲的《易水歌》,在文学史上亦可占得一席地位。

屈 原 与《楚 辞》

《诗》三百篇与《楚辞》,的确是中国古代文学史上两部伟大的作品。在后世文学上的影响,《楚辞》且较"三百篇"尤为伟大。"三百篇"的影响,在汉六朝以后似已消失,没有人再去模拟它的句法;又因经过了汉儒的误释与盲目的崇敬,使它成了一部宗教式的圣经,一般人也不敢指认它是一部文学的作品。一部《楚辞》,幸而产生于战国时代的楚国,不曾经孔子删订,未加上以"经"名,始免于罩蔽上许多无谓的黑面网。因此,《楚辞》在文学上的权威与影响,乃较《诗》三百篇为更伟大,它在文学上的真价值,也能被读者所共见。

"三百篇"和《楚辞》因产生的地域不同,所以处处呈出它们相异的特色:"三百篇"是以黄河为中心,为代表北方民族性的文学,是征伐时代(弱政府时代)的产物,多数是平民作品,富有写实的意味;《楚辞》是以长江为中心,代表南方民族性的文学,是混战时代(无政府时代)的产物,都是贵族作品,富于浪漫的思想。但也有相同的一点,就是《楚辞》也是诗的体裁,不过在艺术上较"三百篇"为进步,而形式也比较自由些,组织也比较错综复杂些。

《楚辞》的来源绝不能归之"三百篇",因为在"三百篇"的同时,南方已经也有不少的歌谣,只要在古纸堆中搜计一下,至少可得几十首。所以它的来源自然是楚国自己的古歌谣。《楚辞》中的《九歌》,是最古的南方文学,也就是屈《骚》的先驱者,它是没有作者名字的,或许是南方的平民作品。

楚国是在沅湘之间,民俗好祀神而信鬼,《九歌》的一部分,大概是巫觋用来歌舞以娱神的。它的时代,不会过早于屈原,至早亦在周末时代。因为在周末以前,楚国还是荆蛮,尚无文化可言,绝不会产生《九歌》这样文雅的作品。《九歌》里面,除《东君》、《云中君》几篇仅只描写实感,没有什么意思外,其余几篇,都表现出很强的想象力,并且描写也有很婉转很美妙的地方。在这点上,和屈原的作品已很相像,所以竟有题为屈原作的。

屈原,名平,为楚之同姓。初为楚怀王左徒,明于治乱,娴于辞令,入则与王图议国事,以出号令,出则接遇宾客,应对诸侯,原是怀王很信任的人。但因此遭了他人的嫉忌,他以后的不幸的运命,就使他成了个热情的生命讴歌者。上官大夫要抢夺他的宪令,张仪要离间他,郑袖要嫉忌他,子兰也陷害他。从此以后,可怜他虽在楚国任左徒,自怀王、顷襄王以下,谁也不听他的经纶之策,终于眼睁睁地看他的祖国要被秦国灭亡了!不但他的主人不用他,还要把他放逐到夏浦去。顷襄王虽不信任他,但他仍是热烈地爱着顷襄王,所以后来他独自向郢都进发,希冀着顷襄王一朝能够悔悟过来。走到洞庭湖畔,他踟蹰了,他怅惘的心不知归宿了!回郢都去罢,怕顷襄王不能容他;下洞庭罢,又受不住这种凄凉寂寞的侵袭。终于咬了咬牙关,盲目地下了洞庭,顺着沅水下去,上那荒凉沙漠的途路了!他的轻舟停在溆浦,但他终于忍受不住寂寞,热烈的心又使他追慕着怀念着顷襄王,于是回转身来,溯流而上。可怜他五十多岁的一个老翁,像浮萍一般的飘荡,受尽了风雪之苦。后来他走到汨罗,竟终于不敢再见顷襄王,怀抱沙石,投河自杀了!

有他这样的身世,自然便有他悲哀的文学来唱出他的痛苦。他的作品共有七篇,据后人考证,可靠者只有三篇,就是《离骚》、《九章》、《天问》。《九章》是:《橘颂》、《抽思》、《悲回风》、《惜诵》、《思美人》、《哀郢》、《涉江》、《怀沙》、《惜往日》。《九章》可分为前后二期,以《思美人》为鸿沟。前期的作品尚不十分绝望,后期自《思美人》以下,则哀郁沉挚,足使人泪下。他已是到了山穷水尽的时候了!《天问》是他神经受了极大刺激,错乱以后的作品,呵神骂鬼,毫无结构。所问的那些关于宇宙的、历史的、神话的问题,在历史学上却是极可珍异的东西,在文学上却没有价值可言。《离骚》

是一首很长的叙事诗,共有三百七十余句,自叙他的生平与他的志愿。其中富于神话的分子,对于中国神话学的建设,也有无穷帮助。在这篇诗中,屈原的文学天才发挥到极高点,他把一切自然界,把历史上一切已往的神话中的人物,都用他的最高的想象力,融冶于他的彷徨幽苦的情绪之下。他的艺术的手段,实是很可惊异的!

《远游》、《卜居》、《渔父》三篇,亦题屈原作,都是后人伪托。后二篇是记载屈原的轶事的,屈原的傲洁的不屈于俗的性格与强烈的情绪,却未被记载者掩没,尚不愧为佳作。

宋玉是后于屈原的一位楚国大诗人,生平不可考,只知他曾在楚襄王那里做过不甚重要的官,其后便被免职,穷困以终。他和屈原也并无什么师生关系。他的作品篇数颇多,但只有在《楚辞》中的《九辩》和《招魂》二篇确是真的。《九辩》是九篇诗歌的总名,它的内容,不外悲秋和思君二点。第一、第三、第七三篇是说悲秋的,然其中也有贫士不遇的话;其余六篇是说思君的,但也夹着感怀景物的话。宋玉的思君有两种来源,第一是他的境遇,第二是受屈原作品的影响。试看宋玉作品中抄袭屈原文句之多,便可明白。但他在文学上的成功,却在他的悲秋诗,描写和音节恰到好处,远非屈原所及。《招魂》是一首近三百句的长诗,被招者是谁,我们无从确定,但中间有许多神话,却来源于《天问》。这是篇纯粹的白描的唯一的杰作,也是古代描写诗中最淋漓尽致的杰作。或以为这篇也是屈原的作品,却全不可信。

托名宋玉作的,尚有赋十篇与对二篇,已经后人考定为汉时作品。赋十篇为:《风赋》、《高唐赋》、《神女赋》、《登徒子好色赋》、《笛赋》、《大言赋》、《小言赋》、《讽赋》、《钓赋》与《舞赋》。对二篇为:《对楚王问》、《高唐对》。都不载于《楚辞》。

《楚辞》中尚有一篇《大招》,或题景差作。景差和宋玉同时,大约也是一位楚王不重要的侍臣。《大招》也有题为屈原作的,因它和《招魂》的辞意极相似。《招魂》既非屈作，这话当然也不可信的。

《楚辞》中尚有许多汉人模拟的作品，非楚人所作，留待后面再讲。

神 话 文 学

小说的来源，汉人以为出于稗官，但是稗官的职务，在采集"街谈巷语"，不是创作。所谓"街谈巷语"，都是在民间流行，而指不出作者是谁的。它的内容，就是传说与神话。传说与神话是怎样产生的？前面已经说过。它产生之后，初惟在口头流传。在文字上的记载，却待稗官去采集了才有。做志怪文字的人，庄周说有齐谐，列御寇说有夷坚，那都是寓言，故无原书可见，就是稗官所采集的，今亦皆不存。所以我们要研究古代的神话与传说，我们只好在古籍中去找寻，他们所引用的一鳞一爪，在我们都视为无价宝物。相传为禹益所作而未可深信的《山海经》，便是一部保存神话与传说最丰富的古籍。

《山海经》今所传本十八卷，记海内外山川、神祇、异物及祭祀所宜。其最为世人所知，而还常引用的故事，如昆仑山和西王母，即出在这部书内。又经后人替她绘图，所以流传得更普遍而久远。又有《穆天子传》六卷，前五卷记周穆王驾八骏西征的故事，后一卷记盛姬死于路中至回来下葬的故事。传中亦言见西王母，《山海经》中的西王母是豹尾虎齿的怪物，本书中的西王母却是人相。但到了汉人小说中的西王母，又变做明眸皓齿的美人了。

在《庄子》和《列子》二书中被称为寓言的故事，大概亦为当时传说，引来做他们学说的证明的。在《庄子》中，如鲲鹏的寓言，姑射山神人，蜗角之争，郢人垩漫鼻端等；在《列子》中，如龙伯国之大人，愚公移山等，都是很有趣味的传说。《韩非子》的《说林篇》，几乎全是寓言，篇名叫《说林》，可见作者本以小说自命，后人推为短篇小说之祖,不为无见。此外如《孟子》的《齐人有一妻一妾》章,当亦为当时民间传述的故事而为孟子所引用的。

在古代的史书中,神话的搀入是不可免的事实,史书虽非文学,然史中所搀入的神话,当然仍不失为文学。古史如《国策》、《檀弓》、《左传》中,如为我们认为世间不会有的史实,那就是他们采自民间的传说和神话。

汉人所及见的古小说共有九种,今皆不传。现据他书所引,略述它们的内容:《伊尹说》二十七篇,文虽丰赡而立意浅薄,内容如《山海经》之记载山川异物。《鬻子说》十九篇,所记多历史故事,作者为鬻熊。《周考》七十六篇,系考周事。《青史子》五十七篇,今所见遗文,皆言礼,不知何以入小说。清马国翰有辑本。青史子为古史官,不知在何时。《师旷》六篇,多本《春秋》,当亦为记史事。《务成子》十一篇,设尧问答,所叙当为尧以前及尧时事。作者为务成子,名昭。《宋子》十八篇,当是宗述黄帝老子思想的故事。清马国翰亦有辑本。作者宋钘,或作宋牼,或作宋荣子。《天乙》三篇,天乙就是汤,但所记非商时事。《黄帝说》四十篇,在汉时已云迂诞依托,所叙当亦为怪诞的故事。总之,汉人所见的古小说,非托古人,即记古事。托古人的似子书,但内容很浅薄,记故事的如历史,然而多是悠谬无稽之谈。

此外,屈原的《天问》一篇,便是古代神话的大宝藏。因为作这篇文字的动机,是屈原被放逐后,彷徨于山泽之间,见庙祠中壁上所画的天地、山川、神灵及古圣贤、怪物的行事,都很琦玮谲诡,他就在壁上写出许多质问,以泄他胸中的积愤。可见这种种故事,当时不特流传人口,且用为庙祠的壁画。他的《离骚》中,也含有很多的神话。

后人研究中国古代神话何以仅存零星的记载,据说有二个原因:其一,中国古代的人民,先居于黄河流域,得天惠颇少,所以勤于谋生,重实际而不务空想;其二,自孔子出世后,以修身、齐家、治国、平天下等实用主义为教，不言鬼神；古代荒唐之说，又为儒家不愿道，所以后来日渐散失。但是这仅是古代的北方的情形。至于古代的南方，却因文化开发较晚，虽得天惠很厚，而神话是很发达的，但没有人把它记载出来。所以除了在后代文人笔下偶然引述一二外，都在妇孺野老口传中逐渐消失了！

三 汉 魏 诗 人

所 谓 "乐 府"

《诗》三百篇和《楚辞》都是创造文学,《诗》中的《国风》和《楚辞》中的《九歌》,都来自民间。到了汉朝,乐府虽然亦来自民间,但一方面许多文人却在仿古做辞赋,无形中使中国文学分出了两条路子。一条是模仿的、沿袭的、没有生气的古文文学,一条是自然的、创造的、表现人生的进化文学,也就是民间文学。从此以后,在这时代的进化文学,被下一时代所模仿,便成了古文文学。同时,民间又在创造它的进化文学,又做了更下一代模仿的典型。一部中国文学史,就从这样的绵延下去。

汉代民间文学的代表作,仍旧是诗歌,不过内容较"三百篇"更解放更复杂,而更受音乐的影响。所谓"乐府",就都采自民歌。乐府本来就是后世所谓的"教坊",是倡伎所居之地,是一个俗乐的机关,反成了民歌的保存所。一般不识字的平民,真率地说了他们的歌,真率地说了他们的故事。但散文的故事不易流传,韵文的歌曲却越传越远,你改一句,我改一句,你添一个花头,他翻一个花样,越传越有趣了,越传越好听了,遂有人传写下来,遂有人收到乐府里去。

汉代的民间文学共分三种:一、《鼓吹曲辞》;二、《横吹曲辞》;三、《相和歌辞》。《相和歌辞》所采的歌辞,是中国人民自己的创作,所用的乐器,是中国本国固有的乐器。《鼓吹曲辞》与《横吹曲辞》恰和《相和歌辞》相反,所用乐器,多数系外族的乐器,所采民歌,《横吹曲辞》失传无查考,《歌吹曲辞》很含有外族的色彩。

《鼓吹曲》二十二曲虽为朝廷所采用,其实纯粹是民间文学,考查它的文义,大略是中国北部人民所作。今只存十八曲,其中字句不可解的地方很多。或者是胡汉相杂,或者因声辞相混,所以如此。但其中也有一二句可解的:如《思悲翁》一篇,有"夺我美人"的话;《艾如张》有"雀以高飞奈雀何"的话;《战城南》一篇,词句明了,是人民对于战争的呻吟;《巫山高》是一篇旅客思归之作;《上陵》一篇,多说神仙之事;《将进酒》主张饮酒放歌;《君马黄》一篇,有"美人归以南驾车,驰马美人伤我心"的话;《芳树》一篇,有"妒人之子愁杀人,君有他心,乐不可禁"的话;《有所思》一篇,描写两性间感情决裂,烧玳瑁之簪而扬其灰;《上邪》一篇,描写两性间感情坚固,要到了山崩水竭、天地合、夏雨雪、冬雷震,才能断绝:这都是民间抒情诗。颂祝帝王的,只有《上之回》、《圣人出》、《临高台》、《远如期》诸曲。可见《鼓吹》诸曲都是民间作品,经朝廷采用,或用之于朝会,或用之于道路。采集的时代是在武帝时,采集的地方,大概在长城附近,因为那边和匈奴及西域相近,所以曲中杂用羌乐胡乐。《鼓吹曲》在汉时亦名《短箫铙歌》。

《鼓吹》和《横吹》的分别:有箫笳的,叫做《鼓吹》,有鼓角的,叫做《横吹》;用于朝会道路的,叫做《鼓吹》,用于军中的,叫做《横吹》。《横吹曲辞》虽已失传,但曲的名目和来历尚可考。《摩诃兜勒曲》是张骞从西域传入西京的;李延年的《新声二十八解》,是由胡曲模仿出来的;《关山月》等曲不知何人所作,亦名《新声八解》,则和李作必相类。《二十八解》今只存十目,为《黄鹄》、《陇头》、《出关》、《入关》、《出塞》、《入塞》、《折杨柳》、《黄覃子》、《赤之杨》及《望行人》。《八解》为《关山月》、《洛阳道》、《长安道》、《梅花落》、《紫骝马》、《骢马》、《雨雪》及《刘生》。

《相和歌》这名词,是取丝竹相合而歌的意思。所用的调子,是从周代的《房中三调》(《平调曲》、《清调曲》、《瑟调曲》)和楚地的

《楚调》、《侧调》(二者都为汉代的《房中乐》)混合流传下来的。其中的词,都是汉代民间的歌谣。武帝时,河间献王修兴雅乐,而帝莫能用;始立乐府,采诗夜诵,有赵、秦、楚之讴,以李延年为协律都尉。可见《相和曲》的声调,是周秦遗传下来,又经李延年审定过的。《相和曲》的辞,是从赵、代、秦、楚的街巷歌谣采集来的。

《相和歌》有两个特点:一是题材的宽广,从宫庭、帝王、后妃起,一直到兵士、走卒、旷夫、怨女,凡社会上所有的事,大概都有。不像同时的古文文学,只是一味的阿谀奉迎,单描写宫殿羽猎之美。一是声律和词句的自然,能参用方言俚语,表出真率的情感,韵律和谐,使人兴神味活跃的美感。比了古文文学只向字典里翻些死字来用,真是不可同日而语。

我们就《相和歌辞》的内容,取它相同之点,分为七类来讲。一是社会类:《相和六引》中的《箜篌引》是叙一个狂夫堕河而死,其妻援箜篌而歌,歌罢亦投河而死。《上留田》是一个人怀疑于人类有贫贱阶级之分,随后又归之于天命。《东门行》是叙一个人被生活压迫到不能不拔剑去做贼,被他的妻死命拉回,慢慢地将他劝转。《秋胡行》是叙秋胡戏妻事,这故事直传至元代,被曲家取作戏剧的题材。《孤儿行》是叙一个孤儿,父母在时,畜养尊优,后来为兄嫂所虐,过那很悲苦的生活。《陇西行》是写当时人理想中的贤妇。《妇病行》是叙妇人临死时嘱丈夫不要虐待她的儿子,后来儿子流落市中,道逢亲交买饼给他吃,又给些钱与他。这位亲交回家,看见自己的儿女哭索母亲,想起刚才之事,乃很为未来长大的儿女悲痛。二是征战类。《从军行》写军旅之辛苦。《饮马长城窟行》叙征戍之客饮马长城之下,妇人在家苦念其勤劳。三是写情诗类:《陌上桑》叙美人罗敷拒绝使君引诱事。《相逢行》,一曰《相逢狭路间引》,一曰《长安有狭邪行》,都是描写贵族多妻家庭的奢侈生活的,六朝人和唐人的艳体诗歌,都受它的影响。《塘上行》是叙魏甄后被谗死的一段悲哀的故事,曹植的《洛神赋》即是为此而发。

《艳歌行》系伤别离之词。《白头吟》为卓文君作,是和相如的决绝词。又有《孔雀东南飞》一篇,凡一千七百六十五字,是古今第一长诗,叙焦仲卿和刘兰芝的情死事,亦名《古诗为焦仲卿妻作》。四是神秘类:《王子乔》、《长歌行》、《董逃行》、《善哉行》和《步出夏门行》,都是有超脱的神仙思想的诗;《蒿里》、《薤露》、《泰山吟》和《梁甫吟》,都是有强烈的对于死的恐怖的挽歌或葬歌。五是颓废类:如《短歌行》、《西门行》、《大墙上蒿行》、《野田黄雀行》和《怨诗行》,都是些乐天安命的消极语。六是历史类:如《王昭君》、《楚妃叹》、《长门怨》和《班婕妤》,都是宫庭怨词,与唐人宫怨诗以不少的影响。七是教训诗类:如《猛虎行》、《君子行》,都是勉人为君子的良言。

上面的许多民歌,自采入乐府后,遂成了文人的咏歌的题材。在汉晋诗人的作品中,有很多的而且也很好的拟作可以找见。到了南北朝,民歌仍很发达,内容都与汉代民歌有传统关系,而更为进步。汉代乐府,尚有唐山夫人的《房中歌》;名为司马相如等合作的《郊祀歌》十九章,因非民间文学,故前面未曾叙入。汉初,项羽的《垓下歌》激昂悲楚;刘邦的《大风歌》委曲柔扬,其实都是很好的平民文学。不过作者非平民,所以为一般人视作贵族文学了。

古典的赋家

在民间文学极发达的时代,许多文人学士都在那里做他们的古典文学——赋。古典赋的来源,自然是《楚辞》。在《楚辞》中屈原的作品都是创作,宋玉已有模拟的气息。到了汉代的赋,一味铺张雕饰而失了自然的情致。于是便成了退化的文学了。屈原和宋玉都是贵族,他们的忠君爱国之思又为专制的帝王所引为同调,所以汉代的赋格外发达,成为贵族文学的权威。

赋本是诗的一义,属诗的范畴。后人解释赋字,作敷陈的意义，于是所作赋铺张到"连篇累牍"、"积案盈箱"，其实也只是一点点意思。在文人要夸张他的博学，希图骇动人主，以遂他们作官之愿，所以一味敷陈故典，即没有丝毫自己的情感也不顾。人主又利用他们，把他们做粉饰太平的工具，和优伶一样的畜养他们，做他万几之暇的消遣物。我们看汉成帝时进御之赋有千余首，那么不进御的不知有多少。汉时赋的数量之多，实在可惊！

汉代赋的发达，有人归功于汉武的爱重《楚辞》，命臣士进赋。实则汉初已作家辈出，陆贾与贾谊，都是赋家能手。贾谊因怀才不遇，故所作《吊屈原赋》等，哀感动人。较后，枚乘亦以辞赋著名，他的《七发》一篇，后世仿作者尤多。同时，梁国宾客，亦多好作辞赋，枚乘和司马相如，都属此中的一分子。

枚乘死时，正是武帝（刘彻）初即位之时。武帝甚好辞赋，其自作亦甚秀美。今所传《李夫人歌》、《秋风辞》、《落叶哀蝉曲》等，都是很有情感的作品。他是一位帝王中奇特的人才，在政治上有很大的功绩。他个人的生活是很浪漫的，富于爱情，但又好神仙。后代文学家，曾想象他的身世，造出许多的美丽的浪漫故事。他对于文学，一方采集民歌，立乐府；一方又延揽文学之士。他一即位，便用安东蒲轮征枚乘，乘道死，又访得其子皋为郎。司马相如、东方朔、严忌、严助、刘安、吾丘寿王、朱买臣诸赋家，皆出于其时。

司马相如，字长卿，蜀郡成都人，为汉代最大的赋家。初事景帝为武骑常侍，非其所好。后客游梁，著《子虚赋》。梁孝王死，相如归，贫无以为业。至临邛，富人卓氏女文君新寡，闻相如鼓琴，悦之，夜亡奔相如。卓氏怒，不分产于文君。于是二人在临邛买一酒舍酤酒，文君当垆，相如则著犊鼻裈涤器于市中。卓氏不得已，遂予文君僮百人，钱百万，相如因以富。在武帝时，复为官。后为中郎将，略定西夷，不久，病消渴而卒。他的人格很低下，文君为他引诱私奔，一朝得志，又想娶茂陵女为妾。亏得文君爱情深挚，作《白头吟》以示哀怨，方得复合。他因《子虚赋》为武帝所赏，更为《上林赋》以媚之；知武帝好神仙，所以作《大人赋》；知武帝好虚荣，死后犹留《封禅书》以邀宠。他作《长门赋》，相传曾受陈皇后十万钱的润笔。他的作品，又仿佛是辞典，一丝一毫没有表现出自己。像他这样的身世，有他这样的才气和艺术手腕，因为名利心所缚，遂只替君主作了一世的留声机，在文学上未留一毫功绩，不是很可惜的吗？

东方朔，齐人，与司马相如同时，亦善于为赋，喜为滑稽之行为，尝作《七谏》、《答客难》等。他的赋独能表现出自己的浓厚的个性，为诸赋家所不及。此外，严忌作赋二十四篇，其族子助亦作赋三十五篇，刘安作赋八十二篇，吾丘寿王作赋十五篇，朱买臣作赋三篇。但这些作品传于今者很少，且不甚重要，故不详述。刘安有《招隐士》一篇，被编入《楚辞》中，乃他的门客所为，非安自作。

武帝死后，赋家仍不衰。刘向，字子政，所作赋三十三篇，《楚辞》著录其一。不过他在文学上声誉，还不及他研究经学的成绩来得大。他的儿子刘歆，也和向一样，虽有赋名，成功却在经学。王褒、张子侨俱与向同时，亦善作赋。王褒，字子渊，蜀人，有《洞箫赋》，为宣帝所赏，曾令宫中人俱传诵。又有《僮约》一篇，用当时土话写成，颇为现代研究白话文学者所重视。

杨雄，字子云，蜀郡成都人。善作赋，亦善为论文，辞意甚整练温雅，但甚喜摹拟古人，没有自己的创作的精神。作赋仿司马相如，又依傍《楚辞》而作《反离骚》、《广骚》、《畔牢愁》，效东方朔之《答客难》而作《解嘲》，拟《易》而作《太玄》，像《论语》而作《法言》。年四十余，自蜀来游京师，除为郎。其赋以《甘泉》、《羽猎》、《长杨》等为最著，然堆砌美辞之弊仍未能免。后人推他和王褒为当时南派赋家代表，和北派代表刘向父子相对峙。

班固，字孟坚，扶风安陵人。为兰台令，述作《汉书》，成不朽之业。所作赋以《两都赋》为最著，又有《答宾戏》，亦为仿东方朔《答客难》而作。文辞仍不脱堆砌奇丽之积习。他后因随窦宪出征匈奴兵败,为捕死狱中。父彪妹昭(世称曹大家)都能赋,昭曾为宫中女傅,《汉书》的八《表》和《天文志》,都是她所作,又曾注《列女传》,作《女诫》。与固同时,有崔骃,亦善为辞赋。冯衍,字敬通,亦以能作赋名。

张衡,字平子,南阳西鄂人。善作赋,有《西京赋》、《东京赋》、《南都赋》、《周天大象赋》、《思玄赋》、《象赋》、《髑髅赋》等,又有《七谏》、《应间》,系仿枚乘、东方朔而作。他又长于诗,又是一位古代稀有的天文家,造浑天仪和候风地动仪,精确异常。

李尤,字伯仁,广汉雒人,著有《函谷关赋》、《东观赋》等。马融,字季长,扶风茂林人。他是汉末一位大经学家,善鼓琴,好吹笛,生性旷达,不拘儒者之节,常坐高堂,施绛纱帐,前授生徒,后列女乐。所作以《笛赋》为最著。蔡邕,字伯喈,陈留圉人,有《述行》等赋,但他的成功,在诗不在赋。王逸,字叔师,南郡宜城人。其不朽之作为《楚辞章句》一书,此书中,他自作之《九思》亦列入,此外尚有《机赋》、《荔枝赋》等。弥衡,字正平,平原般人。性刚傲,好骄时慢物,著有《鹦鹉》等赋。王粲,字仲宣,山阳高平人。少时才思敏捷,为蔡邕所赏识。后避乱至荆州,著名的《登楼赋》即作于此时,后且为元人取作剧材。

大诗人曹植,亦善作辞赋,尤以《洛神赋》为著名。这篇赋的产生,是有很悲艳凄凉的故事做背景的。汉末,植求甄逸女为妻,不遂,女嫁于袁绍中子熙。后曹操破绍,以女赐长子丕,植殊不平,昼夜思想,废寝忘食。丕即帝位,以为后,后为郭后谗死。植入朝,帝示植以后之镂金带枕,植不觉为之泣下。植还里,将息洛水上,颇思女,忽见女来,自云:"我本托心君王,其心不遂。"言讫不见。又遣人献珠于植,植答以玉佩,悲喜不能自胜,遂作《感甄赋》。后明帝(丕之子,即女所生)见之,改为《洛神赋》。这篇赋很能使这悲艳动人的故事活跃地复现。

晋代赋家,有左思、潘岳等;南北朝有江淹、庾信等,都是古典文学家中杰出人才。但他们又是诗人，所以留在后面叙述。

汉 人 小 说

汉代为小说成立时期。前此虽有小说之名，然未定小说的界限，而且也不曾指定某一种为小说。汉代建国后，凡百事业，颇能入于建设整理之轨。班固的《汉书·艺文志》，很能替古代学术整理出一个系统来，小说也因此有了相当的地位。武帝时代，却是汉代文学的黄金时代，不独民歌、辞赋为武帝所提倡而极形发达，即小说亦因他好听神仙异闻而有人专门的为之创造。武帝自己的身世，又为文人做了很好的小说题材。时代如此，小说安得而不发达？

东方朔是汉代的唯一小说作家，我们不要问现存的他的作品之真伪，即他的为人确有成为小说家的可能。他字曼倩，平原厌次人，武帝时，官至太中大夫。他视朝廷为他隐逸之地，以滑稽博武帝欢，得所赐钱，即以买民女为妾，厌了即以送人，有了钱再买，再厌再送人。他的浪漫的行为，颇足骇世动俗，所以他同武帝一样成了后人小说的好题材。著《神异经》一卷，仿《山海经》，惟略于山川道里而详于记述神物，且间有嘲讽之辞。《海内十洲记》一卷，内容亦相近。所谓十洲，就是祖洲、瀛洲、玄洲、炎洲、长洲、元洲、流洲、生洲、凤麟洲和聚窟洲。

称为班固作的，有《汉武故事》二卷，叙武帝生于猗兰殿至崩葬茂陵之杂事，且下及成帝时事。中多神仙鬼怪之言，惟颇不信方士，文辞亦很简雅。唐人以为六朝齐人王俭所造，确否不可知。又有《汉武内传》一卷，亦记武帝初生至崩葬事，而于西王母降临事特详。文颇繁丽而浮浅，又杂有释家言，又多用《十洲记》及《汉武故事》中语。又有《汉武洞冥记》四卷，题后汉郭宪撰，全书六十则，皆记神仙道术及远方怪异之事。郭宪，字子横，汝南宋人。光武时征拜博士,刚直敢言,有"关东觥觥郭子横"之目。他有喷酒救火一事,迹近怪诞,所以为方士所攀引。

杂载琐事的小说,有《西京杂记》,本为二卷,今分六卷,题刘歆撰。据晋葛洪说:他家藏有刘歆《汉书》一百卷,考校班固所作,几是全采此书,而小有异同。固所不取者仅二万余言,乃抄出为二卷,以补班书之缺。记中亦恣言汉宫奢侈状,今所知司马相如遗事,亦多出此书。中亦记西王母事,已为端庄艳丽之美人,而非豹尾虎齿之怪物。旧称此书即为葛洪所作。洪字稚川,丹阳句容人,好神仙导养之术,曾为伏波将军,后卒于罗浮,年八十一。洪著作甚多,约有六百卷,所著《抱朴子》,中多怪闻鬼事。又有《神仙传》十卷,则全搜古来关于神仙的传说而成。惟以道家为宗旨,故不能称为古代神话的总集。

又有《飞燕外传》一卷,记赵飞燕姊妹故事。作者伶玄,字子于,潞水人,由司空小吏历官淮南相。然其文纤丽,不类西汉人语,当亦伪托。又有《杂事秘辛》一卷,记后汉选阅梁冀妹及册立事,明人杨慎得于安宁土知州万氏,故有人即以为慎自作。文中大胆地描写裸女之美,不独为以前文人所未敢尝试,即后来作品中亦难见到。此外有赵晔的《吴女紫玉传》、《楚王铸剑记》,郭宪的《东方朔传》,桓骥的《西王母传》,张俨的《太古蚕马记》等,都是汉代传流到现在的小说。

古书所载汉人小说,尚有六家,凡一千一百三十三篇,今皆失传。《封禅方说》十八篇,武帝时人作。《心术》二十五篇,武帝时待诏齐人名饶者所作。《未央术》一篇,待诏安成所作,安成为道家,好养生事。《周纪》七篇,宣帝时项国圉人名寿者所作。《周说》九百四十三篇,虞初作。虞初,河南洛阳人,武帝时以方士为侍郎,号黄车使者,其说以《周书》为本。《百家》一百三十九卷,系刘向将编《新序》、《说苑》所余的浅薄不中义理的杂事编成。前三书当为道家言仙术之书,后三书当为史家记琐事之书,而多述怪事异闻的。

古　诗　人

　　在西汉民歌极发达而被采入乐府之后，它的形式和体裁，竟影响及于文人的制作。无论是五言诗、七言诗，或长短不定的诗，都可以说是从那些民间歌辞里出来的。五言古诗的起原在何时，是从前文学史家的一个大争点。实在这是个不成问题的问题，因为他们排民歌于文学史之外，一定要把五言诗的成立归功于某一个作家，所以引出了许多无谓的争执。前人还有一种谬见，以为诗是先有四言，后有五言，然后方有七言，这种可笑的数目进化观念，也是引起这种无谓争执的一个旁因。

　　五言诗的成立，是汉以后的事，但西汉时，确已有许多五言的古诗，如《古诗十九首》和苏武李陵的《赠答诗》都是。《古诗十九首》的作者是谁，也是文学史上一个未解决的问题。最近于情理的答案，就是《古诗十九首》不是民歌，便是文人受了民歌影响而作。这是一看它辞句的内容遂会相信的，它那真挚朴实的描写，没有一些像贵族文学者的口吻。同样，所谓苏李《赠答诗》我们也可断为是西汉的平民作品。它的格调和辞气，和《古诗十九首》也不相上下。后人因非苏李自作，遂怀疑为非汉代作品，这更是大可不必的。

　　到了东汉中叶以后，民间文学的影响已深入了，已普遍了，方才有上流文人出来公然仿做乐府歌辞，造作歌诗。赋家张衡的《四愁诗》，为他独创的格调，音节新鲜，情感真挚，比他的赋更可不朽。蔡邕已好拟作乐府，他的《饮马长城窟行》，辞意婉美，比他所作的赋有生气多了。他的女儿名琰，字文姬，博学有才，夫亡，居于邕家。后为匈奴虏去，为左贤王妻，居胡中十二年，生二子。后曹操痛邕无子，遣使者以金璧赎琰归。琰天才本高，躬逢丧乱，所作《悲愤诗》凄楚悲号，读者皆为之泫然。所叙皆她自己的经历，所以真挚凄惋之情充盈于纸间。尚有《胡笳十八拍》一诗,亦叙琰之去胡与归来事,情节与《悲愤诗》都同,仅增加了些繁细的描述。这绝不是琰自作的,大概因琰的故事在当时及其后必流传极盛,于是乐人乃以《十八拍》之新声演此故事,以便于歌唱。另有女作家秦嘉妻徐淑,她和她丈夫的《赠答诗》,很能表现她们夫妇间婉和之情。

在东汉末年的纷乱时代,政治家曹操却是一位文坛上领袖人物,他是一位天才很高的文学家。他在那"挟天子以令诸侯"的地位,自己又爱才如命,故能招集许多文人,造成一个提倡文学的中心。他的儿子曹丕、曹植也都是天才的文学家,所以他们的影响很远很久。他们的主要事业在于制作乐府歌辞,在于用古乐府的旧曲改作新词。曹操,字孟德,沛国谯人。少任侠放荡,后掌兵权,扑灭群雄,专汉政。所作诗殊多豪逸悲凉之意,其四言的《短歌行》一首,尤为人所共赏。丕,字子桓,操之长子,操死,继为魏王,后篡汉位为皇帝。他的乐府歌辞,比乃父更有接近民歌的精神。又作《典论》,其中《论文》一篇,评论当时文士,所见甚高,为中国古代文学评论之仅存者。植,字子建,是当日最伟大的诗人。世称天下共有才十斗,子建独有其八,可见他的词彩炳耀,才华高旷。现今所存他的诗集里,他作的乐府歌辞要占全集的一半以上。大概他在当时同曹丕俱负盛名,丕做了皇帝,他颇受猜忌,经过不少的忧患,故他的诗歌往往依托乐府旧曲,借题发泄他的忧思。从此以后,乐府便成了高等文人的文学体裁,地位更抬高了。

和曹氏三诗人同时者,有孔融,字文举,鲁国人;陈琳,字孔璋,广陵人;徐幹,字伟长,北海人;阮瑀,字元瑜,陈留人;应玚,字德琏,汝南人;刘祯,字公幹,东平人;杨修,字德祖,宏农人;繁钦,字休伯,颖水人;缪袭,字熙伯,东海人。都是受曹氏父子影响的诗人。中间颇多赋家。大赋家王粲也和他们同时。

五言诗体,起于汉代无名诗人,经过曹氏父子及其他许多诗人的提倡,到了阮籍方才正式成立。阮籍是第一个用全力做五言诗的人,诗的体裁到他方才正式成立,诗的范围到他方才扩充到无所不包的地位。籍,字嗣宗,陈留尉人,是一个崇信自然的思想家。他生在那魏晋交替的时代,眼见司马氏祖孙三代专擅政权,欺陵曹氏,压迫名流,他不能救济,只好纵酒放恣。司马昭想替他儿子炎娶阮籍的女儿,他没有法子拒绝,只得天天吃酒,接连烂醉了六十日,使司马昭没有机会开口。他崇拜自由,而时势不许他自由,他鄙弃那虚伪的礼法,而礼法之士,疾之若仇。所以把他一腔心事,都发泄在酒和诗两件事上。他有《咏怀诗》八十余首。他是一个文人,当时说话又不便太明显,故他的诗虽然抬高了诗的身分,虽然明白建立了五言诗的地位,同时却也增加了五言诗"文人化"的程度。籍亦善作赋,著有《东平赋》、《元父赋》、《首阳山赋》等。

嵇康,字叔夜,谯国铚人。他与魏国宗室有婚姻关系,故为司马氏借故杀死。他是一个和阮籍一般好自然的人,但常修养性服食之事,又善弹琴。与阮籍、山涛、向秀、刘伶、阮咸、王戎友善,常为竹林之游,世称"竹林七贤"。康诗喜说玄理,然亦时有旷逸秀丽之句,亦善作赋,有《长笛赋》等。

小说家张华,亦善作诗,初著《鹪鹩赋》,为阮籍所赏,由是知名。他的诗多写儿女之情,亦为华整之五言。傅玄,字休奕,北地泥阳人,与张华同时。初为弘农太守,入晋仍居官。其诗有古乐府的风格,质朴自然,不涉靡丽,而情感深挚动人。晋《郊祀》、《宗庙》诸歌,都出玄一人之手,可见他在当时已以擅长乐府闻名了。

四　六朝的抒情歌

《北 曲 歌 辞》

汉魏之际,文学受了民歌的影响,得着不少的新的生命,故能成为一时风尚。但文学虽然免不了民众化,而民众文学的力量究竟抵不住贵族的古典文学的权威,故曹氏父子、竹林七贤以后,文人的作品仍旧渐渐回到仿古文学的老路上去。汉末的散文,已受了辞赋的影响,逐渐倾向骈俪的体裁。到了六朝,可说是一切的文学都受辞赋的笼罩,都骈俪化了。不但各体散文都成骈俪体,就是诗歌也用骈偶。所以六朝时代的贵族文学,可说是在一切韵文与散文的骈偶化的时代。

六朝的贵族文学的情形是如此,但是在民间却丝毫未受它们的影响。民众仍旧歌咏它们自由的诗调,发挥它们自然的情感,反较汉代的民间文学更进步了,反由杂乱的题材一跃而专写抒情诗了。唐代是诗歌的黄金时代,然而这个黄金时代的造成,贵族文学不但没有一些功绩,而且反予以许多无益的赘疣。六朝的民间文学,却是它们的先驱者,给予它们不少的影响,而且种下了许多有用的种子,在唐代结成无量的美丽的果实。

六朝的民歌,当然是承汉魏乐府歌辞而来。但这个时代,北音的《鼓吹曲》已不复续有创造,《横吹曲》却在北朝极一时之盛。《相和歌辞》却流入南方,同南方音乐化合,产生了《清商曲辞》。也和汉代一样,北曲因国民性及地方关系,流传很少,《清商曲辞》中的《西曲歌辞》和《吴声歌曲》,不但数量繁多,而且都是优美的第一流的文学作品。

北方的《横吹曲》，和汉代《鼓吹曲》一样，也从外国传来，所以也多不可解的辞句。东晋分裂，黄河流域都被鲜卑、匈奴、羯、氐、羌各民族占据，文学安得不蒙重大影响？所以有人竟称这时代的《北曲》为外族文学，未尝无相当的理由。《北曲》因北方民族性关系，多忼爽悍强之音。你想，他们过的是沙漠水草里的生活，生性好杀，不强悍便不能生存。这种环境的反映，当然要在文学中流露出来。越是杀人的强盗性情越忼爽，越是正人君子越难说话。强盗会守无文字规定的纪律，正人君子犯了法律却可以强辞夺理。在这点上，不能说强悍好杀是北人的劣点，或竟是他们的优点。这种优点，便养成他们任侠尚武，崇拜宝剑的习性，造成他们慷慨悲壮的文学。

有人把六朝的民歌划分两个界限，说，北方的是英雄文学，南方的是儿女文学。但是"越是英雄越有情"，英雄未尝无儿女情怀，不过北人之情豪爽，南人之情委曲罢了。《北曲》中如《折杨柳歌》、《折杨柳枝歌》、《捉搦歌》、《淳于王歌》、《地驱乐歌》等，很有些恋爱的歌咏，不过不及《清商曲辞》的宛转。从大体上说来，北方的抒情诗当然不及南方，就是过去的"三百篇"和《楚辞》，未来的宋词和元曲，亦何尝不是这样？

最先的《北曲》，多用汉字翻译鲜卑的方音，所以初期入中原的北歌，其音不可晓，其义不可解。这一类的歌，我们实在无从研究。然而鲜卑人毕竟是富有文学天才的民族，他们不久便娴习了汉人的语言文字，发出激扬忼爽的歌来。

北方民歌，经北魏时采入乐府，传至唐代，尚存五十二章。今所存的梁《鼓角横吹曲》，其实都是北方的作品，其中多叙慕容垂及姚泓时战阵之事，共三十一曲，今存二十三曲。前所举的《折杨柳歌》等都在其内。即今人习晓的《木兰诗》，亦为《横吹曲辞》之一。这些歌辞中，还保存着不少的北方民族故事，如《木兰诗》、《陇上歌》等,写的是他们理想中的女英雄和男英雄。

北方的贵族,也有善作抒情歌的。虽然未曾被采入乐府,我们不能不把她和民间文学一般看待。现存者只一篇,就是北魏胡太后为她的情人杨华做的《杨白花》。胡太后爱上了杨华,逼迫他做了她的情人,杨华怕祸,逃归南朝。太后很想他,作了这歌,使宫人连臂蹋足同唱。歌辞宛转凄绝,已有南方文学的气息,这种好歌曲,当时的文人绝计作不出的。

《吴声歌曲》与《西曲歌》

南方的《清商曲辞》,因地域的关系,又分为两种,一种是《吴声歌曲》,一种是《西曲歌》。《吴声歌曲》是吴越文学,它的来源,一方是承袭中原流入的旧曲,一方是就民间采取来的新调。东晋以来,数量渐次增加,起初只是徒歌,随后才谱入管弦。因为永嘉渡江以后直到梁陈,都是以建业(即今之首都)为都城,《吴声歌曲》即是从这一带地方采取来的,大概是现在江南一带人民所作。

《吴声歌曲》是抒情歌的大宝藏,它的写作的背景,很多哀苦的浪漫意味。吴越人民素好空想,多数信神,所以神的理想不能排出于吴越文学之外。但他们所信的神,即是男性,也带"女性化",所以也不能超出抒"情"的范域。现把《吴声歌曲》中可以考见其写作的背景的叙述一二,以证实上面所说。

先说《团扇郎歌》:晋中书令王珉,好持白团扇,与嫂婢谢芳姿发生恋爱,情好甚笃。嫂挞婢过苦,王东亭闻而止之。芳姿素善歌,嫂令她歌一曲以赎罪。她歌道:"白团扇,辛苦五流连,是郎眼所见。"后来珉知道了,问她这歌是遗谁的,她又改作道:"白团扇,憔悴非昔容,羞与郎相见。"再说《丁督护歌》:彭城内史徐逵之为鲁轨所杀,宋高祖使府内直督护丁旿收敛殡埋之。逵之的妻,是高祖的长女,呼旿至阁下,自问殓送之事,每问,辄叹息曰:"丁督护!"

其声甚哀。后人因广其声以作曲。稍带神话的恋爱故事,为《吴歌》的背景的,有《华山畿》、《青溪小姑曲》等。《华山畿》的背景是一幕凄恻动人的悲剧:宋少帝时,南陵一士子从华山畿往云阳,见客舍有女年十八九,悦之无因,遂感心疾。母问其故,具以白母。母为至华山寻访,见女,具以告。女感之,因脱蔽膝,令母密置其席下卧之,当已。过了几日,疾果少愈,忽举席见蔽膝,抱持不放,遂吞食而死。气欲绝时,谓母曰:"葬时车须从华山过。"母从其意,及至女门,牛不肯前,打拍不动。女曰:"且待须臾!"妆点沐浴,既而出,歌曰:"华山畿!君既为侬死,独活为谁施?欢若见怜时,棺木为侬开!"棺应声开,女跃入棺。家人扣打,无如之何,乃合葬,呼曰"神女冢"。青溪小姑,系青溪庙神女,曾幻化为人,与赵文韶互相唱歌,至于留连宴寝,没有什么可以感人之处。余如《桃叶歌》,晋王子敬(献之)笃爱他的妾桃叶而作;金陵的《桃叶渡》,亦因之流传千古;《碧玉歌》,宋汝南王为他宠爱之妾碧玉而作。

《吴声歌曲》中最著名的自然是《子夜歌》。但是《子夜歌》的来源,仅知是——晋有女子,名子夜,造此声,声过哀苦。后人更为四时行乐之词,谓之《子夜四时歌》。又有《大子夜歌》、《子夜警歌》、《子夜变歌》,皆为《子夜歌》的变体。今存有《子夜歌》四十二首,《子夜四时歌》七十五首,《大子夜歌》、《子夜警歌》各二首,《子夜变歌》三首。晋琅琊王轲的家里,和豫章侨人庾僧虔家里,曾闻鬼歌《子夜》。于此可证明《子夜歌》确很哀苦,可以使鬼神歌泣。《懊侬曲》亦颇有名,今传十四首,相传绿珠作其一,余为民曲。《读曲歌》今存八十九首,亦为《吴歌》中之最善抒情者。

尚有陈后主所作的《春江花月夜》、《玉树后庭花》、《堂堂》等曲,亦为《吴声歌曲》。陈后主,名叔宝,是个风流天子。他和南唐李后主有同样的天才,亦遭同样的运命,都是亡国之君。但亡国之音哀以思,《吴声歌曲》本是以哀苦著名的,他的擅长于此,并不奇特。他为天子时,每引宾客及贵妃等游宴,使诸贵人及女学士与狎客共赋新诗,互相赠答。其中有最艳丽的诗,往往被选作曲辞,制成曲调,选几百个美貌宫女,学习歌唱,分班演奏。这种曲调,于后来的词令的成立,却予以不少的影响。

陈以前,梁武父子已好作乐府,同时当然有许多人附和。不过他们仅是依旧曲作新歌,没有陈后主那般的偏于创作。但这种仿作民歌的风气,至少可有两种好结果:第一是对于民歌的欣赏。试看梁乐府歌辞之多,便是绝好证据。徐陵所编《玉台新咏》,收入民歌很多,亦可见当时民歌已和文人的诗歌一样受文人欣赏了。第二是诗体的民歌化的趋势。这个趋势一直影响到唐人的乐府新词和宋词元曲,非一言可尽。

《清商曲》里的《西曲歌》,是荆楚文学。这一类歌辞,如《石城乐》、《乌夜啼》、《莫愁乐》、《寻阳乐》、《三洲歌》、《折杨柳》、《采桑度》等,都是荆、郢、樊、邓间的歌曲,大约是现在湖北一带地方的人民所作。《西曲歌》中最特色的作品,是描写商人的生活。商人在文学家的眼中,是无价值的,所以描写商人的文学很不多见。在《西曲歌》里,却有很好的文学描写他们,这或者是当时江汉一带商业发达的缘故。但所谓描写商人,并不是描写他们的商业情形,大概都写的是商人夫妇婉妮之情,或写商人夫妇别离之词,或写商人妇之思夫。总之,言词间不脱商人口吻罢了。所以《西曲歌》也大都是很浓挚的抒情诗,唐人诗亦受它的重大影响。白居易的《琵琶行》,不也就是写商人妇而最富凄恻之音的长歌吗?"商人重利轻离别","老大嫁作商人妇",商人的人格和地位被文人看得轻极低极了,但他们却赖之以垂不朽了!

贵 族 诗 人

晋代文人的文学,可分两派:一派是自然派,除上章所说的嵇康、阮籍一流人外,到了晋末的陶潜,更是超出流俗,纯任自然,为此派放绝大的光明。一派是古典派,他们是辞赋派的遗传,推波助浪,造成了文学骈俪的风气。所谓二陆、三张、二潘,都是这派著名的健将,也是文学史上功不抵过的罪人。

陆机,字士衡,吴郡人。太康末,与弟云俱入洛,然非其所志。当时即有"二陆入洛,三张减价"之谣。云字士龙,和机都死于八王之乱。云诗不如机,机虽伤于缛丽,然亦偶有轻俊之作。机有《叹逝赋》颇著名,又有《文赋》,抒发他的文学见解,亦为古代批评文学之仅存者。张载,字孟阳,安平人,以《剑阁铭》著名。弟协,字景阳,又有季弟名亢。三人均以诗名。

潘岳,字安仁,荥阳中牟人,幼称奇童,长善为诗赋。他是一个美男子,每挟弹出洛阳道,妇人遇见他,都纷纷投之以果,他就满车载归。同时,张载甚丑,每出,小儿以瓦石掷之,狼狈而返,与潘岳恰成反比。他是石崇之友,官散骑常侍,故后为孙秀所杀。他的作品以善抒哀情著名,如《秋兴赋》、《怀旧赋》、《寡妇赋》、《内顾赋》、《悼亡诗》等,都为不朽之作。他因自己的鳏旷,矜怜到寡妇不可告人的幽怨,所以作《寡妇》一赋,辞意凄绝,引起不少读者的同情。他的从子尼,字正叔,亦好作诗、赋。

左思,字太冲,齐国临淄人,与潘、陆同时。貌丑口吃,不善交游,曾被征为秘书郎。其巨作《三都赋》——《魏都》、《蜀都》、《吴都》三赋——构思至十年乃就。相传他作赋时,门庭、藩篱、毛厕上都放纸笔,思得一句,就写上去。赋成时,人竞传写,致使洛阳纸价一时大贵。这种明为辞典式的著作,当无文学价值可言。他的《咏史诗》八首亦很著名,然不及他用白话作的《娇女诗》来得自然有味。此外,张翰、孙楚、夏侯湛、石崇、曹摅诸人,亦以能诗名。

刘琨,字越石,中山魏昌人。官至司空,为段匹磾所杀。他是个有英雄性格的人,又曾经五胡之乱,所以好作慷慨悲壮的诗歌。郭璞,字景纯,河东闻喜人。好古文奇字,并通五行、天文、卜筮之术。后为王敦所杀。曾注《山海经》及《穆天子传》,所作赋如《江赋》、《南郊赋》等,在当时很为人所称。《游仙诗》十四首,和阮籍的《咏怀》、左思的《咏史》同一旨趣,亦具有超逸的自然的风格与情调。

左思、刘琨、郭璞的诗,已上接阮籍自然之风,所以东晋诗人,日渐返于自然。王羲之、献之等的诗,虽以风流蕴藉见重,但亦已无雕琢粉饰之气。迨大诗人陶潜出世,东晋文人的诗坛上,顿时光芒万丈了!

陶潜,又名渊明,字元亮,浔阳柴桑人。运甓的陶侃就是他的曾祖。家境很贫,初为州祭酒,因为过不惯,就回来了。一度为彭泽令,不愿为见督邮而折腰,又因妹丧于武昌而不得不奔波,遂自解职归,不复出仕。《归去来辞》一文,就是他此时襟怀的表现。他最喜饮酒,诗中涉及饮酒,便多趣语。临死自挽,尚以"饮酒不得足"为遗憾,就是他去做官,也是因了"彭泽公田之利,足以为酒"。他曾贫困到乞食,几个儿子又都是孩子气,他尽付之一叹,只管饮他的酒!他的诗文创格极多,大都足以反映他的人生。他的《闲情赋》是最好的抒情诗,后人讥为"白璧微瑕",真腐气太浓了!他是田园诗人,也是乐天派的骄子,他的人格和天才极为后人所景仰,所以影响于后代诗歌很大。宋朝苏轼,取陶诗一一和之,可见他崇拜的热烈到沸点了!

南北朝时,北朝简直没有文学,所谓"大邢""小魏",不过如此,温子升也平常。南士在北方的,有王褒和庾信。庾信且曾仕南方,均不能称为北方文家。南朝文学,宋代尚承晋末余风,所谓谢、颜、鲍三大家,虽多山水清音,然逐渐走到绮丽的路上去,做了齐梁的先导。谢灵运,陈郡阳夏人,曾为永嘉太守,不善吏事,专游山水。后弃职居会稽,仍以游放歌诗自娱。后以受诬起兵被杀。他的诗以善写山水著名。族兄瞻,族弟惠连,皆善诗。惠连的诗,较灵运更自然、真朴有生气,他的《雪赋》,尤为当时所称。颜延之,字延年,琅邪临沂人,亦曾为永嘉太守,诗善雕琢。鲍照,字明远,与其妹令晖同以诗名,照尤以善拟乐府见称。所作诗较颜、谢为平易朴静,亦较有生气。又有谢庄,亦以诗名,其作风亦不脱颜、谢范围。

诗到了齐,渐走入律诗这条路上去。自沈约创《四声谱》,以平、上、去、入制韵,不能像古诗般的乱用,更促进加快了律诗的成立。沈约,字休文,吴兴武康人。幼孤贫而好学,昼夜不倦,其母恐其积劳致疾,时常暗暗的减油,不使他知道。他创《四声谱》后,四声的势力从此竟一直统治了几千年的诗坛,直到清末。他的《八病说》又替诗人加上了种种的束缚和桎梏,阻滞了诗歌的进化。他的诗虽富有情致,亦好作婉妮的乐府,然而亦功不掩过。谢朓,字玄晖,陈郡阳夏人,是唐代李白最佩服的一个诗人。他好作古诗,间亦有美句,但诗体更近于律绝了。同时,尚有诗人王融、萧子良、谢超宗、王俭、刘绘、张融、孔稚圭、陆厥等。

梁代时,武帝父子都爱作乐府,和民间文学相接近。臣下都仿效他们,因此曼妙的诗风又盛极一时。武帝名萧衍,字叔达,初仕齐,后篡位自为帝。他好佛,有人说他曾舍身佛寺。后侯景造反,他被围于台城而饿死。长子统,字德施,曾选古今纯文学的作品为《文选》三十卷,为古来能欣赏纯文学者的第一人。三子纲,字世缵;七子绎,字世诚,均善作乐府。他的臣下,有江淹,字文通,济阳考城人,曾仕宋、齐。他的诗不尚琢饰,又善赋,《恨赋》一篇尤为著名。何逊,字仲言,东海剡人。他的诗最长于写别情离绪,所以送别诗在他作品的全数中,恐将超过半数。此外尚有范云、任昉、庾肩吾、柳恽、吴均、王筠及萧氏诸弟兄(皆为齐宗室之后)等,亦均以诗名。

徐陵;字孝穆,东海郯人,后曾仕陈。他所编的《玉台新咏》,都为香艳诗歌,且多无名作品。他的赋全是四六的骈体文,所作诗亦善抒情。庾信,字子山,新野人,肩吾之子。他因被聘入东魏,又入西魏,又仕周,连仕梁,共经四朝十帝。信在北虽蒙厚待,然常有家国之思。周陈通好时,南北寓人均得各返故乡,周主独不放他和王褒回去。他的《哀江南赋》,就是写他寓居不得归的乡关之思,曾感动了不少的人,其晚年的诗亦因此而益蕴深情。王褒,字子渊,琅邪临沂人,为周所虏,亦礼遇甚厚。他的诗亦深蕴家国之思,惟逊于庾信。

陈后主叔宝,他和群臣都以善制新曲出名,所作尤以乐府为多。他的奇特的行为和他对于文学的功罪,已见前节,这里不再复述了。

释 典 的 翻 译

翻译有两种意义:一是由古文译为今文,二是用本国文翻外国文。第一种的翻译的目的,在要收言文一致之效,如司马迁《史记》之译《尚书》就是先例。第二种的目的,在媾通两个文字、语言不同的国家或民族的情感,古代小说《山海经》已开其端,后此有楚鄂君译《越人歌》,和《后汉书》所载白狼王唐菆等《慕化诗》三章。第一种的翻译,自司马迁以后,至明代通俗小说家始见续做,而用本国文续翻外国文,早始于后汉桓、灵时代的译印度释典。

释典传入中国,始于汉哀帝元寿元年。初仅以口授,未有译本。桓、灵时代的翻译,大概由西域寓僧口述,本国僧笔录,彼此均但通国语,笔录的人,又不一定懂教义,所以难免多有讹谬。这是第一期的情状,其代表人物为安世高、支娄迦谶等。到了晋代,译师已能为汉语,笔述的人亦深通佛理,然仍仅据口传,未有原本,故多歧义。这是第二期的情形,其代表人物为鸠摩罗什、觉贤、直谛等。后经法显、玄奘等亲往印度,深研彼土教义,熟习梵文,又求得原本典籍,载归本国,重加译述。这是第三期的情形,其代表人物为玄奘、义净等。这三个时期:第一为外国人主译期;第二为中外人共译期;第三为本国人主译期。

现在所谓翻译,就是先拿一外国语的原本,详其意义,然后译成华语。谁知第一二期的释曲翻译，并不如是。因为在那个时候，西土亦无经本，亦但以口授，所以中国翻译时，只能凭译人的背诵。到了第三期的翻译，不但有原本可以覆勘，且使译者有审择的余地。当时译事的组织亦很严密，由国家建大规模的译场，广延人才，十分审慎地从事。一经之译，须经译主、笔受、度语、证梵、润文、证义、总勘各个阶段，然后方告成功。起初只是译些简短的经文，到这时才有长篇巨部。起初译的只是小乘，到这时才译大乘经文。起初只翻经典，到这时律、论、传记乃至外道哲学，亦都有翻译。总计自后汉迄唐开元时，共有译人一百七十六人，译书二千二百七十八部，共七千零四十六卷。不可谓非极一时之盛了。

翻译释典的动机，在于传布佛教教旨，和近代的翻译，介绍哲学而翻哲学籍，介绍文学而翻文学书，完全不同。然间有文学书，这类书中，虽亦多教语，大概亦因彼土风俗、人情关系，和汉人小说好言神仙故事为同样原因。如龟兹人鸠摩罗什所译《维摩诘经》，就是一部富于文学趣味的小说；《法华经》中亦尽多美而有味的寓言。彼土大音乐家、大文学家马鸣所作的《佛所行赞》，实为一首四万六千余言的长歌，译本虽不用韵，然吾们读它的时候，总觉它和《孔雀东南飞》等古乐府相仿佛。所作《大乘庄严论》，直是一部《儒林外史》式的小说，原料皆采自《四阿含》，经他点缀之后，能令读者肉飞神动。此外若马鸣以后的《华严经》、《涅槃经》、《般若经》等，体裁与内容都近小说。宝云所译《佛本行经》，和《佛所行赞》稍不同，亦为韵文，译本有时用五言无韵诗体，有时用四言，有时又用七言，而五言居大部分，其中且亦有很浓艳的描写。

中国人翻释典时，不问此书在彼国是否为释典，只要是印度的书，就用汉文翻译。因此现存之《大藏经》及《续藏经》，成为印度学术之宝藏，惟宗教书较多而已。除前述之长歌和小说外，印度文学尚有一种特别体裁：散文记叙之后，往往用韵文重说一遍。这韵文的部分叫做"偈"。印度文学自古多赖口传，这种体裁可助记忆力。但这种体裁输入中国后,在中国文学上却发生了不小的意外影响。"宝卷"本是佛教中人编来宣扬教义,为愚夫愚妇说法而作,所叙故事,亦颇多深厚的文学意味,其体裁即唱白夹用。纯文学的作品"弹词",亦即用此体裁,而且也有伟大的作品,这不能不说是受翻译文学所赐。

就翻译的文字方面讲,起初都是直译,所以有许多不合中国文法的语句,令人不解。后来偏重意译,亦难免有误解之处,有失原文真意。最后的参用直译、意译二法的译本,方是完美精良之本。所以所有的一切译本中,尽有一书而有译本九种之多的,可见当时译者主见不同,而各依各人的译法去从事,即他人已有意译本,我不妨再用直译法来重译。这是他们对于译事郑重将事的成绩,但这种种不同的文体却也给了中国文学无限的影响。后来他们又将教义编为"俗文"、"变文",以期普遍的宣传到民众间,对于后来白话文学的建设,却也有重大的帮助。

中国文学素来缺乏想象力,佛教文学却最富于想象力,所以翻译成汉文后,中国文学也受到重大的影响。中国僧人,也有不朽的作品留传给我们,像法显的《佛国记》、玄奘的《大唐西域记》,都是类于纯文学的绝好作品。据近人考据《佛国记》所载,说法显曾到过美洲。如果属实,那么哥伦布发现新大陆的功绩,将完全推翻,而在美洲的历史的第一页上,不能不将这位冒险家——法显——大书特书了。

宋代僧人亦曾译释典,但数量不多,亦无特殊的成绩,在文学上不发生什么影响,故略去不述。

五 传 奇 文 学

六 朝 志 怪

中国自古有信巫之风，秦汉时，始皇和武帝都好神仙方术，所以神仙之说大盛。汉人小说已受到它的影响。六朝时，佛教传入中国，小乘的因果报应说创立了无数的鬼怪灵异故事，道家的神仙故事也有了专门的记述，于是鬼神志怪书的产生就特别的多起来了。

这类书中最初出现的为《列异传》，书凡三卷，今已佚。此书或题曹丕撰，或以为张华所作，至今尚无定论。张华，字茂先，范阳方城人。魏初举太常博士，入晋官至司空，后死于赵王伦之变。他熟于图纬方伎的书，又能识灾祥异物，故在当时即有博物洽闻之名。著《博物志》四百卷，后又删为十卷，专记各地异物奇闻。其书至今尚存，惟已非原本。

干宝，字令升，新蔡人。晋中兴后为著作郎领国史，后为始安太守，迁散骑常侍。曾著《晋纪》二十卷，时人誉为良史。他年幼时，父有一宠婢，为母所妒，父亡，母将婢生埋于父墓中。后十余年，母亦死，开墓下葬，婢仍未死。婢且言父常给她饮食，爱好也和生时一样。后此婢嫁去，生子如常。又其兄气绝复苏，自言曾见天神。他因此作《搜神记》二十卷，以证明神道之实有。今本正廿卷，然已非原书。书中所记除神祇灵异、人物变化外，颇言神仙五行，也偶及释氏之说。又有《续搜神记》十卷，也记灵异变化的事，题作陶潜撰，决系伪托。

晋时，尚有荀氏的《灵鬼志》三卷，陆氏的《异林》若干卷，戴祚（字延之）的《甄异传》三卷，祖冲之（字文远）的《述异记》十卷，祖台之（字元辰）的《志怪》二卷；此外有孔氏、殖氏、曹毗等，亦以作志怪书著名，可惜著作均佚失，只间在他书中保存其一二。至于现行的《述异记》二卷，题梁任昉撰，系唐宋间人伪作，而袭用祖冲之的书名的。道士王浮，著有《神异记》，书亦佚失。

刘敬叔，字敬叔，彭城人。少时颖敏有异才，晋末拜南平国郎中令，入宋为给事黄门郎，数年后，以病致仕，卒于家。所著有《异苑》十余卷。今本《异苑》只十卷，非其原书。宋临川王刘义庆，为人简素，性好文学，撰述很多。有《幽明录》三十卷，今已不存，惟他书征引的很多，体例大抵似《搜神记》。又有《宣验记》十三卷，专记释家报应之事，今亦只见其一二遗文。又著《世说》八卷，专记后汉至东晋时闻人的名言隽行和一切琐屑杂事，实为史料之宝库，前人都将它列入小说，殊属不当。复经刘孝标加以注，扩为十卷，宋人晏殊又删为三卷，又经后人改名为《世说新语》。今之通行本，即为三卷本，原本也不可见。同时如殷芸的《小说》、沈约的《俗说》，均为同性质的书，实则渊源于晋人裴启的《语林》，并非创体。后亦有仿作者，如宋王谠的《唐语林》等都是。

宋散骑侍郎东阳无疑有《齐谐记》七卷，书已不传。梁吴均作《续齐谐记》一卷，今虽有存本，亦已非原作。吴均，字叔庠，吴兴人，曾为鄂主簿，有诗名，士人都效其体，称"吴均体"。后除奉朝请，因撰《齐春秋》不实免职，后复召见，使撰《通史》，未就而卒。他所著的小说，唐宋文人多引为典故，书中故事，或采之于释氏，故颇多奇诡。

专门记载释氏因果和应验的志怪书，除上述的《宣验记》外，全书未佚的惟有颜之推《冤魂志》三卷。其他如王琰的《冥祥记》十卷，颜之推的《集灵记》二十卷，侯白的《旌异记》十五卷，仅可考见其遗文，原书都已散佚不传。颜之推，字介，博学善文。初仕梁湘东王绎，后仕齐为奉朝请，历除黄门侍郎。齐亡，入周为御史上士。隋开皇中，太子召为学士。所作尚有《家训》，为子部儒家要籍。王琰，太原人，幼在交趾受五戒，曾在宋大明及齐建元年，两感金像之异，因作《冥祥记》。王曼颖有《补续冥祥记》一卷，当为同时或较后的作品。侯白，字君素，魏郡人。好学有捷才，滑稽善辩，举秀才，为儒林郎。好为诽谐杂说，人多爱狎他，所到之地，观者如市。隋高祖闻其名，召他于秘书修国史，后给五品俸食，月余即死。作品除《旌异记》外，又有《启颜录》二卷，所录事都浮浅，又好以鄙言调谑人，往往流于轻薄。前于此，有后汉邯郸淳的《笑林》三卷，杨松玠的《解颐》二卷，后此有唐何自然的《笑林》，宋吕居仁的《轩渠录》、沈征的《谐史》，周文玘的《开颜集》，天和子的《善谑集》等，均为同性质的作品。惟托名苏轼作的《艾子杂说》稍为卓特，善于嘲讽世情，讥刺时病，和《笑林》的无所为而作却异其旨趣。

又有《拾遗记》十卷，题晋陇西王嘉撰，梁萧绮录。王嘉，字子年，陇西安阳人。初隐于东阳谷，后入长安，苻坚屡征不应。姚苌入长安，逼他自随，以答问不称意而被杀。他能言未然之事，辞如谶记，人鲜能解。尝作《牵三歌谶》，又著《拾遗录》十卷，所记多诡怪。《拾遗记》的萧绮序中说，书本十九卷，二百二十篇，苻秦之季，多有亡失，为绮删繁存实，合为一部，凡十卷。照这样看来，萧绮取以删削的《拾遗记》，和王子年著的《拾遗录》，或为两书。后人以为王作或已不存，今本系萧绮所作而托名于王嘉的，虽无确证，理亦可信。

恋 爱 故 事

六朝小说，都是琐杂的记载，不是整段的叙写，也绝少文学的趣味，实非真正的小说。到了唐时，才有组织完美的"传奇"出现。所叙事实，都很瑰奇，描写也浓挚有趣，始为纯正的短篇小说，不但盛行于当时,且为后代诗人和戏曲家取为他们作品的题材。所以唐人传奇在中国文学史上实为空前的创作,和同时的诗歌一般为后人所极端赞颂。

著名的作品,我们把它分做三类来叙述:一类为恋爱故事,一类为豪侠故事,又一类则为神怪故事。

叙写恋爱故事的著名的作品,有《霍小玉传》、《会真记》、《李娃传》、《章台柳传》、《长恨歌传》、《非烟传》、《离魂记》等。《霍小玉传》为蒋防作,防字子征,义兴人。元和中,官司封郎中,知制诰,进翰林学士,出为汀州刺史。这篇传奇系叙名妓霍小玉和进士李益的惨恻动人的恋史:李益和小玉恋爱后,母亲已为他订婚于卢氏,他不敢拒,遂和小玉断绝音问。小玉念李益成病,家里又穷得将家产卖尽,连最心爱的紫玉钗都卖去,李益仍避不见面!一天,他在崇敬寺看牡丹,为一黄衫客强邀到小玉处,小玉数其负心,且誓必为厉以报,长叹数声而绝。其后李益妻妾间果常起猜忌,家庭终于破散。李益为唐时诗人,惟事迹并不尽如所说。明人汤显祖《紫钗记》和近人《紫玉钗剧本》,都以此为题材。《会真记》亦名《莺莺传》,元稹所作,他是唐朝大诗人之一。《记》系叙崔莺莺和张君瑞相恋事,终于各自分飞,此后婚嫁,使人读之不欢!后来戏曲家取以为各种《西厢记》,却以团圆结局,不及原作多了。莺莺事艳闻千古,或以为传中张生,即为元稹自己,证据很多,可惜无暇详为叙述。

《李娃传》系白行简所作,行简字知退,下邽人,大诗人白居易的季弟。李娃为长安名妓,常州刺史荥阳公之子因迷恋她而致堕落。李娃终于救了他,使他勉力读书上进,后奉父命结为婚姻,待娃以殊礼。元石君宝的《曲江池》和明薛近兖的《绣襦记》二剧,都叙写此事。郑元和唱《莲花落》故事,至今尚盛传于闾里间。行简又有《三梦记》一篇,所记很琐碎而乏趣味。《章台柳传》系许尧佐作,或名《柳氏传》叙韩翃的恋人柳氏为番将沙吒利所夺,他无计把她取回,侠士许虞侯怜其情,自告奋勇去替他劫回。此本为当时实事,二人的酬答诗"章台柳,章台柳,昔日青青今在否?⋯⋯"至今尚流诵于文学家之口,可见其盛传之久远。明吴长孺的《练囊记》和清张国寿的《章台柳》二剧,都取以为题材。《长恨歌传》为陈鸿所作,鸿字大亮,为白居易的友人。居易作《长恨歌》,鸿因为之记其本事,以作此传。明皇和杨妃的恋史本是很感人的题材,所以元人白朴取以作《梧桐雨》杂剧,清人洪昇取以作《长生殿传奇》。陈鸿又有《东城老父传》一篇,也是记开元和天宝的盛衰情况的。《非烟传》为皇甫枚作,枚字遵美,安定人,著有《三水小牍》,本传即出于此书中,叙步非烟与少年赵象相爱,为夫所知而被笞死,象亦远窜。《离魂记》为陈元祐作,元祐今仅知为大历时人,余事均不详。《记》中叙张倩娘与王宙相爱甚深,其父欲将倩娘嫁别人,她不愿,宙亦悲恨诀别。夜半,他忽见倩娘追踪而至,相处五年,生二子,然后二人同到倩娘父家。谁知倩娘卧病在家,未尝出门,卧病的倩娘闻和宙同来的倩娘至,便起床相迎,二女相合为一体。乃知和宙同来的为倩娘之魂。元郑德辉的《倩女离魂》一剧,即据此文而作。

于邺的《扬州梦》,叙诗人杜牧冶游扬州及在湖州恋一幼妓的故事,约十年后来娶,待重来湖州,已逾相约的年期,女已嫁人生三子。他的"绿叶成阴子满枝"的名句,即为此时而咏。此文全为写实,然结果为悲剧,读之令人怅怅。元杂剧家乔吉,取材以作《扬州梦》。余如房千里《杨倡传》,写杨倡以死报知己,似亦当时的实事。

此外,叙述人与鬼神恋爱的传奇文也很多。李朝威,陇西人,著《柳毅传》,叙洞庭龙君之女为舅姑丈夫所虐,恳柳毅寄信于其父,为叔钱塘君所知,乃出兵讨伐,吞了她丈夫。因感柳毅传书之德,以龙女嫁之。后二人俱返水府成仙。元人尚仲贤《柳毅传书》和清人李渔《蜃中楼》二剧,都据此传。沈下贤,名亚之,吴兴人,元和中进士,著有《湘中怨》、《异梦录》、《秦梦记》三文。《湘中怨》叙郑生遇孤女,相处数年,女乃言她是"蛟室之妹",今谪限已满,遂别去。《异梦录》记一名凤的少年，梦丽人示以《春阳曲》，且为作弓弯舞，及醒，词笺仍在袖。《秦梦记》则亚之自叙经长安，梦为秦官，与秦穆公女结婚事。裴铏所著《传奇》中，有《裴航》一篇，系叙裴航秀才和仙女云英结缡事。又有《崔炜传》，叙崔炜和田横女配合事，情节都奇幻可观。裴铏在咸通中为静海军节度使高骈之书记，后官成都节度副使，加御史大夫。所著《传奇》，原本篇幅颇富，今只存载于他书的不多几篇了。

豪 侠 故 事

在汉晋的古诗中，叙写豪侠少年的故事已成为常见的题材。唐时藩镇专横，人民心理上都希望有这种侠客出来抱不平，惩罚那些凶恶的军阀，救出那被压迫者。有此二因，豪侠故事在当时很盛行一时，而且开了后代侠义小说的体制，在文学上创立了一种特殊的风格，很可以振奋起读者积极的精神。

段成式的《剑侠传》，本载于《酉阳杂俎》中，《酉阳杂俎》是一部平常的杂琐的笔记集，几篇《剑侠传》却增高了不少全书的声价。成式字柯古，他是喜欢研究佛理的人，所以书中记载着很多西方舶来的神异故事。《红线传》旧题为杨巨源作，原文见于袁郊的《甘泽谣》中，故又作袁郊所撰。红线是潞州节度使薛嵩的青衣，田承嗣想吞并潞州，嵩忧惧，红线乃夜往盗取承嗣床头的金合，嵩使人往送还，承嗣惊惧，乃复修好。事后，红线遂别去，不知所往。事很平常，但红线的侠名，因之在历代文人的口中永垂不朽了。《无双传》系薛调作，调乃河中宝鼎人，美姿貌，曾以户部员外郎加驾部郎中，充翰林承旨学士。郭妃悦其貌，乃为懿宗所娟。传中叙刘无双许配于王仙客，后兵乱相失，无双被召入后宫，仙客悲痛欲绝。因访侠士古押衙诉其事，古生别去。半年后，忽喧传守园陵的一个宫女死了，仙客往视，乃是无双，号哭不已。夜半，古生抱无双尸至，灌以药,得复生。于是二人逃去,古生自杀以示灭口。明陆采的《明珠记》一剧,即取此为题材。《虬髯客传》为杜光庭作,或题张说作,非是。光庭字宾至,处州缙云人,为唐末的道士,后避乱入蜀,事王衍,所著颇多,以此作为最盛传。《传》叙李靖见杨素,素身旁一执红拂妓,夜亡奔靖,二人途中逢虬髯客,客为妓之兄,意气相得。虬髯客本有争天下之志,后见李世民,知非所敌,壮志全消,乃推资与靖,使佐世民,自到海外去。后至扶余国,杀其主,自立为王。李世民亦虬髯,髯可挂角弓,故杜诗有"虬须似太宗"语,可见虬髯客和李世民实二而为一。传中所云,全为作者故弄狡狯。明人取以作曲的,有张凤翼和张太和的《红拂记》,及凌初成的《虬髯翁》。

裴铏的《传奇》中,有《昆仑奴》和《聂隐娘》二篇,为文人所习知的豪侠故事,因曾被编入单行的《剑侠传》内,故或误为段成式作。《昆仑奴》在从前或曾单行,故亦有误题为冯延巳作的。叙崔生奉父命往视"盖天之勋臣一品"病,一品乃命一穿红绡的妓沃一瓯绯桃的甘酪以进。生脸红不受,一品命妓以匙进之。及生辞去,妓送出院,临别出三指,反掌三度,然后指胸前一镜为记。生归后颇苦念妓,而又不解其意。家中有昆仑奴名磨勒的探知其故,乃为之解释道:"立三指是示他住在第三院,三度反掌是示十五之数,胸前镜子是指明月,即要你十五夜月明前去的意思。"于是磨勒负生入一品家,逾十重垣与妓相见,又负他们二人同出。后一品知其事,命捕磨勒,他在重围中飞出,不知所往。十年后有人见他在洛阳卖药,容貌如旧。所谓一品者,系隐指郭令公子仪。在唐时,豪绅官僚广蓄姬妓是极平常的事,所以不免多有怨女,甚至有因此摧毁了由恋爱而成的佳偶。唐人传奇中关于这类故事特别的多,姓崔的又成了此种题材的唯一的主人翁。清河崔氏为唐之大族,这个大族中,或曾发生过可歌可泣的恋爱剧,为当时社会人士所艳称。所以文人随手拈来,几乎做了每一桩恋爱故事的主人翁了。《聂隐娘》叙魏博大将聂锋,有女名隐娘,十岁时为尼诱入山中受剑术,术成，送她回家，后她嫁了一个磨镜的少年。魏帅田氏与陈许节度使刘昌裔不和，魏帅命隐娘去杀昌裔。谁知昌裔有神算，预知其来，于中途用厚礼迎接她夫妇。隐娘感其意，遂留居许。月余后，魏帅又使精精儿去杀隐娘和昌裔，反为隐娘所杀。接着又使妙手空空儿至，又被隐娘设计，使他一击不中，愧而远逸。昌裔死，隐娘便隐去。我们读了这篇和袁郊的《红线传》，可以见到那时藩镇不但对政府跋扈，且彼此亦互相猜忌，互相残杀，人民自然更受害无穷了。清人尤侗的《黑白卫》一剧，即演此事。

又有柳珵的《上清传》，叙窦公的青衣上清为主明冤事，但以智不以力，和其他豪侠故事的旨趣稍有不同。

神 怪 故 事

传奇中的神怪故事，当然是受六朝志怪书的影响。唐人所作，虽也有许多琐杂的短篇集，如牛僧孺的《玄怪录》十卷，李复言的《续玄怪录》五卷，薛渔思的《河东记》三卷，张读的《宣室志》四卷等，然都不及单篇的传奇隽永而有味。如张鷟的《游仙窟》，全文共万余言，体近骈俪，为唐传奇中最长的作品。张鷟，字文成，深州陆浑人。博学工文词，七登文学科，曾为御史，性情躁卞，傥荡不检，姚崇很看不起他。后被劾贬岭南，旋又内徙，终于司门员外郎。日本新罗使至，常以金宝买他的文章。《游仙窟》系自叙奉使河源，道中夜投大宅，逢二女曰十娘、五娘，宴饮欢笑，以诗相调，止宿而别。文中虽不言明十娘五娘为鬼为人，然题名为仙窟，且又相遇于夜中，当以鬼为近。在日本有传说，言文成姿容清媚，好色多情，慕武则天后而无由通其情愫，乃为此文进之。文成与则天后为同时人，此传言当有所自。此文中国已久佚，近始由日本传入而有印本。

善写神怪故事的传奇作者，以沈既济和李公佐为翘楚。沈既济为苏州吴人，或作吴兴武康人，为人荐于朝，召拜左拾遗史馆修撰，后为礼部员外郎。所作今传有《枕中记》和《任氏传》二篇，《枕中记》或题张泌作，非是。《记》叙道士吕翁行邯郸道中，于逆旅遇卢生，见他因穷困叹息，便授以一枕，道：枕此当荣适如意。生梦娶清河崔氏，登显宦，不数年便为宰相，中间曾为人所忌，以飞语受贬，然不久即复官。后寿至八十，子孙满前而死。至此，卢生乃醒，时旅舍主人蒸黄粱尚未熟。吕翁顾他笑道："人世之事，不过如此而已。"生怃然良久，拜谢别去。晋人干宝《搜神记》有焦湖庙祝以玉枕使杨林入梦事，大旨尽同，当即此文所本。元人马致远等合作之《黄粱梦》和明人汤显祖的《邯郸记》二剧，都据此文而作。《任氏传》叙妖狐幻化为人，助郑六立家业，且能守贞拒强暴，后为犬所逐而毙。作者誉为"虽今之妇人有不如者"，盖亦为讽世而作。

李公佐，字颛蒙，陇西人，举进士。元和中为江淮从事。有仆夫执役近三十年，一日，忽留诗一章，距跃凌空而去。所著传奇，今存四篇，其中以《南柯太守传》一篇最为动人。此传叙淳于梦所居宅南，有大槐树一株，清荫数亩。一天，他在醉寝后梦到槐安国去，做了国王的女婿，统治南柯郡。守郡三十年，将兵与檀罗国战，大败，公主又死，因此罢官，后被国王送回故乡。醒后，在槐下发现一穴，仿佛若梦中所经。命仆发掘，有蚁数斛，树根上积土，成城郭台殿之状，中有丹台，上居二大蚁，长可三寸许，知即为槐安国王及后。复掘，所谓南柯郡与其妻葬处，都仿佛寻得。复为掩塞如旧。是夜大风雨暴发，蚁均迁去，不知所往。明人汤显祖之《南柯记》，即演此事为戏曲。《谢小娥传》记小娥父及夫为盗所杀，小娥折足堕水，为人所救，依居尼庵。父于梦中示小娥以仇人姓名，小娥乃乔装为男子，为人佣保，后果遇仇人于浔阳，刺杀之，并闻于官，捕获余党。小娥得免死。恐系实事，故李复言《续玄怪录》亦载此事。宋亦有谢小娥为父报仇事，见《舆地纪胜》。是一是二，已不可考。明人又取以为通俗短篇小说，见于《拍案惊奇》中。其余二篇，原题未见，他书所引者则都已改题。一为《庐江冯媪》，叙董江妻亡更娶,媪见有女泣于路旁的一室中,后乃知即为死者之墓。董闻知,以妖妄罪逐媪出邑。一为《李汤》,或题作《古岳渎经》,记渔人见龟山下水中有大铁锁,时李汤为楚州刺史,命人以牛曳出。乃风涛大作,一兽状似猿猴,白首长鬐,雪牙金爪,闯上岸来,高五丈余,初时目俱闭,后忽开,光彩若电,慢慢地引锁曳牛入水中,不复出。一时人皆不识为何物。后经公佐跋涉搜访,始于石穴天书中知其来历,乃大禹治水时所获的淮涡水神无支祁。此说后盛行于民间,渐误以禹为僧伽或泗州大圣,明人吴承恩作《西游记》,乃移写其神变奋迅之状为孙悟空,而且把水怪变作山妖了。

此外如王度《古镜记》、无名氏《补江总白猿传》、李景亮的《李章武传》、韦瓘所作而托名于牛僧孺的《周秦行纪》等,或志奇物,或写神妖鬼怪而寓以恋爱,在当时都颇风行一时。

唐以后的志怪与传奇

宋代小说作者,渐由文人移向民间,这时代的作品,以话本为正宗。志怪书和传奇不是没有,但大都不及唐人所作有精彩,有趣味,而且有意规仿,已失去创作和进化的价值。倒是宋初李昉奉诏监修的《太平广记》五百卷,把自汉晋至宋初的小说和笔记,尽量地都拣选搜集进去,使许多原本现已失传的书,我们尚可窥见一斑,不可谓非小说史上的一大奇迹。名为创作的志怪书如《稽神录》、《述异记》一类,传奇如《绿珠传》、《赵飞燕外传》一类,前则行文简率,后则辞意芜杂,较之唐人创作,相差远甚。

徐铉,字鼎臣,扬州广陵人,南唐翰林学士,后入宋为官。他是一位文字学专家,所作《稽神录》六卷,仅记一百五十事,历二十年始成。铉婿吴淑,字正仪,润州丹阳人,在南唐举进士,后亦入宋为官。著《江淮异人录》三卷,皆记当时侠客术士和道流实事,文多简短而很诡怪。

　　宋代虽云尊崇儒家，然释道思想仍弥漫社会。如张君房的《乘异记》、张师正的《括异志》、聂田的《祖异志》、秦再思的《洛中纪异》、毕仲询的《幕府燕闲录》、郭象的《睽车志》，都是记述变怪谶应的杂事。洪迈，字景卢，鄱阳人，幼而强记，博极群书，年五十始中第，曾使金，累官至端明殿学士。著《夷坚志》，成甲集至癸集共二百卷，支甲至支癸及三甲至三癸各一百卷，四甲四乙各十卷，共四百二十卷，历时凡十余年。作者志在求夥，故颇多剿袭旧籍，文亦芜杂。所记除神怪外，社会琐事、闻人轶事、艺林佳话等一概都有，和专门的志怪书的性质已不同。

　　传奇的作者，有乐史和秦醇。乐史，字子正，抚州宜黄人，自南唐入宋为官，著作颇富，共有四百二十余卷。所著传奇，今存《绿珠传》一卷，叙晋石崇妾绿珠的故事，《杨太真外传》二卷，叙唐明皇妃杨太真的故事，都系荟萃稗史成文。他又长于地理，著有《太平寰宇记》二百卷，故传奇中亦好参以舆地志语。又有《滕王外传》、《李白外传》、《许迈传》各一卷，今已不传。秦醇，字子复（或作子履），亳州谯人，所撰传奇，今止存四篇。《赵飞燕外传》系叙汉赵后故事。《骊山记》及《温泉记》，一叙唐杨妃逸闻，一叙张俞为妃赐浴事。《谭意歌传》叙良家子谭意歌，流落为倡，与张正相悦，张迫于母命别娶，后张妻死，终得成姻眷，显系袭取唐蒋防的《霍小玉传》，而以喜剧结束的。

　　无名氏的作品有：《大业拾遗记》二卷，亦名《隋遗录》，一名《南部烟花录》，或题唐颜师古撰；《开河记》一卷、《迷楼记》一卷、《海山记》二卷，或题唐韩偓撰，都为明人妄题。这四种书均叙隋炀帝幸江都前后种种穷奢极欲的故事，文笔颇明丽可观。明罗本的《隋唐志传》，便十九取材于此。又有为明人题作唐曹邺撰的《梅妃传》，叙唐明皇妃名江采藻者，在宫中为杨妃所妒而遭放逐，死于禄山兵乱中。清褚人穫曾据以编入《隋唐演义》，惟事迹稍异。又有《李师师外传》一卷，记妓女李师师慷慨为主捐躯事，此事亦载《宣和遗事》，而情节不甚相合。

　　唐宋人小说的单行本，到明初已十九亡失，《太平广记》又绝少流传，明人偶一得见，仿之为文，即为世人所惊赏。其时有钱塘人瞿佑，字宗吉，著《剪灯新话》，一味模仿唐人，且好叙写闺情艳事，为时流所喜，仿效的纷起，甚至遭禁止方息。嘉靖间，唐人小说复出现，编成丛集者很多。当时的一般古文学者，也喜为异人侠客童奴以至虎狗虫蚁作传，编于个人文集中。此风至清初仍不减。吾们读张潮从各家文集辑出而成的《虞初新志》和郑澍若的《续志》，可以想见一时之盛。

　　传奇专集最有名的，要首推《聊斋志异》。作者蒲松龄，字留仙，号柳泉，山东淄川人。终身不达，授徒于家，至康熙时始成岁贡生。《聊斋志异》凡八卷，或析为十六卷，凡四百三十一篇，作者年五十时始写定。初惟有传抄本，渔洋山人曾激赏之，声名益振。至于刻本，则至著者死后方有，且有但明伦、吕湛恩等为之注。所记虽亦为神仙狐鬼精魅故事，然都和易可亲，使读者忘其为异类，是合志怪书传奇于一炉，而别开生面的。又有《拾遗》一卷，凡二十七篇，其中殊无佳构，疑为作者所删弃，或是他人的拟作。稍后，大诗人钱塘袁枚撰《新齐谐》二十四卷，续十卷，初名《子不语》。其文不尚雕饰，又大抵为片段之作，和《聊斋志异》的作风全然相反。

　　和《聊斋志异》明树异帜的，为纪昀的《阅微草堂笔记》五种。他是主张排除唐代传奇浮艳的作风，而追仿六朝志怪书的质直的，但过偏于议论，且其目的为求有益人心，已失去了文学的意义。纪昀，字晓岚，直隶献县人，官至侍读学士，因事被谪戍乌鲁木齐。后召还，为四库全书馆之总纂官，他的毕生精力，都用在多至二百卷的《四库全书总目提要》上。后又累迁大官。《笔记》五种为《滦阳消夏录》六卷，《如是我闻》、《槐西杂志》、《姑妄听之》各四卷及《滦阳续录》六卷。每种一脱稿即为书肆刊行，故当时五种都单行。

　　和《聊斋》同派的作品有：《谐铎》十卷，吴门沈起凤作；《夜谈随录》十二卷，满洲和邦额作；《萤窗异草》初二三编共十二卷，长白浩歌子作；《影谈》四卷，海昌管世灏作；《昔柳摭谈》八卷，平湖冯起凤作；《六合内外琐言》二十卷，一名《璅蛣杂记》，江阴屠绅字贤书、别署黍余裔孙者所作。近至金匮邹弢作《浇愁集》八卷，长洲王韬作《遁窟谰言》、《淞隐漫录》、《淞滨琐话》各十二卷；天长宣鼎作《夜雨秋灯录》十六卷，亦笔致纯效《聊斋》。然渐由写狐鬼而叙烟花粉黛，虽传布颇广远，不足称为佳作。

拟仿纪氏的作品有：《耳食录》十二卷、《二录》八卷，临川乐钧作；《闻见异辞》二卷，海昌许秋垞作；《翼駉稗编》八卷，武进汤用中作；《三异笔谈》四卷，云间许元仲作；《印雪轩随笔》四卷，德清俞鸿渐作。此外如德清俞樾所作《右台仙馆笔记》十六卷、《耳邮》四卷，颇似效法《新齐谐》，而记叙简雅，不涉因果，和袁作又不同。江阴金捧阊的《客窗偶笔》四卷、福州梁恭辰的《池上草堂笔记》二十四卷、桐城许奉恩的《里乘》十卷，亦为志怪书，惟旨在劝惩，不能名为小说。

至清末，传奇派的小说仍风行，而又参以北方英雄文学的思想。再后，又起了黑幕小说的风尚，作风愈趋卑下。到了现在，此派作品，已不为一般文学者所注意，几等于无形消灭了！

六　诗歌的黄金时代

黄金时代的造成

隋代一统南北，文帝鉴于当时文学之淫丽已极，亟谋改革。那时有位御史官李谔，上书文帝，请求将作雕琢淫丽文章的士民，送官严办。文帝就下诏，凡是公私文牍，一概宜实录，并将李谔的上书颁示天下，以警淫丽的作者。当时果然大有效果，文人如杨素、卢思道、薛道衡、虞世基等，所作的诗，俱能脱去艳丽之习，而清雅可诵。但不久以后，即起反动。他的儿子炀帝（杨广），和陈后主一般喜欢留连声乐，同时的文士，又好作艳词。他的《春江花月夜》，简直就是后主的《玉树后庭花》，淫艳极了！他不但好声乐，大制艳曲以供歌唱，而且大开戏场，用许多女人，都穿锦绣彩绘的戏衣，演唱者有三万人，弹弦撼管的有一万八千人，欢乐之声，数十里外都听得，也可算古今中外难得的大排场了！这种风气的养成，于后代戏曲的成功，有不少的帮助。就是以文学论文学，炀帝时的作品，却比文帝时要有价值的多。淫艳虽不是文学的必要条件，但因要避去淫艳之名，连抒情的文字都不作，那么除去情感，还有什么文学可言呢？所以从政治上着眼看，文帝自然优于炀帝。从文学的立足点上看，那末炀帝要胜过乃父万倍了。

唐高祖（李渊）篡隋即帝位，一统全国后，直到安禄山之乱，凡一百三十年间，没有兵乱，没有外患，称为太平之世。其间虽有武则天的革命，那不过是朝代的变更，社会民生都没有扰乱。在这样长时期的太平盛世，政府大可偃武修文，替各种杂乱的学术理出些头绪来，且建设未来的学术。高祖的儿子世民甚好文学，在位时，开文学馆延当代文士。此后高宗、武后、玄宗继之，都很注意词章，且以诗登用人才，是以当时朝士都能为诗。诗人如云之突起，如浪之汹涌。清所辑《全唐诗》共九百卷，作者共二千二百余人，得诗四万八千九百首，此三百年中所存之成绩，实较自《诗》三百篇至隋的千余年间要多过数倍。但这个黄金时代的造成，当然还有种种的缘因，绝不如上面所说那样简单。

我以为唐代诗歌的唯一特色，就在民间文学和文士文学的混合。过去的情形是这样的：自魏曹氏父子拟作乐府新词后，诗歌遂有朝、野之分。民间诗歌随着时代在进化，而文人却在拟作那过去的被采入乐府的民歌。到西晋时，文人用模拟辞赋的方法来作诗，不但不拟过去的民歌，而且脱离了民歌而独立。六朝时，乐府复兴，然所采多为文士作品，也受了辞赋的影响，而少自然洒脱之气。而且我以为所谓纯粹的民歌，也绝不全是不识字的人所作，至少需经文人的润饰，方得在当时流传。不过这种文人都是无名作者，在朝廷没有一官半职，所以他的作品被采入乐府时，他的名字已经遗失。到了重视诗人的唐政府时代，民间能作诗的人，都为当地官长所注意而提拔，或竟因此而引荐为大官。这样，自然好像这时没有民间文学了。诗人个个都高升了，个个都闻名了，民间自然再也不会有无名的诗人了！而且民间诗人的作品，因诗人地位的抬高，不必朝廷去采入乐府，他们自会编成集子献给朝廷。因此外观上好像唐代没有民间文学，唐代的诗歌都是贵族的作品，其实是民间文学抬头了，已和文士文学无显明的畛域可分了。这样，少数的文士文学，抵不过多数的民间文学的势力，六朝传来的文士的作风无论怎样不自然、不洒脱，到这时候，也不能不就范了，即使仍免不掉染上些贵族的色彩，但也不至于完全和民间隔绝了。所谓诗歌的黄金时代，就是在这样情形中造成的。

但这个时代的实现，却在开元、天宝时及以后，唐初的文士作品也并不和民歌接近,而且和六朝文士作品也并无显著的分别。唐初作家除陈子昂外,所谓王、杨、卢、骆和沈、宋,对于这个黄金时代非但没有功绩,反为赘疣,我简直有些不愿意说起他们!

王勃,字子安,绛州龙门人,是一个短命的诗人,活到二十八岁时,往交趾省父,便在渡南海途中溺死了!他是司马迁的同乡,六岁已能文,年未及冠,才名已扬闻于京师,授为朝散郎。相传他作文素不精思,先磨墨数升,乃痛饮致沉醉,蒙头而睡,及醒,一挥而成,不加减一字。他所作诗,在近人的口碑中,远不及他的《滕王阁序》有许多人赞美。有《文集》二十卷。杨炯,华阴人,曾为盈川令。为文好连用古人名字,时人号为"点鬼簿"。他闻人称"四杰"之名,因说:"我愧在卢前,耻居王后。"有《文集》三十卷。卢照邻,字升之,幽州范阳人,曾拜新都尉,染风疾去官。居太白山中,病益甚,不堪其苦,遂自投颍水而死。有《文集》二十卷。骆宾王,婺州义乌人,善五言诗。少落魄不护细行,好与博徒游。曾为长安主簿,后与徐敬业同举兵于扬州讨武氏。《讨武曌檄》即是此时所作,武后见了此文,不但不恨他,而且自怨没有用他做宰相。后来敬业失败,宾王被杀,或传其遁去为僧,或云不知所终。武后又遣使搜集他的文字传世。今有《文集》十卷。

沈佺期和宋之问是律诗的创始者,诗更无足称。沈佺期,字云卿,相州内黄人。有《文集》十卷。宋之问,字延清,虢州弘农人。亦有《文集》十卷。

在沈、宋律诗披靡一时,能不染影响而独创一风格者,有梓州射洪人陈子昂。子昂,字伯玉。初入京师,未见知于人。有卖胡琴的,索价百万,豪富传视而不能辨,陈子昂排众突出,看了看左右,以千缗买了下来。众惊问,他说:"我会拉胡琴。"大家都愿领教,他欣然约于明日在某处相见。大家如期往,他已预备酒肴款待他们,置胡琴于前,捧着胡琴说:"蜀人陈子昂,有文百轴,到了京师,无人知道。胡琴是贱工拉的,岂是我高兴拉的!"说罢,愤愤地掷琴于地,以文遍赠在座诸人。一日之内,名溢都门。他的诗清劲朴质,《感遇诗》三十八首尤有名。有《文集》十卷。同时有刘希夷、张若虚,亦能不拘常格,而不染沈、宋的影响。

太宗时,有所谓十八学士者,都是些经学家、史学家,不是文学家。魏徵,字玄成,魏州曲城人,有唐代第一诗人之称。他是一个政治家,所作诗刚隽慨慷,亦不染六朝丽靡之习。有《文集》二十卷。

乐 府 新 词

开元、天宝时代,是这个黄金时代的黄金时代,产生了很多很多的伟大诗人。文学史上最伟大的诗仙——李白、诗圣——杜甫,都生于此时,著名的社会诗人白居易亦生在这时代。这三个伟大人物的作品,各人有各人不同的作风,各人有各人不同的意境,无形中三人各代表了这时代的作品的各个派别。昔人作什么《李杜优劣论》,都因他没有明白这个道理,把两个不同派别的作家放在一起来决定他们的短长,结果自然只等于说了些废话了。

唐初君王,已好和群臣饮酒赋诗。到了明皇,又好女乐,时使女妓奏曲。又教太常乐工子弟三百人为丝竹之戏,置院于近禁院之梨园使居之,号"梨园弟子"。除用旧乐府外,又制新曲四十余,此外,又杂用胡夷里巷之曲。在这个音乐发达而俗歌盛行的时代,高才的文人运用他们的天才,作为乐府歌词,采用现成的声调或通行的歌题,而加入他们个人的思想与意境。这种歌词,不独做了梨园弟子歌唱的资料,而且也盛行于一般社会里。最妙的引证,莫如"旗亭画壁"故事:

高适、王昌龄和王之涣三诗人未遇时,一日天寒微雪,共诣旗亭小饮。忽见有梨园伶官十数登楼会宴,三诗人因避席偎拥炉火以观。不久,来了妙妓四人,光彩夺目,美丽异常。少停就奏起乐来。三人私相约道:"我们各人诗名,每不自定甲乙;现在偷听她们唱,所唱歌词谁最多,即谁为第一。"未几,一伶唱昌龄诗,昌龄引手画壁道:"一绝句!"又一伶唱适诗,适亦画壁记之。后又一伶又唱昌龄句,昌龄又记之。之涣乃说道:"此辈潦倒乐官,所唱皆下等诗歌,焉知唱佳作?"因指妓中最美的一个说:"这个人儿如轻启朱唇,一定是我的诗;倘不是,愿终身甘拜下风!如果是的,你们要列拜床下,喊吾老师!"于是笑着等待。须臾,该双鬟的那人儿唱了!果然,她唱的是之涣的《凉州词》!……

这段故事,不但证明了乐府果然盛行于社会间,亦可见当时诗歌和音乐的关系。诗人写成了他的作品,便可付之弦管。同时,即有许多人取以歌唱。这样,诗歌安有不特别发达之理?加之道家的自然思想,因受帝皇崇敬而复盛,反对机械式的苦修而提倡"放下屠刀,立地成佛"的佛教里的禅宗,亦于此时创立。他们都影响于文学,使文学格外的自然化、自由化,而成了一种新的放纵的体裁。

吾们且看"饮中八仙"之首贺知章,他是一个进士,做到极大的官,但他欢喜遨游里巷,醉后赋诗,文不加点。后因病告归,皇帝作诗送行,皇太子亲来送别。他死后多年,皇帝还下诏追悼。他是一个狂放的诗人,受当时帝皇的尊敬如此,可见这个时代,一切都到了自由解放的时代,不独文学是如此。遨游里巷,故能接近民间的语言;醉后赋诗,文不加点,故多近于自然。黄金时代的一般诗人,都喜接近民间,多喜文不加点,所以他们的创作多自然的解放的文学,而又是最便利于歌唱的文学。

这时的乐府大家有高适、岑参、王维等。高适,字达夫,一字仲武,沧州渤海人。少时不治生产,以求丐取给。中年始学诗,曾为哥舒翰书记,故诗多咏边塞,而音节悲壮。后得明皇赏识,做过节度使,最后封渤海县侯。他有意学鲍照的乐府,但体裁解放而通俗。有《文集》二十卷。岑参,南阳人。少孤贫,好学,登进士第,官做到嘉州刺史。后来死于蜀中。他参佐戎幕,往来于鞍马烽尘之间十余年,备极征旅离别之情,故他的诗情调高旷而悲壮,与高适相似。有《诗集》十卷。王昌龄,字少伯,太原人。举进士第,补秘书郎。后以世乱还乡,为刺史闾丘晓所杀。王维,字摩诘,河东人。初为左拾遗,后为给事中。安禄山攻陷长安,维为所获,迫授官职。乱平后,以"万户伤心生野烟"一诗得免从逆罪,仍任大官。他是一个书画家,又通音乐,他的乐府歌词在当时很流传,前人说他早年用《郁轮袍》新曲进身,又说梨园子弟唱他的曲子。晚年,他的技术精进,所作不限于乐府,开了"自然诗人"的宗派。有《诗集》十四卷。王之涣,并州人,生世不详,亦善作乐府。同时诗人尚有李颀,官新乡尉;常建,开元进士;崔灏,官盱眙尉;陶翰,润州人;贾至,洛阳人;崔曙,宗州人。

现在要叙伟大的诗人李白了。李白,字太白,先世在隋末谪居西域,后来逃还巴西,便为蜀人。或以他为山东人。少年倜傥不群,好击剑任侠,尝手刃数人。又好神仙,五六岁时,能诵《六甲》。二十后出游湘、楚、齐、鲁,南至会稽,同吴筠到长安,为贺知章所赏,称他是天上谪仙人。官翰林,元宗(即明皇)时召他在宫中赋诗。一次适饮酒沉醉,举足令高力士脱靴。高力士深恨他,乃在杨妃前说他坏话,便被元宗疏远了。他本无意求官,乃恳求放归,仍过他的浪游生活。北至赵、魏、燕、晋,西涉邠、歧,经洛阳,再至会稽,最后到了金陵。安禄山反,白避居庐山。永王李璘请他做府僚,璘起事失败,白连累入狱,定了死罪。幸亏他从前认识郭子仪于行伍之中,脱了子仪的罪,这时郭子仪贵了,力保白,才得免死长流夜郎。中途遇赦回。此后的生活,便在寻阳、金陵、宣城等处度过。后依当涂令族人李阳冰。相传乘醉捉月而死。他死后四十余年,有人访他后嗣于当涂,只有孙女二人,都嫁农夫为妻,劝她们改嫁士人,都不愿。那时,白的坟墓也已坍毁了!他的著作,今传有《文集》二十卷。

李白的诗的长处,自然在"豪放"和"自然"二点上,但他对于乐府新词的贡献,却另有三种特别成绩。第一,乐府本起于民间,而文人受了六朝浮华文体的余毒,往往不敢充分用民间的语言与风趣。他认清了文学的趋势,所以他大胆地运用民间的语言,容纳民歌的风格,很少雕饰,最近自然。第二,别人作乐府歌辞,往往先存了求功名的念头。李白却始终是一匹不受羁勒的野马,奔放自由,充分发挥诗体解放的趋势,为后人开不少生路。第三,当时的诗人所作乐府,往往勉强作壮语,说大话,其实都很单调,少个性的表现。他的乐府,有时是醉后放歌,有时是离筵别曲,有时是发挥议论,有时是颂赞山水,有时上天下地作神仙语,有时描摹小儿女情态,体贴入微,这种多方面的描写,便使乐府歌辞的势力侵入诗的种种里面。两汉以来无数民歌的解放的作用与影响,到此才算大告成功!

歌唱自然的诗人

诗人的歌唱自然,始于晋初之"竹林七贤"。当然,民歌中也有赞美自然和欣赏自然的作品。不过诗人的作品,可以考见作者个性,而为有意的歌唱,在民歌中仅是偶然的流露而已。自从"竹林七贤"中阮籍以《咏怀诗》显名后,大诗人陶潜一味求"返自然";谢灵运亦以好咏山水擅荣名,惟以不自然的俪句咏自然,大受后人讥刺,不及阮、陶多了。自然派的诗人都有一种特性,没有一个好的自然诗人是不抱消极态度的,也没有一个好的自然诗人是恋慕名位的,他们的共通特性是好饮酒。阮籍和他的朋友都喜喝得酩酊大醉;陶潜喝酒喝得家贫至求乞;王勃的叔祖王绩因为做了官不便喝酒便情愿回到老家去痛饮,他也被后人加上自然诗人的头衔;贺知章常在长安市上痛饮大失做官的体统;李白醉得叫高力士脱靴而致失欢于元宗：这许多伟大的自然诗人，没有一个不是酒鬼。这种特性，也常在他们的作品中叫唱出来。

前一节里已经说过，道教的自然思想和佛教禅宗的自由思想，也是间接造成自然派作风的因子。我们看前人称"竹林七贤"为玄理派，可知前人已有这种见解。贺知章回里后做道士，王维晚年好坐禅念佛，李白诗中多超人的神仙思想，就是受到这个影响的表现。这种自然思想，不但养成他们醉饮的习惯，也养成一时隐逸之风。所谓自然派的诗人，十个中九个是隐士。到后来隐士成了高贵阶级，反做了升官捷径，为人看破，于是以隐士标榜的人逐渐少了，自然派的诗人中尽有终身做官而不是隐士出身的人了。唐代的自然派诗人，起初都是些好饮好隐之士，后来便不是这种人物，原因就只是这样。

孟浩然，襄阳人，隐居鹿门山，以诗自适。年四十，来游长安。王维很称赞他的诗，私邀入内署，适逢玄宗到，浩然急躲入床下。被元宗发觉，王维只好实说。元宗喜道："我久闻此人文名，何必回避？"于是唤浩然出，叫他背诵自己的诗。浩然读到"不才明主弃"，元宗便不悦道："你自己不求仕，我并未弃你，怎么冤枉起我来！"于是浩然便无作官之望了，只得仍回故乡。后来，韩朝宗约他同到长安，他竟因和友人饮酒，把这事忘了，虽是友人催他也不管。张九龄镇荆州，请他为从事，同他唱和。他虽和孟郊一样不遇，但他生性旷达，本无意于官，所以毫不芥蒂，他的诗境依旧是很清和的。他的诗体，有意学陶潜，而不能摆脱律诗的势力，故稍近于谢灵运。有《诗集》四卷。张九龄，字子寿，曲江人，亦善诗，以《感遇诗》为著名，此诗在以后诗坛上有重大影响。有《文集》二十卷。

王维晚年，得宋之问的蓝田别墅于辋口，辋水周绕舍下，有竹洲、花坞。他与道友裴迪浮舟往来，弹琴赋诗，啸咏终日。他又信佛，每日斋僧、坐禅念佛。他尝聚所为田园诗，名《辋川集》。人家称他"诗中有画，画中有诗"，他的山水诗确合这种评语。裴迪是关中人,后来做过蜀州刺史,他的诗也收在《辋川集》里。储光羲,兖州人,也是王维的诗友,后来做到监察御史。

李白的诗也很多歌咏自然的。他虽不是个固定的山林隐士,但爱自由自适,足迹游遍许多名山,故有许多吟咏山水之作。他的天才高,见解也高,真能欣赏自然的美,而文笔又恣肆自由,不受骈偶体的束缚,故他的成绩往往比那一班有意做山水诗的人更好。

元结,字次山,河南人。他是个留心时务的人,做过几任官,代宗时,他做道州刺史,政治成绩很好。他的诗文里颇多关心社会状况的作品,虽天才不及杜甫,而用意颇像他。他又是个爱山水的人,意态闲适,能用很朴素的语言描写他对于自然的欣赏。有《文集》十卷。

韦应物,长安人。少以三卫郎事元宗,晚年始折节读书,累官至滁州、江州、苏州刺史。性高洁,所到处喜焚香扫地而坐。其诗学谢朓,每爱用险仄的句子,后人以之和陶潜并称"陶韦",实不很确切。有《文集》十卷。

柳宗元,字子厚,河东人。性好慷慨行义。他由博学宏词科直升到礼部员外郎,后来因宦海升沉,一贬而为永州司马。他在这个荒斥之地,郁郁不得志,常日放游山泽之间,曾仿《离骚》数十篇,悲恻动人,后移柳州刺史,幽思益甚。他的田园诗大都在永州作,几篇著名的小品《永州八记》,亦作于永州。他的所以成为自然派诗人,倒是这次的迁谪造就他的。有《文集》四十卷。

唐代的诗歌又有一种特征:六朝时的乐府,本有北派豪放,南派婉约之分;到了唐朝诗人的乐府新词,已没有这种分域。后来乐府新词成了文人做官之阶,于是一般鄙视以艺术求富贵的文人,不愿同流合污,遂隐于诗酒山水,专歌咏自然,以示其高尚。另有一帮反对自然派的脱离社会而行个人生活,但也不赞成作乐府新词的以艺术求尊荣的人。他们自辟一种新地域,既不似自然派的为艺术而艺术,亦不似乐府新词作者以诗歌为音乐的附庸。他们是为表现人生而歌咏，他们是为求人生的艺术而从事于艺术。这派诗人，从前称作社会的诗人，和自然的诗人居于对峙的地位。

杜　甫

自然派诗人的代表当然要推李白，即他的一生浪漫的历史亦已足够表现出这派的特色。他是脱离社会，脱离现实，追求唯美而富于幻想的诗人，所以富贵不足动其心，家庭不足累其身，法律不能范围他的行为，道德被他视做人生的赘疣。社会的诗人则处处与之相反。他们所歌咏的对象是社会上的形形式式，他们所追求的是现实的真相；富贵虽亦不足动其心，但穷困时不妨作秋蝉的悲奏；家庭虽亦不足累其身，然家庭星散父子夫妇分离了也要表出他感情的共鸣；法律、道德固亦不能范围他的行动，但利用道德、法律以欺骗同类也会引动他同情的愤火。自然诗人本只求自己的安慰，社会诗人在广播人类的同情，他们的立足点既相反，自然所负的使命也不同了。

所谓乐府新词的作品，大都是采用现成的声调，通行的歌题，而加入了作者自己的思想与意境作成的。社会诗人也好作乐府，但他们却用新的声调，新的歌题，完全解脱了"现成"和"通行"的束缚，而努力于创作新的乐府。乐府新词都在歌咏升平，不是颂武功，便是赞神仙。新的乐府却完全是乱世的哀音，苦闷的象征。

安禄山的造反，战祸蔓延北中国，两京破陷，唐朝几乎失国。这次在盛平后突兀而来的大乱，愈使一般人仓皇失措。他们好似在香梦初醒后就饮满杯的苦酒，在仙岛回来时恰逢到妖魔的劫夺，越形出他们深浓的悲痛。神仙的迷梦醒了，美人的怀抱再也不能温暖了，也用不到去沉思了，抬头四顾，一切都已染上了血和泪的颜色，到处都是豺狼和荆棘！

表现这个时代的创始人与最伟大的代表是杜甫。元结、顾况也都想作乐府表现时代的痛苦,故可说是杜甫的同道者。这个风气大开之后,元稹、白居易、张籍、韩愈、柳宗元、刘禹锡相继起来,发挥光大这个趋势,天宝之乱后一百年的文学,遂成为中国文学史上一个最光华灿烂的时期。

杜甫,字子美,号少陵。他的先人本襄阳人,后徙居河南巩县。他的祖父杜审言,也是位有名的诗人。少时贫不自振,客游吴、越之间,又曾赴长安一应进士试,未第。父闲为兖州司马,乃游于齐、赵之间,他和李白认识,大概就在此时。这两位大诗人的交谊很深,且历时很久,白流夜郎时,甫有《天末怀李白》、《梦李白》诸作,二人交谊之深挚于此可见。中年至长安,献赋自荐,为元宗所赏,授京兆府兵曹参军。安禄山之乱,元宗逃蜀,甫为贼所捕,陷居长安城中,伤时思家,一一泄于诗中。那时他已是四十多岁的人了。后来逃出长安,避兵于川、湘,白发苍苍,携妻负儿,行于深山大窟之中,愈使他感起无尽的悲唱!肃宗即位灵武,他在鄜州,就奔去拜谒,得为左拾遗。不久,为了救房琯,贬为华州司功参军。时值遍地干戈,且遇荒年,他只得身自负薪,采橡、栗为食,他的儿子竟在同谷饿死了!时故人严武镇成都,以甫为节度参谋检校尚书工部员外郎。甫于成都浣花里,种竹植树,结庐枕江,纵酒啸咏,与田夫野老相狎,荡无拘检。后武死,蜀中大乱,他乃偕家属避兵于夔州。此后,他又飘游于四方,出瞿塘,下江陵,渡沅、湘,登衡山。最后客于耒阳,尝至岳庙,遇着大水,旬日不得食。县令知之,亲自驾舟去救他出来。或传县令送他牛炙、白酒,他大醉饱,一夕而死。年五十九岁。他有兄弟和妹子,都因乱离的缘故,难得见面。他和他的夫人杨氏,也常常不见面的。他有几个儿女,因饥荒竟饿死了!剩下两个儿子,名叫宗文、宗武,在他死后,也漂泊在湖、湘之间!

我们读杜甫的一生历史,好像当时的战祸完全影映在吾们面前。他的诗以写兵乱为最多。当然的,他的环境几乎无日不在兵祸丧乱之中。他的三《吏》——《新安吏》、《潼关吏》、《石壕吏》——和三《别》——《新婚别》、《垂老别》、《无家别》——写战时人民的困苦颠沛，极动情怵目。他的《兵车行》更多非战的愤怨声！此外如《北征》、《羌村》、《前出塞》等，亦皆充满了非战思想。他对于当时的阶级制度，亦深致不满，所以对于贫苦阶级，很表同情。他的诗境，几乎各方面都有，没法把它一一都叙述出来。当时著名的是他的律诗，但很是自然，时常不协平仄，也常不讲对仗。在一切著名的诗人中，没有第二人曾像他这样自由做的。

元结在乾元三年，选集他的师友沈千运、于逖、孟云卿、张彪、赵征明、王季友同他哥哥元季川的诗二十四首，曰《箧中集》。他们都是标榜反对"近世作者，更相沿袭，拘限声病，喜尚形似，且以流易为病，不知丧于雅正"的，所以能异于时尚，而创作新体。元结却是一个最早有意作新乐府的人，最成功的是他的"系乐府"十二首，"漫歌"八曲，"引极"三首，"演兴"四首。他的《舂官引》、《春陵行》、《贼退示官吏》三首，更能表现出他所处的时代。杜甫晚年，曾认他为同志。

顾况，字逋翁，海盐人。他与李泌、柳浑为诗友，柳、李做到了封侯拜相的地位，他只做到著作郎，故不免有怨望之意。他是个滑稽诗人，常作打油诗狎玩同官，人多恨他。李、柳死时，宪司劾他不哭李泌之丧而有调笑之言，贬逐为饶州司户。他后来隐于茅山，自号华阳真隐。他初时用《诗》三百篇的体裁做新乐府，有《补亡训传》十三章。

孟郊，字东野，湖州人。年五十始得进士，为溧阳尉。后随郑余庆至兴元，在路上病死。他终生穷困，却很受同时诗人的敬爱。韩愈比他小十七岁，和他为忘年交，诗文屡屡推重他。他并不在靠诗求官，所以把做诗看做他的第二生命，用全副精神去做。他是一个最反对骈偶格律的人，所作都是用朴实平常的说话来炼成的诗句。有《诗集》十卷。

张籍,字文昌,东郡(或作苏州,或作和州乌江)人。贞元进士,为太常寺大祝,累迁至水部郎中。他有眼病,孟郊、韩愈与他相交很久,韩愈很敬重他。他的新乐府讨论到不少的社会问题:他常为妇女喊冤诉苦,他明白地反对"守活寡"的婚姻生活,他更反对"无子出妻"的野蛮礼制。他也有非战的歌咏,他的"乱后几人还本土?唯有官家重作主!"二语,大胆地吐了当时人民所欲说不敢说的控诉!

卢仝,原籍是范阳,寄居洛阳,自号玉川子。他是孟郊、韩愈、张籍的朋友,有奇气,专用白话作长短不整齐的诗,狂放自恣,可算是诗体解放的一个新诗人。出名的是他的《月蚀诗》,这诗约有一千八百字,句法长短不等,用了许多很有趣的怪譬喻,说了许多怪话。他大概是受了当时的民间佛曲鼓词的影响,很有通俗文学的色彩。今有《玉川子诗》五卷。

韩愈,字退之,昌黎(或作河内南阳,或作邓州南阳)人。三岁丧父,跟他的哥哥韩会到岭南。会死后,他家北归,流寓江南。他登进士第后,官至监察御史,以直谏触上怒,贬为山阳令。后又召还为国子博士。裴度征淮蔡,以愈为行军司马,淮蔡平,以功授刑部侍郎。他很反对佛教,以谏迎佛骨,又贬为潮州刺史。在他谏迎佛骨时,气概勇往,令人生敬。遭了挫折之后,他的勇气为世故折服了,变成了一个很卑鄙的人。在潮州时,专做阿谀献媚的奏章,希图取悦皇帝。果然,他得召还为国子祭酒,而卒于吏部侍郎之任。他反对六朝以来骈偶浮华的文体,这是文学史上值得提起的,但他提倡"文以载道"的古文,却使他成了学术史上的功臣,在文学史上反为赘疣。他作诗用作文的方法,颇能流畅通达,一扫前人扭捏的丑态。但他究竟是一个以"道统"自任的人,朋友也期望他担负道统,所以不敢像卢仝一帮人的放肆,在诗中也摆出规矩尊严的样子来。总之,他的诗体是很质朴的,但没有真率的人格做骨子,故终于不成为当时第一流的诗人。有《文集》四十卷。

　　和杜甫同时,尚有诗人刘长卿,字文房,开元间进士,终于随州刺史。善五言诗,与钱起等竞以研炼字句,力求工秀为宗旨。他和韦应物并称"韦刘"。有《文集》十卷。钱起,吴兴人,天宝进士,与卢纶、韩翃、司空曙、苗发、吉中孚、崔峒、耿沣、夏侯审、李端等十人并称"大历十才子",又与郎士元齐名,时谓之"钱郎"。有《文集》十卷。

　　集于韩愈左右的诗人,最著的是李贺、贾岛、刘义和王建。李贺字长吉,昌谷人。每骑驴出游,常从一小奚奴,背一古锦囊。遇有所得,即书投囊中。及归,从囊中取所书于灯下补足成诗。诗中多怪语,世称"鬼才"。尝以诗谒韩愈。死时年只二十七。有《歌诗编》四卷。贾岛,字浪仙,范阳人。初为僧,名无本,后乃举进士,终晋州司户。有《长江集》十卷。刘义行为诡僻,好任侠,曾因酒杀人,亡命。后折节读书,能为歌诗,闻韩愈接天下士,步谒之。后以与宾客争语,负气归齐、鲁,不知所终。王建,字仲初,大历进士,以《宫词》百首著名于当世。

两部《长庆集》

　　到了元和、长庆时代,几个领袖文人都受了杜甫的影响与感动,他们都决心要创造一种新文学。中国文学史上的变迁,素来都是自然演变的,只有这个时代,可算是有意的文学革新时代。他们的根本主张,以为文学是救济社会,改善人生的利器,最上要能"补察时政",至少也需能"泄导人情";凡不能这样的,都不过"嘲风雪、弄花草"而已!这种主张,当然是由于他们不满意于当时的政治状况而发生的。但杜甫只是忍不住要说老实话,还没有什么文学主张。这派诗人不但忍不住要说老实话,还要提出他们所以要说老实话的理由,便成了他们的文学主张了。他们的领袖是两部《长庆集》的作者——白居易与元稹,他们的同志有张籍、刘禹锡、李绅、李余、刘猛等。

白乐天，名居易，下邽（或作太原）人。五六岁时便学做诗，九岁已识声韵。家贫苦学，二十七岁中进士，官至太子左赞善大夫。当时人很忌他，说他浮华无行，说他的母亲因看花堕井而死，而他作《赏花诗》及《新井诗》，有伤名教。他遂被贬为江州司马。他被忌的原因，是在他的诗歌讽刺时事，得罪了不少人。后徙忠州刺史，便同他兄弟行简自浔阳浮江而上，又和元稹会于峡口，置酒赋诗三日，恋恋不忍诀别。后又召还，曾为河南尹。他在洛阳买宅，有竹木池馆，有家妓樊素、小蛮能歌舞，有琴，有书，这是他一生最舒适的时代。致仕后，和香山僧如满结香火社，白衣鸠杖，往来香山，自称香山居士。他的诗明白通俗，与元稹齐名，人称为元粗白俗，所以普及于当时社会。据元稹说：一天，他在平水街市中看见许多村塾儿童在唱歌，他问他们唱的什么，他们说是先生教的乐天、微之诗。却不知当面就是微之。他的诗不但流行于本国社会，且流到日本、新罗去。元稹死后，又与刘禹锡齐名，号刘白。所作诗多至数千篇，今有《长庆集》七十卷。他与人书中说："自长安抵江西，三四千里，凡乡校、佛寺、逆旅、行舟之中，往往有题仆诗者，士庶、僧徒、孀妇、处女之口，每有咏仆诗者。"可见他在当时已是妇稚皆知的大诗人了。

他所作的诗，《新乐府》五十首、《秦中吟》十首最著名，都是为社会鸣不平的。长篇的叙事诗，如《琵琶行》、《长恨歌》，在当时的诗歌中亦难得有同样的创作。他老年时亦好作闲适诗，集中有《效陶潜诗》十六首，便是表现他恬淡的性情的代表作品。

元稹，字微之，河南人。九岁能文，少年登"才识兼茂，明于体用"科第一，除左拾遗。亦为人所忌，因遭贬逐。其时适乐天也被贬江州，故此时他们往来赠答的诗很多。后被召回京，为知制诰，升至宰官。当时裴度亦为宰相，很小觑他，中间又有人挑拨，两人遂不相并立，终于同时罢相。为越州刺史时，居越中八年，玩山游水,作诗很多。最后,死于武昌军节度史之任。他和乐天的诗,往往谱入乐府,宫中妃嫔都喜读他的诗,称他为元才子。有《长庆集》六十卷。

元稹的宫词很好,《连昌宫词》尤有名。歌咏社会的诗却很少。他的诗集中,多律诗及艳体诗,大概是他少年时所作。倘若他遇乐天早一些,或者他的成绩不只如此。但我们觉得总是很可惜的,他终于辜负他的天才而成就太少了!

刘禹锡,字梦得,彭城人。登进士第,官至屯田员外郎,因坐王叔文党被贬为郎州司马。这时他曾作《竹枝辞》十余篇,都用当地俚语。后召还,以作诗刺时政,复出为牧。后又召还,官至检校礼部尚书。晚年时,与白乐天颇多酬复,乐天曾推之为"诗豪"。

以"补察时政"为宗旨的诗人,他们时常要受人嫉忌,白居易、元稹、刘禹锡都因此被贬逐。自此以后,诗人遂不敢再大胆地讽刺时政,他们都走向颓废的路上去,仍由写实的返到浪漫的路上去。不过以前的浪漫诗人,一味追求自然,追求神仙,回到田园里去。此后的浪漫诗人,却追求美感,追求享乐,而走到香闺里去。诗歌就此走入了死亡的路,如其没有"词"出来替代它,中国从此没有进化的诗歌了!

杜牧,字牧之,京兆万年人。情致豪迈,多似杜甫,故人称为"小杜"。所作诗多悲壮语,但他好溺情声色,故亦常作艳诗。他的《阿房宫赋》,全篇富丽浓艳,已意在求美。有《樊川集》二十卷。温庭筠,号飞卿,太原人,时人号为温八叉,因他作赋凡八叉手而成之故。他又好在考场中代人作文。他好狭邪游,所以他的诗都写儿女情事,于他的《乐府倚曲》三十二篇中可见一斑。他的《阳春曲》尤为丽艳。有《诗集》九卷。李商隐,字义山,怀州河内人。所作以《无题》诗著名。他和杜牧、温庭筠有共通的性格,都喜寻花觅柳。他的诗歌都隐叙他和女道士等的恋爱,他又曾恋一宫女,至于化妆为道士入宫。这种种事实,前人均未知,近始有人考得。他有《诗集》三卷。

韩偓，字致尧，小字冬郎，也善作艳体诗。他的诗集名《香奁集》，后来竟成为"香奁体"，有许多人仿效他。他也好写女性，尤好写女性的姿态，所以他在当时诗人中特树一帜。他是李商隐的忘年交。

唐末诗人，有罗隐，字昭谏，余杭人，长于咏史诗，因乱归乡里，钱镠辟之为从事。他在当时甚有诗名，为一个浪漫的人物，民间都以怪特的故事，集于他的身上。他和罗邺、罗虬，并称"江东三罗"。陆龟蒙，字鲁望，居松江甫里，以善品茶著称。司空图，字表圣，河中虞乡人，著有《诗品》，唐哀帝被杀，他也不食而死。杜荀鹤，号九华山人，以"花暖鸟声碎，日高花影重"一联为人赞赏。皮日休，字袭美，襄阳人，为黄巢所杀。郑谷，字若愚，袁州人，为都官郎中。许浑，字仲晦，润州丹阳人，为郢州刺史，晚年隐居。词家韦庄，亦善诗，以《秦妇吟》一诗著名，为中国古来第二长诗，人因称之为"《秦妇吟》秀才"。

唐代女诗人，有上官婉儿，为唐中宗昭容，她不但善诗，且能评别当时文人作品的轩轾。女道士鱼玄机，字幼微；蜀中营妓薛涛，为元稹同时人，亦均以诗人著。但她们在唐诗人中的地位，都不很重要，较之宋词人中的李易安，更有凤凰与鷦鹩之分了！

唐以后的诗人

唐以后的诗歌，是"词"的黄金时代，古诗、律、绝，都成已死了的文体。几个伟大的词人，一方面做他们的创作的新体诗歌——词，但一方面仍迷恋骸骨，在那里仿做已死的律、绝和古诗。所以宋代诗人，大都以词家而兼诗人。元、明、清三代，词亦成了死去的文体，但仍旧有人仿效它，也仍有人仿效做律、绝和古诗。如依进化的规例讲，这种作品尽可驱之于文学史之外，但究竟它们都是纯文学的作品,不过它们的体裁易创造为模仿而已。它们的体裁虽是模仿,但思想和意境却未必无时代性,也尽有高出古人的地方,也尽有它们特创的风格。

北宋诗人,初期有徐铉。太宗时有杨亿、刘筠、钱惟演三人,互相唱和,宗义山诗格,号称"西昆体"。有《西昆酬唱集》一卷,共录十七人。同时有王禹偁,学长庆体,号为"白体"。寇准、林逋、魏野、潘阆则学晚唐(指杜牧等一派),号为"晚唐体"。林逋,字君复,号和靖,结庐西湖孤山,妻梅子鹤,以隐逸著称。后苏舜钦、苏舜元、梅尧臣出,诗体又一变。他们都有杜甫的作风。等到欧阳修出,又倡复古,专仿李白、韩愈的诗,自以《庐山高》《明妃曲》二诗为其杰作。王安石亦作《明妃曲》,但他是一个政治大家,诗非特长。同时诗人,又有苏洵、轼、辙父子三人,轼最著名,学杜甫而雄豪奔放,一如其词。轼的门下,有黄庭坚、秦观、晁补之、张耒四人,都以词家兼诗人。庭坚又和轼齐名,号称"苏黄"。庭坚为江西人,后人推为"江西诗派"之祖。诗派之说,创于吕本中,自言传江西衣钵,作《江西诗社宗派图》,列黄庭坚、陈师道等二十五人,中亦多词家。又有陈与义,亦宗庭坚,但出世较晚,故未被列入《诗派图》。

江西诗派,到南宋即衰。南宋时,诗人首推陆游、尤袤、范成大、杨万里四人,号为"四大家"。陆游所著诗,有一万余首之多,与范、杨亦称"南宋三大家"。范作多田园诗,杨因生平多游历,多壮游诗。三人诗都以平浅见称。其后有永嘉人徐照,字灵晖,徐玑,号灵洲,翁卷,字灵舒,赵师秀,号灵秀,号称"四灵诗派"。他们是反对平易的作风的,故以流丽、雕琢相号召。诗话家严羽,字沧浪,亦善诗。宋末,有谢翱、郑思肖等。元初有宋遗民吴渭,约诸乡老组月泉吟社,命题赋诗,由谢翱等评定甲乙,当时以罗公福为第一。宋人又好作诗话,诗人欧阳修、陈师道、杨万里等所作,尤为一时之选。

金诗人有宇文虚中、蔡珪、党怀英、周昂、赵秉文、王庭翰等。

元遗山,名好问,字裕之,多悲壮激烈之作。

元初诗人有赵孟頫,诗极工丽。稍后有虞集、杨载、范梈、揭傒斯,称为"四大家"。又有张翥,诗格清婉。萨都剌以蒙人而长于言情之宫词,尤为后人称誉。此外有刘因、张伯雨、吴莱、倪瓒等。杨维祯,字廉夫,号铁崖,以诗名擅一时,他在元诗人中的地位,恰如金末之元好问。

明代诗歌最衰,作者虽多,无一足称大家。明初除几个元遗老外,刘基、高启最著名。高启作品最多,与杨基、张羽、徐贲并称为"吴中四杰"。袁凯以《白燕诗》著,人称袁白燕。此时诗派特多,各派中越诗派为刘基所倡,闽诗派之首为林鸿,岭南诗派之首为孙仲衍,江右诗派之首为孙蕡,各享盛名于当时。永乐以后,杨士奇、杨荣、杨溥倡"台阁体",诗风大衰。后李东阳出,倡复古,诗风又振。继之者有"七才子"李梦阳、何景明、边贡、徐祯卿、康海、王九思、王廷相。其中李、何、边、徐,又称"四杰"。除王廷相,加入朱应登、顾璘、陈沂、郑善夫四人,又号"十才子"。后有李攀龙、王世贞,又和李、何并称"四大家"。徐祯卿又与祝允明、唐寅、文征明号"吴中四子"。唐寅,字子畏,诗颇俚俗,盛传于吴中妇稚之口。顾璘、陈沂又和王韦号"金陵三杰",后又合朱应登称"四大家"。王世贞、李攀龙,又和谢榛、宗臣、梁有誉、徐中行、吴国伦亦号"七才子",后人称为"后七子"。和"大家""才子"派示异旨的,有徐渭和汤义仍,然二人均为曲家,于诗歌非所擅长。其后有袁宗道、宏道、中道三兄弟出,以清真为主,号"公安体"。又有钟惺与谭元春,均竟陵人,人称"竟陵体"。此外,有高攀龙、归子慕、程嘉燧、郑琰等。陈子龙,字人中,又字卧子,诗格颇高,为明末的大诗家。

清初诗人,当推吴伟业与钱谦益,吴诗多感怆凄婉,钱诗多沉郁藻丽。他们和龚鼎孳号称"江左三家"。其后有施闰章和宋琬,号称"南施北宋",一婉丽而一豪直。再后,有王士祯倡神韵之说,与兄士禄、士祜号称"三王"。与王齐名的有朱彝尊,二人中王富于才,朱博于学,故王诗实美于朱。王门下如梅庚、洪昇、吴雯、史申义辈皆一代诗人;又有宋荦、彭孙遹、查慎行、田雯等,均和王驰逐于当世诗坛。查诗又以近于白话著。和王神韵说示反对者,有袁枚的性灵说,沈德潜的格律说,翁方纲的肌理说。此三派,翁宗江西派,沈德潜主学古,均非诗家上乘。惟袁枚一派,主张诗是诗人性情的表现,舍性情外无诗,颇为一时宗尚。袁枚为人放诞风流,好收女弟子,与蒋士铨、赵翼亦称"江左三大家"。同时诗人,在四川有彭端淑、张问陶,在江苏有洪亮吉、杨芳灿,于浙江有金农、杭世骏、厉鹗、吴锡麒、郭麐,在江西有曾燠、吴嵩梁,于湖南有邓显鹤、欧阳辂,在安徽有赵青黎、吴鼏等。又有舒位、王昙、孙源湘,号称"三君",黎简、张锦芳、黄丹书、吕坚称"岭南四家",张锦芳又与胡亦常、冯敏昌称"岭南三子"。龚自珍、曾国藩、吴敏树,均以古文家而好诗。贵州诗人郑珍,上元诗人金和,都亲历洪杨之乱,所作多非战思想。同光时,范当世、陈三立等竞学宋诗,号"同光派",而黄遵宪独以新思想融化入诗。清季诗人,尚有王闿运、樊增祥、易实甫,一味仿古,更无足称。等到胡适提倡白话诗,又受到译外国诗的影响,中国诗歌就另外辟成一个新的世界。

　　总括宋、元、明、清四朝诗人,无一不是达官,没有一个是平民,所以被称为贵族文学。平民间难道没有一个真正的诗人吗?都因他们不喜仿古而喜创造,在宋代,他们都在做词;在元、明时,他们又在做曲;到了清代,他们都在创作弹词、鼓词和山歌、小曲,所以好像诗人中已没有他们了。实在他们的见识,他们的成就,要比一切贵族文人高明而丰富的多咧!

七 长短句——词

词 的 起 原

词，一名诗余，又名长短句，本是乐府的变体。乐府是音乐上的名称，它在文学上的名称就是诗歌。所以我们追寻词的起原，当把乐府和诗歌分开，而分别叙述其变迁的原因。

汉晋时代的古乐府，到齐梁而失亡。北朝都用胡乐，隋和唐则胡夏并用。古乐府本采自民间或文人的拟作，由乐工谱以曲调。等到后来专门写作，乃不出律绝的范畴，遂失去了自然的风趣。古乐府本来都是长篇，自陈隋好以短的艳诗入唱，而乐府遂偏重于律诗和绝句。由唐初到中唐，还是由诗人自作律绝，乐工以之谱入乐曲。至于白居易和元稹的新乐府，亦为长篇，但是不能付之弦管。中唐以后，在诗人方面，感到乐曲的组织，并不即依诗歌的字数而加以抑扬顿挫，却加入无数的"泛声"、"和声"和"散声"。有了这些"泛声"，如果我们不是和了乐器来唱，很难合拍。要保存这些"泛声"，而且要唱时易于合拍，所以将原来有字的音和无字的音，一概填入文字。起先是无心的尝试，后来功效渐著，觉得依着曲拍做长短句的歌调，比了从前把整齐的律绝勉强谱入不整齐的曲谱，要适宜得多，于是公视为诗之一体。到了后来，除了填旧谱外，另外创作新调。调的体裁遂日趋完美。又有一说，以为依曲拍作长短句，始于乐工伶人。他们用不整齐的曲调来唱整齐的律绝，觉得太不自然，他们要好唱好听，遂有长短句之作。不过他们都是不通文墨的人，语句一定不雅，一般狭邪的诗人，就依样替他们改作长短句的雅调,遂成了一时风气。

就诗歌的本身来讲:注重自然音节的古诗,受了骈文的影响,在晋末已日近于律体。到了南朝,律绝体已无形成立。几个不甘受束缚的文人,很想出来谋解放。可是适逢乱世,一般人都在流离颠沛中,无心注意于此。梁武帝(萧衍)的《江南弄》,沈约的《六忆》,隋炀帝的《望江南》,就是想解脱束缚的尝试。但因了上述的缘故,有倡无和,未见成效。唐时以诗取士,重视律绝,诗歌更变成了无病呻吟,一般重视自然的诗人,当然要起来反对。在散文方面,韩退之用全力提倡恢复古文,反对骈文;在诗歌方面,遂有孟东野一流人提倡古诗。双方同时并举。可是古文成功了,古诗却遭失败。此时,另外有人在试作长短句,不但解放了五、七言的限制,而且解放了乐工唱曲的不自由。诗歌之所以成为诗歌,当然在能使人歌唱。这样,词遂渐渐占了律绝的地位而代之。经过了五代至宋朝,词被一般人所公认,于是由附庸而汇为大国,成就了词的黄金时代。

歌 者 的 词 (上)

自晚唐至元初,词在无形中分成三个阶段:一、歌者的词;二、诗人的词;三、词匠的词。现在就依这阶段的次序,先述"歌者的词"的历史。

所谓"歌者的词"的意义,不是说歌者自作的词,是说为歌者而作的词,也可以说是能歌咏的词。自晚唐起,迄于苏东坡之前,作词者虽为文人,然大都为应歌者的需要而作,所以不但一般人都能了解,而都能按之弦管。这是"歌者的词"的特色,也是"词"的所以成功的一个原因。

《花间集》五百首,全是为倡家歌者所作的词,而作者均为一代文人。温飞卿为《花间集》之冠,而所作词不载于他自己的集子中,于此可见在飞卿时,词还不曾被认为诗歌之一体,而为大雅所藐视。词的被人重视,乃是宋代的事。

温飞卿的历史,在前已介绍过,现在专说明他好作词的原因。他生平好狭邪游,而当时的青楼,正是"舞环歌曼"之地,歌词的需要,比了肉的需要还要居先。他是文人,当然不甘居人后,他既沉醉于此中,不献才华,也无以搏妓者之欢心。于是,他遂努力于词的创作了。讲到他所作的词,还未能摆脱当时的诗体的气息,所以造语奇丽,而缺乏浓挚的感情,严格的下起批评来,不能算做好词。世人把他和蜀之韦庄,并称"温韦"。

昔人曾推李白为词家之祖。因为当时有《菩萨蛮》、《忆秦娥》两词,相传是他所作,他的《清平调》三首,又被编入词谱中。前者因没有佐证,为人宣告不成立;而后者本是诗中之七绝,认做词调,也属勉强。总之:李白的诗,格调辞句,长短均特别自由,不可谓与词丝毫没有影响。但是他的诗人的荣名,已足永垂不朽,何必再硬加以"词家之祖"的纸冠,才算是尊崇他呢!

张志和的《渔歌子》,是作者偶一作的有名的好词,他的时代,还在温飞卿之前。飞卿之后,未尝没有词家,不过专作词像飞卿的人,却到了五代时才有。唐和五代的词,大都是短词而没有长调。这种短词,叫做"小令"。

唐昭宗(李晔)和后唐庄宗(李存勖),都是五代词家的先驱者。庄宗好畜优伶,精通音律,所作词即供优伶歌唱。甚至他自身亦做伶人,后来作乱的首领就是从伶人出身的高从谦。他死后,他的伶人堆起一些乐器来,把他的尸首焚烧了。他真是以身殉艺者啊!

蜀主王衍和后蜀主孟昶,自作之词不多。然当时中原大乱,文士不渡江往依南唐,即西行归蜀,所以当时西蜀文学,称为极盛。大作家韦庄,就是其中的一人。韦庄,字端己,杜陵人。唐昭宗乾宁元年中进士,中和癸卯,他在长安应举,恰遇黄巢大乱。他的长一千六百六十六字的《秦妇吟》，就是写当日的乱离情形，为中国古来第二长诗。不知何故，后来他极讳此诗为己作，所以不载于他的诗集《浣花集》中。后避乱至蜀，王建立国，以他为平章事。他的词，以古朴浅淡见长，而善于抒情。他因离乡久远，故词中又多思乡之音。

除韦庄外，蜀中词家之著者，尚有牛峤、毛文锡、牛希济、薛昭蕴、顾夐、鹿虔扆、魏承班、尹鹗、毛熙震、李珣、欧阳炯、阎选等。他们的词，都被选入《花间集》，都是为歌者而作的能唱的词。

留居在中原的诗人，善作"词"者，有和凝。又有孙光宪，为荆南高从诲书记，词亦有名。在南唐方面，除冯延巳外，尚有张泌，同为词坛杰出之明星。我们也可在《花间集》中找出他们的代表作。

现在要说到一代大词家南唐二主了。中主李璟，字伯玉，他的词传于今者仅三首，为一般文人所习诵。后主李煜，字重光，璟之子。他的天才，尤高于乃父，善属文，工书画，妙于音律。他的文集不传于今，传于今者仅诗词五十余首。南唐被宋灭后，煜被迁住宋都，终日以眼泪洗面。他是一个天才的文学家，不是一个机警的政治家，他不幸而生于帝王家，更不幸而为亡国之君！我们丢开了政治，只从文学上着想，那么亡国后的痛苦，成就了他的哀以思的作风，完成了他善写凄凉怨慕的文学的天才，和他没有亡国以前所作艳词，没有什么可以称述的艳词，划成二个截然不同的境界。也算他的不幸中的幸运。当敌兵已临城下，他的宫中还是笙歌不绝，虽是痴得可笑，却愈足陪衬他亡国后的悲痛啊！

冯延巳，字正中，其先彭城人，唐末南渡，家于新安。南唐李氏建国，延巳与其弟延鲁都得信任，他做到宰相。时内外无事，常宴集朋僚亲旧，制作新词，付之歌者。他与中主曾有一段"吹皱一池春水，干卿底事"的有趣故事。他的词，描写细腻熨贴，读之令人起一种极温柔的觉感。《阳春集》便是他的词的创作集。

歌 者 的 词（下）

宋初的词，还在《花间集》的权威时代，所以一切作品，大都仍为短词。短词最适宜于抒写片段的感兴，并且在艺术上的功夫要下得少些，不必词家，只要稍能运用文字的，便能写作，无论其佳否。以故短词的创作，在宋初很流行。当时人上至帝王大臣，下至武夫释道之流，多能通音律，制词调。如寇准、韩琦、司马光、范仲淹，他们并不是词人，而拈笔随手写来，往往有很佳妙的短词。而且当时公私席会的乐歌是词，优妓所学的歌唱也是词，词成了通俗的诗歌，安得不取律绝的地位而代之？

老词人入此时代者，有欧阳炯诸人。但此时的重要词人，在后数十年始有出现。晏殊父子、欧阳修、张先、柳永，在宋词人中地位，正和王、杨、卢、骆此四杰在唐诗人中的地位一样。他们上续《花间》和南唐一派的抒情词，下开苏东坡一派脱去声律束缚的豪放词，由制小令而渐创曼声长调，由摆脱古典而引用俚语入词。词在此时，又得到一度的解放。

晏殊，字同叔，临川人。仁宗时，拜集贤殿学士，同平章事（即宰相）。他的词，受冯延巳的影响颇深，然其色彩及情调却不相同。他的诗接近"西昆"一派，以工巧浓丽为主，他的词当然也受到影响。然闲雅富丽之中，带着一种凄婉的意味，风格自高。他好宾客，宴饮之时，必以歌乐相佐。又好贤，当时知名之士，如范仲淹等皆出其门下。他有《文集》二百四十卷，而他得在文学史上占一席地，却靠着那些自由写成的短词——《珠玉词》。

晏幾道，字叔原，晏殊的第七子。官只至监颍昌许田镇，有《小山词》一卷。他的词受乃父的影响确实不小，但因个性和地位的不同，颇多狂放不羁的表现。他是一个孤洁耿介之士，又是一个抱着赤子之心的真人，加上了他的艺术天才，便成就了他的词人的荣名。

欧阳修,字永叔,庐陵人。官至枢密副使,参知政事,后以太子少师致仕。词集有《六一居士词》三卷。他在当时,是一位严正的古文家,所以后人不信他会作浮艳的小词,因此有人把他许多极好的作品,混入《花间集》或《阳春集》中,或竟指为伪作。要知道他的提倡古文,完全为了自己社会上、学术上的地位计,热烈的潜在的情绪,自然和常人一般不能不求发泄的。词在当时还被严正的学者视作玩意儿,他也就借来把自己的情愫尽量倾吐了。

张先,字子野,吴兴人(或作乌程人)。官至都官郎中,故有"桃李嫁东风郎中",和"云破月来花弄影郎中"的名称。他享寿甚高,苏东坡犹及见之。生时和柳永齐名,批评家以为他的词风格实比柳永为高,惟缺乏表现的能力,所以只是第二流的作家。词集有《安陆词》一卷。

柳永,字耆卿,乐安人。初名三变,或云后改名三变。他少年时好狭邪游,教坊乐工,都请他为词,故他的词遍传天下,凡有井水饮处,即能歌唱柳词。应举时,因他词中有"忍把浮名,换了浅斟低酌"一语,为仁宗所奚落曰:"此人好去花前月下浅斟低唱,何要浮名?"后来他作宫词号《醉蓬莱》,因内官达后宫,以冀恩赏,为仁宗所觉,以无行黜之。又后官至屯田员外郎时,应制作词不惬上意,自后即不复擢用。他求名心切,而结果如斯,他不得不消极了,他只好真在花前月下,浅斟低唱了!从此便流连于歌舞场中,尽量发挥他的天才,以博名妓的青盼,以求社会上的普遍的欣赏。流浪者死后,当然没有亲人来料理丧事,幸有群妓醵金为之下葬。而且每遇清明时节,还载酒肴饮于他的墓侧。他虽潦倒一生,得素心人眷念不忘,也许在泉下要微笑自豪吧!他的词以哀感惆怅著称,而且好以俚语入词。《花间》以下,词人都作短词,耆卿始善作慢词。他是解脱《花间》的锁钥的第一人,而且开了此后脱离旧词调羁轭的风气。词到他始有进步,词到他始创作了许多伟大的浅显的曼声长调。他的流落不遇,未始非造物有意要成全他的伟大!著有《乐章集》三卷,或作一卷,或作九卷。宋词传至现代者,他的词集最为残缺。他生前既不幸,文字又受摧残于死后,命运待他何其残酷啊!

诗 人 的 词(上)

所谓"诗人的词",一洗五代以来词脂粉香泽、绸缪宛转的习气,别开描写的生面而打破了词为艳科的狭隘观念。吾们要明白这时代的词和《花间》派的词究竟殊异到怎样地步,吾们只要读前人对于柳永和苏轼词所下的比较批评论。所谓"柳郎中词,只好十七八女孩儿,按红牙板,歌'杨柳岸晓风残月';学士词,须关西大汉,执铁绰板,唱'大江东去'",很够形容出这二派词的不同。所以如此不同的原因:《花间》派词人大都为南方人,南方文学本以婉约为宗,又加以为歌者而作,不能不作情语,以求适合于唱者身分。至苏轼"以诗为词",遂不管不谐音律,随笔纵写,不问其可唱不可唱。因为他认词为诗之一体,诗不必要可唱,而且诗里可用的材料也可一一用之入词,所以打破了以婉约为宗的观念,而尽量倾吐他的豪情。他的个性,本宜于北方文学,所以他的诗和词同样的粗豪恣放。自此以后,一般词人都继续他的见解,所作的词,均不必要协律。词至此,又受到一大解放,虽然已失去了当时创词的原意。

苏轼,字子瞻,眉山人,号东坡居士。做过翰林学士,著有《东坡乐府》十二卷。他的天才最高,文与诗词都好,是文学史上一个怪杰。过去的词,只是写儿女的相思别离之情,以风格论,最高的不过凄婉哀怨,次不过细腻有风趣罢了。他的词往往有新的意境,创成一种新的风格,乃是悲壮与飘逸。他是"诗人的词"的先驱者,一经他创始,词中始有了所谓以豪放为宗的北派的词,而且词和诗在文坛上居到同样的地位。

与东坡有关,或被称为东坡门下的许多词人,以受柳永之影响为多,所以不脱南派作风而擅长于抒情。不过题目却广泛了,而且均能表出作者个性,不比"歌者的词"为纯客观的歌咏恋情,而内容狭薄。

黄庭坚,字鲁直,分宁人,著有《山谷词》。他的词较柳永尤近于白话,大类元人曲子。他的诗是江西派的始祖,以用典为世诟病,仿佛非出一人之手。秦观,字少游,高邮人,著有《淮海词》。他的词,在当时为最正则的,情辞兼胜,所以称许者极多,词人奉为圭臬,得名远过于东坡和山谷。晁补之,字无咎,巨野人。他也是服膺少游的人,以神姿高秀见称。生平著作颇夥,有词《琴趣外篇》六卷。陈师道,字无己,彭城人,有《后山词》二卷。他也是苏氏门人,但他的成功,在诗不在词,在当时也并不以词知名。贺铸,字方回,卫州人,尝为武弁,后退居吴下,筑室横塘,自号庆湖遗老。著有《东山寓声乐府》三卷。以《青玉案》词中"梅子黄时雨"一语得名,时号贺梅子。程垓,字正伯,是东坡的中表。垓词凄婉绵丽,有《书舟词》一卷。毛滂,字泽民,有《东堂词》。李之仪,字端叔,有《姑熟词》一卷。谢逸,字无逸,著有《溪堂词》。以上诸词人均是苏轼同时人,但是没有一个是和苏轼同派的作家。

在这苏氏门人占据了词坛的时候,风光明媚的西子湖边,又出了一位大词家。他姓周,名邦彦,字美成。少年时浪漫不羁,不为州里所重。在神宗时,曾为大学正。此后浮沉州县者三十余年,过了半世流落不偶的生涯。他和柳永一般溺情于妓寮之中,为爱唱他的词的妓女制曲。他和汴都名妓李师师有一段有趣的故事:一天晚上,徽宗幸李师师家,他匿于床下,听他们的谑语,做成一首《少年游》,词很猥亵。徽宗闻知大怒,立刻贬押他出都。师师为他饯行,他作了一首很沉痛的《兰陵王》。后来这首词感动了徽宗,召还为大晟乐正。他精于音律,故所作词音调谐美,情旨浓厚,风趣细腻。又喜用唐人诗句入词,妙合似天成。又主严音律,不独平仄宜分,即上去入亦不容相混。誉之者又称他系集北宋的大成,为南宋的宗法,可见他在有宋一代词人中的地位。著有《片玉词》,亦称《清真集》,共二卷。

中国文学史上很少女性文学作家,汉之蔡琰,唐之薛涛、鱼玄机,已属凤毛麟角,但是不能站居第一流的地位。只有女词人李清照,却在有宋一代词人中占了个首要地位,独自搏得个大作家的荣名。她是济南人,号易安居士,她的父母都以能文章名世,她的天才实有所禀承。十八岁时,和赵明诚结婚,闺中静好无猜,生活很是美满。时或别离,便难舍难割,在词中发泄她的幽怨。夫妇俩均好考证金石,藏书丰富。金人南陷时,把他俩的心血全付烧毁,使她只有苦笑!南渡后不久,明诚便病亡,易安孤独无栖,往依其弟。中间又屡遭离乱。后人诬她曾改嫁张汝舟,系完全无根之谈。改嫁虽非不道德,然将无作有,谁都不甘担受呢!因为生活环境的变幻,把她的词截成两片不同的染色:前期的词写的都是童年的憧憬,少女的情怀,初恋的生活;后期都是奔驰的孤苦,孀居的凄凉,颓废的晚境。后者是悲剧,前者是喜剧。她又是词的批评家,对于先代作者,不曾允许有一个完善的词人。于是可知她的文艺的来源,绝不是熏染先代的遗传和影响,而是"戛然独造"的!她的创作集《漱玉词》,原刊本有六卷,今本只存二十余首了!

向镐,字丰之,河内人,有《乐斋词》一卷。他的词明白流畅,多有纯粹白话做的。他的身世不可考,惟知他大概是介于北宋南宋之间的人。

诗 人 的 词 (下)

在政治史上,有北宋南宋之分,在文学史上,南宋初年,还在"诗人的词"的时代,而且是最发达的时代,和北宋相接。

朱敦儒,字希真,洛阳人。少年时以布衣负重名,不肯为官。

高宗屡次征召,方应征。又为秦桧所奖用,后人均因此菲薄他。著有《樵歌》三卷。寿至九十余岁。他的词亦为白话,却似一意模拟歌谣,但天资旷远,飘飘有神仙风致,词的造境,纯似不食人间烟火者。同时有康与之,字伯可,遭遇和希真略同,著有《顺庵乐府》,词名却不及朱远甚。

现在要说到和苏轼齐名的大词人辛弃疾了。他字幼安,号稼轩,济南人。其时宋已南渡,他和党怀英同受学于金相蔡松年,党仕金,他却立志归宋。后金主亮南征败还,他劝天平节度使耿京归宋,就派他南归。耿京被刺,他将刺客从金营中劫出斩首,为耿复仇。后来屡居大官,善治兵,创飞虎营,军成,雄镇一方,为江上诸军之冠。他因赞成韩侂胄伐金,及韩败,他已死,为朝廷夺尽他身后的荣典。他的才气纵横,见解超脱,情感浓挚,无论为长调或小令,都是他的人格的涌现。人或病他有许多用典之处,不知这是才气奔放的人不知不觉随手拈来,非后来一般词匠的有意雕琢可比。或说他音节不很谐和,这正是"诗人的词"的特点所在,他们本来不是为给歌童倡女歌唱而作。他和李易安同乡,受到这位女词人影响确不少,他的性情近苏轼,所以也多豪放之作。著作集现存有《稼轩长短句》四卷,可惜不全。

被称为属于辛派的词人,最著名者有三人。陆游,字务观,号放翁,山阴人,本是南宋的有名诗家,和范成大、杨万里齐名。三人均能词:范有《石湖词》,杨有《诚斋词》,陆有《剑南词》各一卷。放翁为人浪漫不羁,有豪侠气,可惜生不逢辰,壮志沉埋。他又遭家庭变故,爱妻因不得于其母,被迫离婚,致惆怅终身。所以他的词雄爽和婉散二境俱有,和稼轩同病。刘过,字改之,襄阳人(或作太和人,或作新昌人,或作庐陵人),曾为辛稼轩门客,志趣相同,常相饮酒倡和。他是辛词的热烈崇拜者,所作《龙州词》中,效稼轩体很多。但他的才气颇大,他那宏阔的气宇,在词里画出显然的轮廓来,而不埋没他的个性。刘克庄,字潜夫,莆田人,有《后村别词》一卷。他生前以史学著名,受理宗的特识,官至龙图阁直学士。他的诗明白流畅,为宋诗的大家。他最佩服稼轩和放翁,所以作品均新鲜有力,而亦恣肆自由。

南渡以后词人的发达,较北宋为尤甚。假如我们认定文学是生活的表现,苦闷的象征,那么国家变乱时的个人生活受到极大的影响,苦闷更为显著,文学安得不额外发展?北宋的词,都以繁华作背景,南渡以后,遂多委靡之词,亦系时代使然,非人力可为。下面介绍的几个词人,或为近于苏辛一派,或为歌咏自然似朱希真者。

张孝祥,字安国,蜀人。廷试第一魁中状元,因忤秦桧屡遭迁谪,桧卒,始得隆遇。有《于湖雅词》三卷,词格近朱希真,间亦作慷慨悲壮之语。陈与义,字去非,号简斋,洛阳人。性严恪,不妄言笑,为人敬重。官至参知政事。长于诗,词有《无住词》一卷,现存仅短词十八首。人或评其词格高于黄山谷,或以为可与东坡相驰聘,可以想见他的才气。杨无咎,字补之,清江人。少年时坎轲不遇,南渡后,又耻于依附秦桧,朝廷屡征不就。他是一个画家,最有名的“江西墨梅”,就是他的艺术作品。同时,他又是词人,有《逃禅词》一卷,擅长于描写两性的爱。张元幹,字仲宗,长乐人,或云三山人。性情孤介,词中多怀恋故国、感慨山河的悲壮语。其婉丽的作品,亦不下于杨无咎。著有《芦川词》。吕滨老,字圣求,嘉兴人。著有《圣求词》,善自造新调。他是一位忧时爱国之士,所以富于感情,而词多妮语。叶梦得,字少蕴,吴县人。累官至龙图阁学士,除尚书右丞,晚年致仕,以啸咏自娱。有《石林词》一卷。他生长北宋,晚年南渡,眷恋故都,未免伤怀,故其词有一团豪爽之气,而与东坡相类。毛开,字仲平,信安人,或作三衢人。为人傲世自高,不与世伍,官只至州倅。诗文甚著名,小词最工,有《樵隐词》一卷,以悠淡而清蔚见长。杨炎正,字济翁,庐陵人。老年始登第。他与辛弃疾、杨万里为友,而最服膺稼轩的气概。他也有稼轩的怀抱,是一位无名的爱国志士。他的词大都是清新俊逸,而不喜作儿女语,与稼轩词颇形相似。向子諲,字伯恭,是钦圣宪肃皇后的从侄,官至徽猷阁直学士,但却不是位无聊的政客。为人忠实清廉,虽为文人,却不喜过那文人所乐道的名士风流生活。他曾在为金兵围困的城里指挥士卒死守,曾出入乱军中几乎被杀。他的《酒边词》分成上下二部:下卷《江北旧词》,是南渡以前写的,都为艳词;上卷《江南新词》,方是有生命有感慨的词,作于南渡之后。时代的改变,使他不能再作浮华的短词,而不得不作豪放的长词。你想:二帝蒙尘,两京陷落,国破家亡,庐空人散。人非草木,孰能无慨,子諲岂能独居例外!

词 匠 的 词

词至南宋而臻极盛,接着即由盛而衰。北宋是由弦管上的词移为纸上的词,南宋则移纸上的词复返之弦管。同为可唱的词,何以一称为"歌者的词",一称为"词匠的词"呢?因为词的成立,本有诗歌和音乐二方面,在音乐方面诚然同为可唱,而在诗歌的体制方面,词原为解放五七言之不自由,以自然为宗。南宋姜夔一派的词,他们宁可牺牲了词的意思来迁就词的音律,不肯放松音律来保存词的情意,而且又讲究刻画事物,使用古典。于是词就成了少数专家的技术,不能算是有生气的文学了。这派作家,不是词人,不是诗人,只好叫做"词匠"。

姜夔,字尧章,鄱阳(或作德兴)人。幼时,随父官居汉阳甚久,后曾寓吴兴,与白石洞天为邻,自号白石道人,又号石帚。曾上书乞正太常雅乐,又进他自作的《圣宋铙歌鼓吹曲》十四首,诏付太常收掌。后因不愿出仕,即隐居箬坑之千山,啸傲山水,往来于湖湘淮左,与范石湖、杨万里诸人吟咏酬唱。他的歌曲颇为当时人称赏,词更有时名。因为精通音律知乐理,常自制新曲。有姜小红,系石湖所赠,有色艺,他的自叙诗云"自喜新词韵最娇,小红低唱我吹箫……",可以想见雅人韵事。这时他年已不轻了,所以不久便卒于苏州。他的词长于音调的谐婉,但往往因音节而牺牲内容,有些词读起来很好听,而其实没有什么意义。他同时又是一个诗人,他的诗与词序皆有诗意,而他的词往往不如他的小序。生平著作颇多,关于文学的作品,除诗集外,有《白石道人歌曲》四卷。

站在姜派的古典主义旗帜之下,大创作其古典的雅词者,有史达祖、高观国、蒋捷诸人。史达祖,字邦卿,汴人。少举进士不第,韩侂胄当国时,达祖做他的堂吏,颇擅权。韩败,他亦遭贬,卒老死于贫困中。他的词长于咏物,亦好作艳语。有《梅溪词》一卷。高观国,字宾王,山阴人。有《竹屋痴话》一卷。他与达祖的唱和词很多,但作风很不同,古典的气味较少,而格调亦较高。蒋捷,是宋末时人,字胜欲,宜兴(或作阳羡)人,德祐进士,宋亡后,遁迹不仕。有《竹山词》一卷。他的词时效稼轩体,故有人归之于辛派,实则所效不但画虎类犬,而大部作品均为典雅婉秀之作,且又长咏物。

当时在古典派里面很有名,而作品保存到现代最为丰富的作家,要推吴梦窗为独步。吴文英,字君特,梦窗是他雅号,四明人。词集有《梦窗稿》甲乙丙丁四卷,生平事迹已不可考。他的词在当时已颇风行,誉之者谓宋词前有清真(周邦彦),后有梦窗。周和吴都是音乐家,从音调方面看,这二人固可相提并论,从文学方面看,吴就不及周了。周是诗人而兼音乐家,吴能制曲调声而不是诗人。《梦窗》四稿中的词,几乎无一首不是靠古典与套语堆砌起来的。和他并称"二窗"的周密,字公谨,号草窗,济南人,宋亡后即不出仕。有《蘋洲渔笛谱》,其他著述很多,又选有《绝妙好词》七卷。词和梦窗同派。

宋末又有两位较著名的古典派词人:一位是王沂孙,字圣舆,会稽人,生平事迹不可考,只知他在宋亡后落拓以终,著有《碧山业府》二卷,又名《花外集》。一位是张炎,字叔夏,号玉田,宋亡后潜迹不仕。他的精于音律,实渊源于家学。词有《山中白云词》八卷。

他们二人的词,在当时也以善咏物出名,所以所作大都十分用气力地刻画。他们的咏物词,只是一种做谜的游戏,而少有所谓意境和情感,在文学上仅居下等作品,和明清八股一样。他们在未亡国时,多靡靡之音。亡国以后,环境变迁,他们的感怀和追恋,在词中抒发出来,所以有些苍凉黯淡之作。玉田自以为专宗白石而排斥梦窗,实际上离白石很远,还以受梦窗的影响为多。他作一部《词源》,专讲词的作法,讲求字面、用事、句法,崇尚雕琢典雅。他的作品便依着他的作法,所以粉饰工丽,不能成为大家。

南宋词人,除上述外尚不知有多少。见于黄昇《中兴以来绝妙词选》者共八十九人,见于周密《绝妙好词》者有百三十二人之多。此外想还有不少。

尚有一位女作家须在这里补述。她是李清照以后的一个难得女流大作家,遇人不淑,终身沉浸于愁苦之海中。她的故乡在钱塘江上,而不能吸取自然的诗料以融入她的作品中,仅有使人断肠的哀音,可见她的环境之惨苦。当时人收集她的诗词,名为《断肠集》。这位女诗人就是朱淑真女士。

在一般文人的作品中,词到此时已渐渐走近坟墓之门。而在南方民间却有许多有生命的平民作品,仍不脱"歌者的词"的风格,尤以创作自妓者为多,大概是为了她们本人的需要。只可惜被古典文学的势力遮住了,没有人过问,没有人收集,听它自生自灭,除了偶见一二于当时人的笔记中外,不知埋没了多少佳作。在北方民族中,词已一变而为小曲,且由套数变成剧本,已另外创辟了一个新的世界。大家都努力于这个新世界的建设,渐渐少有人注意到这些余烬残骨了。词,就在这样情形中死去了!

金及宋以后词人

南渡后,北方统治于金人的权力之下,地域占去全中国的大半。在这样广大的区域内,安有不会产生词人之理? 在当时金主也颇知提倡文学,诗和散文均有杰出的作家,词人也不少。不过他们都为北人,所作词大都多激楚之音,而少婉约之语。

吴激,字彦尚,建州人,为米芾之婿,使金被留。刘迎,字无党,东莱人,有《山林长语》。韩玉,字温甫,有《东浦词》。王寂有《拙轩词》。李俊民有《庄靖先生乐府》。赵秉文,字周臣,滏阳人,和元好问俱以古文著名,亦作词。党怀英,字世杰,冯翊人,辛弃疾的同学,有《竹溪集》。段克己,字复之,河东人,有《遁齐乐府》。其弟成己,字诚之,有《菊轩乐府》。

元好问,字裕之,秀容人,为北方最大作家。赵秉文颇赏识之,招以书,乃名震一时,人称为元才子。金亡,隐居不仕,一味述作。他的诗沉挚悲凉,自为声调。因他生长北方,天禀多豪杰英雄之气,又值金社沦覆,发而为慷慨悲歌,都出之至情,故不求工而自工。词亦如其为人,有《遗山乐府》。他所编的《中州集》,保存很多的金人文学作品,附《中州乐府》一卷,为金人词唯一选本,尤为名贵。

元代词人,仍染宋人风气。张翥,字仲举,晋宁人,著有《蜕岩乐府》三卷。仇远,字仁近,一字仁父,钱塘人,有《无弦琴谱》二卷。张雨,字伯雨,自号句曲外史,有《贞居词》一卷。此外如赵孟頫,字子昂,有《松雪词》一卷;汪宗臣,字公辅,有《紫岩集》,附有词;吴澄,字幼清,有《草庐词》一卷;刘因,号静修,有《樵庵词》一卷;许有壬,字可用,有《圭塘小稿词》一卷;萨都剌,字天锡,有《雁门集词》一卷;张野,字野夫,有《古山乐府》二卷。

明初大臣,如刘基、宋濂,偶亦作词,颇多丽语。诗人高启有《扣舷集》一卷,杨基有《眉庵集》十二卷,张绒有《南湖集》四卷。杨慎、王世贞、瞿宗吉、聂大年、夏公谨、周白川、唐子畏、徐文长、俞仲茅、沈天羽、卓发诸人,亦好作词。但明人又都好作散曲,往往和词家相混,上列诸人,或亦有散曲家在内,因未得尽见其著作,或有误列,亦未可知。明末,陈卧子以诗人而兼词家,清丽婉转,始成一代大家。

　　清代有词学复兴时代之称，词家辈出。吴伟业以诗人曲家而善作词，温柔宛转，一如其诗。钱谦益、龚鼎孳亦偶作词，他如曹秋岳、毛西河、严绳孙、宋琬、李雯、宋征舆、孙枝蔚，亦词人中之较著者。顾贞观有《弹指词》，彭羡门有《延露词》，徐釚有《菊庄词》，纳兰容若有《饮水词》、《侧帽词》，曹贞吉有《珂雪词》，尤侗有《乐府杂俎》，王士禛有《衍波词》，或长于刚劲，或以凄婉胜，都是词家能手。清代最著名之词人，当推《朱陈村词》的作者。朱彝尊，字锡鬯，号竹垞，秀永人。曾编《词综》三十六卷，著有《曝书亭词》。陈其年，字维崧，号迦陵，宜兴人。长于骈文，著有《乌丝词》。二人素友好，合刻所作，名曰《朱陈村词》。其时有郑燮，号板桥，工书画而善诗，有"郑燮三绝"之目。他的《道情词》十首，吊古撼悲，激昂慷慨，为近代难得之真情文字。《朱陈村词》工于纤巧，善用古典，流传至乾嘉时，即起反动。阳湖张皋文、宛邻兄弟二人，选唐宋词四十四家，为《词选》一书，畅言词律。二人所作词大都沉郁疏快，悱恻缠绵，一反朱陈之雕琢。他们的友人恽敬有《兼塘词》，左辅有《念宛斋词》，陆继辂有《清邻词》，黄景仁有《竹眠词》，李兆洛有《蜩翼词》，亦为一时有名作品。其他如厉鹗有《樊榭山房词》，郭麐有《蘅梦楼词》，姚燮有《疏影楼词》，周之琦有《金梁梦月词》，承龄有《冰蚕词》，边浴礼有《空青词》，宋浣花有《浣花词》，张啸山有《蒨锦词》，项莲生有《忆云词》，赵秋舲有《香消酒醒词》，王鹏运有《半塘词》，龚自珍有《定盦词》。此外，尚有王锡振、王时翔、王汉舒、过葆中、史位存、赵璞涵、吴毅人等，亦有名于时。

　　宋以后词，大都为诗人的词，不能协律，惟作长短句而已！其中只有朱彝尊词，工求音律，然去古既远，无论若何讲究，终非进化的文学。自白话诗盛行后，词、诗已不复分体。我们希望，从此以后，一般天才文人，不要再去做这种复古事业，我们不要把我们创造的精神，再去抛在这种模仿的无用的工作上！

八　北方的戏曲

曲 的 成 因

曲，一名词余，是散曲和戏曲的混称。散曲又分小令和套数，戏曲又分杂剧和传奇。在文学上，它是由宋词演化而成散曲，由散曲连缀而成戏曲。不过吾们要详考它的成因，那么它与音乐和演戏两方面的关系，也应加以研究。因为凡属被称为戏曲，都是合文字、声音、表演而为一的。

当南宋"词匠的词"风靡一时而渐渐失掉了文学的价值的时候，北方在金人统治之下，词人也逐渐脱去了南词的粉饰雕琢，而发挥他们北人本有的粗豪之性。词的本身，因为限于格调，脱去了闺情、别绪、性爱就没有所谓对象。每首字数有定，只宜抒情而不能叙事。欧阳修用《采桑子》十一首咏西湖之胜，用《渔家傲》三首叙牛郎织女事，和苏派辛派词人的扩大描写的对象，都为要弥此缺陷。后来赵令畤用《商调蝶恋花》谱咏西厢事，更属有意的尝试。金章宗朝，董解元作《西厢挡弹词》（又名《弦索西厢》），有词有白，曲词已为代言。词只善抒情，曲兼可叙事或代言，为词和曲一大区别，亦为曲代词而兴的唯一原因。

在音乐方面，宋时乐队所用的歌词，已有六种：一是《传踏》，一名《转踏》，又名《缠达》，是以一曲连续歌唱，每一首咏一事，共若干首，亦有合若干曲咏一事的。二曰《曲破》，有声无词，但于舞蹈中寓以故事。三为《大曲》，有散序、靭、排遍、攧、入破、虚催、实催、衮遍、歇拍、杀衮（其中靭、攧、破、催、衮，均为舞节之名），始成一曲。以上三种，均限用一曲。四是《鼓吹曲》，五是《诸宫调》，六是《赚词》，都是合数曲而成一套的。以上各词，都只用于歌舞。宋时也有所谓杂剧，仅是集上述诸词的大成，有唱有舞，而没有所谓科白，所以不得为纯粹的戏剧，而是偏重音乐的歌舞剧。其名目现尚可考者，有二百八十本之多。金人的院本，又加入了说唱杂戏，内容更为复杂，且摹写社会上种种人物职业。院本虽已有说白和竞技游戏，但和元剧科白仍不同，且仍不脱舞剧模型。名目之传至今日者亦很多，只是也没有一本曾留传下来，给我们赏鉴。董解元的《西厢挡弹词》，本仅用于弹唱，后来被作戏剧者采用，加入了一科，就成了元朝式的杂剧。

中国演剧的历史很古：古代巫之事神，已用歌舞，和后世乡村每逢神诞演戏一样。春秋时晋国的优施，楚国的优孟，都以调谑悦主，且以动作来表现，已和后世优人相类。汉朝亦有俳优，名叫"倡"，武帝时，由外国传入角抵戏，表演杂技。晋时优人已演时事，六朝时则俳优罕闻。到了唐朝，歌舞戏始盛行，而专演一故事。滑稽戏更进步，不必合以歌舞，随时随地可以表演。宋时，滑稽戏专托故事以讽时事，不以演事实为主，而以所含意义为主。同时傀儡戏很盛行，所演为烟粉、灵怪、铁骑、公案、史书等话本，以事实为主，内容和后代戏剧一样。又有所谓影戏，以彩色纸雕扎而成，演历史故事，公忠的人雕以正貌，奸邪的人刻以丑形，开了演剧扮调花脸的泉源。又加上宋人话本的发达，演剧的材料也日就丰富。宋人杂剧，内容已很复杂，金人院本，更搬演社会情状。一到元朝，便合文字、歌唱、表演而成了完备的杂剧。从此中国始有了真正的戏剧。

宋人杂剧和金人院本所以消亡，元剧所以能保存至今，其唯一原因：因为前者是贵族的，仅为皇室贵族所专享，所以流传不广；后者是平民的，一切民众均得享受，所以到处风行。至于元曲何以能这样盛行，那么至少为了下列三种原因：一、元主系蒙古人，不像其他君主好提倡圣经贤传以涂饰声誉而禁碍俗文学;二、北人好质不重文,元代为北方人执政时期,当然提倡重质轻文的曲本;三、元人废除科目,一般文人的才力无所用,且欲趋合时尚,遂竞为杂剧文字。在文学上,北人的小令,已解放而为用同宫调的曲调若干合成的套数,更加上"科"和"白"而成新体的长曲。这种长曲,遂做了演剧者的蓝本。

元曲的长处:在于作者均熟知社会世故,所以描写的对象很平民化;作者非风雅之文人,不希传之万世,故体裁不拘于谨严而自然;不但都可应用于演唱,亦可供文人的欣赏。而且小令和套数,名公巨卿也偶或试作,至于杂剧的作者,大抵为布衣或省掾令史之属。蒙古色目人中,亦有作小令和套数的,作杂剧的却都是汉人。这也就是元曲被称为平民文学的一个原因。

南北散曲作家

吾们如果单演述诗歌的进化,而不牵涉戏剧的关系,那么散曲实居词以后的诗歌正宗地位。作者不但为文人,即倡夫妓女亦有擅长此道者。它在文学上的影响,除杂剧外,明清弹词和盛行民间的小调,都直接或间接受它的熏染。可惜元曲为杂剧的盛名所掩,散曲无人注意,故作者生平和作品存佚,都不很可考。明人亦有擅长作散曲的文人,但作者和作品却罹元人同样的厄运。或竟有连姓名、作品都不为人知道的!

杂剧作者元初四大家,他们也都是作散曲的能手。较四家略前,有王鼎,字和卿,大都(即现在的北平)人。与关汉卿相识,且好互相讥谑,年或长于关。性情滑稽佻达,故所作曲亦诙谐杂出,传播四方。关汉卿,名不可考,汉卿大约是他的字,号已斋叟,大都人。金末解元,曾为太医院尹,金亡不仕,著有杂剧六十三种。所作散曲没有专集,仅见于各种曲选中。近人有辑本,得小令四十一首,套数十一套。白朴,字太素,一字仁甫,号兰谷,真定人。金亡后,朝廷征召之,不赴。幼时,元遗山抚养如己侄。有《天籁阁集》,集后附《摭遗》一卷,就是他的散曲集。今本《天籁集》二卷,单载散曲。又有辑本,得小令三十六,套数四套。马致远,号东篱,亦大都人,曾任江浙行省务官。所作曲以《秋思》一套负盛名,或誉之为元人之冠。现存有小令一百四首,套数十七套。郑光祖,字德辉,平阳(或作襄陵)人,以儒补杭州路吏,为人方正。辑本中只存小令和套数各三首。质朴豪迈,为元曲特色,尤以关汉卿为甚。其他三家,清丽流便处不减宋人小词,但也不脱元人粗豪本色,是第一流的作家。

名闻一时的《酸甜乐府》的作者,为徐饴和贯云石。徐饴(或作再思)号甜斋,扬州(一作嘉兴)人。贯云石本名小云石海涯,父名贯只哥,遂姓贯,自号酸斋,畏吾人。少年时善武,后折节读书,仁宗朝,拜翰林学士,忽辞疾居江南,卖药钱塘市中,人无识者。《酸甜乐府》的原本已失传,现亦惟有辑本。昔人评两人之散曲云:酸斋如天马脱羁,甜斋如桂林秋月。二人均不作杂剧,故《酸甜乐府》都以散曲集而得享盛名。

乔吉(一作吉甫),字梦符,太原人,号笙鹤翁。美容仪,以威严自饬,居杭州太乙宫前。有《西湖词梧叶儿》百篇,名人都为他作序。居江湖间四十年,欲刊行所作,未成。有《惺惺道人乐府》,为明人所辑。今有《乔梦符小令》一卷,共小令百八十八首,套数十首。又有《文湖州集词》一卷,即为《小令》之别本。

张可久,字伯远,号小山,庆元人,曾官桐庐典史。不作杂剧,为元时唯一散曲家。生前曾分别刊行《前集》——《今乐府》,《后集》——《苏堤渔唱》,《续集》——《吴盐》,《别集》——《新乐府》,共四种。今本有《张小山北曲联乐府》上中下三卷,外集一卷,共得小令七百五十一首,套数七套。以宛转清丽为世所称。

刘秉忠,字子晦,邢台人,曾依释氏,著有《藏春乐府》。与刘齐名者有卢挚,字处道,号疏斋,涿郡人,曾与名妓珠帘秀唱答,有《疏斋集》。冯子振,字海粟,攸州人,有《梅花百咏》,系和白无咎的《鹦鹉曲》。曾瑞,字瑞卿,大兴(或作大都)人。慕南方风物之盛,居杭州,不愿仕,自号褐夫,优游于市井间。著有《诗酒余音》行于世。汪元亨,著《小隐余音》。姚燧,字端甫,号牧庵,聊城人,以古文辞名世,亦善作曲。曾拔真西山后裔于娼女之中,侠名震一时。滕宾,字玉霄,睢阳人。侯克,字正卿,号艮斋,真定人。周德清,字挺斋,高安人,著有《中原音韵》,平声分阴阳自此始。又有白无咎、王元鼎、刘庭信、于伯渊、鲜于去矜、朱凯、阿里西瑛等。以上诸人,都以作散曲有名于时,且至少可以考见他的名字。

元妓善作散曲的很多,珠帘秀和顺时秀最为出名。珠帘秀,姓朱氏,行四,姿容殊丽,芳名震动一时。顺时秀,姓郭,字顺卿,行二,时称郭二姐,姿态闲雅,与王元鼎为腻友。二人亦擅杂剧。又有解语花刘氏,也善作慢曲。

南北合套之法,始于元之沈和。和字和甫,杭州人,所作《潇湘八景》、《欢喜冤家》诸本,皆用南北合套法,极为工巧。此后曲家遇场头稍多之曲,往往用南北合调,实用沈和成法。

明代散曲家更多。传奇家徐晒,著有《巢松阁集》。周宪王有燉亦好作散曲。稍后有康海,字德涵,号对山,弘治进士,善挝弹琵琶,有《沜东乐府》。王九思,字敬夫,号渼陂,鄠县人,亦弘治进士,善琵琶三弦,有《碧山乐府》五卷。杨慎,字用修,号升庵,新都人,正德间廷试第一,后因抗疏被谪云南,生平著述宏富,散曲有《陶情乐府》及《续陶情乐府》若干卷。梁辰鱼,字伯龙,昆山人,他是昆腔之创造者,著有《江东白纻》。陈铎,字大声,金陵人,能诗工画,所作曲有《秋碧轩乐府》,今有辑本三卷,而《香月亭乐府》已佚失。沈仕,字懋学,一字子登,号青门山人,好诗翰,有《吐窗绒》一卷。王骥德,字伯骥,会稽人,自号方诸生,尝与沈宁庵商榷音律,著《方诸馆乐府》,现有辑本二卷。沈璟,字伯英,号宁庵,吴江人,世称词隐先生,官至光禄寺正卿。散曲有《宁庵乐府》,今尚有传本。施绍莘,字子野,自号峰泖浪仙,华亭人,著《花影集》,又名《瑶台片玉》。

李开先,字伯华,章邱人,官至太常少卿,所藏词曲至富。冯梦龙,字犹龙,一字子犹,吴县人。尝刻《古今传奇》十四种,名曰"墨憨斋定本",又辑刻通俗短篇小说,有一百数十篇之多。吴中文人,如祝希哲、唐子畏、郑若庸,亦好作散曲。此外,不易考见他的生平或作品者尚多。

散曲也有南北之分,和戏曲分杂剧和传奇一样。北曲作者,元人最多,明人也偶一为之,南曲作者则均为明人。作风亦不同,仍不脱北人刚劲,南人婉约的天然界域。

蒙 古 时 代 (上)

杂剧的作家,为现在的吾们所能考见的,有一百十五人。作品存留到现在的,有一百二十三本。数量不可谓不多。元曲共分三时期:第一期为蒙古时代,自窝阔台取中原,至忽必烈统一南北止;第二期为统一时代,自此后至至元间为止;第三期为至正时代,即元末的时代。

第一期的作者最多,共有五十六人,且大都为北方人。他们的中心集合地是大都。现在将较重要而有剧本留传于今的作家,依次叙述于下。

关汉卿为最先出的杂剧作家。他和白朴、马致远、郑光祖被称为"元曲四大家",或加入王实甫和乔吉,称为"六大家"。他的作品,名目为今人所知的,共有六十三种,版本留至今日的只有十四种。十四种中,尤以《窦娥冤》及《续西厢》为最著名。《窦娥冤》是一本在中国极难得的伟大的悲剧,后来京剧《六月雪》就是演这事,又有人著为弹词。《续西厢》是续王实甫的《西厢》四本的,清金喟曾诋为"狗尾续貂",金批《六才子》本最通行于现代,关之名誉因之被降低不少。实则王本原依据董解元《西厢挢弹词》,本有关续的一段,王未及作而关代为补足之,事很平常。或以为元曲名目相同者本多,即王作《拜月亭》,关亦有《拜月亭》,其后施惠更作传奇《拜月亭》,安见关王非本各作《西厢》,因一传一不传,遂致聚讼不清?此语颇有特解。除上述三书外,其他十一种为:《玉镜台》、《谢天香》、《金线池》、《鲁斋郎》、《救风尘》、《蝴蝶梦》、《望江亭》、《西蜀梦》、《单刀会》、《调风月》及《绯衣梦》。

王实甫也是大都人,和关汉卿的年代约略相同。所作杂剧十四种,现只存《丽春堂》和《西厢记》二种。《西厢记》演莺莺和张生的故事,剧情根据唐代元稹的《会真记》,而又加添了董解元《西厢》所增入的。《丽春堂》系叙金相完颜事。

马致远所作剧本,今知共有十四种,其中只有六种传于今。他善叙神仙的奇迹,风格很潇洒自然,不像关之凝重,也不像王之婉曲。《汉宫秋》是他的代表作,系叙汉时美姬王昭君远嫁的故事,他把描写的中心移向汉元帝,所以写相别时的情形,备极凄凉悲惋。此外为《荐福碑》、《岳阳楼》、《青衫泪》、《陈抟高卧》及《三度任风子》五种。

白朴的杂剧共有十五种,今只存二种,即《梧桐雨》和《墙头马上》。《梧桐雨》是历史剧,依据唐人陈鸿的《长恨歌传》而作,全剧在唐明皇于杨贵妃死后的悲叹声中收局,创立了前此未有的悲剧的意境。《墙头马上》是一本喜剧,叙裴少俊与李千金的恋史。

高文秀,东平人,府学生。他死时年尚壮,但作品很多,今所知者有三十四种,传留至今者为《须贾谇范雎》、《黑旋风双献头》及《好酒赵元遇上皇》三种。《谇范雎》亦为历史剧,叙战国时范雎为魏齐及须贾所辱,最后竟得报怨事。《黑旋风双献头》系演《水浒》故事,他所作关于此类剧本不下八种,今只存此一本。此剧中所写的李逵,心思很精细,杀人后还会题诗,与后来《水浒传》所写完全憨直愚鲁的李逵不同。《遇上皇》系叙一酒徒,为家庭所弃,遇了微

八　北方的戏曲 / 111

行的上皇,反得了好处。

郑廷玉,彰德人,所作剧本共二十四种。据现存的五种看来,没有一篇不有神道在内。大约他是一个迷信果报,相信神灵的奇迹的人,所以他很喜欢以神灵的奇迹来缘饰他的故事。五种为:《楚昭王》、《后庭花》、《忍字记》、《看钱奴买冤家债主》及《崔府君断冤家债主》。

尚仲贤,真定人,为江浙行省务官。所作曲今知共有十一种,存于今者有三种。《单鞭夺槊》是叙唐朝尉迟敬德勇敢的故事,现存有不同的两种本子:一种叙敬德投唐,单鞭打了单雄信,救了李世民的事。一种叙唐削平诸国,李建成及元吉兄弟俩欲夺太子之位,因世民有敬德为辅,乃进谗于高祖,将敬德拿办,后又得赦免的事。这二种本子,大概是作者将敬德的前后二事分开了写成二本,所以在当时已是各自单行的。《柳毅传书》是根据了唐人李朝威的《柳毅传》作的。《气英布》是叙楚汉之际,英布为随何说降于汉,高祖于濯足时接见他,以挫折他的锐气,后来又十分笼络他的事。

武汉臣,济南人,所作杂剧共十一种,在于今者只有三种。《老生儿》系叙六十岁的富翁刘从善散财得子事,可见这种用金钱的代价来求得子嗣的痴想,在元时已很有人赞羡。《生春阁》是叙包公断案的事,大概在那时的民间,包公已是一位中国古来最有名的审判官了,所以杂剧中时有这位"包青天"出现。郑廷玉的《后庭花》,已就是包公断案之一。《玉壶春》系叙一妓女立志欲嫁李玉壶,二人终于团圆的事。

蒙 古 时 代（下）

吴昌龄,西京人,所作杂剧共十一种,存于今者有《风花雪月》、《东坡梦》及《西天取经》(今本题作《西游记》)三种。《风花雪月》系叙中秋夜陈世英与桂元仙子相恋爱,一宵即别去,世英怀念成疾事。《东坡梦》系叙东坡以妓白牡丹诱佛印还俗,终于失败的事。《西天取经》共六本,为元曲中第一长剧,内容与后来的小说《西游记》颇不同,较之宋人《取经诗话》则已高明了许多。全剧分为六本,划界很整齐,分之可以成六种,合之则首尾相贯。今将节目列后,可以想见他的内容。

第一本:之官逢盗,逼母弃儿,江流认亲,擒贼雪仇。
第二本:诏饯西行,村姑演说,木叉售马,华光署保。
第三本:神佛降孙,收孙演咒,行者除妖,鬼母皈依。
第四本:妖猪幻惑,海棠传耗,导女还装,细犬禽猪。
第五本:女王逼配,迷路问仙,铁扇凶威,水部灭火。
第六本:贫婆心印,参佛取经,送归东土,三藏朝元。

此剧中国已久佚,最近日本有影印本,始得流传于世。

杨显之,大都人,是关汉卿的知友,所作剧共八种,现存二种。《酷寒亭》叙郑孔目救了宋彬,结为兄弟。后孔目娶一妓,因她与李成通奸,为孔目所杀。孔目被刺配于沙门岛,解差适为李成,欲害孔目。至酷寒亭,李成为宋彬所杀,孔目遂得救。《潇湘雨》写崔甸士中举后,与豪门女儿结婚,前妻李翠鸾往访,诬为逃婢,押配远地。她在临江驿遇见了以前在淮河中因沉舟失散了的父亲李商英,这时已做大官,欲杀其婿,为人恳求,乃复得团圆。

李寿卿,太原人,将仕郎,曾除县丞。所作剧本共有十一种,今存二种。《伍员吹箫》系叙伍员全家被害,吹箫吴市,后终于报仇事。《度翠柳》叙月明和尚因妓翠柳本是如来法身,便去引度她成了正果的事。

石君宝,平阳人,所作戏曲有十种。现存者为:《秋胡戏妻》写《列女传》中秋胡事,而内容较异。秋胡结婚才三日,便被迫从军,十年后归家，路遇采桑女，以黄金挑诱之，不从。抵家，始知采桑女即其妻，被她大骂一顿，欲离婚，为秋胡母劝慰而止。《曲江池》系根据唐人白行简的《李娃传》而作，叙侠妓李亚仙援救为迷恋她而堕落为替人家送殡唱挽歌的郑元和事。尚有《紫云亭》一剧，因戴尚甫也有同名的一种，今本不署作者姓氏，故不能断为究竟是谁所作。

戴尚甫，真定人，曾为江浙行省务官，所作剧本有五种。除《紫云亭》外，尚有《风光好》传于今。是剧系写宋陶榖奉使南唐，为妓所诱而辱命，遂避依故人家。南唐亡，妓被难来杭，因得成伉俪。

张国宾，一名酷贫，大都人，为喜时营教坊勾管，即当时人所称为倡夫的。所作杂剧四种，今存《合汗衫》、《罗李郎》及《薛仁贵》三种。当时和他同道的人，以杂剧家著称的，还有赵文敬、红字李二及花李郎。惟他们的剧本，都皆不传。国宾诸人地位虽贱，然他们的作品在当时却流传很广，而且作品的成绩也未见得比他人低下。

以上诸人，皆为第一期的作家中作品留传于今至少在一种以上的，至于仅存一种的作家，则尚有王仲文等十余人。

王仲文，大都人，作曲十种，现只存《救孝子》一剧。纪天祥，亦大都人，和李寿卿、郑廷玉同时，作曲六种，仅《赵氏孤儿》一种传于今。孙仲章，亦大都人，或以为姓李，作曲三种，今存《勘头巾》一种。石子章，亦大都人，作曲二种，有《竹坞听琴》一种今尚可见。王伯成，涿州人，作曲二种，今只存《李太白贬夜郎》一种。李好古，保定（或作西平）人，作曲三种，令尚传《张生煮海》一种。李文蔚，真定人，曾为江州路瑞昌县尹，作曲十二种，今仅存《燕青博鱼》一种。岳伯川，济南（或作镇江）人，作曲二种，今存《铁拐李》一种。康进之，棣州人，或以为姓陈，作曲二种，皆叙黑旋风事，今存其一，名《李逵负荆》。张寿卿，东平人，浙江省掾吏，作曲一种，名《红梨花》。狄君厚，平阳人，著《晋文公火烧介子推》。孔文卿，亦平阳人，著《东窗事犯》。在第二期作家金仁杰的作品中，有和此剧同名的一种，今所存之本，不知究为谁作。李行甫（一作行道），绛州人，著有《灰阑记》。李直夫，女真人，住于德兴府，作曲有十二种之多，今只存《虎头牌》一种。孟汉卿，亳州人，作曲一种，名《魔合罗》。

此外尚有《黄粱梦》一剧，系根据唐人沈既济的《枕中记》而作，叙卢生于邯郸道上遇吕纯阳因而悟道事，相传系马致远、李时中、花李郎、红字李二四人所合作。马作《岳阳楼》也有人以为第三折系花李郎作，第四折系红字李二作的。几人合作一剧，在元剧中是很寻常的事，此外恐怕还有，不过没有注明，所以吾们无从知道了。

统一时代与至正时代

第二期的作家，有作品遗留给吾们的，只居总数三十二人的四分之一。其余诸人所作，都已散佚无存。作者俱为南方人，其中籍隶北方的，大概都和南方有若干关系，或居住南方，或在南方为官吏。作品的数量，较第一期亦相差很多。大约这时候，一般人对于创作或搬演戏剧的趣味，已没有初创时那么浓厚，而且前人所作已足够搬演，无用再多为创作，所以数量就为之减少了。

杨梓，海盐人。至元三十年，元帅征爪哇，他做宣慰司官，后官至嘉议大夫，杭州路总管。他要算元曲作家中第一个阔人了。所作曲有三种，今存《霍光鬼谏》和《豫让吞炭》二种，都是历史剧。

罗本，字贯中，武林人，生平作小说很多。所作杂剧有《宋太祖龙虎风云会》，亦为历史剧。

曾瑞，字瑞卿，北方人，后迁居杭州，隐居不仕，所著杂剧有《留鞋记》。他又是位散曲作家。

宫天挺，字大用，大名开州人，为钓台书院山长，死于常州。他所作戏曲共六种，今存二种：《范张鸡黍》，系叙范巨卿和张元伯的生死不渝的友情的；《严子陵垂钓七里滩》，系叙严子陵与刘文叔（即东汉光武帝）的不以富贵易操的友情的。

乔吉,太原人,旅居杭州,擅长作小令。他所作曲十一种,今只存三种。乔吉为元剧作者六大家之一,和同时的郑光祖及第一期的关、王、马、白齐名。所作《金钱记》,系叙韩翃的恋爱故事;《扬州梦》系叙杜牧的恋爱故事;《玉箫女》系叙韦皋和韩玉箫的恋爱故事;大都取材于唐人的传奇。

郑光祖是第二期最负盛名的作家,所作剧本多至十九种,传至今者尚有四种。《王粲登楼》叙王粲辞母游学,在荆州登楼思乡,最后做了大官,与蔡邕女结婚,复与其母重叙事。《周公摄政》叙周公辅政,管、蔡流言,但后来周公与成王终于互相谅解的事。以上二剧为历史剧。《倩女离魂》叙倩女与王文举相恋,文举赴京应举,倩女的魂灵离了躯体偕他同去,后日归来,魂舍复并为一的事。《㑇梅香》叙白敏中幼与裴度之女小蛮定婚,后裴夫人不提婚事,二人却热烈的相恋,终于成了姻眷的事。全剧的结构似《西厢记》,《西厢》的红娘便是此剧的樊素。此二剧也都取材于前人的传奇,白敏中却是影射白居易,小蛮与樊素系居易之妾,确有其人,惟地位不同。

金仁杰,字志甫,杭州人,曾为建康崇宁务官。所作曲七种,今存《萧何追韩信》一种,尚有《东窗事犯》一种,因孔文卿亦有与此同名的一剧,不知究为谁作。《萧何追韩信》系叙楚汉之际的大英雄韩信,流落不遇,后为萧何所举,登坛拜将,得成灭楚的大功业。

范康,字子安,杭州人,作曲二种,今存《竹叶舟》一种,系叙吕洞宾点化陈季卿成仙的事。

第三期作家的作品,存于今者更少,二十五人中只有四人各有作品一二种流传下来。作者中大多数为南方人,只一人为北人,但已没有作品可以考见。

秦简夫作曲五种,存于今者有二种。《东堂老》叙赵国器因子不肖,将死,托孤于东堂老李实,果然不负所托,使败子终于回头了。《赵礼让肥》叙赵氏兄弟为马武所执,欲杀之,兄弟争死,因之均得释放。后马武助刘文叔平定天下，乃举荐他们二人为官。

萧德祥，杭州人，以医为业，号复斋，善作南曲。所作曲共五种，今存《杀狗劝夫》一种。此剧为后来南剧中有名的《杀狗记》所本，而且这故事直到现在还流行于民众口中。剧情为孙荣与其弟不和，专亲乡里无赖，妻杨氏欲劝谏他，便杀一狗，穿以人衣。孙荣见了，以为杀死了人，便邀朋友帮助埋去，均不肯，只有兄弟虫儿肯。他们反而到官告孙荣杀人，开了土看，始知是狗。孙荣因此悔悟，便和兄弟和睦起来，而和这班无赖断绝。

王晔，字日华，也是杭州人，作剧曲三种，今只存其一。剧名《桃花女》，叙洛城算卦的周公与桃花女斗法事，为后来小说《桃花女》所本，传奇家亦都取为题材。

朱凯，字士凯，不知何地人，作曲二种，今存《昊天塔孟良盗骨》一种。剧情系叙宋初"杨家将"的故事之一则，这种故事盛传在民间，几乎无人不知，毋庸再为叙述。

此外尚有不能确定他们时代的二人：李致远作有《还牢末》一剧，叙的也是"水浒"故事中李逵的事的一段。杨景贤作有《刘行首》一剧，系叙仙人马裕奉师命度脱一个女子刘行首的故事。

在这三个时期中，还有许多无名作家的剧本流传于今，为：《诸葛亮博望烧屯》、《张千替杀妻》、《小张屠焚儿救母》、《汉钟离度脱蓝采和》、《龙济山野猿听经》、《苏子瞻醉写〈赤壁赋〉》、《冯玉兰》、《碧桃花》、《货郎旦》、《连环计》、《抱妆盒》、《百花亭》、《盆儿鬼》、《梧桐叶》、《渔樵记》、《马陵道》、《神奴儿》、《小尉迟》、《谢金吾》、《冻苏秦》、《朱砂担》、《来生债》、《鸳鸯被》、《风魔蒯通》、《陈州粜米》、《合同文字》、《隔江斗智》、《举案齐眉》及《三虎下山》，共二十九种。其中有好几种不下于第一流作家的作品。它们的题材，最多是包公的故事，其余大部分是"水浒"、"三国"、"战国"时代的故事，而予后来通俗小说之影响很大。

明 代 杂 剧 家

明代是南曲——传奇——最盛的时代,但杂剧的作者也不少于元代,且作者仍多为南方人。自后作品的内容和文辞,逐渐走上文雅的路上去。到了最后,不过在体裁上和传奇有分别,此外便看不出它和传奇的畛域所在。故可以说,已无杂剧的精神,而徒存杂剧的形体了。

明初作者,有朱权,他是《荆钗记》传奇的作者,作有杂剧十二种。王子敬作剧四种,今存《误入天台》一种。刘东山作《娇红记》等二种,俱无传本。谷子敬作剧三种,今只存《城南柳》一种。汤式,字舜氏,号菊庄,宁波人,作剧二种,俱无传本。杨景言所作剧二种,亦俱失传。贾仲名(一作仲明)作剧四种,今存《萧淑兰》、《对玉梳》、《金安寿》三种。杨文奎作剧四种,今只存其一《儿女团圆》。朱有燉是明代杂剧家中最伟大的一个,他是朱元璋之子周定王的长子,生时甚负文名,亦善作散曲,颇流传于当时歌童妓女之口。生平作杂剧很多,凡二十七种,今尚存《牡丹品》、《牡丹园》、《烟花梦》、《八仙庆寿》、《小桃红》、《乔断鬼》、《豹子和尚》、《庆朔堂》、《桃源景》、《复落倡》、《仙官庆会》、《得驺虞》、《仗义疏财》、《半夜朝元》、《辰钩月》、《悟真如》、《牡丹仙》、《曲江池》、《继母大贤》、《团圆梦》、《香囊怨》、《常椿寿》、《蟠桃会》、《踏雪寻梅》等二十四种,总名为《诚斋乐府》。

有燉死后,杂剧作者一时中绝,大约过了五六十年后,作者才又相继出来。即传奇家作杂剧的也很多。总计由此时到明末的作品,至少须在百种以上。今把有作品存留到现代的作家叙述于下:

康海,字德涵,著有《东郭先生误救中山狼》,与马中锡的《中山狼传》为同时作品,故内容全同。这是一本很好的"寓言剧",在高丽及南斯拉夫的民间,也有与此相类的寓言故事。王九思,字敬夫，作《杜甫游春》、《中山狼》两剧，《中山狼》为和康海同一题材的作品。杨慎，字用修，作《宴清都》、《洞天元记》及《太和记》三剧。《太和记》凡六本，每本四折。黄方儒，号醒狂，金陵人，作《倚门》、《再醮》、《淫僧》、《偷期》、《娈童》及《惧内》六种，总名《陌花轩杂剧》。来集之，号元成子，萧山人，作曲六种：《蓝采和》、《阮步兵》及《铁氏女》三种，总名《秋风三剧》；其他三种为《挑灯剧》、《碧纱笼》及《女红纱》。叶小纨，字蕙绸，吴江人，适同县沈永祯，著《鸳鸯梦》。

徐渭，字文清，一字文长，山阴人。他是中国文学史上最奇怪的人物之一，他的言动流传于民间，成了许多很有趣的智慧故事。他尝为胡宗宪的幕友，胡被杀，他流落各地，似患狂疾。曾以杀妻下狱，得赦出，又以巨锥自刺二耳，深入寸许，亦未死。他的诗文很诡奇，总名《四声猿》的四个杂剧，为他生平最著之作：《渔阳弄》叙祢衡在冥中，复演击鼓骂曹操的故事；《翠乡梦》即取材于元李寿卿的《度柳翠》，也叙月明和尚度柳翠的故事；《雌木兰》依据乐府《木兰辞》，叙木兰代父从军事，末后只添出了一个她的丈夫王郎；《女状元》叙黄崇嘏改扮男装，考中状元，后与周丞相子凤羽结婚事。《四声猿》亦用题目正名，似为一剧，实则各不相贯，后人仿此体而作者甚多，最著者为清桂馥的《后四声猿》。

《浣纱记》传奇的作者梁辰鱼，著有杂剧《红线女》。汪道昆，字伯玉，号南溟，歙县人，官至兵部左侍郎，著有《高唐梦》、《五湖游》、《远山戏》及《洛水悲》四种。冯惟敏，字汝行，号海浮，临朐人，官保定府通判，著有《梁状元不伏老》。陈与郊，字广野，海宁人，官太常寺少卿，著有《昭君出塞》、《文姬入塞》及《义狗记》。梅鼎祚，字禹金，著《昆仑奴》杂剧，亦善作传奇。王衡，字辰玉，太仓人，官翰林院编修，著有《郁轮袍》与《真傀儡》。许潮，字时泉，靖州人，著有《武陵春》、《兰亭会》、《写凤情》、《午日吟》、《南楼月》、《赤壁游》、《龙山宴》及《同甲会》八种。叶宪祖，字美度，亦善作传奇，所著杂剧有《北邙说法》、《团花凤》、《易水寒》、《夭桃纨扇》、《碧莲绣符》、《丹桂钿盒》及《素梅玉蟾》八种。沈自徵，字君庸，吴江人，著《鞭歌妓》、《簪花髻》、《霸亭秋》三剧。凌濛初，字初成，著有《虬髯翁》。汪廷讷，字昌朝，善作传奇，著有《广陵月》杂剧。王应遴，字云来，著《逍遥游》。孟称舜，字子若(又作子适)，会稽人，著《人面桃花》、《死里逃生》、《英雄成败》及《眼儿媚》。卓人月，字珂月，仁和人，著《花舫缘》。陈汝元，字太乙，会稽人，著《红莲债》。车任远，字栀斋，上虞人，著《蕉鹿梦》。

传奇家徐复祚，字阳初，著《一文钱》。徐士俊，原名翙，字三有，号野君，仁和人，著《春波影》及《络冰丝》。孙源文，字南公，无锡人，著《饿方朔》。陆世廉，字超顽，又号晚庵，长州人，宏光时为光禄卿，入清，隐居不出，著《西台记》。茅维，字孝若，号僧昙，归安人，著《苏园翁》、《秦庭筑》、《金门战》、《双合欢》和《闹门神》。僧湛然，一号寓山居士，著《鱼儿佛》及《曲江春》。或以《曲江春》为即王九思的《杜甫游春》，非湛然作。袁于令，字令昭，明末的传奇大家，著有《双莺传》。郑瑜，字无瑜，西神人，著《鹦鹉洲》、《汨罗江》、《黄鹤楼》及《滕王阁》。周如璧，号芥庵，著《孤鸿影》及《梦幻缘》。查继佐，字伊璜，号东山，海宁人，著《续西厢》。堵庭棻，字伊令，无锡人，著《卫花符》。黄家舒，字汉臣，亦无锡人，著《城南寺》。张龙文，字掌霖，武进人，著《旗亭宴》。邹式金，字仲愔，号木石，明进士，入清仍为官，著有《醉新丰》及《风流冢》。其弟兑金，字叔介，著有《空堂话》。

此外尚有：徐元晖作《有情痴》及《脱囊颖》，祁元儒作《错转轮》，王澹翁作《樱桃园》，张来宗作《樱桃宴》。只知作者别号而失其姓氏的，有：秦楼外史作《男王后》，蘅芜室作《再生缘》，竹痴居士作《齐东绝倒》，吴中情奴作《相思谱》(一云王百谷撰)，南山逸史著《半臂寒》、《长公妹》、《中郎女》、《翠钿缘》及《京兆眉》，士室道民作《鲠诗谶》，碧蕉轩主人作《不了缘》。

九　南方的戏曲

初期作家（上）

当元的末季，杂剧已稍露其劣点，又因杂剧作家多数为平民，所以作品粗俗疏略，为文士所不满。但它们在社会的势力却不可轻侮，也无法消杀，于是遂有人出来，用比较秀雅的辞句，解放的体裁，创造一种新颖的戏曲，名为"传奇"，因作者多为南方人，所以又名"南曲"。不久以后，朱元璋克定中原，攻陷了大都，把蒙古人依旧逐到他们的北方去。在南方人的政治之下，北方的杂剧当然被视为过去的不合时代的产物，南方的传奇恰与之相反，自然遂格外的发达了。但到了这时代，戏曲的创作，渐由平民移于文士之手，和诗歌中的乐府在唐天宝之乱后、词在苏东坡时代及其后一样，都成了文人阶级的专产物，和平民脱离了关系。

杂剧大都限于四折，且每折限一宫调，又限一人唱，格律很严。它的长处，在于庄严雄肆，它的短处，就在于不能曲折详尽。传奇的创作，就为要免除这种阻碍，一剧没有一定的折数，一折也没有一定的宫调，而且不独可以几个脚色合唱一折，并可以几个脚色合唱一曲，而皆有白有唱。照这样看来，有人以为传奇创于杂剧之前，全是没有历史观念的误解。如其说南戏创于北剧之前，那还有相当理由，因为在元杂剧之前，宋代已有所谓"杂剧"，宋的杂剧即为南戏，虽然作品都已失传，然从一二遗文里和它所用的曲调里尚可考见。传奇和宋杂剧与金院本的关系也非常密切，金院本虽亦行于北方，但一段之中，各色皆唱，不可谓非传奇之所自仿。

现存的最古的传奇，为作于元明之间的"《荆》、《刘》、《拜》、《杀》"及《琵琶记》五种。"《荆》、《刘》、《拜》、《杀》"后人称为"元四大家"，《荆》即《荆钗记》，《刘》为《刘知远》，《拜》即《拜月亭》，《杀》即《杀狗记》。如依作者时代排列，当为《拜》、《刘》、《杀》、《荆》。

《拜月亭》，一名《幽闺记》，相传为元施惠作。施惠，字君美，一云姓沈，杭州人，或以为就是做《水浒》的耐庵居士，他也作杂剧。他的生平，仅知他居吴山城隍庙前，以坐贾为业，巨目美髯，好谈笑。诗酒之暇，唯以填词和曲为事，有《古今砌语》，编成一集。《拜月亭》确否是他所作，尚没有定论。此剧共四十出（杂剧曰折，传奇曰出），在技术上较之杂剧大为进步，有人不信为施作，即因此故。更有人以为王实甫曾作《才子佳人拜月亭》，关汉卿也有《闺怨佳人拜月亭》杂剧，关作今有传本，此剧当为王作，乃是很可笑的误会。实甫北方人，时代又在元初，绝不会产生此种作品。剧的题材确取之于王、关二人的作品，且袭用其名，但传奇之取材于杂剧，乃后来传奇家常有的事，无足为怪。《拜月亭》的故事是如此：蒋世隆与妹瑞莲，在家守分读书。时蒙古侵金，大臣陀满海牙主不迁都，且举他的儿子兴福率师抵敌，金主听了主迁都者的谗言，把海牙杀死。兴福因避胥隶的追捕，跃入蒋氏园中，世隆与之拜为兄弟而别。兴福乃在某山落草，为群盗戴为首领。时有兵部尚书王镇，奉命辞家往边庭缉军情，他家中有女瑞兰，为此剧之主人翁。不久，蒙古军南下，各处大乱，世隆兄妹及瑞兰母子俱避难而漂流在外。在人群中，他们都失散了，瑞兰误听了世隆的叫唤瑞莲，因将错就错，假认为夫妻，同路走着。瑞莲也遇到了瑞兰的母亲而结伴同行。世隆与瑞兰中途为盗所执，寨主适为兴福，反赠金而别。二人在旅舍中成婚，世隆忽病，恰遇王镇公毕经过此处，父女相见，瑞兰告以婚事，王镇不认，强迫瑞兰同归。后又遇到她的母亲和瑞莲，一家很欢乐地完聚。后蒙古军退，兴福被赦上京应举，道遇世隆，待病愈，二人同赴京应考，中了文武状元。王镇奉旨将他的二个女儿招二人为婿。瑞兰不愿嫁别人，世隆也恋念着她，因此均不肯从命。后兄妹相会，说明了一切，方知要结婚的人就是彼此恋念不忘的人。本剧就在两对新人的结婚礼中闭幕了。

《刘知远》，一名《白兔记》，不知作者姓名，约产生于《拜月亭》同时。全剧三十三出，叙刘知远被继父所逐，漂游于外。李文奎遇之于庙中，怜其饥寒，收养在家。一日，他见知远昼寝，火光透天，更有蛇穿窍出入，知将来必大贵，把女三娘嫁他为妻。文奎死后，三娘兄洪一逐知远出去，且逼写休书，又叫他看守瓜园。知远杀了园中的瓜精，得了石匣中的天书宝剑，遂别妻去建立事业。三娘在家，兄嫂迫之改嫁，不肯，便要她日间挑水，夜间挨磨。不久，生一孩子，系自己咬断脐带，便名之为咬脐郎。兄嫂欲害此子，她便托人带给知远。时知远已别娶，后讨贼有功，升为九州安抚使，咬脐郎亦长大。一日，猎一白兔，追至沙陀村，遇三娘，回家诉与父亲，便迎三娘回来同住。他们又捉兄嫂来，知远取香油五十斤，麻布一百丈，将妻的嫂做了照天的蜡烛，而赦了她的丈夫。此剧文辞朴质明显，或非出文人之笔，后人对之都有贬辞，不知它却因此得以流传得久而且远。

《杀狗记》也是以文辞朴质为人所不满，它的作者相传为徐畛。畛字仲由，淳安人，明初征秀才，至藩省辞归。此剧系取元萧德祥《杀狗劝夫》的题材而加以廓大，共三十六出，较萧作增大四倍以上。因此，剧中人物也增加不少，情节也复杂了许多。当然，描写方面也要比萧作高明得多。但剧情大旨没有什么大更变，所以这里不再为之复述。

初 期 作 家（下）

《荆钗记》或以为元柯丹邱作，非是。丹邱亦为明初宁献王朱权的号，故误以张冠给李戴。权为朱元璋第七子，亦号曜仙及涵虚子。他精于音律，曾著《太和正音谱》，又作杂剧，明代戏曲的发达，都是他提倡的功劳。《荆钗记》共四十八出，系叙宋王十朋事：十朋与钱玉莲已定婚，以荆钗为聘礼。富人孙汝权爱玉莲之色，也欲娶她。她的继母与姑娘都逼她嫁汝权，她不从，遂与十朋很简陋地结了婚。十朋上京赴试，将母妻寄住岳家。他中了状元，万俟丞相欲招为婿，他坚执不从。孙汝权私改了十朋的家信，说他已娶丞相的女儿，欲休玉莲。她的继母等又逼她改嫁汝权，她不从，投江自杀。幸为钱安抚所救，同赴福建任上。万俟丞相因十朋不肯为婚，将他改调至广东潮阳为金判，而将他的饶州本缺换了他人，因此使玉莲误会他已死了。后来十朋升任吉安，钱安抚欲将玉莲嫁他，他不知是玉莲，执意不肯。又经了几番波折，二人才得重圆。此剧文辞较为秀雅，然仍不脱朴质之气。

《琵琶记》系明高明作，或以为高拭字则成者所作，则因高明字则诚，则成与则诚音同而误。高明，温州瑞安（或以为永嘉平阳）人，元至正中进士，授处州录事，辟丞相掾。后避乱居鄞。作《琵琶记》，当时人已很赞许。朱元璋即位，欲召他到金陵，以老病辞，不久即病卒。《琵琶记》共四十二出，叙唐时蔡邕的故事：蔡邕和赵五娘结婚才五月，被父迫他到京应举，到京，中状元，牛太师欲妻以女，他再三不肯。牛太师请天子主婚，又不准他求去，他只好勉强与牛小姐结婚。这时，他家中因他出门，穷苦不堪，全靠赵五娘去营求衣食，伏侍她的公姑。公姑还有几口淡饭吃，她只好强咽些糠粃充饥。后来婆婆死了，公公又死了，她卖去了剪下的头发办葬事，又用麻裙包土来筑坟，然后背着公姑的真容，拿着一个琵琶，到京去寻她丈夫。她至牛府，和牛小姐相见，被留居府中，说明了一切，乃知她丈夫并非贪名逐利不肯回家，却是被人逼留在此。他回府时，牛小姐和他说知，他才知父母俱已亡故，便大哭着与五娘相见。他们同回祭墓。后来他与五娘及牛小姐同过着很安乐的生活。

《琵琶记》的作风与《拜月亭》为同类，也以典雅见称。有人说高明作此剧，系讽王四的。王四是他的朋友，登第后，弃其妻而赘于太师不花家，故他作此剧以讽。名《琵琶》者取其有四王字为王四，元人呼牛为不花，故谓之牛太师。这些都是附会之谈，不足取信。相传他作此剧时，居于鄞之栎社沈氏楼，夜案烧双烛，填至《吃糖》一出，句云"糖和米本一处飞"，双烛光交为一，因名其楼曰瑞光。这个虽是神话，但很足表示出这一出在他全部作品中的价值！

继《荆》、《刘》、《拜》、《杀》及《琵琶》后的作者，在明初已有许多人，不过作者的身世大都不可考，作品流传到现在的，也很少见。

沈受先，字寿卿，里居未详。作传奇凡四种，今只存《三元记》一种，系叙冯商好行善，生子，连掇三元事。其他三种——《银瓶记》、《龙泉记》、《娇红记》——均已失传。姚茂良，字静山，武康人。作传奇三种，为《精忠记》、《金丸记》及《双忠记》。《精忠记》叙宋名将岳飞被秦桧所诬杀事，最后，以秦桧诸人受地狱的裁判为结束。后周元标作《精忠全传》，大半取材于此剧。《双忠记》系叙张巡、许远事。《金丸记》已不知其存佚。苏复之，里居未详。尝作《金邱记》传奇，系叙苏秦事。王雨舟的里居也不详，所作有《连环记》，所叙系三国时吕布和貂蝉的故事。此故事亦见于《三国演义》，可见在当时已盛传了。邱濬，字仲深，琼州人，作有《五伦记》、《投笔记》、《举鼎记》及《罗囊记》四种。《五伦记》在戏曲中传达道德的训条，故腐气迫人。沈采，字练川，吴县人，所作有《千金记》、《还带记》及《四节记》三种。《千金记》系叙汉名将韩信事，因他于成功时曾以千金赠给漂母，故名《千金记》。邵深，字励安，常州人，官给谏，曾作《香囊记》，叙宋张九成事。

初期的传奇，还不曾脱尽杂剧的作风，所以文辞还浅俗明白，不惟宾白是真实的人民的对话，即曲文也多用平常的口语。这都因作者非平民即为与民众接近而能赏识俗文学的人，故不求其优雅，而风格甚高。后来传奇的制作，完全移入文士之手，遂同诗和词移入了文士之手一样，逐渐的"优雅化"、"美丽化"，终于把它送入了坟墓之门。这派的作风，择句务求其雅，选字务求其丽，即宾白也骈四俪六，语语工整，其甚者竟通剧无一散语。但是还好，大多数的作家果然跟了这个倾向去做，而有一部分的作家却未必如此。他们虽多少不免受到些影响，总还是孤芳自赏，亭亭于众醉之中，为通俗化的戏曲存一线生机！

临 川 四 梦

汤显祖是传奇作家中最出名的一个，他的创作品《牡丹亭》在传奇中的地位，和王实甫的《西厢记》在杂剧中的地位一样，不但至今同为少男少女所爱读，且同为剧场所常常扮演。任何戏曲，为文士所爱读的，往往不适于扮演，适于扮演的又不能引起读者的兴趣，独《西厢记》与《牡丹亭》则无往而不受盛大的欢迎。相传《牡丹亭》初出，娄江女子俞二娘为了欢喜它的词句，以至断肠而死，显祖曾作诗吊之。此外尚有种种传说。这本传奇实在太动人了，所以感动了无数的热情的少男少女的心怀，不期然而然地使作者站到了第一流作家的地位。

显祖字义仍，号若士，江西临川人，万历进士，官礼部主事，以上疏劾首辅申时行，谪广州徐闻典史，后迁遂昌县知县。有人劝他讲学，他笑答道：诸公所讲的是性，我是只会说情的。老年，家境穷困，所居玉茗堂，文史狼藉，宾朋杂坐，鸡埘豕圈杂迹庭中，他仍萧闲咏歌，俯仰自得。所作传奇凡五种，为《牡丹亭》、《南柯记》、《邯郸记》、《紫钗记》及《紫箫记》。《牡丹亭》一名《还魂记》，与《南柯》、《邯郸》、《紫钗》合称"四梦"，最为流行，《紫箫记》则知者较少。

《牡丹亭》凡五十五出，叙南安太守杜宝为杜甫之后，生有一女丽娘，婢春香，延师教读。一日，师授《诗经·关关雎鸠》，丽娘忽感少女美之容易消失，恐惧自己将似落花般的遭遇，胸怀郁闷，便偕春香游园。不意困倦起来,便在阁中倚几假寐,梦中遇见柳梦梅,互相爱恋,即成婚好。不料梦中醒来,一切俱幻,即欲寻梦,亦已不可复得!从此丽娘便恹恹成病,自画容像,以寄所怀。不久,遂病重而亡,葬后园梅花庵中。柳梦梅确是实有其人,一日郊行跌雪,为丽娘师救起,将他送到梅花庵中养病。梦梅后来无意中拾得丽娘自画像,便拿来悬在室中,终日焚香参拜。恰逢丽娘幽魂寻到他住处,与他相聚,誓为夫妻。梦梅偷开丽娘的棺,她便复活了,偕到他处同住。后来,梦梅赴考,恰遇寇乱。待寇平后,梦梅却中了状元,带了丽娘与她父母相见。全剧便在这个出于意外的相遇里结束了。事迹虽近鬼怪,然作者写来很是生动自然,写女子怀春的心境,生死不变的恋爱,为前此所未有。文辞亦飘逸秀美,真挚动人。

清康熙时,武林吴吴山刊有《三妇合评牡丹亭》。吴山名人,字舒凫,工诗、文、词、曲,始聘于陈,未婚而夭;娶谈氏女,逾年即亡故;继娶钱氏,始与吴偕老。三妇皆有妙才,陈、谈评其前半,钱续竟其功,吴山复引《诗经》语作旁批。或疑都出吴山之手,而移名于其妻的。冯小青曾为之题诗。数千年来,中国少女的情感,总是郁秘不宣,作者却大胆地代为把她们的情意抒写出来了,这大约就是《牡丹亭》特别为少女所喜而盛行不朽的原因罢!

《南柯记》凡四十四出,依据于唐李公佐的名作《南柯太守传》,写淳于棼梦入蚁国,为驸马,任南柯太守,荣贵之极。后公主病死,与敌战又败,遂失国王意,送归故乡,原来却是一梦。公佐的原文至此而止,若士却又于此添上了二出,叙淳于棼请僧追荐蚁国众生,使他们都得升天,复见其父及国王、公主。公主约在忉利天等他,可以再为夫妻,只要他加意修行。他便大彻大悟。

《邯郸记》凡三十出,乃依据于唐沈既济的名作《枕中记》而写的。元马致远等曾依据之而作杂剧《黄粱梦》,若士复以之为传奇的题材。山东卢生不得志,于旅邸遇吕洞宾而叹息,洞宾便借他一枕。卢生倚枕而睡,梦中进士,为高官,富贵荣华,谪迁忧苦,无所

不历。寿至八十，一病而死，遂从梦中醒来。逆旅主人炊黄粱尚未
熟。沈作叙至此，只云卢生大悟，再拜而去，剧中则作卢生从洞宾
入山中，遇见群仙，做了一个扫蟠桃落花的仙童。

《紫钗记》凡五十三出，乃依据于唐蒋防的名作《霍小玉传》而
作。诗人李益与小玉誓为夫妇，后复分别，小玉郁郁成病将死。有
侠士黄衫客强邀益重至小玉家，二人复得相见。蒋作叙至此，本言
小玉责益负心，遂晕绝而死。若士此剧，则改为小玉晕去未死，为
益所唤醒，乃复为夫妇如初。蒋作中的李益是一个负心的男子，剧
中则把二人的分离归罪于奸人。

《紫箫记》凡三十四出，所叙亦李、霍事，乃《紫钗记》的初稿。
结局亦为团圆。叙小玉嫁了李益，益到朔方参军去了。小玉每日
相思，年年七月七日，为他曝衣晒书。某一个七夕，益却由朔方回
来，恰与是日天上的双星一般，欣喜地话着情话而团圆了。

若士的传奇，曲文往往不合韵律，故歌者常常改易原文以合伶
人之口。若士尝对那些改本深致不满，曾经说过："予意所至，不妨
拗折天下人嗓子！"他的曲文之能潇洒绝俗，抒写自如，大约即由于
此。此后的传奇，不但不合韵律，且一味雕琢粉饰，自限以桎梏而
失去了自然潇洒之致，较若士之崇尚自然，委实相去远甚！

文 士 的 传 奇（上）

王世贞，字元美，号凤洲，又号弇州山人，太仓人，官至刑部尚
书，作有《鸣凤记》。全剧凡四十一出，所叙为当代的事。夏言、曾
铣遭谗被杀，严嵩父子专政误国，杨继盛上疏抗谏，被陷入狱，终死
东市，其妻也同殉。后来邹应龙又上疏劾嵩，终于达到目的，芟夷
奸党。杨继盛的死，是当时最感人的一件大事，他的壮烈激昂，他
的从容就义，引起了不少人的零涕愤慨，故戏剧家、小说家、弹词家
都取来做他们动人的题材。相传元美在严嵩败后作成此剧，曾由

从前常侍严嵩的优伶金凤登台表演,故唯妙唯肖,得以名噪一时。

梁辰鱼,字伯龙,昆山人,以清词艳曲名盛当代。他的同邑魏良辅能喉啭音声,变弋阳、海盐故调为"昆腔",伯龙填《浣纱记》付之。此剧至传于海外,吴中演奏之盛,更不待言。全剧凡四十五出,叙范蠡与西施本有婚姻之约,因国家之故,不得不割爱献于吴王夫差。后来越王勾践灭吴,范蠡始复得与西施相见,同辞勾践而泛湖隐去。范蠡载西施泛湖而去,本为中国数千年来的疑案,已掀起不少考古家的聚讼。但我们从文学的观点上来批评它,可以不必问事实的真伪,它确是一桩极浪漫动人的故事。

郑若庸,字中伯,号虚舟,昆山人,早岁以诗名天下。曾事赵康王,极蒙优礼,康王卒,乃去赵居清源。所作传奇,有《玉玦记》、《大节记》及《五福记》三种。《玉玦记》凡三十六出,叙王商上京求名,下第羞归,为人诱作狭邪游。貂敝金尽,大受青楼白眼,幸遇吕公收留,奋志读书。时胡骑南侵,妻秦氏庆娘被房不屈。后来商一举成状元,与秦氏重会癸灵庙。相传《玉玦记》出,以其叙妓女薄情,致妓院中无宿客。院中人乃共馈金于薛近衮,作《绣襦记》,叙郑元和、李亚仙事,曲出而客复来。

张凤翼,字伯起,长洲人,所作传奇凡七种,今只见其三种。《红拂记》凡三十四出,系依据唐杜光庭的《虬髯客传》而写的,内容较杜作在后面增多虬髯客即位扶余国王,帮助李靖擒高丽国王,唐帝封他为海道大总管一段。《灌园记》凡三十出,叙齐太子田法章复国事,中间错综以田单乐毅之战争和法章的恋爱史。此二剧都为作者早年所作,作风很自然。又有《祝发记》,是他晚年为其母上寿而作,风格大变,至于通本皆作俪语。

屠隆,字长卿,又字伟真,号赤水,鄞县人,官至礼部主事,为人所讦,罢归,纵情诗酒,好宾客,卖文为活。所作传奇有三种:《彩毫记》叙李白一生事迹,终于郭子仪报恩救白于死罪,中插叙天宝之乱及明皇、杨妃事,凡四十二出。《修文记》叙李贺事,除李贺生平事迹外，兼叙他病卒后，其母哀不自解，一夕，梦贺对她说今在天上甚乐，为上帝作《新宫记》纂乐章一段神话。《昙花记》作于罢官后，凡五十五出，叙唐时木清泰与郭子仪同扶唐室，富贵无匹，后忽感悟，弃家访道，家中一妻二妾也焚香静修。二子继父之勋业，复扶王定乱，后来一家同成正果，并列仙班。

沈璟，字伯瑛，号宁庵，世称词隐先生，吴江人，万历进士，官至光禄寺正卿。他与汤显祖齐名，但主张与汤相反，主严守曲律，故著有《南九宫谱》二十三卷。所作传奇多至二十种，其著者为《义侠记》、《桃符记》及《红蕖记》三种。《义侠记》凡三十六出，叙武松的始末，事实大都依据《水浒传》而加入了一个武松的妻贾氏。武松父母在日，曾为他聘妻贾氏，因他四处漂泊，故未成亲。后武松刺配在外，贾氏亦避居尼庵。最后，宋江受招安，二人乃得正式成婚。沈璟的作品虽严于曲律，然曲文宾白多本色语，大都明白而真切，不染当世骈俪的风尚。

任诞先，一作名诞轩，浙氾人，生平未详。作剧二种，今存《灵宝刀》一种。此剧凡三十五出，系叙林冲的始末，事迹亦和《水浒传》略异。冲妻为高明所迫，亏得锦儿替嫁，她和王妈妈连夜逃脱，到了四花庵为庵主。后来冲报了大仇，到庵中谢神，恰和她重复相见。

陆采，字子元，号天池，长洲人陆粲之弟。粲字子余，为谏官，甚有声，采草《明珠记》，由粲助成之。《明珠记》系依据唐薛调的《无双传》，叙王仙客与无双事，凡四十三出。采又改王实甫的《西厢记》为传奇，名《南西厢》，在当时颇享盛名。采所独著之传奇，今惟存《怀香记》一种。《怀香》系叙晋韩寿偷香事，寿与贾充幼女午姐恋爱，因为充所知而离散，经了许多苦难，二人终得为夫妇。尚有《椒觞记》及《分鞋记》，今俱不传。时李日华亦作《南西厢》二十出，为采等所指摘，乃否认为己作。

梅鼎祚，字禹金，宣城人，弃举子业，肆力诗文，著述颇富，作传奇《玉合记》。此剧凡四十出,乃全据唐许尧佐的《柳氏传》,文辞亦步骈绮派作家的后尘,不能通俗。

汪廷讷,字昌朝(一作昌期),一字无如,休宁人,官盐运使。作传奇凡十种,今存二种:《狮吼记》凡三十出,叙苏轼之友陈季常,妻柳氏,美而奇妒,季常惧之。轼乃为之设计,私赠以家姬。后以佛印之力,降伏了号为河东狮子的柳氏。这剧是有名的喜剧,写得逼真有趣,在中国戏曲中颇难得。《种玉记》凡三十出,系叙汉霍休文为平阳小吏,偶遇侯门侍女,相恋不久,为兄卫青拆散。后休文生二子,皆得大名,去病为将,光为首辅,乃父子完聚,夫妇团圆。

徐复祚,字阳初,常熟人。著《红梨记》、《宵光剑》、《梧桐雨》等传奇,以《红梨记》为最著。全剧凡三十出,叙赵汝州与歌妓谢素秋相恋,为王黼所逼而分离。正遇金人围汴,征歌妓送入北邦,素秋亦在其列。赖有花婆设计保护素秋潜避至他地。后汝州成名,终得娶素秋。此外尚有《东郭记》一种,凡四十四出,相传亦复祚作,叙《孟子》中的"齐人有一妻一妾"的一段故事,出目皆取《孟子》文句为之,很为别致。

文 士 的 传 奇(下)

作者的声誉较次于上列诸人,但与他们约生于同时,且有作品传至今者,亦为略叙于后:

顾大典,字道行,吴江人,以善作剧名。所作凡四种,今存《青衫记》一种,剧情同元人马致远的杂剧《青衫泪》,演白居易与裴兴奴相爱,兴奴后为商人所夺,直至居易在浔阳江上听琵琶,乃得重温旧梦。叶宪祖(一作祖宪),字美度,一字相攸,号桐柏,亦号槲园居士,余姚人。作传奇五种,今存《鸾锦记》一种,凡二十一出,叙唐时杜羔与妻赵氏离合事,中间插入温飞卿与鱼玄机的姻缘遇合。沈鲸,号涅川,平湖人,著传奇四种,今存《双珠记》一种。全剧凡四十六出，叙王楫与其妻郭氏离合事，文辞也染上骈绮派的色彩。周朝俊，字稊玉，鄞县人，著《红梅记》。全剧凡三十四出，叙裴禹与卢昭容事，而以贾似道事穿插其中。单本，字槎仙，会稽人，著《露绶记》及《蕉帕记》，而后者最流行。全剧凡三十六出，叙龙骧与胡小姐之遇合，中插入妖女变形与仙真显法，剧情颇为特异。许自昌，字元祐，吴县人，作剧四种，今存《水浒记》。全剧凡三十二出，写《水浒》中首领宋江的始末，叙宋江娶妻孟氏，家无别人，以后情节，均与《水浒传》略同。陈汝元，字太乙，会稽人，著曲二种，今存《金莲记》。全剧凡三十六出，叙苏轼的始末。中间插入与朝云遇合事，而终之以合家证果修真。

王玉峰，佚其名，松江人，著《焚香记》，全剧凡四十出，叙王魁与桂英的故事。这故事在宋及宋以后颇见流行，故杂剧家每写负心人常常要提起王魁，宋杂剧及金院本也已演过此事。此故事本出张邦幾《侍儿小名录拾遗》，叙王魁下第，与桂英誓为夫妻，后魁中状元，乃负桂英之约，桂英自杀，其鬼魂竟报仇迫魁入冥。此剧则以为王魁并不负约，乃为奸人金垒从中构陷所致，后冥司对案，桂英还阳，复与王魁偕老。

谢谠，号海门，上虞人，著《四喜记》，叙宋杞因编竹桥渡蚁获报事。高濂，字深甫，号瑞南，钱塘人，著《玉簪记》及《节孝记》，今只传《玉簪记》一种。全剧凡三十三出，叙宋时陈妙常与潘必正本已指腹为婚，后因兵乱，妙常托身尼庵，恰遇必正，重缔姻缘。中经阻难、别离，终得团圆偕老。此故事本盛传于当时民间，经作者捉为题材，复得以流传至现代。汪铤，字剑池，钱塘人，著《春芜记》，凡二十九出，叙宋玉与东邻女恋爱事，全为凭空虚构。朱鼎，字永怀，昆山人，著《玉镜台记》，内容较关汉卿的杂剧为放大，共四十出。杨珽，字夷白，钱塘人，著《龙膏记》及《锦带记》。今只传《龙膏记》，凡三十出，叙张无颇与元载之女湘英缔姻事，亦不脱离合悲欢的旧套。史槃，字叔考，会稽人，著《梦磊记》及《合纱记》。沈嵊，字孚中，钱塘人，作《绾春园》、《息宰河》等三种。周螺冠著《锦笺记》，凡四十出，叙梅玉与柳淑娘的离合事。张午山著《双烈记》，凡四十四出，叙梁红玉与韩世忠之事。徐叔回著《八义记》，凡四十一出，叙程婴存赵孤事，内容与元人《赵氏孤儿》杂剧殊无大异处。

明末，有冯梦龙与阮大铖二大家殿于后。梦龙为当时文坛的中心，他很能赏识现代所谓纯文学的作品。他曾编刻通俗小说及戏曲，又增补旧有小说，又编唐人传奇体的小说。有许多通俗的文艺得以传留至今，不可谓非他的功绩。他自作的剧本，有《双雄记》、《万事足》、《新灌园》三种。阮大铖，字集之，号圆海，又号百子山樵，怀宁人，官至兵部尚书。他因依附魏忠贤，为诸名士所嘲骂，于是捕逐诸公子，大作奸恶，以此为文士所不齿。然其所著《燕子笺》、《春灯谜》、《双金榜》、《牟尼合》及《忠孝环》五剧，描写殊细腻有情致，虽反对者也莫不交口称誉。《燕子笺》凡四十二出，为五种之冠，叙唐时霍都梁至京会试，与妓华行云相恋，因画二人合像，送到裱装店去。同时，礼部尚书郦安道有女飞云，貌肖行云，亦将观音像一幅送到同一店里去付裱。不料裱好后为店中人互送错了。飞云见二人合像，一人酷肖自己，一人却是风度翩翩的少年，不禁为之惊慕。某一春日，作词一首，咏此事，为燕子衔去，恰落于都梁之前。后来都梁为友所陷，逃于他方。时安禄山反，天下大乱，飞云与母在逃难途中相失。行云亦逃难在外，与飞云母相遇，认为义女，路中恰逢安道。飞云则为父执贾南仲之军所收容，亦认为义女。这时，霍都梁改名卞无忌，入贾南仲幕中，献策灭了禄山。南仲以飞云妻之，二人相见惊异，细诉衷情。不久，行云亦归于都梁。《春灯谜》亦名《十奴错》，凡四十出，在当时亦得盛名。中叙宇文博有二子义、彦，彦随母赴父任，泊舟黄河驿。适韦节度之舟亦泊于此，时为元宵，韦女改装为男，上岸观灯。适彦亦往观灯，二人同猜灯谜，赋诗唱和，各执一诗笺而别。会风起，二舟各泊他所，女误入宇文舟，彦误入韦舟，旋各扬帆行。彦母认韦女为己女，彦则被韦节度投于水，又被误为贼，捕入狱中。会兄义大魁天下，被唱名者误唱为李文义，授巡方御史。同时，彦亦更姓名为卢更生。义不知更生即为弟，释之出狱，彦亦不知御史即其兄。后彦登第，韦节度为执柯，与李氏女结婚，乃不知李氏即己父之家。到了结婚时相认，方明白种种的错误。因共有十错，故亦名《十认错》。

这时期无名氏的作品，传于今者颇多，其著者有：《玉环记》，叙韦皋与张琼英事；《寻亲记》，叙周羽被奸人所陷，其妻守节，遣子寻父事；《金雀记》，叙潘岳与井文鸾事；《霞笺记》，叙李彦直与张丽容事；《投梭记》，叙谢鲲与元缥风事；《琴心记》，叙司马相如与卓文君事；《飞丸记》，叙易弘器与严玉英事；《赠书记》，叙谈鏖与魏轻烟事；《运甓记》，叙陶侃运甓事；《节侠记》，叙裴伷先与卢郁金事；《四贤记》，叙孙泽娶妾生子事；《十义记》，叙韩朋因抗黄巢被害，其子与李存孝合兵一处，共灭巢以报父仇事。曲白浅易，似为民间作品。

清初戏曲家

明末天下大乱，一切都遭破坏，文人也都颠沛流离，无暇于再从事创作。等到清人勘定中国时，作家又联臂而出，也极一时之盛。这些作家，都为饱经沧桑之变的遗民，其中如袁于令、吴炳、李玉诸人，且都为在前朝已享盛名的作家。

袁于令，原名韫玉，字全昭，号箨庵，官荆州知府。作剧凡五种，为《金琐记》、《玉符记》、《珍珠衫》、《肃霜裘》及《西楼记》，而以《西楼记》为最著。全剧凡三十六出，叙于鹃与穆素徽的离合事。吴炳，字石渠，宜兴人，少年登第，有才名，作曲凡五种，即《画中人》、《疗妒羹》、《绿牡丹》、《西园记》及《情邮记》。五剧皆写佳人才子事，而以《西园记》为最著名。范文若，字香令，号荀鸭，又自称吴侬，松江人。作剧凡九种，以《鸳鸯棒》、《花筵赚》、《倩花姻》及《梦花酣》为最著。薛旦，字既扬，号沂然子，无锡人，作剧凡十种。以《书生愿》、《醉月缘》、《战荆轲》、《芦中人》及《昭君梦》等为最著。马佶人，字更生，吴县人，作《梅花楼》、《荷花荡》及《十锦塘》三种，以《荷花荡》为最著。刘晋充，字方所，苏州人，著《罗衫合》、《天马媒》、《小桃源》三种。叶稚斐，字美章，吴县人，作《琥珀匙》、《女开科》、《开口笑》、《铁冠图》（一名《逊国疑》）等八种。朱佐朝，字良卿，吴县人，作《渔家乐》、《万花楼》、《太极奏》、《乾坤啸》、《艳云亭》、《清风寨》等三十种。邱园，字屿雪，常熟人，著《虎囊弹》、《党人碑》、《百福带》、《蜀鹃啼》等九种。

李玉，字玄玉，吴县人，作剧凡三十三种，以"《一》、《人》、《永》、《占》"四剧最著名，论者谓可以追步"临川四梦"。《一》即《一棒雪》，叙莫怀古以一玉杯招祸事。《人》谓《人兽关》，叙施济乐善好施事。《永》乃《永团圆》，叙蔡文英与江兰芳离合事。《占》系《占花魁》，叙卖油郎秦钟与花魁女莘瑶琴遇合故事，此故事亦见于当时通俗小说，当为盛传于民间的一个传说。朱素臣，吴县人，作剧凡十八种，其中以《振三纲》、《未央天》、《聚宝盆》、《十五贯》、《瑶池宴》、《翡翠园》等为最著。《十五贯》取材宋人小说《错斩崔宁》，而以遇贤官昭雪为结局，人名也已更换，后人又据以作《十五贯》弹词。周坦纶，号果庵，里居未详，作剧十四种，以《火牛阵》、《绨袍赠》为他得意之作，但都是元人已袭用过了的题材。张大复，字星期，一字心其，号寒山子，苏州人，作曲凡二十三种，以《如是观》、《醉菩提》、《海潮音》、《钓鱼船》、《天有眼》等为最著。高奕，字晋音，一字太初，会稽人，作剧凡十四种，以《风雪缘》、《千金笑》、《貂裘赚》为最著。盛际时，字昌期，吴县人，作剧四种，以《飞龙盖》及《双虬判》为最著。史集之，字友益，溧阳（一作吴县）人，作《清风寨》及《五羊皮》两种。朱云从，字际飞，吴县人，作剧凡十二种，以《石点头》、《别有天》、《赤须龙》及《儿孙福》为最著。陈二白，字于令，长洲人，作剧三种，以《双官诰》为最著。陈子玉，字希甫，吴县人,作《三合笑》、《玉殿元》及《欢喜缘》三种。王香裔,名里未详,作《非非想》、《黄金台》二种。丁耀亢,号野鹤,作《蚺蛇胆》、《仙人游》、《赤松游》及《西湖扇》四种,曾于顺治时进呈。

吴伟业,字骏公,太仓人,明亡,为清廷强辟为祭酒,非其心愿。所著杂剧及传奇,均用以寄其悲愤无告的隐衷。《通天台》及《临春阁》二杂剧,串叙南朝梁、陈二朝亡国惨史。传奇《秣陵春》,叙徐适与黄展娘事,事迹殊离奇,不亚于《牡丹亭》,亦隐寓着深意。尤侗,字同人,一字展成,号西堂,长洲人,官翰林院检讨。作《钧天乐》传奇,叙科场之黑暗,为一班文士抒写失意悲郁的情怀,每登场演唱,座上贵人未有不色变者!又作杂剧五种:《读离骚》系依据《楚辞》,叙屈原的生平。《吊琵琶》叙王昭君出塞事,而终之以蔡琰吊青冢。《桃花源》本于陶潜的《桃花源记》,叙陶潜尸解后,真个入桃花源,与众仙为侣。《黑白卫》则全本唐裴铏的《聂隐娘》,别无更改。《清平调》亦名《李白登科记》,叙明皇叫杨妃为主考,定试卷的次第,她以李白为第一,赐状元及第,杜甫第二,孟浩然第三,白所作即为《清平调》三章。他把史实牵强颠倒,似觉可笑,实则也是当时黑暗科场酿成了他悲哀的心境,《钧天乐》从正面写出,此不过从反面写出,而故作快意语罢了!

李渔,字笠翁,兰溪人,寓居金陵,出入官绅之门,善滑稽,好作狭邪游,曲中人呼为李十郎。善著小说及传奇,在当时极负盛名,所作除"十种曲"外,尚有《万年欢》、《偷甲记》、《四元记》、《双锤记》、《鱼篮记》及《万全记》六种。《十种曲》为《奈何天》、《比目鱼》、《蜃中楼》、《美人香》(一名《怜香伴》)、《风筝误》、《慎鸾交》、《凰求凤》、《巧团圆》、《玉搔头》及《意中缘》,最为流行,其他六种则知者较少,传本亦稀。诸剧结构都极精密适当,最合表演,文词极通俗明显,处处含滑稽气息,而多讽俗骂世之语。一般文士讥其太"俗",不知他的长处正在其"俗",否则清初传奇亦可车载斗量,何以笠翁独享盛名于当世及后世呢?他的论戏曲作法,也有独到的见解，在中国批评文学史上，他也是一个重要的人物。

又有《虎口余生记》，一名《铁冠图》，凡四十四出，叙明末李、张流寇之乱，题遗民外史著。此书全本亦不易见。或以遗民外史为吴人朱良卿，确否不可考。通俗小说亦有《铁冠图》，内容亦叙流寇事。

南 洪 北 孔

清代的最伟大的传奇家，当推"南洪北孔"。

孔尚任，字季重，号东塘，又号云亭山人，曲阜人，官户部郎中，作曲二种。《桃花扇》是使他赚得最大的盛名的一剧，主角为侯方域与李香君，所述诸事皆有确据。剧中处处沁染着亡国隐痛，写诸奸误国，忠臣殉难，很能引起读者悲愤的同情。它是一部明亡之痛史，而借生旦的离合悲欢为主眼，以避去它目的所在。全剧共四十二出，开场叙阮大铖欲结交诸公子，致方域得与名妓香君相见，二人一见倾心。然诸公子鄙薄大铖，两方之仇恨愈结愈深。时左良玉欲移兵就食，方域遣柳敬亭修书止之。恰好北京陷落，崇祯帝自杀，于是南都迎立福王为主。大铖乘机握了权，逮捕诸公子，方域幸得脱。同时田仰欲以三百金买香君为妾，她不屈，倒地撞头，血溅一扇上！杨龙友就血渍缀成桃花一枝，寄给方域。这时国事益不堪，清兵将南下，而诸镇还常以小故相争杀，虽然有个忠心耿耿的史可法，却无济于这崩颓的大局。终于史可法沉江自杀，清兵统一了江南。方域与香君避难于山，做了修道的僧尼，柳敬亭诸人也都以隐遁终。此剧在作者生时，已奏演极盛，又曾扮演于清宫。作者尚有《小忽雷》一剧，凡四十出，叙一件以名琴小忽雷为线串的生旦的悲欢离合的故事，远不如《桃花扇》之著名。尚任有友顾彩，字天石，无锡人，曾改《桃花扇》为《南桃花扇》，使生、旦当场团圆，点金成铁，为世诟病，幸其不传！

洪昇,字昉思,号稗畦,钱塘人。亦著杂剧,仿徐渭《四声猿》体而作《四婵娟》,凡四折,每折叙一事。第一折为《咏雪》,叙谢道韫咏雪诗事;二为《簪花》,叙王右军学书于卫夫人事;三为《斗茗》,叙李清照夫妇烹茶检书事;四为《画竹》,叙赵子昂与管夫人泛舟画竹事。所著传奇凡八种,为《回文锦》、《回龙院》、《锦绣图》、《闹高唐》、《节孝坊》、《舞霓裳》、《沉香亭》及《长生殿》,以《长生殿》为最著名。《长生殿》凡五十折,系依据唐白居易的《长恨歌》及陈鸿的《长恨歌传》而作,叙唐明皇与杨贵妃的故事。一般人心目中都视杨贵妃似一个可怕的亡国败家的妖孽,对之都无恕辞。在这剧中,却被写成只是一个痴情的可怜的绝色的少妇,处处引动读者怜惜之念。这是作者的伟大处,他把她从冷酷的历史家以亡国归罪的不平的论调中解放出来,重新表现出她的本来面目。元人白朴的《梧桐雨》,明人的《惊鸿记》,也是写杨妃的故事,然都不如《长生殿》之能感人。前半部的文辞很是腻丽,后半部却富有真挚的深切的情感。此剧在当时演奏之盛,不亚于《桃花扇》。诸伶人曾于某个国忌日演此剧为作者寿,为人告发,作者因之被编管山西,诗人赵执信、查嗣琏适与宴会,亦被削职。“可怜一曲《长生殿》,断送功名到白头”,功名虽然断送了,但《长生殿》因之而流传得更远更广了!

万树,字花农,一号红友,宜兴人。吴兴祚总督两广时,树曾居其幕下。每树作一传奇甫脱稿,兴祚即令家伶捧笙璈按拍高歌以侑觞。前后所作杂剧及传奇共各八种,又编《词律》二十卷,词家都奉为圭臬。杂剧八种,为《珊瑚珠》、《舞霓裳》、《藐姑仙》、《青钱赚》、《焚书闹》、《骂东风》、《三茅宴》及《玉山宴》;传奇八种,为《风流棒》、《空青石》、《念八翻》、《锦尘帆》、《十串珠》、《万金瓮》、《金神凤》及《资齐鉴》。

在他们同时,传奇家之有名者,尚有周稚廉,字冰持,华亭人,别号可笑人。所作传奇数十种,今多不传,最著者为《珊瑚玦》及

《双忠庙》。卢见曾，字抱孙，号雅雨山人，德州人，官两淮盐运史，著《旗亭记》及《玉尺楼》二种，《旗亭记》即叙唐诗人王之涣等旗亭画壁故事。

当时专作短剧的，有杨潮观及桂馥二人。杨潮观，字宏度，号笠湖，无锡人，乾隆举人，曾为四川邛州的知州，与袁枚为友，著《吟风阁》，包含短剧三十二种，中以《快活山樵歌九转》、《穷阮籍醉骂财神》、《鲁仲连单鞭蹈海》、《偷桃捉住东方朔》诸剧为最能感人。桂馥，字未谷，曲阜人，官永平知县。杨潮观所作，半是以嬉笑怒骂的态度来抒写自己的郁闷，馥所作则多为缠绵悱恻之恋情。他所作《后四声猿》，为短剧四种：《放杨枝》叙白香山年老病风，要遣去爱马宠妾，终于旧情难舍，依旧作罢。《谒府帅》叙苏东坡屈沉下僚，上谒府帅不见事。《题园壁》叙陆放翁与妻唐氏相离后的悲怅，写来很是酸楚。《投溷中》叙李贺遗诗稿俱在他中表黄生处，因宿恨被他尽投入溷中了！

《红雪楼九种曲》的作者蒋士铨，在当时也享盛名，他的著作与《笠翁十种曲》同样盛行于民间。蒋士铨，字清容，一字心余，号苕生，又号藏园，铅山人，乾隆进士，官编修，与袁枚、赵翼并称为乾隆三大诗人。所作曲大都细腻而秀雅，雍容而慷慨，高出于笠翁之粗率鄙陋。《九种曲》外，尚有《康衢乐》、《忉利天》、《长生箓》、《升平瑞》四种，每种四折，总名《西江祝嘏》，为乾隆时祝贺皇太后"万寿"而作。表面上尽是些喜庆祝贺之语，骨子里杂以不少滑稽的、打趣的、讽刺的话，文笔亦庄亦谐，很生动活泼。此书国内传本已少见。《九种曲》为：《香祖楼》，叙仲约礼与他的姜李若兰离合事；《空谷香》，叙顾瓒园之妾事。二剧俱写真挚的恋情，在他自己击壶低吟《空谷香》时，曾赚得听者不少眼泪。《冬青树》，写宋末的史实，遗民的悲痛，孤臣的失意，以及帝陵植树，西台恸哭，都一一展现在读者眼前，令人为之奋发。《雪中人》，叙吴六奇对查继佐之报恩事，此事本为清初实事，盛传士夫之口，小说家曾以记入他们的笔记中。《临川梦》，叙"四梦"的作者汤显祖事，把"四梦"中的人物，一一都搬来和作者相见。《桂林霜》，叙清初马文毅阖家死广西之难事。以上都为长剧。《一片石》和《第二碑》，皆叙明宁王朱宸濠妃娄氏，以谏阻王谋叛，投水死，当时墓地荒芜，作者与诸人乃为修墓立碑。《四弦秋》，演白居易的《琵琶行》，完全依据原文，叙居易因听琵琶而引起他自己的伤感。以上都是短剧。

夏纶，字惺斋，号耀叟，钱塘人，作曲六种，都以教训为主。六种为《无瑕璧》、《杏花村》、《瑞筠图》、《广寒梯》、《花萼吟》及《南阳乐》。舒位，字立人，号铁云，大兴人，著剧五种，《卓女当垆》、《樊姬拥髻》、《酉阳修月》及《博望访星》四种，总名《瓶笙斋修箫谱》，尚有《人面桃花》一种，似已失传。唐英，字隽公，号蜗寄居士，官九江关监督，作剧十四种《双钉案》、《梅龙镇》、《女弹词》、《面缸笑》、《英雄报》等十二种，总名为《古柏堂传奇》，上举数种尤为舞台上所极欢迎的剧本，也有改为皮簧剧本的。张坚，字漱石，江宁人，老于秀才，有诗名，作《玉燕堂四种曲》，为《梦中缘》、《梅花簪》、《怀沙记》及《玉狮坠》，又合称为"《梦》、《梅》、《怀》、《玉》"。董榕，字恒岩，河南道州人，官九江知府，作《芝龛记》传奇，叙秦良玉、沈云英事，论者谓足与《桃花扇》相颉颃。夏秉衡，字谷香，华亭人，著《双翠园》传奇，叙王翠翘遇徐海事。汪柱，字石坡，袁浦人，著《砥石斋二种曲》，为《人中画》与《梦里缘》，又著杂剧多种。群玉山农，号柘庵，不知姓名及氏，泰州人，著《双鸳祠》传奇。

黄宪清，字韵珊，海盐人，著《倚晴楼七种曲》，为《茂陵弦》、《帝女花》、《脊令原》、《鸳鸯镜》、《凌波影》、《桃溪雪》及《居官鉴》七种，作风以绮腻清俊见长。相传作者貌甚陋，一女慕其才，欲嫁之，后见其貌而止。周文泉，号练情子，为邵阳知县，著《补天石传奇》八种，为《宴金台》、《定中原》、《河梁归》、《琵琶语》、《纫兰佩》、《碎金碑》、《纨如鼓》及《波弋香》，都是为弥补历史上的缺憾而作。陈烺，字叔明，号潜翁，阳湖人，作《玉狮堂十种曲》，分为前后二集，《仙缘记》、《海虬记》、《蜀锦袍》、《燕子楼》及《梅喜缘》为前集,《同亭宴》、《回流记》、《海雪吟》、《负薪记》及《错姻缘》为后集。后集多以《聊斋志异》中之故事为题材。杨思寿,字蓬海,长沙人,有《麻滩驿》、《理灵坡》、《再来人》、《桂枝香》等曲,名为《坦园十种曲》。

自是以后,在舞台上的剧本,"皮簧"已取"昆腔"的地位而代之,过去的种种传奇,都成了文人书架上的装饰品。余治的《庶几堂今乐》,是他创作的皮簧戏用的剧本集,共有四十种,现在剧台上常演的《朱砂痣》,就是此中的一种。在他以前的皮簧戏,都是昆曲的改头换面,他是皮簧戏的唯一创作者,而且后来也没有像他这样专门创作的人了。他不但空前,也成了绝后了!

一〇　通俗文学的勃兴(上)

通俗文学的起原

在唐代以前,中国是没有所谓通俗文学的。唐以前的乐府虽称为平民文学,但作者自己是平民,他只能说平民的话。所谓通俗文学,作者不一定为平民,而以合于平民需要为准则,是有意的作通俗的文字。所以一是无心的流露,一是有意的创作;一是无目的,而一是有目的的。

中国之有通俗文学,不能不说几乎完全受了佛教影响。佛教徒因为传教的便利,将经典翻成"俗文"、"变文"。又为吸引观者读者起见,夹用叙事的韵文以增高兴趣。今尚有《佛本行集经俗文》、《维摩诘所说经俗文》等及《释迦八相成道记》、《目莲入地狱故事》等诸书,大都唱白兼用,后来的"宝卷"都用这体裁。在文学上,却受了它的影响而创立了"弹词"体。此外,仿之而作的有《唐太宗入冥记》、《秋胡小说》等,但无唱句,单为说话体,已开宋人话本的形式。所以我们考求通俗文学的发源,当始自唐代,而它的体裁,"唱本"和"说话"同时并兴,亦同到宋代而大盛。说话由宋代的"话本"进化而成元、明人的"通俗小说",唱本则由宋代的"淘真"进化而成为元、明人的"弹词"。

宋时有《梁公九谏》,叙狄仁杰谏武后事,亦为说话体,可见是仿唐人的著作。唐代的"传奇"、"诗歌"和"词",宋人都一味的拟作或创造,"说话"当然不至居于例外。唐代已有说书的人,到宋代盛时,民间游乐之事甚多,其中有所谓"说话",业此的人名之为"说话人"，即是唐人说书的遗风。唐代说话，主在劝惩；宋代的说话人，专口讲古今惊人动听之事。说话人所用的底本，叫做"话本"。说话又分做四科：第一科是"小说"，小说又分三类——一是"银字儿"，都是讲烟粉和灵怪传奇的；二是"说公案"，都是讲搏拳、提刀、赶棒及发迹变态的事的；三是"说铁骑儿"，都是讲士马金鼓之事的。第二科是"谈经"，就是演说佛经的，又有附属的二类——一是"说参讲"，都是说宾主参禅悟道等事；二是"说诨经"。第三科是"讲史书"，都是讲说《通鉴》及汉、唐历代书史，文传兴废战争之事。第四科是"商谜"，都是隐语，约分为诗谜，字谜、戾谜、社谜等类，又叫做"打谜"。今存的话本，如《京本通俗小说》，属于小说科；《大唐三藏取经诗话》，属于谈经科；《大宋宣和遗事》及《五代史平话》，属于讲史书科；商谜科无专书可见，但《齐东野语》卷二十所载"隐语"若干则，当为现时仅见的遗文。

宋代"淘真"的体裁若何，今亦无书可见，惟存"太祖太宗真宗帝，四帝仁宗有道君"两语。后人遂依据此两语，断知"淘真"系七字为句，和后代的弹词相类。唱的人大抵为男女盲者，手弹琵琶，或敲鼓，口唱古今小说平话中故事。他们亦分为若干科，如"唱赚"、"小唱"、"弹唱因缘"、"唱京词"等。至于各科的分别，现在亦已无法考知。从陆放翁的"死后是非谁管得，满村听说蔡中郎"二句诗中，也只知唱的是古人动听的事迹罢了！

现存的话本，只有《京本通俗小说》和《五代史平话》确知其为宋人作品。《宣和遗事》和《取经诗话》或以为亦是宋人所作，或以为元人的拟作，尚无定论。最近在日本发现的元刊本平话——自《武王伐纣书》至《三国志平话》——五种，更难断定它作书的年代。总之，在宋代确已有"小说"和"平话"两种体裁，小说都是述说恋爱、鬼怪等一切社会琐事，平话就是讲演史书，这是可以深信的。这种体裁相传至明代，遂混称为"通俗小说"。明代和清代的天才文学家，都用这"通俗小说"的体裁，创作了许多许多的有价值有生气的作品,在沉闷的中国文学史上开创了一个新鲜的灿烂的时代。

《京本通俗小说》,不知共有若干卷,今存第十卷至十六卷及二十一卷,共八卷,每卷一种,大约都是南宋时代的作品。它的子目是:《碾玉观音》《菩萨蛮》《西山一窟鬼》《志诚张主管》《拗相公》《错斩崔宁》《冯玉梅团圆》及《金虏海陵王荒淫》。它的体例,先用闲话或他事为引子,后又转入正文,所叙都为当代琐事,后代的戏曲和弹词,往往取以为题材。

《新编五代史平话》,共分五代,每代两卷。卷前列子目,字句参差,本文内则不再列入,中间多附诗词。今本已不全,《梁史》《汉史》皆缺下卷。每代各以诗起,次入正文,又以诗终。惟《梁史》则始于开辟,次略序历代兴亡之事,立论很奇特,又杂以诞妄的因果说。其中所叙刘知远微时故事,全为元人《白兔记》传奇所取材,相差者仅少一白兔做母子相遇的线索罢了。

《大唐三藏取经诗话》,亦名《大唐三藏法师取经记》,共分三卷,今本缺卷上第一叶及卷中第二、三叶,凡十七章,叙唐三藏取经故事。明人所作的《西游记》,即据此而加以许多增饰和改造。名为"诗话"的原因,因书中有诗有话,和批评文学类的"诗话"截然不同。

《大宋宣和遗事》,分元、亨、利、贞四集,或分上下两卷,而卷前列以子目。原书俗文讹字,满望都是。卷首亦自尧、舜写起,中间写徽、钦二宗朝事特详,大致可分为十节:第一节叙历代荒淫之帝王;二节叙王安石变法之弊;三节叙王安石引蔡京入朝,童贯、蔡攸巡边;四节叙梁山泺聚义故事,为后来"水浒"故事所自出;五节叙徽宗幸李师师家;六节叙道士林灵素进用;七节叙腊月预赏元宵,及元宵看灯之盛;八节叙金兵陷京师;九节叙徽、钦二帝蒙尘事;十节叙高宗定都临安。其中二、三两节及八、九、十三节皆是文言,余都为白话,于此可知它绝非出于一人之手。

宋人话本,今所见者只有此四种,吾们希望将来有更多的更好的发现，为研究通俗文学者增添大批资料。

《忠义水浒传》

宋亡之后，戏曲大兴，"小说"和"讲史"中的材料，多被曲家采用。在这时候，"说话人"当然不及优伶之有势力，所以作者不易闻名。但在出版家方面，刻印"话本"同"戏曲"一样的发达，而且又似乎较为重视"话本"，因为元刻的话本都是有"全相"的。今所传的自《武王伐纣书》至《三国志平话》共五种，据说都是上半页是图像，下半页是本文。最近在中国影印的《平话三国志》，正是这种情形。此书分上、中、下三卷，卷前有长短句的子目，本文内亦不再列入。全书开始假托于司马仲相的断狱，而终于五丈原将星坠营，书中叙张飞之勇，武侯之智，极力描摹，很合"说话人"耸动听者之用，和后来的《三国志通俗演义》为直叙故事的体例，迥乎不同。元刊书本素多伪文俗字，此书尤甚。惟作者为宋人抑元人，现在谁都无法考出了。

宋、元话本，都不能考知作者为谁。到了"通俗小说"时代，作者稍能考见，但十九不很确切。大概因在作者方面，亦视小说为小道，往往不肯具真姓名而用别字别号，年代一多，遂至佚失。中国小说史上最著名的创作——《水浒传》，它的作者是谁，也有种种异说而至今不曾确定。

《水浒传》即叙宋江等聚义梁山泊的故事，《宣和遗事》只叙三十六人，这书却增多至一百另八人，姓名亦彼此间有不同。在描写的技术方面，较之宋人"话本"也有极大的进步。一百另八个人，写来个个都有个性，个个都有他的环境和不同的出身，难得有重复的地方。此书完全为贪官污吏与不良政治的反响，所以处处表现出一种强毅的反抗的精神。读者试看，所谓一百另八个强盗，哪一个是甘心自愿上梁山入伙的？ 每个都为到了"不得不"的地步，才走向"水浒"中去！这倒是真正的平民文学，体裁也并不是"讲史"，和宋人所说的"小说"却还合得上。这是一部平民对于贵族政治表示反抗精神的伟大的杰作，而且在当时也只有这样的一部杰作。

可是本书版本很多，原本已绝不可见，所有各本，文辞亦各不同。文辞最简拙而可信为最近于原本的一种，全书共一百十五回，自洪太尉误走妖魔叙起，直至破辽，平田虎、王庆、方腊之后，宋江服毒自杀，兄弟们次第死亡，众人的神灵复聚于梁山泊为止。尚有一百十回本和一百二十四回本，文辞和内容都与之相等。这三本都叫做《忠义水浒传》，署名"东原罗贯中编辑"。又有一百回本的残本，亦名《忠义水浒传》，前署"钱塘施耐庵的本，罗贯中编次"，内容亦相同，惟文辞大有增删，而描写更为微细。又有一百二十回本《忠义水浒全书》，亦署"施耐庵集撰，罗贯中纂修"，事迹与文辞几和百回本无别，惟字句稍有更定。此外，闻英国有残本的"新刻京本全像插增田虎王庆《忠义水浒全传》"，亦上半页为插图，下半页为原文，和元刊本《平话三国志》同，文辞和百十五回本几乎全同。观其名，可知原本《水浒传》本不脱历史事实，和《宣和遗事》一样只有征方腊一事，征田虎、征王庆、征辽，都是后来陆续增插入的。英国又有一百回本，是无征王庆、田虎故事的。前所述一百回残本的完全本或亦如是，那么百回本或也就是原本了。今所盛行之本，为金人瑞所批改的七十回本，首有"楔子"一回，其书止于卢俊义梦一百另八人被张叔夜所擒杀。他以叙招安以后事的为罗贯中所续，且痛斥其非，又伪造一施耐庵之序，冠于卷首。此本与百二十回本的前七十回无甚异，金氏截取的底本，当即为百二十回本。后人又截取百十五回本的六十七回至结末，称为《后水浒》，又名《荡平四大寇传》，又名《征四寇》，初附刊于七十回本之后，后又单行。

《水浒》的作者为谁，现在尚未有决定之论。在过去的种种说法，或以为施耐庵作，或以为施作罗续，或以为罗贯中作，但都无可靠的佐证。施耐庵，钱塘人，或曰即施君美。君美名惠，杭州人，究竟是一是二，也不可考。罗贯中，名本，元武林人，为有名的杂剧家。施亦元人，然亦不知二人孰先孰后（罗为施门人之说不确）。现存的《三国志通俗演义》、《北宋三遂平妖传》、《粉妆楼》等，都题为罗贯中作，比较了《水浒》，作风又大异。罗作之说，照我看来，不甚可靠。施作之说或可信，但施耐庵是否确系施君美，却又是文学史上一个亟待解决的问题。此书在明代，有李卓吾、钟伯敬诸人评本，颇见盛行。

清初有陈忱，字遐心，一字敬夫，号古宋遗民，又号雁荡山樵，浙江乌程人，生平著作并佚，惟存《后水浒传》四十回，是续百回本的《水浒》而作。此书叙宋江死后，其余诸人助宋御金，然无功，李俊遂率众浮海，为暹罗国王。作者的精神，特别灌注在"勤王救国"和"诛杀奸臣"两件事上，所以写来额外的有声有色。我们一考作者的时代背景，便知他的用意所在。普通本因欲别于《征四寇》之续《水浒》，故题为《三续水浒》，又有题为《混江龙开国传》的。道光时，有山阴人俞万春，字仲华，别号忽来道人，作《结水浒传》七十回，结子一回，亦名《荡寇志》，以结七十回本。立意和陈忱全相反，使梁山泊首领，非死即诛，而鬼魂仍镇之于石碣之下，以与七十回本之楔子相呼应。作者作此书，首尾共经二十二年，不曾修饰而去世。咸丰时，其子龙光为润饰修改，始刻而传世。书中精彩处，几超过于《水浒》，惟杂以道释二家之妄说，使全书减色不少。又有天华翁之《水浒后传》，叙宋江再生为杨么，卢俊义为王魔，则全是胡言乱说，文词更乖谬不足道，但也是续全本《水浒传》的。

罗 氏 讲 史

宋、元人的讲史，今人所能见的，有《宣和遗事》、《五代史平话》和自《武王伐纣书》至《三国志平话》五种，共七种。明本《三国志通俗演义》，都题明罗贯中编次，大约罗氏在明初尚存，而作品却写于其晚年。或《三国志平话》为罗所作,而《通俗演义》仍借重其名,此等事亦为理之所可有,但无佐证而已!《三国志平话》的内容,前已叙及,《通俗演义》与之不同之点,全书开始无仲相断狱,而由灵帝即位叙起,结末,于五丈原将星坠营之后,又加入司马篡魏各段。三国故事,宋代已流行民间,元、明人所作戏曲中尤多此项题材。《三国志平话》为戏曲家所取材,而《三国志通俗演义》又取材于元、明戏曲,这种彼此辗转的互取为题材,在戏曲、小说、弹词三类中,成为极平常的事情。

《三国志演义》和《水浒传》一样,即使能考出原作者为谁,但现在通行本都已经过不知多少次的修改,不能即归功于谁。《三国志》的本子也很多,除《平话》外,最普通的有三种:第一种就是明弘治刊本《三国志通俗演义》,明末李卓吾的评本亦即此本。全书分二十四卷,每卷分十大段,每段有一题目,共二百四十目,题目语句亦参差不齐,和当时其他讲史相同,这当是最古的一本。第二种是清康熙时毛声山的删改评定本,也就是现代最通行的一本。他不仅加上许多金圣叹式的批评,且把回目整理过,成为很工整的对偶句子而并为一百二十回,把内容也整理过,去其背谬的而加入不少新的材料。在当时,因毛氏改动原本过甚了,于是复有不满意于他的改正本者出来,略将旧本改动一下来付印。这便是第三种本子《笠翁评阅第一才子书》。此本的式样,完全同卓吾批评本,回目也是参差不对的,每回也是分为二段的。不过文字略有改动,改去了许多不通的句子,他是力求少改动原文,所以非至万不得已不肯轻易更改。可惜,第一种今尚有影印本,而第三种则在国内或已成绝本了!明人曾把卓吾评的《水浒》和《三国志》合刻在一起,每页上半页为《水浒》,而下半页为《三国志》,改名为《英雄谱》。清初亦刻《英雄谱》,却用毛本《三国志》以代了卓吾的评本。

《三国志演义》的内容,多半依据正史,其中只有一部分是采用民间的传说。此书因处处需顾及历史上的史实,所以对于各个人物都不敢放胆地描写,致使它不能获得第一流作品的地位。但中国人不读陈寿《三国志》的尽管有,而这部书却上至帝王,下至走卒,百人中难得有一人不曾看过。许多失学的国民,都从这部书里得着了无数的常识与智慧,学会了看书、写信、作文的技能,学得了做人与应世的本领。它是一部空前的通俗教科书,在中国通俗教育史上没有别部书能比得上它的魔力。顽固的父兄师长,不许他的子弟看《水浒》、《红楼梦》、《金瓶梅》,但都怂恿他的子弟看《三国志演义》。《三国志》魔力中人之深,于此可想而知了。

《三国志演义》续书亦有两种:一名《三国志演义续编》,真名实为《石珠传》,清梅溪遇安氏著,共三十回,叙仙女石珠事,而时代适续前书,故以为名。一名《后三国志》,实即《东西晋演义》,体例似《平话三国志》,叙西晋全代,而东晋仅叙至建国即止。我平常很怀疑它的内容有二书,一即此书,一为《东西汉演义》。《东西汉》的原本也只分段而不称“回”,西汉只叙至全国统一,而东汉却由立国叙至东汉亡国,中间无故缺去西汉立国后全代的史实,实在太无理由。

题作罗贯中编的,尚有《隋唐志传》、《平妖传》、《粉妆楼》等。《隋唐志传》的原本不易见,后有林氏纂辑本,亦仅知其始于隋宫剪彩,唐统一后,又只补缀唐末一二事,可知与《东西汉演义》等相似。今之通行一百回本,为清康熙时褚人穫的改订本,已改名为《隋唐演义》,删改的程度,似较《水浒》、《三国》二书为尤甚,但中止于元宗之卒,似又失却了讲史的意义。全书大意,为隋主伐陈,周禅位于隋,隋炀帝穷奢极侈,乃亡于唐,后来武后称尊,明皇幸蜀,杨妃死于马嵬,既复两京,明皇退居西内,令道士求杨妃魂,得见张果,因知明皇与杨妃为炀帝与朱贵儿后身。这样的叙述,似乎专为写明皇和杨妃的两世姻缘,主意不在讲两朝史实,不是失去了讲史的意义吗?但中间写隋唐间英雄,如秦琼、窦建德、单雄信、尉迟恭、花木兰等，皆能有色有声。全书取材，除正史外，唐宋传奇，元明戏曲，莫不采取，故叙述多有来历，不亚于《三国志演义》。此书开首十余回，或以为取之《隋炀艳史》；《艳史》凡四十回，有笠翁序，确产生于此书之前，文辞亦多相仿佛。旧本《说唐全传》，亦题罗贯中编，今本《说唐》共分二部：前半曰《说唐前传》，凡六十八回，始自隋文帝即位，终于唐代统一，有单行本。后半曰《说唐后传》，又分为《说唐小英雄传》、《说唐薛家府传》两部分。《小英雄传》凡十六回，单行本名《罗通扫北》；《薛家府传》凡四十二回，单行本名《征东全传》。续此书的有二种：一为《异说后唐传三集薛丁山征西樊梨花全传》，凡八十八回，和《前传》、《后传》都题姑苏莲如居士编，居士乾隆时人，当为根据罗氏原本而加以扩大的。此三书最流行于社会。一为《续隋唐演义》，凡四十回，始于丁山征西，余和今本《隋唐演义》后数十回的回目文字都相同，它的出世较晚，当为妄人割裂上列诸书而编成。

《北宋三遂平妖传》传原本共二十回，记贝州王则以妖术变乱事。全书始于胡浩妻焚仙画而生女永儿，习妖法，后嫁王则。终于王则造反，为诸葛遂、马遂、李遂所破灭。今本《平妖传》凡十八卷，分四十回，系冯子犹所补。前加十五回，始于盛传民间的《灯花婆婆》故事，中叙诸妖人之炼法。其他五回则散入旧本各回间，多补述诸怪民道术。王则故事或在明代颇见盛传，有《金台传》，又名《平阳传》，亦叙破灭王则事。《金台传》且有弹词。《归莲梦》，凡十二回，明苏庵主人编。叙女子白莲岸幼丧父母，襟怀壮大，思立功业。乃从白猿得天书，得知兵法及神诡变幻之术，创白莲教。后为白猿索还天书，女之兵法及妖术俱一无所知，遂失败。结构似《平妖传》，但《平妖传》之中心人物，初为胡永儿，后为文彦博及三遂，不如此书则以白莲岸一气贯串，不蔓不枝，较为一致。清吕熊作《女仙外史》，凡一百回，述青州唐赛儿之乱，结果亦不背史实，当为受《平妖传》及《归莲梦》之暗示而作。

《粉妆楼》凡八十回，叙唐罗氏故事，内容不出英雄聚义，除奸征番等事。或以为罗贯中为铺张他先世的门阀而作。全书组织，不异于《水浒传》，后人所作的《三门街》一流武艺书，大概都承此典型。署名罗氏作的，尚有《残唐五代演义》、《南宋志传》、《北宋志传》等，真伪虽不可知，然罗氏为明代最大讲史家，却于此可以想见。

著名的历史演义，有《西周演义》，原名如何，已不可知，全书自武王伐纣叙起，至秦政统一天下止。前有陈继儒序，则至晚当为明人所作。《封神演义》亦有取材此书之处，关于"临潼斗宝"，子胥鞭打柳盗跖诸故事，此书中都有之。又有《东周列国志》、《西周志四友传》、《前后七国志》、《后列国志》等，均不辨为明人或清人所作。明人周游有《开辟演义》，清人吕安世有《二十四史通俗演义》，杜纲有《南北史演义》，田腾蛟有《残宋志》（坊本改称《元史演义》），皆为讲史中杰作。近人作者尤多，如《秦汉演义》、《前汉演义》、《清代演义》等，无虑数十种。越人蔡东帆，立志著全史通俗演义，已成《前汉通俗演义》至《民国通俗演义》凡十种，为讲史中最信实之作。

叙一人或一家的史事的，有：《英烈传》，一名《云合奇踪》，记明开国武烈，而特扬郭英之功；后有《真英烈传》，则反其事而詈之。《精忠传》，明于华玉著，叙岳飞之冤狱，全依史实；又有署名邹元标作的《精忠全传》和通行八十回本《说岳全传》，内容逐渐繁多而怪幻，都为于作的扩大。《梼杌闲评》，记魏忠贤与客氏的始末及其罪恶。《海公大红袍》，或题明李春芳编，记海瑞居官清正事，有人又改作为弹词。《狄梁公全传》，叙唐狄仁杰破四大奇案事。《木兰奇女传》，叙木兰的始末。专述一家武功的，如叙唐代的薛家（除上述的《征东》、《征西》外，尚有《反唐薛家将》等），宋代的杨家（如《杨家将》、《宋太祖三下南唐》等）及狄青（《五虎平西平南传》）等，也很盛行于民间。

神 魔 故 事

　　记述神魔故事的小说，在通俗文学中亦占一重要位置。在宋人的《京本通俗小说》中，如《碾玉观音》、《菩萨蛮》、《西山一窟鬼》等，所述都很怪诞；《宣和遗事》中记道士林灵素事，亦多奇异；《取经诗话》则全部都是神话。如其研究它的来源，当然可以上溯唐之传奇、六朝之志怪和古代的传说与神话。但自通俗小说勃兴后，它才有第一流的伟大作品出现，因为易于耸动观听的缘故，尤能极一时之盛。

　　实在，在讲史中已多神怪之谈，最显著的是《平妖传》，同时的戏曲中，神仙故事更为习见的题材。但是专述神魔而毫不涉及讲史的作品，当推《四游记》。此书为四部神魔小说的汇刻，彼此可以独立。第一种是《上洞八仙传》，亦名《八仙出处东游记传》，凡二卷五十六回，为兰江吴元泰著。叙李玄、钟离权、吕洞宾、张果、蓝采和等八仙得道之由，又叙到吕洞宾助辽萧后以与宋杨家将相抵抗，及八仙与四海龙王及天兵交战，因观音讲和而和好如初诸事。二为《南游记》，亦名《五显灵光大帝华光天王传》，共四卷十八回，余象斗编。叙华光之始末，事迹很变幻，自始至终，都在反抗的斗争中，很像吴承恩《西游记》的开始数回叙孙行者出身的故事。最后，华光到地狱去寻母亲，因幻化为孙大圣偷仙桃以医母亲的食人癖，致与大圣相斗，为大圣女月孛所击，将死，火炎王光佛出而讲和，华光始得逃死，终皈依于佛道。三为《北游记》，一名《北方真武玄天上帝出身志传》，凡四卷二十四回，亦余象斗所编。叙玉帝忽因贪念，以其三魂之一，下凡为刘氏子，后历数劫，扫荡诸魔，复归天为真武大帝。四为《西游记》，凡四卷四十一回，为齐云杨志和编，约产生于吴承恩《西游记》之前，所叙较《取经诗话》大为进步，大约已采取元吴昌龄《西游记》杂剧中的材料。较之后出之吴氏《西游记》，则内容十九相同，惟吴本的质量，较杨作多至十倍以上，描写的技术，吴氏亦远胜于杨氏。

一百回本《西游记》，人都误以为元人邱处机作。处机为元初道士，尝从太祖西征，李志常记其事为《长春真人西游记》二卷。二书同名，遂有此误。此书实为吴承恩所著。承恩字汝忠，号射阳山人，嘉靖中岁贡生，官长兴县丞，著有《射阳存稿》及《西游记》等，名震一时，亦善诗。他的《西游记》，与杨作的次第殆相等：前七回为孙悟空得道至被降伏故事，当杨本的前九回；第八、第九回记玄奘的出身，杨本只在十二回中附数十字，此书则全采吴昌龄《西游记》杂剧的第一本；十至十二回即魏徵斩龙至玄奘应诏西行的事，当杨本的十至十三回；第十四回至九十九回，叙玄奘往西天，途中收了悟空、悟能、悟净，经了八十一难而卒取到了经回来；一百回则叙玄奘等复归西方，成了正果。其中的铁扇公主，或以为吴氏采自《南游记》，不知《西游记》杂剧中早已有了，无须由他书采入。孙悟空的性格及来历，似本于唐人传奇无支祁的故事；书中叙悟空和二郎神大战，彼此互相变化一段，和《天方夜谈》说妒一段里美后与魔战时互相变化亦似同出一型。作者的想象力很丰富，写八十一难没有一处是重复的。描写人物，也很活泼真切，无论人、怪，都各有他的性格，即妖怪亦含有极真挚的人性。我们无论截取其中的哪一段，都可成为一篇很好的童话。后人都用哲学的眼光来批评《西游记》，于是有陈士斌（号悟一子）的《西游真诠》、张书绅的《西游正旨》、刘一明的《西游原旨》。或以为它是劝学的，或以为它是谈禅的，或以为它是讲道的。他们都把《西游记》当做儒、释、道三家的宝库，加上了支离琐碎的误解，将它在文学上的真价值完全蒙蔽了。我们要恢复《西游记》的真面目，非把这些邪说、误解一起扫除打倒不可！

《西游记》亦有续书：《续西游记》叙三藏师徒在西土得经而还，又遇许多艰险。前书既云诸人已得道，而仍遇往时同样之苦辛，殊为蛇足，且文辞亦欠畅达，不能称佳作。《后西游记》四十回，中叙花果山复产生一石猴，自称小圣，护唐僧大颠往西天求真解，中途又收了猪八戒之子一戒及沙僧之徒沙弥，途遇种种妖魔，把它们一一荡平之，毫不复蹈前书，一概为作者创造，而且又加以说明每一妖魔成就的原因，和打破的理由，此着似较胜于前书。这二书均不知作者姓名。又有《西游补》十六回，插入原书遇牛魔王与大闹龙宫之间，写悟空化斋，为妖所迷，入了梦境，经历了许多过去未来的事，后为虚空主人呼醒。作者董说，字若雨，乌程人，明亡后为僧，号南潜。或以为此书是他隐骂满清而作。

和《西游记》有同样价值的神魔小说，有《续证道书东游记》，又名《新编扫魅敦伦东游记》，署荥阳清溪道人著，华山九九老人述，凡二十卷一百回。以南印度国不如密多尊者继达摩老祖，发愿普渡众生，阐扬佛教，自南而东，化及有情的故事为主体，故叫做《东游记》，而其叙述之诡怪变幻，不下于"证道奇书"《西游记》。其中诸魔之最大最顽强的，为陶情（酒）、王阳（色）、艾多（财）及分心魔（气），一切世间罪恶，皆由此四魔之播弄而成。作者文笔很不坏，辞句活泼而整洁，叙杂乱琐碎的事而能前后贯串。此书在中国似已失传，近始有人在国外发现。明代通俗小说之失传者不知有多少，此书之不见流传，尤为文坛上一极大损失。

《封神传》凡一百回，不知作者为谁氏。相传明末一士人，嫁其长女，妆奁甚富，次女怨之，因授以此书。次女嫁后，将此书授其夫刻版行世，遂大获利。书演武王伐纣事，惜不知与平话《武王伐纣书》有无关系，而它曾取材于《西周演义》，已见上述。全书事实，读过的人很多，毋须再赘篇幅，今只言其特点所在。书中的设想很新奇，如土行孙的土中行走，雷震子的空中飞行等，试于未读此书时瞑目思之，能造出此种奇想否？ 见解也有很大胆处，如杨任反殷，哪吒敌父，在视忠、孝为天经地义的中国，却是不易见到的。惟《西周演义》写殷郊助周灭纣，以复母仇，此书却写他误信人言，反去助纣，因此得到惨报，似作者又示胆怯。吴氏《西游记》曾引哪吒仇父故事，则此书至晚当作于《西游记》之前。

《三宝太监下西洋记通俗演义》，凡二十卷一百回，系二南里人罗懋登所著，书成于万历丁酉。书中叙明永乐时，太监郑和等，造大舶，下西洋，服外夷三十九国。郑和真有其人，云南人，即世所称三宝太监，前后凡七次奉使至西洋（实即今之南洋），世俗盛称其功，故作者取为题材。全书多叙荒诞怪异之事，似窃取之于《西游》与《封神》，而文词却枝蔓不工。亦多搜里巷传说，如"五鬼闹判"、"五鼠闹东京"故事，都赖此以传于后世。

明人作品，如《皆大欢喜》二十回，叙宋济颠僧游戏人间事，不知作者姓名，惟署天花藏举编次。后人演为《评演济公传》，先有前后二集，今则广至四十集，全书均叙佛教与外道之争，而佛教总占最后的胜利。清人作品，如《升仙传》五十六回，叙济小塘因落第修行，收了许多弟子，专门除怪灭奸。《绿野仙踪》八十回，叙冷于冰亦因下第修行，收了三个弟子，亦专门除妖灭奸。二书中的大奸，又同为严嵩，几似出于一型。《绿野仙踪》的作者为百川，不审其为名为字，仅知为乾隆时人。二书当同为科场失意之人所作，故书中多骂世之语。《绿野仙踪》写豪门势利，妓女白眼，更为淋漓尽致。

《平妖传》、《剑锋春秋》（即《后列国志》）、《说唐征东》、《征西》，其实都是神魔小说；《封神传》与《西洋记》和它们是同类。如其说前者都是讲史，那么后者亦都为讲史。完全脱离讲史而以叙述神魔为主的，实只有《四游记》、《西游记》、《东游记》、《皆大欢喜》、《升仙传》、《绿野仙踪》等几种。清人所作的《捉鬼传》、《常言道》、《何典》诸书，则为寓意的讽刺文字，意含教训，更不足厕于神魔小说之林。

《金瓶梅》与才子佳人小说

专写世故人情的小说，始自《金瓶梅》。《金瓶梅》的作者为谁，迄今尚无定论。全书凡一百回，其五十三回至五十七回原缺。初惟有抄本流传，万历时，吴中有刻本，则缺者已有人为之补入。书中叙写家庭琐事、妇人性格以及人情世态，莫不唯妙唯肖。其成功尤在妇人的描写，如吴月娘、李瓶儿、潘金莲、春梅、秋菊等，莫不各有其鲜明的个性，活跃于纸上。但全书处处可遇见猥亵的描写，系明人一时风气使然，因此至今被列入禁书。

书名《金瓶梅》，盖取潘金莲、李瓶儿及春梅三个重要的女主角的名字拼成。《水浒》中曾叙武松嫂潘金莲与西门庆通奸，鸩杀武大郎，后来武松杀了奸夫淫妇，为兄报仇。本书即取此为全书骨干而加以扩大，叙西门庆在清河县和一帮帮闲人如应伯爵、谢希大、花子虚等结为兄弟。一天，偶见潘金莲，即设计与之通好，鸩杀武大，娶金莲为妾。后武松来报仇，误杀他人，西门庆实未死。此后，他越发放肆，家有数妾，尚到处勾引妇女。又谋杀花子虚，娶他的妻李瓶儿为妾，通婢女春梅，得了几场横财。不久，李瓶儿生了一子，又纳贿得了金吾卫副千户，自是家道荣盛，一般人益发向他趋奉。后来瓶儿所生的儿子，为金莲设计致惊风死了，瓶儿不久也死。西门庆又于某夜以淫欲过度暴卒。金莲与婿通奸，为正室月娘逐出居王婆家，仍为武松所杀。春梅被卖为周守备妾。后来金兵南下，月娘带遗腹子孝哥避乱奔济南，梦见西门庆一生因果，知孝哥即西门庆托生，因使孝哥出家为和尚，以赎前愆而修后缘。此书现代的坊刻本，有改名为《金屋梦》的。

此书作者，明人已只知为嘉靖间大名士，后人因之拟为王世贞作。又有传说，谓世贞父为一权贵所害，权贵喜阅淫书，且知其翻书页必以指沾涎为之，因不惜污浊笔墨，著成此书，进之权贵。权贵一夜阅毕，舌即麻木，毒发而死。此权贵或谓系严世蕃，或谓乃唐顺之。故清初张竹坡评刻此书，乃有《苦孝说》列于卷首。实则都为无稽之言，世人欲为作者脱去猥亵的罪名，故造出此"不得已而作"之说，以求道德家之谅解。我们用文学的眼光来批评金瓶

梅,那么金瓶梅是明代社会写真的一大段,社会淫秽,如果它不是
照实映出,它怎能享第一流作品的荣名呢?

相传作者又曾作续编,名《玉娇李》,今已不传。今所传之《续
金瓶梅》,凡六十四回,叙《金瓶梅》中诸人各复投身人世,以了前世
之因果报应。文笔较前书为琐屑,却亦颇放恣,而仍杂以猥亵之描
写,故后来亦列为禁书。作者为丁耀亢,字西生,号野鹤,山东诸城
人,为明诸生,清初入京,充镶白旗教习,后为容城教谕。所著尚有
诗集十余卷,《天史》十卷,传奇四种。又有《隔帘花影》四十八回,
一名《三世报》,乃改易《续金瓶梅》中人名及回目,并删去絮说因果
之语而成,书尚未完,但《续金瓶梅》中之猥亵语却未被削除,故亦
为禁书。

《金瓶梅》写一个家庭的由衰而盛而复衰,中间杂以无数的美
人,而以悲剧终篇。后来仿作的人,却专写才子佳人之离合悲欢,
而都以团圆为终局,且才子无一非状元,佳人无一非淑女,千篇一
律,读之生厌。书名仿《金瓶梅》的,有:《玉娇梨》,一名《双美奇
缘》,凡二十回,不知作者,叙才子苏友白与才女白红玉及卢梦梨的
遇合故事。《平山冷燕》,亦二十回,题荻岸山人编,叙才子平如衡
与燕白颔和才女山黛与冷绛雪的遇合故事。又有《平山冷燕二
集》,本名《两交婚》,凡十八回,题步月主人著,与前书并不相接,惟
结构颇相似,叙甘颐、甘梦兄妹二人,及辛发、辛古钗兄妹二人,彼
此互订为婚姻,中间也经历了不少艰苦。《吴江雪》,凡二十四回,
明顾石城著,男主人为江潮,女为吴媛,而又间以侠义可风的撮合
山雪婆,描写琐情细故,时亦逼真可喜。《林兰香》,凡六十四回,叙
三贤女林云屏、燕梦卿及任香儿相夫教子兴家事,中间亦杂以善恶
报应之说。《雪月梅》,凡五十回,清陈晓山编辑,叙才子岑玉峰与
才女许雪姐、王月娥及何小梅之悲欢离合,而终于封赠大团圆。

不以书中人名为书名的才子佳人小说,最著者为《好逑传》,一
名《侠义风月传》,凡十八回,题名教中人编,叙铁中玉与水冰心二

人，不惟有才，且还有智有勇，能以计自脱于奸人，而终得团圆。《玉支矶小传》，凡二十回，明烟水山人编，叙才子长孙无忝与佳人管彤秀之婚姻事，文字简洁，描写世情亦真切。《赛红丝》，凡十六回，明人著，主人翁为才子宋古玉与佳人裴芝，二人之结合，起因于《咏红丝》一诗，而中间播弄之人，却为一教读先生，为才子佳人小说中别开一生面之作。《幻中真》，凡十二回，明烟霞散人编，写吉梦龙一家分散，而以祖孙父子会面、夫妇团圆作结。《醒风流奇传》，凡二十回，鹤市道人编，叙梅干与冯闺英的结合。二人因受奸人诬毁，故结婚后仍不同居，直待"钦赐团圆"，再度花烛，全书方告终，则又似《风月传》。《铁花仙史》，凡二十六回，题云封山人编，于才子佳人故事中，又插入仙妖怪异之事，文墨亦平常。以上诸书，大概都为明人作品。不能知其为明人抑为清人所作者尚多，再略举若干种于后：《双凤奇缘》，凡八十回，叙昭君出塞事，而特别描写她和汉元帝的恩情。《八美图》，凡三十二回，叙柳树春与嘉兴八美人结合故事。《二度梅》，凡四十回，叙梅良玉与佳人陈杏元与邹云英的结合，中间又杂以许多悲欢离合之事。《驻春园》，凡二十四回，叙才子叶玉史与才女曾浣雪与吴绿筠遇合事，似亦明人所作。《怀远楼》，凡十六回，叙张庭瑞与杨菊英遇合事。《锦香亭》，凡十六回，叙才子钟景期与佳人葛明霞、雷天然、卫碧秋的结合，历史背景为唐明皇时，中间插入不少当时史事，如安禄山造反，张巡死守睢阳，郭汾阳建院蓄歌妓等。《宛如约》，凡十六回，叙才女赵白改扮男装，出外游历，访求才人，卒倾心于才子司空约，缔为婚姻。《五凤吟》，凡二十回，题云间嗤嗤道人编，叙才子祝琼与二女三婢相恋，始离终合，亦不脱常套。《鸳鸯梦》，凡十六回，叙蒋青岩和佳人华柔玉与袁秋蟾的结合故事。《听月楼全传》，凡二十回，叙宜登鳌与柯宝珠的结合故事。《玉楼春》，凡二十四回，题龙邱白云道人编，叙邵十州和佳人黄玉娘与霍春晖的结合，结构颇似《幻中真》，疑为即《幻中真》之改作。此外尚多，不胜枚举。

又有改作弹词为小说的,如:《龙凤配再生缘》七十四回,完全叙《再生缘》弹词中元孟丽君事。又有《绣戈袍全传》,托名袁枚作,系叙《倭袍传》弹词事。又有《情梦柝》,凡二十回,题蕙水安阳酒民著,叙胡楚卿改扮书童,卖身沈府,图与沈若素小姐结合,终于达到目的。这显然仿自《三笑姻缘》弹词,而只变换了主人翁的名字。此外还有许多,也不及一一举出。

既非像《金瓶梅》之描摹世故,亦不似才子佳人小说之写恋爱团圆,有明人西周生所作《醒世姻缘》。是书凡一百回,全部的组织很特别,先叙晁家的长故事,引入狄家的故事,而引入正文之后,晁家的故事依旧说完。主意在写一个恶妇的毒辣故事,而又归之于因果报应。这是作者不剿袭他人的地方,而是他的独创。西周生不知他的姓氏,此书坊刻本又名《恶姻缘》。

通俗短篇五大宝库

到了明末,编刻通俗短篇小说集之风大盛,大约是受了编刻唐宋人传奇杂俎丛集的影响。此类短篇小说,或取之宋人《京本通俗小说》,或为当时人所编造,其材料或取之于古籍,或为里巷传说,或为当时实事,无一系凭空捏造。它的内容,讲史、小说、谈经都有,短短的一篇,头尾俱全,扩大之,每种都可成为极好的长篇小说。所以照严格的现代的短篇小说的定义说起来,它们只可算是许多长篇小说的节本或提要,不能算为真正的短篇小说。

明人所编的短篇小说集,为吾们所最习见的,只有《今古奇观》一种,不知此书在明代,已经是几种短篇小说集的选本。而原本的小说集,在最近为我们所发现的,有三言两拍、《觉世雅言》、《石点头》、《欢喜冤家》、《醉醒石》、《西湖二集》等。

三言是指《喻世明言》、《警世通言》及《醒世恒言》三书,现存的《京本通俗小说》八种,都被编在内,编者为冯梦龙。梦龙字犹龙,一字子犹，吴县（或作长洲、一作常熟）人，崇祯时，官寿宁县知县，未几即归。所居曰墨憨斋，尝删订明人传奇十四种，且更易名目，总名曰《墨憨斋定本传奇》。又著有《七乐斋稿》，编有《智囊补》、《谭概》等。他除增补《平妖传》外，著有《海烈妇百炼真传》十二回，叙康熙初年徐州海烈妇事；编有《古今列女传演义》六卷，凡一百十则，除采《列女传》外，明代名妇故事及海烈妇事都被采入：上列三书，都是平话体。他又曾劝沈德符以《金瓶梅》录付书坊刻板发行，卒未如愿。

《喻世明言》凡二十四篇，它的前身实为《古今小说》。《古今小说》凡四十篇，和《警世通言》、《醒世恒言》无一篇重复，且篇数同样为四十。《喻世明言》则取《古今小说》的二十一篇，《警世通言》的一篇，《醒世恒言》的二篇编成，实不能独立为一书。又有《觉世雅言》，有绿天馆主人序，说陇西茂苑野史家藏小说甚富，有意矫正风化，故授之贾人，则似完全翻印旧本，惜不知茂苑野史为谁。全书共八篇，其中一、五、七、八四篇，《醒世恒言》中亦有之；二、四两篇，《喻世明言》亦有之；第三篇则为初刻《拍案惊奇》所有，第六篇不详所本。此书或即《古今小说》的前身，或系坊贾杂集他书而成，现在还没有人考定。

两拍为《初刻拍案惊奇》与《二刻拍案惊奇》，作者为凌濛初。濛初字稚成（一作初成），或以为字玄房（或作元方），号初成，乌程（一作苕中）人。父迪知，喜校刻古书，凌氏书风行天下。崇祯时，官上海县丞，后擢徐州判，死于流寇之乱。生平著作甚富，除两拍外，尚有《燕筑讴》、《南音三籁》、《惑溺供》等十八种，或传或不传，今已不易考。又善作曲，名目亦不甚可考，仅知其所作至少在五种以上。他编作两拍的动机，因为看见冯氏编刻的三言，语多俚近，意存讽劝，有益世道。但宋元旧种，已被搜括殆尽，所以他取古今杂碎之事，可资听谈者，演为若干篇，汇刻成书。《初拍》刻于天启七年，可知为在凌氏未入宦途时所编。其时他屡困场屋，郁郁不得志,专以刻书著作为事。《二拍》刻于为上海县丞的次年,自此以后,遂专心仕途,于文学上没有什么贡献了。

三言和两拍有绝不相同的一点,就是一只是翻刻旧籍,一却完全为创作。《初刻拍案惊奇》,原本凡四十篇,今本都为三十六篇,或只三十四篇;《二刻拍案惊奇》,原本亦为四十篇,今本或为三十九篇,或只三十四篇。三十九篇本的第二十三篇,和《初刻》的第二十三篇不但文字全同,回目亦全同,疑为后来刻书的人误入,原本当不如是。

三言两拍完全出世后十余年,有抱瓮老人嫌其卷帙浩繁,不便普通观览,乃选刻四十种,名为《今古奇观》。全书取自《古今小说》者八篇(内含《喻世明言》五篇,因此我疑心《古今小说》在明代已改称《喻世明言》,今二十四篇本的《喻世明言》,当为后人妄托;否则抱瓮老人何以在《喻世明言》之外,再取《古今小说》三篇),《警世通言》十篇,《醒世恒言》十一篇,《初刻拍案惊奇》七篇,《二刻拍案惊奇》三篇;余一篇不详所出,或采自足本的两拍,亦为事理所当有。此书在清代中叶,曾奉谕删去若干回,故未至完全失传。坊间又有所谓《续今古奇观》者,凡三十篇,即取《今古奇观》选余的《初刻拍案惊奇》二十九篇编成,又加入《今古奇闻》一篇。

《石点头》,凡十四篇,为天然痴叟作,冯梦龙曾为之作序作评。材料也古今都有,文字亦颇生动有情致。坊本改名《五续今古奇观》,而脱去了最后二篇。《醉醒石》,凡十五篇,题东鲁古狂生编,所叙皆明代事,只第六篇为重述唐人事。《欢喜冤家》,一名《贪欢报》,凡二十四篇,题西湖渔隐主人编,内容有和他书相同处。因所述同为世俗俚词,已为他人所采取者,自难免为之重述,非剿袭原书者可比。全书几乎每篇中都有猥亵的描写,故至今仍严令禁止印行。坊刻改名为《三续今古奇观》,已将猥亵语削除,故不遭禁止。《西湖佳话古今遗迹》,凡十六篇,署古吴墨浪子编,每篇叙一与西湖有关之事迹,大都奇幻可喜。《西湖二集》,凡三十四篇,题武林济川子清原甫纂，清原姓周，明末人，亦每篇皆叙与西湖有关之故事。此二书虽都叙西湖故事，但前者着重于与名胜有关之事迹，后者不过只与西湖发生关系之俗事吧了。

大曲家李渔，著有《十二楼》，全名为《醒世恒言十二楼》，又名为《觉世名言第一种》。原书署觉世稗官编，或本题觉道人编，都是李渔的别号。书中共有故事十二篇，大约都是他的创作，这些故事，每一篇都是与"楼"有关系的，故谓之《十二楼》。全书事迹多奇诡可喜，叙写亦甚横恣活泼，语气多带滑稽，一如他所作的《十种曲》。哪十二楼？即《合影楼》，凡三回，《夺锦楼》，凡一回，《三与楼》，凡三回，《夏宜楼》，凡三回，《归正楼》，凡四回，《萃雅楼》，凡三回，《拂云楼》，凡六回，《十卺楼》，凡二回，《鹤归楼》，凡四回，《奉先楼》，凡二回，《生我楼》，凡四回，《闻过楼》，凡三回：共十二卷三十八回。

《今古奇闻》，凡二十二篇，清光绪时上海东壁山房刊行。据王寅（字冶梅）的序说，此书是他由日本带回翻刻的。然其中也有传奇体的作品，如末一篇就是。第一、第二、第六、第十八各篇，都选自《醒世恒言》；第十篇则选自《西湖佳话》。大约是王寅在日本得到三言的残本，为之改编了一过，又补上几篇，否则日本原有这选本，为王寅加入了最后一篇，始成现在这本式样。

此后，平话体的短篇小说再也没有创作了。清末的短篇小说，虽也有很好的用白话作的，但都已受了翻译西洋文学的影响，文体的结构和文字的风格都和前此分道扬镳，而另辟一蹊径。在最近，又走上了真正短篇小说的正轨，有许多伟大的创作品出现，而且亦得立足于世界文艺之场，为中国文学放一异彩。

一一 通俗文学的勃兴(下)

讽 刺 小 说

通俗文学到了清代,无形中分成了两派:一派是文人,他们认识了通俗文学的真价,用他们细腻的手腕来做小说,所以在修辞和结构方面都来得高明,为一切社会人士所爱读;一派仍是平民作家,他们的修辞和结构当然不及文人,但是他们固有的朴质之气还完全保存着,活泼而天真,为平民阶级中人所奉为鸿宝。这二派的作品,文人所作,大都为讽刺、人情一流,平民作家却喜述武侠、公案故事。

讽刺小说实起原于戏曲的打诨,宋人小说已有"诨经"一门,惜无书可见。明末董说的《西游补》和不知作者的《钟馗捉鬼传》十回,一则已富含讥刺,一则语带谩骂,都是属于讽刺的作品。但是用客观的描写,能婉而多讽,使读者愤笑不得的,当首推吴敬梓的《儒林外史》。

吴敬梓,字敏轩,安徽全椒人,幼颖异,诗赋援笔立就。他不善治生,性又豪迈,不数年,挥资财都尽,时或至于绝粮。雍正时,曾一度被举应博学鸿词科,不赴。后移居金陵,为文坛之中心,又集同志建先贤祠于雨花山麓,祀泰伯以下二百三十人,经济不足,卖去所住的屋来凑成。因此家里更贫了! 晚年,客居扬州,自号文木老人,尤落拓纵酒。所著尚有《诗说》七卷,《文木山房集》五卷,诗七卷,皆不甚传。

敬梓所有著作的卷帙,都为奇数,《儒林外史》凡五十五回,即其一例。后有人割裂作者文集中的骈语，排列全书人物为"幽榜"，作为一回，加在全书之末；又有人补作四回，杂入全书中，所以现在通行本有五十五回及六十回本两种。作者专在攻击矫饰的颓风，又痛心于一般士人醉心于制艺而忘记了社会生活，所以书中描写的都是此种人物。他所根据的都是亲闻亲见，故能烛幽索隐，凡官僚、儒师、名士、山人，间亦有市井细民，都现身纸上，声态如生，一一呈露在读者眼前。他一方面发挥自己的理想社会，但见解仍带酸气，处处在维持他的正统的儒家思想，所以不能与社会以重大影响。本书有一特点，就是其他小说描写人物，往往恶人始终露他的奸猾，善人处处是仁举义动。本书却打破此种不合理的写法，尽管有同是这个人，而行为前后大不相同的。这虽是因作者要写科举之毒人，所以一个起先是万里寻亲的孝子，一与文人结交，便酸气冲天，行为腐化。但不料在无形中却打破了始终一律的人格描写的风气。至于书中人物，大抵为实在的，如杜少卿即为他自己，杜慎卿为其兄青然，庄尚志为程绵庄，虞育德为吴蒙泉，余亦皆可指证。

《儒林外史》的体裁，每描述一人完毕，即递入他人，全书都是这样的蝉联而成。仿他的体裁而作的小说，直到清末才盛行。和他同样含讽刺意味的小说，有李伯元的《官场现形记》、《文明小史》等。

清末是官场最黑暗的时代，一般清正的人视官如鬼物，他们的行动觉得处处不入眼。《官场现形记》是清末官场的大写真，处处写作者所深恶而痛绝的龌龊卑鄙的官场行动，而且写来如描如绘，使读了他作品的人没有一个不见了官僚不禁要掩面而笑骂的。他初作时，本拟作十编，每编十二回，不料成了一半，他忽去世。他自言这是部做官的教科书，前半写官场的卑鄙，是用以警惕后人的，后半方为叙述正当的做官方法。这样的中途停止了，只给我们以全幕黑暗的写照，而未示给以光明之路，似为文坛上之极大损失。

其实不然。这样,它才能使我们对于旧官场的意味,深玩不尽。否则如才子佳人小说的大团圆,不是要使读者感起同样的乏味吗?

李伯元,名宝嘉,号南亭亭长,江苏武进人。少时擅制艺及诗赋,以第一名入学。后累应举不第,乃到上海办《指南报》,旋中止。又办《游戏报》,专作俳谐嘲骂文字。后又办《海上繁华报》,专记优伶、娼妓消息,兼载诗、词、小说,颇盛行一时。所著尚有《庚子国变弹词》、《海天鸿雪记》、《李莲英》、《繁华梦》、《活地狱》、《文明小史》等。《文明小史》写维新时乡曲儒绅蠢态,亦令人为之忍俊不禁。《官场现形记》系应商人之托而作,分编告成,故随作随刊。作者死后,无嗣,伶人孙菊仙为理其丧,仿佛似宋妓之于柳耆卿。这是菊仙报他在《繁华报》的揄扬之恩,菊仙也算伶人中知恩必报者了。

同时,描写官场之小说尚多,吴沃尧的《二十年目睹之怪现状》与刘鹗的《老残游记》亦属此类。但非纯粹写官场,亦及其他社会中人,且都以作者为中心,非似《官场现形记》的蝉联而下。后来东亚病夫的《孽海花》,则又用《儒林外史》的方式;其时又有人用此体裁以写冶游小说,如张春帆的《九尾龟》等都是。

清末,梁启超印行《新小说》杂志于日本的横滨,月出一册,吴沃尧即为投稿者之一。他先后曾投《电术奇谈》、《九命奇冤》、《二十年目睹之怪现状》,凡三种。《电术奇谈》系演述译本;《九命奇冤》则为《一棒雪警富新书》的改作,《警富新书》凡四十回,系叙雍正时粤东梁天来案事。二书都非创作。《二十年目睹之怪现状》共一百八回,全书以自号"九死一生"者为线索,历记二十年中所遇、所闻天地间惊听的故事,上至官师,下至绅商,莫不著录。此书与《恨海》、《劫余灰》等,都是作者的创作。《恨海》对于旧家庭、旧婚姻制度痛下攻击,为极新颖的问题小说。其他作品,则都无甚价值。

吴沃尧,字茧人,后改趼人,广东南海人,居佛山镇,故自称我佛山人。后至上海,为日报撰小品文,投稿《新小说》,亦于此时。

后客山东,游日本,皆不得意,仍回居上海。为《月月小说》主笔,著《劫余灰》、《发财秘诀》、《上海游骖录》,又为《指南报》作《新石头记》。曾主持广志小学校,颇尽力。宣统初,成《近十年之怪现状》二十回,全书未完稿,忽以病死。死时,衣袋中仅剩小银元二枚。他生时的窘况可想而知了。别有《恨海》、《胡宝玉》二书,在作者生时已发行。又尝受商人之托,以三百金为作《还我灵魂记》颂其药,一时颇为人訾议。又有《趼廛笔记》、《研人十三种》、《我佛山人笔记四种》、《我佛山人滑稽谈》、《我佛山人劄记小说》等,在坊肆颇盛行,都为后人缀集作者之短文而成。

又有《老残游记》二十章,题"洪都百炼生著"。作者刘鹗,字铁云,江苏丹徒人。少精算术,颇放荡,后自悔,又行医于上海,忽又弃而为商,尽丧其资。光绪时,河决郑州,鹗以同知投效于吴大澂,治河有功,声誉大起,渐至以知府用。在北京时,上书请敷铁道,又主张和外人订约合开煤矿,既成,世俗交谪,骂为"汉奸"。庚子之乱,鹗以贱价购太仓储粟于外人之手,用以赈饥民,活人甚众。后政府加以私售仓粟罪名,放逐新疆而死。书中主人翁铁英,号老残,即为他自己。全书都记他的言论闻见,叙写景物,颇有可观。攻击官吏处亦很多,且摘发所谓清官者之可恨,或尤甚于赃官,言人所未尝言,作者颇自誉为特创。他以为赃官可恨,人人知之,故自知有病,不敢公然为非;清官尤可恨,人多不知。清官自以为不要钱,便何所不可,刚愎自用,小则杀人,大则误国。历来小说,皆揭赃官之恶,有揭清官之恶者,自《老残游记》始。或以为作者本未完稿,由其子续为作成。今又有续书二十章,则为他人所托名。

《孽海花》旧本只二十回,初载于《小说林》杂志,目录已定,凡六十回,载至二十五回时,忽中辍。旧本署"爱自由者发起,东亚病夫编述"。爱自由者为金松岑,东亚病夫为常熟人曾朴。初二回为金松岑所作,后以事繁,乃让曾朴续撰。二十回本出世后,有陆士谔依作者所定回目为之续完,但为作者否认。二年前,曾朴又发愤续成全书,至今已续成数十回,将前二十回亦大加修改。当时曾有金松岑亦将由二回起续作之说,但至今消息仍沉寂。曾朴,字孟朴,清举人,今与其子虚白设书肆于上海,编《真善美》杂志,父子都专心于译著,对于现代中国文坛的贡献,正未可限量。金松岑即吴江金天翮(或作天羽),或以为字鹤望,则未知其确否。全书叙清季三十年遗闻轶事,故人物均隐约可指,主人翁为名妓赛金花。中间记庚子时事特详,写达官名士模样,亦淋漓尽致,笔锋不下于《官场现形记》。

《红楼梦》与《青楼梦》

《红楼梦》凡一百二十回,与《水浒传》、《西游记》、《金瓶梅》并称为中国小说中的四大杰作。《水浒》写英雄武事,《西游》写神魔鬼怪,《金瓶梅》与《红楼梦》都为写一家一门之事迹。惟《金瓶梅》所写,为市井无赖之家庭,其中人物,都居中下流阶级;《红楼梦》所写,为富豪贵族的大家庭,人物大都豪华奢丽,另成一种景象。二书结构造境,亦有相似处:《金瓶梅》叙潘金莲与李瓶儿争宠,卒至瓶儿失败身死,中间插入婢女春梅,她在西门庆死后嫁人,备享幸福;《红楼梦》叙薛宝钗与林黛玉同爱贾宝玉,以致演成三角恋爱,到底宝钗胜利了,黛玉郁死,中间插入婢女袭人,她在宝玉出家后嫁人,夫妇很和洽。所不同者,一写妇人之争宠,一写少女之妒情而已。《金瓶梅》写西门一家,由盛而衰,至于家破人亡;《红楼梦》的主旨亦相同,惟因后四十回为另一人所作,故预示复兴之兆,实非原作者之本意。至于描写的方法和背景的制造,那么二书并没有一处相像,否则《红楼梦》成了袭人窠臼之模仿文学,何能盛行到现在而被千万人所颂赞和推许啊!

《红楼梦》原名《石头记》,又名《金玉缘》。作者自云:一名《情僧录》,或名《风月宝鉴》,又名《金陵十二钗》。作者为曹霑,字雪芹,一字芹圃,汉军正白旗(一作镶蓝旗,一作镶黄旗,均误)人。祖寅父颊俱为江宁织造。寅曾作《楝亭诗钞》,著传奇二种,并刻书十余种,好藏书,家藏精本二千余种。清世祖(康熙)五次南巡,曾有四次以寅之织造署为行宫。故霑幼年乃生长于豪华之环境中。后颊卸任,霑随父归北京,时约十岁。后曹氏忽衰落,衰落之因,是否如《石头记》中所说,已不可考。中年时之霑,乃至贫居郊外,啜饘粥。《石头记》即作于此时。乾隆二十九年,殇子,霑伤感成疾,数月而卒,年四十余。《石头记》未完稿,初成八十回,遂有抄本流传,后曾续作,但都于死后佚失。

现在流行本百二十回的《红楼梦》,其后四十回为高鹗所作。鹗字兰墅,汉军镶黄旗人,乾隆进士,官侍读,嘉庆时,为顺天乡试同考官。他补作《红楼梦》,当在未成进士之前。乾隆末,程伟元据以印行,今流行本即为此本。同年,程氏又将初刻本校改修正,再付印行,远胜于初印本。此本流行不广,近始由亚东图书馆加以新标点符号而付之重印。续原本《石头记》八十回者,尚不止一高鹗,但除《红楼梦补》外,余本都不易见。《红楼梦补》凡四十八回,作者别号为归锄子,出版于嘉庆末年。是书内容很卑陋,一无足取,惟直续曹氏原作,与和他同时的专续高作者别树一帜,故特为之标出。

全书内容的大概是这样的:主要人物贾宝玉、林黛玉与薛宝钗等同居大观园中。贾宝玉是个痴情人,善于奉迎女性,即婢女亦蒙其青睐,最恨利禄中人,詈之为"禄蠹"。林黛玉是个多愁多病的女子,无端生感,哭泣终宵,是其常事,一朵花的萎落,一片叶的飘零,都足使她感伤不尽。薛宝钗似乎是一个很贤惠的女子,很熟趋奉,仪态大方,但性格不及黛玉来得爽直。他们形成了三角恋爱,时常发生暗斗。宝玉自小便和这般姑娘们以及丫头袭人、紫鹃、晴雯等厮混。后来年渐长大,父贾政欲为娶妇,方始赴外任作官。因为黛玉羸弱,恐妨后嗣,便决定娶宝钗。姻事由从嫂王熙凤谋画,知宝玉属意黛玉,用了偷梁换柱之计,待结婚晚上,宝玉始知娶的是宝钗。其时已为黛玉所知,咯血成病,就在宝玉成婚那天死了!宝玉愤婚姻之不如志,又痛心于黛玉之亡,恹恹成病。后来他随了僧道亡去,不知所终。

此书实为作者自传,已由胡适之考定,但在以前,却有许多人妄加推测,加以种种谬说。最有力者凡三种:一、谓《红楼梦》系叙康熙朝之宰相明珠家事,宝玉即明珠子纳兰成德,十二钗都是他的门客。二、谓宝玉系指清世祖,黛玉即指董鄂妃,又以董鄂妃即为冒襄之妾董小宛。三、谓系叙康熙时代的政治史,十二钗即指姜宸英、朱彝尊诸人。这三说之外,尚有以为系演明亡痛史者,以为系演和坤家事者,或以为演清开国时六王七王家姬事者,俱极无稽。专门为批评或考证此书而作的作品很多,如护花主人之《评论》及《摘误》、明斋主人的《总论》、太平闲人的《石头记读法》及《音释》、《大观园图说》、《问答》、蝶芗仙史之《细评》、愿为明镜室主人的《读红楼梦杂记》、王雪香的《石头记评赞》、王国维的《红楼梦评论》、王梦阮与沈瓶庵的《红楼梦索隐》、蔡元培的《石头记索隐》、俞平伯的《红楼梦辨》、胡适的《红楼梦考证》及《考证红楼梦的新材料》、寿鹏飞的《红楼梦本事辩证》……尚有散见于清季各家笔记中者,不能一一尽举。

续百二十回本的作品,有:《后红楼梦》、《红楼后梦》、《续红楼梦》、《红楼梦补编》、《红楼复梦》、《红楼补梦》、《绮楼重梦》、《红楼再梦》、《红楼幻梦》、《红楼圆梦》、《增补红楼》、《鬼红梦》、《红楼梦影》等,大抵都在补书中的缺陷,而结以宝黛团圆。《红楼梦》的特色,在以悲剧结全书,使读者绰有余情,一般续作者不明此意,欲以喜剧作结,遂不免于"画蛇添足"之消了。

人情小说在清代,除《红楼梦》及各种续书外,无一可称。此时文学家,都移其描写才子佳人之手腕,易以写妓女优人之故事,以题材新颖,亦能耸动一时。唐人好作冶游,时在他们所作诗歌和传奇中流露；宋明文人，与妓人之关系尤深，词曲中多以院中故事为题材，而词曲尤为青楼中所流行。明人通俗短篇中，已有写娼妓的故事，如《卖油郎独占花魁女》等；明清人所作笔记，专记娼妓琐事者尤多，最著者有梅鼎祚的《青泥莲花记》、余怀的《板桥杂记》；其他尚多，如《吴门画舫录》、《扬州画舫录》、《秦淮画舫录》、《海陬冶游录》等，不下数十种。至于通俗小说之写冶游故事，而且以为全书主干者，却始见于《品花宝鉴》，但所记为伶人。

《品花宝鉴》凡六十回，作者为陈森。森字少逸，常州人，道光中居北京，尝出入于伶人之中，因掇拾所见所闻，作为此书。当时京中士大夫，每以狎伶为务，使之侑酒歌舞，一如妓女。此风至清末始熄。在此书中，描写此种变态的性爱，极为详尽。本为男子之伶人，如杜琴言辈，乃温柔多情如好女子，而所谓士大夫之狎伶者，则亦对他们致缠绵之情意，一如对待绝代佳人。在小说中保留这个变态心理的时代者，当以此书为最重要的一部，也许便是唯一的一部。书中人物，亦大抵为实有，田春航之为毕秋帆，侯石翁之为袁子才，屈道翁之为张船山，尤为人所共知。但描写有极猥亵处，故被列为禁书。

其后有《花月痕》，又名《花月姻缘》，凡十六卷五十二回，作者为魏子安。子安名秀仁，一字子敦，福建侯官人。早岁负盛名，长游四方，好狭邪游，所作诗词多绮语。后折节学道，乡里称为长者，但不忍弃其少作，乃托名眠鹤主人，作《花月痕》以尽纳之。或云，作者作于客居王庆云抚晋时幕中。其书虽非全写狭邪，但和妓女特有关涉，隐现全书中，配以名士，亦如佳人才子小说定式。书中写二对恋人，一成一败，使读者于欢笑之时，亦露黯然之色。行文以缠绵为主，时杂悲凉之笔，结末忽杂妖异之事，致为人所疵议。书中人物，或以为均有所隐，但不甚可考。

全书以妓女为主题者，有《青楼梦》六十四回。作者署名为慕真山人,其真姓名乃俞达。达字吟香,江苏长洲人,生平颇作冶游,后以风疾卒。《青楼梦》成于光绪四年,书中人物都为妓女,实为后来诸青楼小说之祖。书中故事大略如下:金揸香,工文辞,颇致缠绵于诸妓女。后掇巍科,纳五妓,一妻四妾。为余杭知府。不久,父母皆在府衙中跨鹤仙去。揸香亦入山修真。又归家度其妻妾,尽皆成仙。曩所识之三十六妓,原皆为散花苑主座下司花的仙女,今亦一一尘缘已满,重入仙班。这种叙事,仍不脱佳人才子小说之旧套,惟将主人换做了妓女而已。

《海上花列传》凡六十四回。坊本或改称《新海上繁华梦》,亦为写妓院之小说。作者韩子云,松江人,别署花也怜侬。善奕棋,嗜鸦片,旅居上海甚久,为报馆编辑,沉酣于花丛中,阅历既深,遂著此书。书中故事,大都为实有,不如其他人情小说之向壁虚造,且人物也都是实有的,至今尚可指出其为某人、某人。此书与他书二种合印为《海上奇书三种》,每七日出一册,每册中,有此书二回,甚风行,为上海一切小说杂志的先锋。全书结构亦为《儒林外史》式,亦无一定之主人翁,但叙写逼真,能吸引读者兴趣。又全用苏州语,在方言文学上亦占极重要地位。此书在近二十年的影响极大,至今,这种体裁的小说仍时有出现。

此外,类于《青楼梦》之写妓女小说,有《绘芳园》、《青楼宝鉴》等,大抵为清人所作;体裁仿《海上花列传》的,有《九尾龟》、《海上繁华梦》等,都写上海花丛的花花絮絮。但种类既多,并无创格,读者遂为之感到嫌厌,故都无足称述。

这时,才子佳人小说亦很多,但都已受西洋小说的熏染。较为有创作性的风格高尚的作品,似只有湘影的《归梦》。新剧家取以表演之于舞台,曾赚得不少人的眼泪!其余如陈蝶仙《泪珠缘》之仿《红楼梦》,李涵秋《广陵潮》之合《儒林外史》、《红楼梦》于一炉,文辞虽胜,篇幅虽长,但少创作性,至多不过能占居第二流的地位罢了!

博 学 之 作

吾们知道文学是不可以用功利思想来从事的,但是过去的中国文人,十九都抱有这种思想。"劝善惩淫"差不多成了每本人情小说的宗旨所在,文字猥亵如《金瓶梅》,在中国一切小说中,可说难以找见第二部了,但作者也标明他的宗旨"善有善报,恶有恶报。天网恢恢,疏而不漏"。专写性欲的小说如李笠翁的《玉蒲团》,也大书特书"吾不淫人妇,人不淫吾妻"十字为作书主旨。此外,尚有许多博学的文人,他们利用小说为庋藏他们博学的工具,将他们一生所得,完全借小说发抒出来。这种文字,本来也算不得是文学。但因他们大都天才颇高,描写手腕亦灵转,使读者不觉其为帐簿式的百科全书,而为有趣味而又很动情的故事。在这点上,他们就亦得在文学史上占一席地了。

借小说来发抒作者的学问,唐人张文成的《游仙窟》已开其端,惟只限于文辞的修饰,而不在于内容。以作者平生的学问,借小说的内容为庋藏之工具,实始于清人夏敬渠的《野叟曝言》。此书在光绪初年始出版,而作书时期却在康熙时。全书凡二十卷,以"奋武揆文,天下无双正士;镕经铸史,人间第一奇书"二十字编卷,回数多至一百五十四回,等到印行时,已稍有缺失。今通行本均完全无缺,当为他人所补。作者夏敬渠,字懋修,号二铭,江阴人。英敏积学,通经、史,旁及诸子、百家、礼乐、兵刑、天文、算数之学,无不淹贯。生平足迹,几遍全国。于《野叟曝言》外,著有《纲目举正》、《全史约编》、《学古编》及诗文集等。相传《野叟曝言》成时,适值清圣祖(或以为高宗)南巡,乃装潢备进呈。敬渠有女颇明慧,以书中多狂悖语,帝性猜忌,恐祸且不测。但父性刚愎,知劝谏亦无益,乃与父门人某谋一良策,乘夜裁纸订成同式书本,将原书私为易去。到了进呈之日,敬渠启视,见无一字,乃大哭,以谓奇书遭天忌,故字迹都被吸收去。女复乘间劝慰之，乃悒悒而罢。敬渠老于诸生，生平经济学问，郁郁不得一试，乃尽出所蓄，著为这一部小说，凡叙事，谈经，论史，教孝，劝忠，运筹，决策，艺之兵、诗、医、算，情之喜、怒、哀、惧，讲道学，辟邪说，无所不包。凡古今来之忠孝才学，富贵荣华，都萃于主人翁文白（字素臣）之一身。一切小说中纪武力、述神怪、描春态，一切文籍中谈道学、论医理、讲历数，无不包罗于此书中。有的人以为文白即作者自况（析"夏"字为"文白"二字），他把自己生平所学的，所欲做的，所梦想的，完全写在《野叟曝言》中了，所以这部小说，乃成了抒写作者才情，寄托作者梦想的工具。它的主人翁处处都是空想的行动，都是不自然的做作。书中因有几处猥亵的描写，所以现在仍被列为禁书之一。

《镜花缘》以描写女子为全书中心，似已受了弹词的影响，但作者宗旨，却也是在发抒他生平所得的学问。作者李汝珍，字松石，直隶大兴人。他于音韵及杂艺，如壬遁、星卜、象纬，以至书法、奕道，都很有研究。著有《音鉴》，主实用，重今音而敢于变古。生平不甚得志，老于诸生。晚年，努力作小说以自遣，历十余年才成功，道光时始有刻本。这部小说就是《镜花缘》。书中有一大段论音韵的文字，那是作者最擅长的学问；书中还有许多论学、论艺的文字，和许多诗文及酒令之类，那也是作者所喜的或所欲谈的东西。这部小说的历史背景，是在唐武则天时代：徐敬业讨武氏失败，忠臣子弟四散避难于他方。有唐敖者，与敬业等有旧，亦附其妇弟林之洋商舶至海外遨游。途中经历了遇见了无数的奇象与奇人。作者在这里几乎把全部《山海经》、《神异经》都搬入书中了。后敖至一山，食仙草而仙去。敖女闺臣又去寻父，不遇而返，却结识了许多海外才女。值武后开科试才女，诸才女乃会聚京都，大事宴游。不久，勤王兵起，诸女伴又从戎于兵间，致力于讨武氏之事业。其结果，则各才女各有不同，大抵其命运都已前定。作者自云有续书，然竟未作。书中关于女子之论特多，故胡适以为是一部讨论妇女问题的小说，它对于这个问题的答案，是男女应该受平等的待遇，平等的教育，平等的选举制度。叙写很不坏：有很深刻的讥刺，很滑稽的讽笑，甚至有很大胆的创见。如林之洋在女人国历受种种女子所受之苦楚，为尤可注意者。

《野叟曝言》与《镜花缘》同为炫述博学之作，但文字内容都不同。此外，尚有以才藻见称的《蟫史》与《燕山外史》，文字内容亦各不同，且都为文言的传奇体，不能称为通俗文学。《蟫史》为江阴人屠绅所作，叙闽人桑蠋生得天书平匪乱事，神怪间出，且多亵语。《燕山外史》为秀水人陈球所作，文为排偶体，叙窦绳祖与李爱姑之离合事，不脱才子佳人小说常套。至光绪初年，有永嘉傅声谷为之注释，于本文反有删削。

近人吴稚晖的《上下古今谈》，为演述科学原理的小说，文字虽通俗明白，已不足称文学。

侠义小说及公案

清世宗的篡夺帝位，是清史中一件最令人注目的事。因此，他养了许多死党，都是些飞檐走壁之徒，又消灭了许多反对党，借以巩固他的地位。君主有了这样的爱好，于是民间遂有种种武侠的故事产生。但这种侠客，都能扶弱锄强，为民泄怨，而又不背忠义，和专做他人走狗的已不同。这种种故事，当和《水浒》也不无多少关系。它们的不同点：《水浒》是写山泽间的英雄，团结起来反抗当时的不良政府；侠义小说中的英雄，大都混迹朝市，专铲除一切土豪、贪官、污吏。由这二种不同的英雄思想，可以窥见二个不同的时代背景，和人民对于当时政府与官吏所抱的反抗态度。最显著的就是《三侠五义》、《小五义》、《施公案》、《七剑十三侠》等，而《儿女英雄传评话》为例外。

《儿女英雄传》与《镜花缘》一样，也是以女子为主人翁的，原本有五十三回,今残存四十回。作者为道光中的文康,他是满洲镶红旗人,费莫氏,字铁仙,大学士勒保的次孙。曾为郡守,擢观察,丁忧旋里,又特起为驻藏大臣,以疾不果行。他家世本贵盛,而诸子不肖,途中落,且至困惫。晚年,块处一室,仅存笔墨,乃作此书以自遣。升降盛衰,俱所亲历,与曹雪芹作《石头记》时,有同样的感慨。不过一为写实的,一为理想的;一则徘徊于十字街头,一则憧憬于象牙塔中,故主旨作风均各异趣。卷首有雍正及乾隆时人序,都是作者故布疑阵。是书初名《金玉缘》,又名《日下新书》,又名《正法眼藏五十三参》,最后题为《儿女英雄传评话》。

内容的大略是如此:有侠女何玉凤,父为军阀纪献唐所杀,乃假名十三妹,溷迹山林,一心报仇。她武技至高,在各处行侠。某日,遇孝子安骥受厄,救之出险,以是相识,而又渐稔。后纪献唐为朝廷所诛,玉凤虽未手刃仇人,而父仇则已报,欲出家,然卒为人劝阻,嫁于安骥为妻。同时,她又媒介了张金凤为他的妻,她乃曾与他同遇难,而又同为玉凤所救者。骥后为学政。二妻各生一子。书中人物,亦大抵隐约可指:如纪献唐为年羹尧,安骥之父为作者自况,因诸子不肖,乃反写安骥之荣贵聊以自慰。作者的见解,处处为传统的道德观念所束缚,时时以传道者的面目与读者相见,颇使人憎厌。但全书都以纯粹的北京话写成,在方言文学上很占重要,和《石头记》所用京语,同样流利可诵。有人作续书三十二回,文意并拙,且未完,说有二续,大概都为书贾所编造。

《三侠五义》、《施公案》、《彭公案》诸书,所叙英雄都不止一人,与《水浒传》同。《三侠五义》,原名《忠烈侠义传》,出现于光绪五年,凡百二十回,为石玉昆作。此书在中国社会上影响甚大,《彭公案》等都是继其轨而作的,这类书大都描写勇侠之士,游行村市,除暴安良,为国立功,而必以一个有名的大官为中枢,以总领一切豪杰。《三侠五义》中的领袖为宋代的包拯,有三侠——展昭、欧阳春、丁兆蕙——及五鼠——卢方、韩彰、徐庆、蒋平、白玉堂——做他的羽翼,到处破大案,平恶盗,并定襄阳王之乱。包公的故事,在元人戏曲中已盛见叙写;明人又作《龙图公案》十卷,亦名《包公案》,记包公所断奇案六十三件,文意甚拙。后又有人演为大部,仍称《龙图公案》,则组织严密,首尾通连,即为《三侠五义》的蓝本。《包公案》的"五鼠闹东京"本为一桩神怪故事,在《三侠五义》中,却都变做人的绰号而成了武侠的游戏故事了。后俞樾见此书,大为叹赏,颇病开篇"狸猫换太子"之不经,乃援据史传,别撰第一回。又以书中南侠、北侠、双侠,为数已四,又有小侠艾虎,艾虎之师黑妖狐智化及小诸葛沈仲元,均为侠士,乃改名《七侠五义》。后又有《忠烈小侠五义传》及《续小五义传》,相继出现于京师,皆一百二十四回,专叙平定襄阳王一事,而止于众侠士皆受朝廷封赏,中间亦穿插众侠士在江湖间诛锄恶霸事。序中亦称为石玉昆原稿。或疑石玉昆为北方之平话家,为柳敬亭一流人物,如弹词家之有俞遇乾与马如飞。又有《正续小五义全传》,凡六十回,即取二书合为一部,去其重复,汰其铺叙,省略成五十二回,末又加八回而成,不很通行。

《施公案》,一名《百断奇观》,凡九十七回,出于《三侠五义》之先(道光中),未知作者姓名,叙康熙时施世纶事,而文辞殊拙直。在一般社会上,势力亦甚大,今人无不知有黄天霸者,即无不知有《施公案》。又有《施公洞庭传》,今已出至甲至己集,共二百四十八回,尚未完,主人翁亦为施世纶(书中都作施仕纶)。出于《三侠五义》之后者,有《彭公案》一百回,为贪梦道人作,叙彭朋于康熙中微行访案,许多侠士为之帮忙事,文辞亦甚枯拙。

此外,同类的书,在光绪二十年左右,却出了不少。最通行者,有:《永庆升平》九十七回,为潞河张广瑞录哈辅源演说,叙康熙帝变装私访,及除邪教、平逆匪诸案。后又续一百回,亦贪梦道人作。今尚有续作,迄未终止。又有《圣朝鼎盛万年青》八集,又名《乾隆巡幸江南记》,无撰人名,则记乾隆帝以大政付刘墉、陈宏谋,自游江南，历遇奸徒犯法，英雄效命的事。余如《七剑十三侠》、《七剑八侠十六义》等，其类尚多。后又有《刘公案》(刘墉)、《李公案》(李丙寅)，而《施公案》亦续至十集，《彭公案》续至三十集，《七侠五义》则续至二十四集。然千篇一律，语多不通，大概因非出一人之手，而作者又多数为书贾所延聘的无业文人，所以无文学价值可言了。

凡侠义小说与公案有一种特色，就是都为平话体，《三侠五义》和续书的作者石玉昆，本有人疑他是北方平话家。《永庆升平》则署明为哈辅源演说。贪梦道人既续《永庆升平》，又作《彭公案》，当为平话家无疑。至于《儿女英雄传评话》，作者已自题为"评话"。文康为北方人，习闻说书，故拟其口吻作是书。所以清代的侠义小说，实直接宋人话本的正脉，而且又是真正的平民文学。惟后来的拟作及续作者，大都滥恶或平庸，故一盛即又衰落。

清末至今，作侠义小说的人仍很多，然除不肖生的《江湖奇侠传》、《近代侠义英雄传》外，大都不足称述。

弹 词 文 学

弹词一名盲词，来源很古，它是受了释典的影响而产生的。唐代释家用以传教的"变文"与"俗文"，都有表白有唱。再上溯它的来源，则印度原有此种文体，唱的部分叫做"偈"，是利用它的易于记忆。唐人的"变文"与"俗文"，其实就是后来的"宝卷"，又有人名之为"佛曲"。"佛曲"的创始，是用以演述释典，使之通俗化。后有创作，亦不脱修行、念佛、成道等故事。到了清末的所谓"宝卷"，几乎完全采用当时所有的小说、戏曲、弹词中的材料，专在阐明"善恶报应"之理，和释典原文完全脱了关系。佛曲本来用以宣扬教义，在这时候却成了酒后茶余的遣闷物，只求情节离奇，趣味浓厚，而不问它本来的主旨所在。但它的势力却不小，盛行南方的杂技，除了说书、唱滩簧外，要算它最通俗化而最风行于社会间了。

　　凡是所谓"变文"或"俗文",都是演述印度传来的释典。中国人的创作,在现今所及见的,只有宋普明禅师的《香山宝卷》。此书一名《观世音菩萨本愿经简集》,共二卷,相传为普明禅师于崇宁二年八月十五日在武林上天竺受神之感示而作。书中的人物和背景都是西方的,所以疑心它也是与"变文""俗文"一类的作品。又有《观音济度本愿真经》一种,内容事实与结构,都与《香山宝卷》相同,仅改作观音菩萨的自叙传的口气而已。此外的许多宝卷,都不能知它创作的时代,然大概在弹词最风行的时代,它的产量是极少的。据今人考据,在民国纪元前只有十多种,自纪元后到现在,它就至少有八十种以上。唱宝卷的叫做"宣卷",犹之乎唱弹词的叫"说书"。不过业宣卷的多绍兴人,而说书的大概为吴人。

　　脱离了宣扬教义的主旨而专属于文学的产物,始自宋人的"淘真"。"淘真"的唱者都为盲人,文句大都为七言,有无表白,今已不得而知。读陆游诗"斜阳古柳赵家庄,负鼓盲翁正作场。死后是非谁管得,满村听说蔡中郎",可知它的内容和当时的"平话"差不多。现今所流行的弹词,确知为清以前所作者,只有《二十一史弹词》、《珍珠塔》、《玉蜻蜓》、《玉钏缘》等。金人董解元的《弦索西厢》,亦名《西厢挡弹词》,弹词之名始此,而后来却省去了一个"挡"字。原来的体裁为北曲,故后人都归入戏曲一类,然后来弹词也有用曲来作的,如《二十一史弹词》就是。元杨维桢的《四游记》——《仙游》、《梦游》、《侠游》、《冥游》——始合诗歌与纪传而为一,后人推为弹词之祖。

　　弹词亦有南北之分。北词大约与"鼓儿词"相近,南词则以七字为一句,有衬字,约可分为三种:一、有唱、无表、无白;二、有唱、无表、有白;三、有唱、有表、有白。《二十一史弹词》,共十卷,托名杨慎撰,自三代叙至元代。文词较为典雅,为北词之一种,清初孙畟侯加注。民国七年,江山杨达奇续编明清二卷,改称《二十五史弹词》。此外的弹词,则多为南词,描写细腻深切,较之《红楼梦》、

《金瓶梅》等伟大作品，未见低下。篇幅亦长，如《安邦志》、《定国志》、《凤凰山》三部连续的弹词，合之得六百七十四回，字数至少有二百万，在一切的长篇小说中，再也没有比它更长的了。

现在通行的《玉蜻蜓》、《珍珠塔》，虽知为明人作品，然已不是原本，同通俗小说一样，也时常有人在修改。《玉蜻蜓》，一名《节义缘》，陈遇乾又改之为《芙蓉洞》。今本凡六十回，叙申贵生与尼志贞恋爱，死于庵中，生一子名元宰，为徐姓所得，后状元及第，乃归宗复姓，迎志贞归养。《珍珠塔》，一名《九松亭》，旧本仅十八回，光绪时，山阴周殊士（或曰怀周主人，未知是一是二）为补缀至二十四回。今本或题马如飞著，因每回首都冠有马氏的开篇而误题。全书叙方卿与陈翠娥的婚姻故事，中间为姑母又兼岳母所梗，后卒如愿，不脱才子佳人小说旧套。道光时，废闲主人编《麒麟豹》六十回，叙方卿的子女事，亦不脱恋爱故事常例。《玉蜻蜓》与《珍珠塔》，为一切弹词中最盛行的二种，至今茶园游戏场中，时有人按弦弹唱。而社会上各阶级人，莫不知有申贵生和方卿二人的名字与故事。这是它们的三百多年的历史所造成的。

弹词的种数多至数百种，大多不知作者姓名及作书时代。现在只叙述几部较著名的、较伟大的，以见一斑。弹词虽都有唱，然不可唱的很多。如《玉钏缘》、《再生缘》、《再造天》三部连续弹词，及《天雨花》、《凤双飞》、《笔生花》等，均不合于弹唱，故只流行于闺阁之中，为一般识字的少女少妇所爱阅，这或亦因作者多为女子的缘故。《安邦志》、《定国志》、《凤凰山》三部弹词，则表白很少，有类于北方的鼓词，亦无作者姓名，亦不知作于何时。这样的巨著，作者的姓名埋没不知，也是中国文学史的重大损失。吾们希望，在最近的将来，有人把他们考据出来。同《玉蜻蜓》一流宜于弹唱的，尚有《三笑姻缘》、《双珠凤》、《玉夔龙》、《白蛇传》、《文武香球》、《百花台》、《金台传》、《双金锭》、《果报录》等。诸书中以《三笑》的文辞为最浅俗，而《果报录》的文辞最为雅丽。

《玉钏缘》,凡二百三十四回,分三十二卷,首题《再生缘前本》,文字每卷为起讫,并不依回目分段。《安邦志》与《定国志》的体裁亦如此。宋明人的小说本有此体,故有人断此三书为明人所作。和它仿佛同时的作品,有《天雨花》,共三十回,题梁溪陶贞怀作,首有顺治八年作者自序,当为著于明季而印行于清初。近人或谓系出于浙江徐致和之手,未知孰是。《再生缘》凡八十回,为钱塘陈端生所作。端生之夫范姓,因罪谪戍,她乃屏弃膏沐,著《再生缘》,托名于元代女子孟丽君,男装应试,及第为宰相,与夫同朝而不合并,以寄别凤离鸾之感。且立誓:夫不归,此书无完日!后范遇赦归,未至家而女卒。许周生梁德绳夫妇为之续成。道光元年,侯香叶夫人惜其传抄数十年,尚无刻本,乃删繁撮要,改而付梓。侯香叶夫人又自称香叶阁主人,尝改弹词四种,除此书外,《玉钏缘》与《锦上花》似都经过她的修改,《再造天》似为她自著。《锦上花》凡四十八回,一名《锦笺缘》,又名《金冠记》,旧本题修月阁主人著。《再造天》共十六回,一名《续再生缘》,观其卷末数语,似尚拟有续作。《笔生花》凡三十二回,每回有四目,似仿自传奇每出后的下场诗,全书共有一百数十万字,篇幅与《红楼梦》相仿佛。著者淮阴邱心如女士,适张姓,家庭中多所猜忌,故析居于外,丈夫求名求利都失败,有妹早寡,依母而居。她在这样不幸的环境中,无以自遣,乃作此书,共经三十年的时间始成功。今本卷首有她表侄陈同勋的序,作于咸丰七年,则本书的动笔,大约在道光初年。书中的中心人物,差不多个个是女性,主人翁姜德华的性格,和《再生缘》的主人翁孟丽君很有相似处。《凤双飞》凡五十二回,全书长短与《笔生花》差不多。作者程蕙英,字莒俦,阳湖(一作毗陵)人,家贫,为女塾师,著有《北窗吟稿》。今本首有光绪二十五年序,则作者大约亦为此时人。书中好写男子同性恋爱,然和《品花宝鉴》不同,《品花宝鉴》所写为优伶,而此书中则任何美男子都为人狎弄,如任何女子所受于男子一样。作者在书中,时以贞操责之于美男子,却更迁腐得可笑。猥亵处颇多，而且写的又是不自然的变态性欲，此种文字出之于女性之手，颇令人觉得奇怪。又有《梦影缘》，著者为郑澹若夫人，传本颇少见。

有人以弹词为女子文学的主体，在女子方面果如是，在弹词本身却不是这样。弹词本来为了弹唱而作，同戏曲为了表演而作一样。但女子所作的弹词，在闺阁中颇能流传，且可供少女少妇灯下吟赏，而在应用方面却失败，因为太文了不合于弹唱。然而能唱的弹词，又大概篇幅不长，内容亦肤浅不足观，总跳不出"公子落难、佳人赠金（或物）"的老圈套。以文学论文学，那么倒是女子所作弹词较有价值。可供弹唱的弹词中，《果报录》的内容与作风都为此中翘楚。《果报录》一名《倭袍》，书中所叙刁刘氏与王文的故事，在弦索上，在舞台上，在妇孺口碑中，全国都盛行。文辞秀雅，描写细腻，篇幅亦长。可惜因辞句猥亵，屡遭禁止，所以善本难得。

最近，文人之从事于创作弹词的亦不少，最流行的，有：李东垫的《孤鸿影》，映清女士的《玉镜台》，陈蝶仙的《潇湘影》与《自由花》，程瞻庐的《哀梨记》、《孝女蔡蕙》、《明月珠》、《藕丝缘》及《同心栀》等。正璧亦曾作《落花梦》，发表于六年前，但只成其半。

北方的鼓词，大抵亦取材于通俗小说与戏曲，而且都为大部，如《三国志鼓词》、《西游记鼓词》、《彭公案鼓词》等。创作的亦不少，如《大八义》、《小八义》、《三省庄》等，而以叙武侠和历史的故事为多。鼓词实始于贾凫西的《孟子弹词》及《通鉴弹词》。鼓词之名，则取义在唱时于弦子外复用鼓及简，故又名"大鼓"。和南方弹词不同处，在于用句很自由，不讲押韵，而文辞又雄豪奔放，合于北方人的脾胃。大鼓又有京、津、鲁的分别，鲁之大鼓，称为"梨花大鼓"，它们的不同处，只在于方言的不同。

尚有所谓"影词"的，取材大抵为通俗小说与弹词，以一人作数人口吻，中有唱词，字句长短自由，略似京戏中的唱句。说白之前，有"出""上""下"诸字，大概是可以搬演的。

总之,无论弹词、鼓词、影词,皆能以方言采入词曲(文人所作为例外),描写的能力亦很透彻,和通俗小说一样是时代的进化的文学,在一切文学中都独占一个领域。

通俗文学的末路

通俗文学为什么会趋入末路呢?这个问题似很奇特。但是我们如果细心地去考量一下,那就可恍然于这个趋向的来源,和这个趋向在文学史上是进化而非退化,而且这个问题亦不是个难解答的问题。

通俗文学的勃兴,除了受佛教的影响外,与当时政治者的爱好很有关系。吾们翻开全部中国文学史来看,汉魏乐府、唐诗、宋词、元曲为什么能代表一个时代的文学?那么不是朝廷提倡,便是权力者的爱好,所以能盛极一时。明代虽没有什么权力者出来明白的提倡,但我们看明成祖时敕编的明代唯一大丛书《永乐大典》,其中平话一门,所收甚多,可见当时的政治者把平话和其他著作已一例看待。到了清代就不同了,清代敕编的多至三万六千二百七十五册的《四库全书》,不独平话体的通俗小说踪迹不见,就是古典的传奇小说如《聊斋志异》亦不见收。明代藏书家的书目中,录入通俗小说的很多,清人就又较少。我们只要这样一考量,便知通俗小说之所以勃兴和之所以走入末路的原因所在了。

清代不但轻视小说,而且又加以禁止。在顺治、康熙、嘉庆、同治四朝,曾几度禁止发卖淫秽小说。同治时,丁日昌为江苏巡抚,开列应禁书目,出示禁止销毁,共有一百五十余种之多。一代名作如《红楼梦》、《金瓶梅》、《十二楼》、《今古奇观》、《西厢记》杂剧等,都在禁止销毁之列。而且如《隋唐演义》、《绿牡丹》、《锦香亭》、《白蛇传》一类毫无淫秽可以指摘之书,亦玉石不分,一概列入。至今,吾们要欣赏文学名著,如《金瓶梅》、《倭袍》、《品花宝鉴》等,一时却无法购到。有人以为，嗜淫书者如未知其名，亦无从购买，今开列如此详备，虽曰禁止，实反叫他们"按图索骥"，不啻与以一部淫书提要，也未免多此一举了。平心而论，这种一网打尽的销毁，我们当然是不赞成的，但也以为至少也须加以限止；因为任血气未定的青年去看《金瓶梅》，恐怕凡属父兄，谁也不愿他的子弟这样做罢！

文学是时代的反映。通俗小说在清虽遭禁止，但这样还不足致它于末路。时代变动了，它也应该转换一个方向了，这始是通俗小说趋入末路之一因。你看，清末的时代，受了屡次的外来的压迫，政治、经济、社会，都起了不安的现象。一帮维新志士，蓄心救国，对于学术方面，不但要改变墨守书本的八股取士制度，而且又明白革新国政当自革新人民思想做起，又认识了小说是革新人民思想的唯一利器。但这时代所需要的小说不是过去的各体的通俗小说，而是传布新思想，破坏旧风俗的革命小说。当时的小说，如梁任公的《新中国未来记》、许指严的《劫花惨史》，都足反映这个时代和这个时代的人的心理。它们的文字也是白话的，但它们的风格和体裁已脱离了占据四五百年中国文坛的通俗小说，它们却已受了外来文学的影响了。

在这时代，西洋的学术思想似急风骤雨般地猛攻进来，一般久埋头于破纸残册堆中的头脑清醒些的文人，没有一个不开门迎接的。不单是以资借镜，竟是老实地完全接受。在这样一个局面之下，在一切学术家中以头脑最冷静称的文学家，他们当然不甘落后，他们也屏弃了故旧的见解和体裁，也出来从事于新的创作。这是每个过渡时代的现象，在年深月久的中国旧文坛上谋彻底的改革，当然也是由渐而至极新的。所以清末至民国初年的创作，很少成功的和有永久价值的，就为这个原因。也因这时候所输入的西洋文学，在西洋方面也已是过去的、陈旧的文学，换一句话，就是不是当代的文学。但此种在西洋为过去的、陈旧的文学，一入中国，便成了现代的、极新的了。中国文学素来太落后了，所以在这时候，得到这样一种式样，便如得了用煤来发动的机器一样，已是见所末见，绝不会梦想到西洋已有用电来发动的机器更巧妙哩！

因为西洋文学的输入，使中国文人知道了小说在一切文学中所占的地位，因而抬高了小说家在社会上的地位，这也是中国人将觉醒的一种好现象。从此以后，小说作家个个有名字可考了，小说的作者也蜂拥起来了。有人说，这时的小说大都篇幅很短，像李涵秋辈作长篇的人绝少，都是些简短的、肤浅的小说，有何乐观可抱呢？这是不明白时代的误解。二十世纪是一个人事最繁冗的时代，一般文人都不能再过优越的林下生活。而且自科举废后，一般潦倒的天才文人也没有了暴发的机会，再也不能坐在书房里"构思十年"的从事创作。或有人骂他们因急于问世，所以往往粗制滥造，实在是为时代和环境所迫，不宜如此苛责啊！

新时代已迫近在我们眼前了，一切的一切都不能不走向这个新时代去。几个先驱者已经筑下极艰深的基础，我们只要尽力在这个基础上去谋新的建设——只要新的，什么建设都能表示出这个时代的特征。旧的已隔离得远了，过渡时代也已成了不值留恋的畸形物，觉悟的文学家都不之回顾而一直向前去了！

一二　新时代的文学

新时代的先驱者

　　时代的痛苦，不住地压迫到中国人的心坎里，除非他是一个无知无识或麻木不仁的人，谁都要难于忍受。中国自鸦片战争到中日战争，丧权失地以及其他种种耻辱，接连着滔滔不绝而来，素以"睡狮"见称的中国民族，至是也不得不觉醒转来寻求生路。"维新"，"革命"，都是应了这种要求而产生的。在政治上，果然曾一度维新过，又起了屡次的革命；在文学上，也曾经过一度"维新"化的改良，而最后也走进了前趋不息的革命的领域，造成了文学史上一个崭新的扩大的有新生命的伟大的时代。

　　新时代文学产生的经过情形，几和当时的政治变化如同一辙。清末的维新，是缓和派援救目前颓局的办法，梁启超派的文学也是这样一种主张。革命以后，民国成立了，又时而帝制，时而复辟，政治飘摇不定。这时的文学也正在进退维谷之中，没有确定的目标。等到胡适之等提倡文学革命，建设文学的国语，国语的文学，张着鲜明的旗帜，登高一呼，全国响应。迨文学革命告成，政治也起了变化，就是中国国民党的国民革命成功，南北统一，国民政府开始实行训政计划。以前，文学总是随了政治而起变化，都是被动的，盲目的，自然的。独是文学革命的成功，却完全是自动的，有目的的，人工的，且反促成了政治革命的成功。新时代文学的伟大就在这里，新时代文学值得我们颂赞也在这一点上。文学真是转移时代的宝物啊！

　　我们感到这个新时代的伟大，我们不能不追念到几个先驱者的努力的功绩。他们虽然不是成功者，但是没有先驱者在前努力，成功怕也不是一步就能跨到的罢！但是，一般人偏偏只会怀恋着成功者的功绩，而把先驱者轻轻地忘怀了，这是世上最不公平的事啊！这般所谓先驱者，虽然他们没有给我们以成功的花卉、新生的种子，但本来荆棘满目的文艺园子，得以廓清而成为一片平坦的大地，使后来的人可以遂意在那里种下各种花卉的种子，开出灿灼的新花，功劳也不在小呢！

　　我们所称道的新时代的先驱者，同时，也有人尊之为文学革命的先驱者，当然要推王国维和梁启超两先生。

　　王国维，字静安，又字伯隅，号观堂，又号永观，浙江海宁人，生于清光绪三年。天性通敏，举秀才，欲研究新学，因家贫不能以资供游学，恒怏怏不乐。二十二岁时，至上海，为《时务报》司书记校雠。时上虞罗振玉设东文学社于上海，国维以余时往受业，二人相识后，遂成为终身不离的师友。自后，国维的意志，几乎完全以罗氏的意志为意志。罗氏曾资助国维留学日本；罗氏为南洋公学分校的校长，国维为教员，且为罗氏编《农学报》、《教育世界杂志》；罗氏之女，又为国维的媳妇。辛亥之役，他随罗氏东渡，听了罗氏之劝，尽弃其前所治之文学、哲学、社会学，而专意于经史。此后的国维，遂永钻入了古纸古器之中，专以考古为能事了。民国十六年五月初三日，自沉于颐和园之昆明湖。或以为他因恐怕国民革命军入京时受辱，故先自戕；或以为上了罗氏的当，营商失败，债户累累，逼迫至此。不知究竟孰是。他本是一位叔本华的崇拜者，颇好哲学，又译有《心理学概论》。他在文学方面的成功，全在他的文学见解。他的《红楼梦评论》、《宋元戏曲史》两书，能对于小说戏曲加以精密的系统的研究，能彻底地了解小说戏曲之价值，在当时无第二人有这样的著作。他说："美术中以诗歌、戏曲、小说为其顶点，以其目的在描写人生故。"以"描写人生"为文学的目的，在那主张

"文以载道"余毒未尽的当时,不能不算是大胆的见解。而他的见解最令今人佩服处,在他能赏识元剧的价值和特色,他一再地说元剧的佳处,在"自然",在"有意境"。又说:"元剧实于新文体中,自由使用新言语。在我国文学中,于《楚辞》、内典外,得此而三。"又说:"凡一代有一代之文学:楚之骚,汉之赋,六代之骈语,唐之诗,宋之词,元之曲,皆所谓一代之文学,而后世莫能继焉者也。"他这种大胆的文学进化论,影响于后来的文学革命者很大。他也主张文学是时代的反映,是时代的产物,所以说:"一代有一代之文学……而后世莫能继焉者也。"此外,他又很反对始困终亨、先离后合的小说戏曲,又主张美文贵具体而不贵抽象,又能赏识俗文学,不但知道"雅俗古今之分不过时代之差,其间固无界限也",并且很叹赏元曲之运用俗语为"古所未有"。不幸他从了罗氏之劝,在半途转变了研究的对象,以致他没有进一步的成功,这是很可惜的!除上述二书外,关于文学的著作,尚有:《戏曲考源》、《曲录》、《优语录》、《宋大曲考》、《录曲余谈》、《古剧脚色考》、《人间词话》、《苕华词》(原名《人间词》)、《静庵文集》等。

梁启超,字卓如,号任公,别署饮冰室主人。他是中国极南部的一个岛民,即广东的熊子乡,是正当西江入海之冲的一个岛。他生于同治十二年,少时亦治举子业,曾举于乡,惟性好词章,又沉酣于训诂之学。十八岁时,赴京会试,下第归,过上海,得读《瀛环志略》,乃知中国之外,还有所谓世界。这年秋天,他和陈千秋拜谒康有为,经过了十四小时的驳诘,使他恍然于挟持数百年之旧学为无用,遂尽弃而从康氏受陆王心学,并及史学、西学的梗概。此后的梁启超,遂跟着康氏,逐渐踏上了政治的舞台,鼓吹变法,因康氏之得德宗信用,实行新政,他也在其中有所尽力。戊戌之变,他亡命日本,乃创刊《清议报》,后又创《新民丛报》。他觉悟到要改革政治,须自改革国民的心理和性格做起,所以专以他若有电力的热烘烘的文字,来鼓荡警醒一般睡在迷梦中的国民。他后来又发现了小说的功用,乃创刊《新小说》,他自己写有《新中国未来记》,又译有《世界末日记》《十五小豪杰》等。他以为小说有四种支配人道之力:一是熏,"熏也者,如入云烟中而为其所烘,如近朱墨处而为其所染";二是浸,"浸也者,入而与之俱化者也";三是刺,"刺也者,能入于一刹那顷,忽起异感而不能自制者也";四是提,"前三者之力,自外而灌之使入,提之力,自内而脱之使出"。他又说:"凡读小说者,必常若自化其身焉,入于书中,而为其书之主人翁。"他明白小说感化力如此的伟大,因之他知道小说有转移道德、宗教、政治、风俗、学艺、人心、人格之力,又恍然前此国势之不振,政治、风俗之腐败,都是旧小说所造成,所以他决意要新一国的小说。他这种主张,对于当时的小说界很有功效。一切讽刺的小说,如《官场现形记》、《二十年目睹之怪现状》、《文明小史》、《孽海花》等都接连着出世,却与后来的屡次革命以不少的助力。但他是个天生就富于热情的人,环境的不良,往往迫他不能脱离政治的活动。自民国成立后,他反对袁世凯,反对张勋复辟,参加欧洲和平会议,费去了他不少的可贵的时间。他的天性宜于研究学术,他自己也以研究学术自任。最后,他觉悟到他在政治上活动的成绩,远不如他在学术上,于是决定专门从事于讲学。这样,一直到他的死亡时而不改变其宗旨。民国十八年一月,他病死于北平的医院里。临死前数月,专以词曲自遣,拟撰一部《辛稼轩年谱》。住在医院时,还托人去搜觅关于辛稼轩的材料,忽得《信州府志》等书数种,便狂喜携书出院,仍继续他的《辛稼轩年谱》的工作。然他的病躯不能再支持下去了,《辛稼轩年谱》成了他的未完工的一部最后著作!综观梁氏一生,无论思想和行动,都能跟着时代前进,他不惜常以今日之我攻击昔日之我,然亦因此之故,做事往往半途而废。只要看他生平的著述:《中国学术史》,只成了《清代学术概论》;《中国文化史》,只成了叙论《中国历史研究法》;在《欧洲战役史论》前编的底页的广告上,说他要在几个月之内做成《欧洲全史》。但后编至今也没有出版,不要说《欧洲全史》了。这是中国学术界的极大损失! 关于文学的著作,除小说外,尚有《饮冰室诗话》、《陶渊明》、《情圣杜甫》及传奇(俱未完稿)三种。他的白话文的抒写也很高妙,另有一种腻人的热情,《欧游心影录》最能呈露出这种特色,而为一般人所爱读。

小说杂志与翻译小说

新时代的产生的原动力是二方面的:一方是自身的觉悟,一方是受到外来的袭击。这又和当时政治的改进有同样的意义。时代不同了,闭关自守的时代已成了过去的幻梦了。政治不革新,无以立足于世界;文学不改革,亦永远只能是一国的文学。但是,睁开眼来看看世界的文艺花园罢:在那里,有鲜美的奇花,我们没有! 有灿灼的蔓草,我们没有! 有雄伟的虬树,我们没有! 有玲珑的亭台楼阁,我们都没有! 这样,怎不令我们垂涎三尺,而自惭形秽呢? 这一个外来的袭击,促起了我们自身的觉悟,于是一方自己实行革命,一方摄取它们的模型,用以为借镜。一就是创作,而一就是翻译。这二种工作,都是造成新时代的主要工程,和过去的工作截然异其方式。

有人说道,晋唐二代释典的翻译,不也是翻译吗,何以未曾造成新的时代? 不知其中却有二个重大区别:释典的翻译是为传教,现代的翻译,是为文学或其他学术而翻译;释典是印度一国的产物,而现在则各国都有。目的和取材既不同,所产生的成绩自然不会一致了。而且,释典未尝不影响于文学,后来的长至一百数十万字的弹词,都是受它的影响而产生的,不过成绩不如现代,而影响并不深切罢了。

我们如果把"翻译之王"的徽号,加在林琴南先生的身上,我想,谁也不会独持异议罢! 当维新之后,小说的价值已为学者所公认，小说杂志的创刊风涌一时，更抬高了小说的地位。在梁启超创刊的《清议报》上，已载有翻译小说；稍后有《雁来红报》及《点石斋画报》，亦皆附载小说。《新小说》为专载小说的杂志的第一种，越二年而停止；同时商务印书馆有《绣像小说》，李伯元主编，印行七十二期而止。接着又有周桂笙创刊《月月小说》，吴趼人为总撰述，二十四期而止；又有《新新小说》、《小说七日报》、《小说旬报》等，达十余种之多。迨徐念慈创《小说林》，虽出十二期而止，然已体制较整，且于小说之改进，亦略有挥发。宣统时，商务印书馆刊行《小说月报》，定投稿酬金之例，虽编者和体例屡有变更，然到现在还在续出，要算中国所有小说杂志中历史最久的了。此外，如有正书局刊行之《小说时报》，中国图书公司之《小说海》，中华书局之《中华小说界》等，至多历三年即停止。这许多的小说杂志，大抵创作和翻译并载，而且白话和文言亦一视同仁。林琴南先生刚巧生在这样一个时代，他赏识了小说的好处，尤能赏识外国名家的小说。他的翻译和当时人截然不同，很能保存原作精彩而全用直译方法。他的翻译小说，除单行本外，大都在《小说月报》上发表。现在人曾把它们总计一下，有一百五十六种之多（连未发表的在内）。我们不必问原本在外国的价值如何，他这样的努力于翻译，翻译的种数这样的多，恐怕古今中外，不易找到第二个人罢！中国翻译界而有此伟人，中国人也可以自骄了！尊之曰"译界之王"，谁忍独持异议呢！

林琴南，名纾，别署冷红生，福建闽侯人。家贫而貌寝，生性木强善怒，有许多人因此和他疏离。但富于热情，好救人厄难，且是一个非常热烈的爱国者。在光绪壬午中举人后，便弃绝了举业，专力于古文，初在北京各学堂教书，后来偶然用古文译了一部小仲马的《茶花女遗事》，得了无数人的颂赞，他对于译书的兴趣因之大增。此后便继续的译了不少欧美各国的作品——以英、法为最多——出来。他的后来的生活，即以译书售稿为供给。他不懂任何的外国语,他的译书,全靠他人口译,而由他依据了写成中文。他写得非常地快,每天工作四小时,每小时可译千五百言,往往口译者未说完,他已写毕。他的译文常多谬误,自己亦知之。他不懂原文,使读者不忍不予以原谅。晚年,且靠卖书画为生,当他七十岁时,还是一天站立在画桌前六七个小时,不停不息地作画。他的朋友和后辈,显贵者极多,他不愿不劳而获地依靠他们,他愿自食其力。他实是一个极清介之学者,在现代是极不易见到的。

现今知道的林氏的翻译一百五十六种中,一百三十二种是已经出版的,有十种则散见于第六至十一卷的《小说月报》而未有单刻本,尚有十四种则为原稿,还存于商务印书馆未付印。这许多作品中:最多者为英国作家的作品,共得九十四种;其次为法国,共得二十六种;再次为美国,共得十九种;再次为俄国,共得六种;此外则希腊、挪威、比利士、瑞士、西班牙、日本诸国各得一二种;尚有不注明何国及何人所作者,共三种。就这些作品的较著名的原作者而论:其作品被林氏译得最多的为哈葛德,共有《迦茵小传》、《鬼山狼侠传》、《红礁画桨录》、《烟火马》等二十种;其次为科南道尔,共有《歇洛克奇案开场》、《电影楼台》、《蛇女士传》、《黑太子南征录》等七种;再次为托尔斯泰,有《现身说法》、《人鬼关头》、《恨缕情丝》、《罗刹因果录》、《社会声影录》及《情幻》六种;为小仲马,有《巴黎茶花女遗事》、《鹦鹉缘》、《香钩情眼》、《血华鸳鸯枕》及《伊罗埋心记》五种;为狄更司,有《贼史》、《冰雪因缘》、《滑稽外史》、《孝女耐儿传》及《块肉余生述》五种;为莎士比亚,有《凯彻遗事》、《雷差得纪》、《亨利第四纪》及《亨利第六遗事》四种;更次为史各德,有《撒克逊劫后英雄略》、《十字军英雄记》及《剑底鸳鸯》三种;为欧文,有《拊掌录》、《旅行述异》及《大食故宫余载》三种;为大仲马,有《玉楼花劫》及《蟹莲郡主传》二种;其他诸作家俱仅有一种,为伊索的《寓言》、易卜生的《梅孽》、威司的《鹳巢记》、西万提司的《魔侠传》、地孚的《鲁滨孙飘流记》、斐鲁丁的《洞冥记》、史委夫特的《海外轩渠录》、史的芬孙的《新天方夜谈》、兰姆的《吟边燕语》、贺迫的《西奴林娜小传》、史拖活夫人的《黑奴吁天录》、预勾的《双雄义死录》、巴尔萨的《哀吹录》及德富健次郎的《不如归》。这些作品，除了科南道尔与哈葛德二人的之外，其他都是很重要的、不朽的名著。因为林氏不懂原文，不能自己选择原本，所以除了上列作品外，大都是些毫无价值的第二三流的作品。白费了许多宝贵的光阴，这是很可惜的。又因林氏不懂小说与剧本的分域，把许多极好的剧本，译成了小说——添进了许多叙事，删改了许多对话，简直变成与原本完全不同的一部书了。

他自己做的作品很多，小说有《金陵秋》、《官场新现形记》、《冤海灵光》、《劫外昙花》、《剑胆录》、《京华碧血录》等，笔记有《技击余闻》、《畏庐琐记》及《畏庐漫录》，传奇有《天妃庙》、《合浦珠》及《蜀鹃啼》，诗歌有《闽中新乐府》及《畏庐诗存》二种，此外尚有《畏庐文集》、《畏庐论文》等。他自作的小说，如《京华碧血录》、《劫外昙花》，主人翁大抵为热情的少男少女，而终至于团圆，作风全仿自司各得与哈葛德的恋爱小说，和中国旧有的才子佳人小说，不过有白话与文言的分别，都卑下不足称道。

林氏是介绍西洋近世文学的第一人，当时还有一位严复，是介绍西洋近世哲学的第一人。他虽不是文学史上的人物，但他的翻译主张——求其信、达、雅——却予当时及后来的翻译界以不少的助力。和林氏同时，译文学书当然不只是林氏，然除林氏外，所译大都在西洋为低下等作品。即有一二名作，如马君武译托尔斯泰的《复活》（改名《心狱》），君朔用白话译大仲马的《侠隐记》、《续侠隐记》及《法宫秘史》，然删改原文，撮取大意，实不足名之为翻译。

古文不曾做过长篇小说，古文里很少滑稽的风味，古文不长于写情，林氏用古文来翻译小说，居然完全打破了这种成例，这一点便是他的成功所在。但他终归是失败的，古文虽可译小说，但古文只够供少数人赏玩，不能行远，不能普及。这可举个例来证明：在清代的最末一年，周作人先生也曾用古文来译小说，又特别注重在短篇小说。他的古文工夫既高，又能直接了解西文，故所译的《域外小说集》比林译的小说确是高得多。他起初的计划是预备一册二册出下去的。不道出了二册，一总有三十七篇小说，十年之中，只销去了二十一册！这一件故事应该使后人觉悟了！觉悟古文之不能行远与普及了！所以后来周瘦鹃编译《欧美名家短篇小说丛刊》，便白话文言兼用，而文言又只用极浅的近体文。这书出世，国人始知域外短篇小说之精义和短篇小说在文学中的地位。全书凡三册，所译共有十四国，凡五十篇，在当时亦可称得"蔚然大观"了。

文学革命运动

在清末及民国初年，政治不上正轨，文学也只随着新的潮流，而换去了旧的方式。当时的创作，虽亦称模仿西洋，然较之西洋的名作，不知相差几万里。这是时代使然，数千年来中庸的主张，还不曾脱离一般文人学士的脑筋，彻底的改革，当然还在少数先觉者的期待中。白话小说在当时已颇见盛行，但大都为憧憬于理想的美梦中的才子文学，即有一二讽刺小说，不是抱有迷信的色彩，便仍主持他们中庸的主张。文体也为旧式的白话，丝毫没有新奇的发展。更有徐枕亚一派的骈骊小说，专主辞藻，全为无病呻吟，在文艺界亦颇占势力。在这样一个局面之下，几个眼光远大、见识高超的人，知道这种折衷的改良主义，不是根本解决的办法，而且在这世界潮流急进的时代，再慢慢地踱方步式的要想追随他人之后，恐怕再是数千百年也跟随不上。他们主张，根本的办法，只有革命，就是用革命的手段来解决这样一个重要的问题。

我们再来说一遍文学革命以前中国文学界全部的情形：在通俗小说渐渐走向末路的时候，桐城派的古文正占据了散文的地盘，林纾便是服膺这派的一人。清末时，文学更复古了，王闿运、章炳麟之流，极力做些周秦以上的古文，虽然很像，但更不通俗。那时梁启超在日本办报，乃极力解放文体，搀用白话及日本名辞，一时极有势力。到民国以后，章士钊一派的矜炼论理文颇流行于学者社会，但也不能通俗。只有小说界，倒有许多人在用白话做那才子佳人小说，但思想与风格，都不超越。同时，在政治方面，袁氏称帝，张勋复辟，把政治闹得一团糟。于是有人注意到思想精神的根本问题上去。其时陈独秀等所组织的《新青年杂志》，鼓吹社会运动，鼓吹青年思想的复活。初时尚无大影响。后来胡适之先生出来主张白话文运动，反对文言；钱玄同更骂文言为桐城谬种，选学妖孽。《新青年》做了这个运动的基本营垒，许多关于文学革命的重要论文——如胡适的《文学改良刍议》、《历史的文学观念论》、《建设的文学革命论》，陈独秀的《文学革命论》——都发表在这个杂志上。文学革命就这样的开始了。

　　所谓文学革命，实际上是白话文学革了古文文学的命。所以有人很怀疑，宋、元、明、清四代的通俗文学，不是都用白话做的吗？通俗文学已有五百多年的历史，似乎无须我们再行革命。殊不知用白话做文学是一件事，公认白话的文学为文学正宗又为一件事。这五百年来虽用白话来作了许多戏曲、小说，但从不曾得到大众的公认，且为大雅所不屑道，以致成了畸形的发展。白话文学的势力，无形中确定了中国的国语，传播既很广远，又产生了许多伟大的作品，为什么还不曾得大众的公认呢？不曾被认为国语的文学呢？这里面有两个大原因：一是科举没有废止，一是没有一种有意的国语主张。但是科举废止后，为什么还没有人出来明明白白地主张白话文学呢？这都因当时提倡白话书报，提倡官话字母、提倡简字字母的人，只视白话为普及下等社会的教育的利器，而一面仍做他自己的古诗古文。直待民国五年以来的文学革命运动，方才是有意地主张白话文学，一面抬高了白话文学的本身地位，一面打倒了数千年来霸占中国文坛的古文权威。这个运动的成功的原动力是多方面的,除了这里所说的两个因子外,国人对于文学的认识之进步,时代思潮之向中国人紧迫,新教育制度之启发了青年们幽秘的心灵,也是催促它成功的几个旁因。

胡适之先生的《建设的文学革命论》,不但明定了这个运动的目标,且举出了达到这个运动的目标的方法。他们张了"国语的文学、文学的国语"的大旗帜,一方面努力地创造新体作品,一方面尽量提倡欧洲的新文学。自由体的白话诗,在这样努力的创造之下,技术上已有了相当的成绩。欧洲新文学的提倡,大都用直译法介绍欧洲的名作,因此做了国语的欧化的一个起点。民国七年冬天,陈独秀等又办了一个《每周评论》,也是白话的。同时北京大学的学生傅斯年、罗家伦、汪敬熙等出了一个白话的月刊,叫做《新潮》,英文名字叫做 The Renaissance,本义即是欧洲史上的"文艺复兴时代"。这时候,文学革命的运动已经鼓动了一部分青年们的热血,故大学学生有这样的响应。《新潮》初出时,精彩很足,确是一支有力的生力军。民国八年开幕时,除了《新青年》、《新潮》、《每周评论》之外,北京的《国民公报》也有好几篇响应的白话文章。从此以后,响应的渐渐更多了。

无论何种革命运动,在革命者方面固然凭着一腔热血勇往前进,但在反动者方面他们绝不会坐看革命的成功,他们一定会千方百计来破坏、来反攻。反动分子不铲除,革命无成功的希望。但没有反动分子来阻挠,也无需乎用革命的手段了。所以反动者的明白反攻,倒是革命运动的好现象。革命者是最后的胜利者,当文学革命运动正在锐进之中,一般反动者——或可名之为反革命者——当然要惊慌起来作最后的挣扎,文学革命运动与之周旋而胜利后,那么便可向建设的大道上放心地无后顾之忧地前进了。

当时的情形是如此:文学革命运动开始后,响应的当然很多,反对的也格外猛烈。北京大学内部的反对分子,也出了一个《国故》,一个《国民》,都是拥护古文学的。校外的反对党,竟想利用安福部武人政客来压制这种新运动。八年二三月间，外间谣言四起，有的说教育部出来干涉了，有的说陈、胡、钱等已被逐出京了。这种谣言虽大半不确，但很可以代表反对党心理上的愿望。当时古文家林纾，在上海《新申报》上作了好几篇小说，痛骂北京大学的人。他们又想运动安福部的国会出来弹劾教育总长和北京大学校长蔡元培，后来也失败了。林纾又作书给蔡元培，攻击新文学运动，大意不出两点：一、覆孔孟、铲伦常；二、尽废古书、行用土语为文字。经蔡元培一一驳复。蔡元培自己也是主张白话的。过了一个多月，巴黎和会的消息传来，中国的外交完全失败了！于是有"五四"的学生运动，有"六三"的事件，全国的大响应居然逼迫政府罢免了曹汝霖、陆宗舆、章宗祥三人。这时代，各地的学生团体里忽然产生了无数小报纸，形式略仿《每周评论》，内容全用白话。此外又出了许多白话的新杂志。有人估计，这一年之中，至少出了四百种白话报。内中如上海的《星期评论》、《建设》、《解放与改造》（后改名《改造》）、《少年中国》，都有很好的贡献。同时，日报也渐渐地改了样子了。从前日报的附张，往往记载戏子妓女的新闻，现在多改登白话的论文、译著、小说、新诗了。北京的《晨报》副刊，上海《民国日报》的《觉悟》，《时事新报》的《学灯》，在将近十年中，可算是三个最重要的白话文的机关。时势所趋，就使那些政客、军人办的报，也不能不寻几个学生来包办一个白话的附张了。民国九年以后，国内几个持重的大杂志，如《东方杂志》、《小说月报》……也都渐渐的白话化了。

民国八年的学生运动，表面上似乎与文学革命运动为二事，但学生运动的影响能使白话的传播遍于全国。况且"五四"运动以后，国内明白的人渐渐明白"思想革新"的重要，所以他们对于任何新的运动，渐采取研究或容忍的态度，把从前那种仇视的态度减少了。文学革命运动因之得以自由发展。民国八年以后，白话文的传播真有"一日千里"之势。白话诗的作者也渐渐的多起来了。民国九年，教育部颁布一个部令，要国民学校一二年的国文，从九年秋季起，一律改用国语，民国十一年为止，把国民学校的国文完全改成国语。这样一来，教育制度是上下连接的，初级师范也不能不改了，高等小学也跟着改了。初级师范改了，高等师范也就不能不改动了。中学校也有许多自愿采用国语文的。还有一件事，注音字母的创造，本用来替代反切的，在这时候，因为注重今音的缘故，就成了国语字母了。而且有人竟把国音、国语运动并做一谈了。这种种都促快了文学革命的成功。

古文学的最后挣扎，是民国十一年南京出的《学衡杂志》上几个留学生的反对论，但只是些不合论理的谩骂，不值一驳。此后，文学革命已过了讨论的时期，反对党已完全破产，完全是新文学的创造时期了。

翻 译 文 学（上）

这一个时期的翻译文学，和文学革命以前的翻译文学有一个不同之点，就是：从前的翻译，大都着重在原作的趣味，而不问原作在它本国文坛上的地位，不问原作在世界文坛上的价值。实在也因为译者大概是些名士派的文人，他们也未曾想去探索世界文坛上情形，他们只择他们所爱好的来翻译。即在文字方面，也因要合于本国人的脾胃，完全用意译，大都不能保持原作特有的神味。林纾的译狄更司、司各得等名著小说，在当时全居例外。文学革命开始后，周作人先生等出来提倡直译，以不失原作神味为主，不惜以中国文字屈就外国文法，当时有人称为"欧化语体"。这种文体，后来不但用来翻译，在创作家笔下也时常流用起来。探溯直译方法的来源，却始自耶教会的用中文译《圣经》，无论是用文言、白话或各地的方言译的，都为不失原文神味的直译体。林纾的翻译已完全为直译，但可惜用的是已死了二千多年的古文体。周作人先生自《域外小说集》失败后，他就觉悟到用古文译外国文学的不当而且不合时代，就改用白话来译《圣经》的方法来译外国小说。结果，他译的《点滴》与《现代小说译丛》，成为使用"欧化语体"成功的纪录。于是西洋文学的翻译，在中国轰动一时。此时的译者对于西洋文学，大概都有深切的认识，所以这一个时期所译的作品，它的作者在西洋都是居于第一流而且可以屈指的人物。

从翻译的数量上面讲，以国计算，当推俄国人为最多，以人计算，那么没有再比屠格涅夫更多的。在这里，我们可以觇到我国国民所最感同情的国家和作者是哪一个，而我们自己所最需要的是什么，也可由此推知了。俄国真是伟大的国家呵！屠格涅夫的作品曾感动了许多许多的麻木不醒的中国国民，促快了中国国民革命的成功！现在将这十余年来介绍西洋文学的成绩，按国叙述，作为一个总报告。缺漏当然是有所不免，但所有名手译名著，在这里却绝不偶然遗落，这是可以致信于读者的。

俄国文学的翻译本，有：《普希金小说集》，赵诚之译；《甲必丹之女》，安寿颐译。郭哥里的《巡按》，有贺启明译本；《外套》，有韦漱园译本。屠格涅夫的六大名著：《罗亭》，赵景深译；《贵族之家》，高滔译；《前夜》，沈颖译；《父与子》，耿济之译；《烟》，黄药眠译，又有樊仲云译本；《新时代》，郭沫若译；其他尚有《春潮》及《薄命女》，张友松译；《浮士德》（附《柏心可夫》），顾绶昌译，又有沈颖译本，改称《九封书》；《爱西亚》，席涤尘译；《胜利的恋歌》（附《梦》），李杰三译；《畸零人日记》（附《爱与死》），樊仲云译；《初恋》，徐冰铉译；《十五封信》，黄维荣译；《村中之月》与《猎人日记》，耿济之译；《屠格涅夫散文诗集》，徐蔚南译。杜思退益夫斯基的《穷人》，有韦丛芜译本；《一个诚实的贼》，有王古鲁译本；《主妇》，有白莱译本。阿史特洛夫斯基的《贫非罪》，有郑振铎译本；《雷雨》，有耿济之译本；《罪与愁》，有柯一岑译本。托尔斯泰的《复活》，有耿济之译本；《我的生涯》，李藻译；《忏悔》，张墨池译；《活尸》，文范邨译;《黑暗之势力》,耿济之译;《教育之果》,沈颖译;《黑暗之光》,邓演存译;《儿童的智慧》,常惠译;《假利券》,杨明斋译;《艺术论》,耿济之译;《托尔斯泰短篇小说集》,耿济之译;《托尔斯泰小说集》,邓演存等译;《托尔斯泰短篇》,刘灵华译;《儿童文学类编》,唐小圃译。珂罗连科的《盲乐师》,有张亚权译本,又有张闻天译本,名《盲音乐家》;《玛加尔的梦》,有周作人译本。柴霍甫的《伊凡诺夫》,耿式之译;《三年》,张友松译;《海鸥》,郑振铎译;《妻》,春雪女士译;《范尼亚叔父》,耿式之译;《三姊妹》,曹靖华译;《樱桃园》,耿式之译;《悒郁》,赵景深译;《犯罪》(及其他),耿济之等译;《柴霍甫短篇小说集》,耿济之译;《契诃夫随笔》,衣萍、朱溪合译;《契诃夫短篇小说集》,张友松译;《柴霍甫小说》,王靖译。陀罗雪微支的《东方寓言集》,有胡愈之译本。高尔基的《草原上》,有朱溪译本;《玛尔伐》,孙昆泉译;《高尔基小说集》,宋桂煌译。安特列夫的《小天使》,蓬子译;《往星中》,李霁野译;《人的一生》,耿济之译;《七个被绞的人》,稽介、袁家骅及夏莱蒂译;《黑假面具》,李霁野译;《安那斯玛》,郭协邦译;《比利时的悲哀》,沈琳译;《小人物的忏悔》,耿式之译;《邻人之爱》,沈泽民译;《狗的跳舞》,张闻天译。阿支巴绥夫的《莎宁》,有郑振铎译本;《战争》,乔懋中译;《工人绥惠略夫》,鲁迅译;《血痕》,郑振铎等译。路卜洵的《灰色马》,有郑振铎译本。勃罗克的《十二个》,有胡敩译本。塞门诺夫的《饥饿》,张采真及傅东华译。史拉美克的《六月》,郑振铎译。爱罗先珂的《桃色的云》,鲁迅译;《枯叶杂记》,胡愈之等译;《世界的火灾》,鲁迅译;《过去的幽灵及其他》,李小峰等译;《爱罗先珂童话集》,鲁迅译。《蒲宁的张的梦》,有韦丛芜译本。先罗什伐斯基的《苦海》,鲁彦译。潘特里芒的《爱的分野》,陈情译。柯伦泰的《赤恋》,有温民生及杨骚译本。盖格华甫的《新俄学生日记》,有丹苓、查士骧及林语堂译本。其他正在出版中的尚多,不能一一列举。短篇小说、诗歌、童话或独幕剧合集,有:李秉之译的《俄罗斯名著》,耿济之等译的《近代

俄国小说集》，水沫社译的《俄罗斯短篇杰作集》（拟出十册），叶灵
凤译的《新俄短篇小说集》，画室译的《新俄诗选》，唐小圃译的《俄
国童话集》，蒋光慈译的《冬天的春笑》，曹靖华译的《白茶》，董秋芳
译的《争自由的波浪》，孙伏园等译的《熊猎》，耿济之等译的《疯人
日记》。

　　次多数为法兰西：卢梭的《爱弥儿》，有魏肇基译本。嚣俄的
《活冤孽》，有俞忽译本；《死囚之末日》，邱韵铎译；《吕伯兰》、《欧那
尼》、《吕克兰斯鲍夏》及《银瓶怨》，东亚病夫译。莫利哀的《悭吝
人》，有高真常译本，又有李石曾译本，名《不平鸣》；《夫人学堂》，东
亚病夫译；《时髦女子》，千里译。小仲马的《茶花女》，小说有夏康
农新译本，剧本有刘半农的译本。莫泊桑的《遗产》，有耿济之译
本；《一生》，徐蔚南译；《莫泊桑短篇小说集》，有李青崖及徐蔚南译
本；《水上》，章克标译；《歌儿拉》，张秀中译；《髭须》，李青崖译；《田
家女》，顾希圣译；《人心》，李劼人译；《莫泊桑的诗》，张秀中译。佛
罗贝尔的《马丹波娃利》，有李劼人译本，又有李青崖译本，名《波华
荔夫人》；《坦白》，沈泽民译。法朗士的《友人之书》，金满成译；《蜜
蜂》，穆木天译；《堪克宾》，曾仲鸣译；《红百合》，金满成译；《黛丝》，
杜衡译；《裁判官之威严》，朱溪译。贝洛尔的《鹅妈妈的故事》，有
戴望舒译本。都德的《磨坊文札》，成绍宗译；《达哈士孔的狒狒》及
《小物件》，李劼人译。伏尔泰的《赣第德》，有徐志摩译本。果尔蒙
的《处女的心》，蓬子译；《色的热情》，虚白译；《鲁森堡之一夜》，郑
伯奇译。孟代的《纺轮故事》，有张近芬译本。昂多仑的《木马》，有
李青崖译本。左拉的《一夜之爱》，毕树棠译；《南丹与奈侬夫人》，
东亚病夫译；《洗澡》，徐霞村译；《猫的天堂》及《失业》，刘复译。梅
黎曼的《炼魂狱》、《神秘的恋神》及《铁血女郎》，均虚白译；《嘉尔
曼》，樊仲云译。边勃鲁意的《阿弗洛狄德》，有东亚病夫、虚白合译
本。缪塞的《风先生和雨太太》，顾均正译。维勒特拉克的《商船坚
决号》，有穆木天译本。罗曼罗兰的《贝多汶传》，杨晦译；《白利与

露西》，叶灵凤译；《爱与死》，梦茵译，又有夏莱蒂与徐培仁合译本；《若望克利司朵夫》，敬渔隐译。米尔波的《工女马得兰》，岳焕译。沙多勃易益的《少女之誓》，有戴望舒译本。纪得的《窄门》，穆木天译。戈恬的《超越时空的爱》，古有成译。绿谛的《菊子夫人》，有徐霞村译本。卜赫佛的《曼侬》，有张友松、石民合译本。圣比尔的《波儿与薇姑》，成绍宗译。名家短篇小说的合集，有：刘半农及曾仲鸣译的《法国短篇小说集》（刘译拟出十余册），鲍文蔚译的《法国名家小说杰作集》，徐蔚南译的《法国名家小说集》，谢冠生等译的《近代法国小说集》，水沫社译的《法兰西短篇杰作集》（拟出十册），叶灵凤译的《九月的玫瑰》；诗歌合集，有曾仲鸣译的《法国的歌谣》。

翻 译 文 学（下）

再次为英吉利：司各得与狄更司的名著，差不多被林纾译完了，所以在这时期几乎没有人再为翻译，只有狄更司的《劳苦世界》一种，系伍光建所译。高尔斯华绥的《争斗》、《银匣》及《法网》，有郭沫若译本；《长子》，邓演存译；《相鼠有皮》，顾德隆译；《鸽与轻梦》，席涤尘译。萧伯纳的《武器与武士》，有吴鸿绶、席涤尘合译本；《不快意的戏剧》，金本基译；《华伦夫人之职业》，潘家洵译。《曼殊斐尔小说集》，徐志摩译；《蜜月》，黄新民译。嘉莱尔的《阿丽思漫游奇境记》，有赵元任译本；《镜中世界》，有程鹤西译本。司威夫持的《加里佛游记》，有韦丛芜的新译本。莎士比亚的《哈孟雷特》及《罗密欧与朱丽叶》，田汉译；《威尼斯的商人》，新文化书社译；《如愿》，张采真译，又有诚冠怡译本，名为《陶冶奇方》。斐鲁丁的《约瑟安特罗传》及《大伟人威立特传》，有伍光建译本。王尔德的《狱中记》，汪馥泉译；《同名异娶》，孔襄我、王靖合译；《一个理想的丈夫》，徐培仁译；《温德米夫人的扇子》，潘家洵译；《道林格兰画像》,杜衡译;《鬼》(及其他),虚白译;《童话集》,穆木天译;《莎乐美》,有徐葆炎译本,有徐名骥与桂裕合译本,又有田汉译本。格斯克尔的《菲丽斯表妹》,徐灼礼译。司蒂芬士的《玛丽玛丽》,徐志摩与沈性仁合译。哈代的《人生小讽刺》,有虚白、仲彝合译本;《儿子的抗议》,罗懋德译;《姊姊的日记》,方光焘译。辟内罗的《谭格瑞的续弦夫人》,程希孟译。罗斯金的《艺术论》,刘思训译;《金河王》,谢颂羔译。《雪莱诗选》,郭沫若译;《雪莱的情诗》,刘大杰译。《琼斯的玛加尔及其失去的天使》,有张志澄译本。格士克的《克兰弗》,伍光建译。《道生小说集》,朱维基译;《装饰集》,夏莱蒂译。高德司密的《窘新郎》,顾仲彝译。《约翰沁孤的戏曲集》,郭沫若译。爱特加华士的《天真的沙珊》,高君箴译。德林瓦脱的《林肯》,沈仁性译。娜克丝的《少妇日记》,有章铁民译本。合集有《英国近代小说集》,朱湘译;《近代英国小品集》,鲁夫译;《参情梦及其他》,傅东华译。

又次为德意志:大文豪歌德的《浮士德》与《少年维特之烦恼》,有我国文豪郭沫若译本;《史推拉》及《克拉维歌》,有汤元吉译本。霍普特曼的《异端》,郭沫若译;《日出之前》,耿济之译;《织工》,陈家驹译;《火焰》及《獭皮》,杨丙辰译。尼采的《查拉图司屈拉钞》,郭沫若译。福沟的《涡提孩》,徐志摩译。苏特曼的《忧愁夫人》,胡仲持译。嘉米锁的《失了影子的人》,鲁彦译。司笃姆的《灵魂》,张威廉译;《燕语》,朱偰译;《茵梦湖》,郭沫若译,又有唐性天译本,名《意门湖》,朱偰译本,名《漪溟湖》。狄尔的《高加索民间故事》,郑振铎译。海涅的《哈尔次山旅行记》,冯至译;《新春》,段可情译;《海涅诗选》,剑波译。《莱森寓言》,郑振铎译。苏尔池的《和影子赛跑》,潘怀苏译。福骑的《深渊》,钟宪民译。汤谟斯曼的《意志的胜利》,章明生译。谠恩的《费德利小姐》,杨丙辰译。席勒耳的《威廉退尔》,马君武译;《强盗》,杨丙辰译。凯拉的《罗密欧和朱丽叶》,有周学普译本;《列那狐的历史》,文基译,伍光建译本名《狐

之神通》。葛林的《德国民间故事》,封熙卿译;《格列姆童话集》,赵
景深译。合集有《德国诗选》,郭沫若、成仿吾合译。

斯干第那维亚的文学,在中国也占得一些地位:挪威易卜生
的《娜拉》,罗家伦译;《国民之敌》,陶履恭译;《小爱友夫》,吴弱男
译;《海上夫人》,杨熙初译;《野鸭》,徐鸪荻译;《易卜生集》,潘家洵
译,含有《娜拉》、《群鬼》、《国民公敌》、《少年党》及《大匠》等剧。般
生的《新闻记者》,沈性仁译。韩生的《魏都丽姑娘》,邱韵铎译。阿
尔皮斯孙的《三公主》,顾均正译。瑞典《史特林堡戏剧集》,有张毓
桂译本。丹麦安徒生的《月的话》,顾均正译;《童话集》及《童话新
集》,赵景深译;《旅伴》,林兰译。爱华耳特的《两条腿》,有李小峰
译本;《十二姊妹》,有袁家骅译本。合集有《北欧文学一脔》,《丹麦
文学一脔》及《芬兰文学一脔》,均小说月报社编辑。

比利时梅脱灵的《青鸟》,有傅东华及王维克的译本;《娜拉亭
与巴罗米德》,伧叟译;《爱的遗留》,谷凤田译;《茂娜凡娜》,有徐蔚
南及古犹人的译本,古译名《嫫娜娃娜》;《戏曲集》,汤澄波译;《檀
泰琪儿之死》,田汉译。

波兰显克微支的《你往何处去》,有徐炳昶、乔曾叩合译本;《炭
画》,有周作人译本;《蒙地加罗》,有叶灵凤及张友松译本,张译名
《地中海滨》;《短篇小说集》,鲁彦译。廖亢夫的《薇娜》与《夜未
央》,石曾、苐甘共译。合集有周作人等译的《波兰文学一脔》。

西班牙伊巴臬兹的《启示录的四骑士》,李青崖译;《良夜幽情
曲》及《醉男醉女》,均戴望舒译。柴玛萨斯的《他们的儿子》,沈余
译。《倍那文德戏曲集》,沈雁冰译。合集有徐霞村编译的《斗牛》。

意大利但丁的《神曲》,有严既澄译本。亚米契斯的《爱的教
育》,夏丏尊译。科洛堤的《木偶奇遇记》,徐调孚译。唐南遮的《琪
珴陶康》,张闻天译。濮卜屈的《十日谈》,柳安选译。合集有戴望
舒编译的《意大利的恋爱故事》,徐霞村编译的《露露的胜利》。

奥大利显尼志劳的《阿那托尔》,有郭绍虞译本。福洛依特的

《少女日记》,有章衣萍与章铁民的合译本。

匈牙利约凯的《黄薇蔷》,周作人译。尤利勃海的《只是一个人》,钟宪民译。

古希腊的作品,译成中文的亦有多种:亚利士多德的《诗学》,傅东华译。《柏拉图之理想国》,吴献书译。奥古斯丁的《认罪篇》,胡贻穀译。荷马的《奥德赛》,傅东华译。奥维特的《爱经》,有任白涛及戴望舒译本。碧利蒂的《古希腊恋歌》,李金发译。《陀螺》,周作人译。

美利坚是现代列强之一,然他们对于世界文艺的贡献,几等于零。在中国,翻译本更寥若晨星。除了顾德隆译的华寇尔的《梅萝香》及易坎人译的辛克来的《石炭王》之外,似乎找不到第三部了!

新犹太的文学,在中国也有人介绍。有鲁彦译的《犹太小说集》,沈雁冰等译的《新犹太文学一脔》及《新犹太小说集》,以及冬芬等译的《宾斯奇集》。

其他如波西,有郭沫若译的峨默的《鲁拜集》;如捷克斯拉夫,有余上沅译的嘉必克的《长生诀》;如罗马尼亚,有朱湘译的《路曼尼亚民歌一斑》;如阿富汗,有沈雁冰译的《阿富汗的恋歌》;如荷兰,有鲁迅的望霭覃的《小约翰》;如保加利亚,有钟宪民译的斯泰马托夫的《灵魂的一隅》;如南非洲,有张近芬译的须莱纳尔的《梦》。

杂译西洋各国的文学而汇刊成集的,有:周作人译的《现代小说译丛》、《点滴》(现改名《空大鼓》)及《冥土旅行》;鲁彦译的《世界短篇小说集》;刘半农译的《国外民歌译》;胡适译的《短篇小说》;芳信、钦榆合译的《欧美独幕剧集》;赵惜迟等译的《现代独幕剧》;周作人等译的《欧洲大陆小说集》;胡愈之等译《近代英美小说集》;沈雁冰译的《雪人》;汪原放译的《仆人》;洪北平、赵景深合译的《蓝花》;徐霞村译的《异味集》;樊仲云译的《这便是人生》;袁振英译的《牧师与魔鬼》;胡愈之译的《星火》;张昭民译的《欧洲童话集》;邵洵美译的《一朵朵玫瑰》；鲁迅等译的《奇剑》。

日本文学介绍，也有许多人在那里尽力。著名的现代作品，大概都有译本可供研读。武者小路实笃的《一个青年的梦》，有鲁迅译本；《妹妹》，周白棣译；《人的生活》，毛咏棠、李宗武合译；《爱欲》，章克标译；《母与子》，崔万秋译；《武者小路实笃集》，周作人等译；《新村》，孙百刚译；《他的结婚及其后》，玉斋译；《恋爱结婚贞操》，哲人译；《文艺杂感》，艺园译。菊池宽的《第二底接吻》，有鲁夫及鸱鹕子的译本，鸱译名《再和我接个吻罢》；《恋爱病患者》，刘大杰译；《真珠夫人》，艺园译；《菊池宽集》，章克标译；《文艺春秋》，鲁夫译。国木田独步的《恋爱日记》，二郎译；《国木田独步集》，夏丏尊译。《芥川龙之介集》，夏丏尊等译；《芥川龙之介小说集》，汤鹤逸译。岛崎藤村的《新生》，徐祖正译。谷崎润一郎的《痴人之爱》，杨骚译。石川啄木的《我们的一团与他》，画室译。金子洋文的《地狱》，沈端先译。内山花袋的《棉被》，夏丏尊译。夏目漱石的《草枕》，崔万秋译。前田河广一郎的《新的历史戏曲集》，陈勺水译。林房雄的《一束古典的情书》，林伯修译。仓田百三的《出家及其弟子》，孙百刚译。井原西鹤的《好色一代女》，文堂译。高山樗牛的《日夜底美感》，二郎译。秦丰吉的《好色德国女》，德轩译。尾崎红叶的《多情多恨》，砚圃译。横光利一的《新郎的感想》，郭建英译。幸田露伴的《风流佛》，鲁夫译。合集有：田汉译的《日本现代剧》；呐呐鸥译的《色情文化》；张资平译的《草丛中》、《别宴》及《衬衣》；周作人译的《两条血痕》、《现代日本小说集》及《狂言十番》；周作人等译的《近代日本小说集》，《日本小说集》及《日本的诗歌》；谢六逸译的《接吻》及《日本近代小品文选》；杨骚译的《洗衣老板与诗人》。

日本的散文及文艺论集，介绍入中国的也不少。最著名的如：盐谷温的《中国文学概论讲话》；厨川白村的《苦闷的象征》、《出了象牙之塔》、《走向十字街头》、《北美印象记》、《近代文学十讲》、《文艺思潮论》;有岛武郎的《生活与文学》;本间久雄的《欧洲近代文艺思潮论》、《文学概论》;鹤见祐辅的《思想山川人物》等,中国都有很好的译本。

印度文学传入中国而能轰动一时的,除了太戈尔外无第二人;太戈尔的文学所以能轰动一时,又都靠他曾来中国讲学。他的诗歌,曾给予中国诗坛以莫大的影响。他的作品译成中国文的,有:《沉船》,林笃实译;《谦屈拉》,吴康译;《散雅士》,景梅九译;《春之循环》,瞿世英译;《家庭与世界》,景梅九、张墨池合译;《飞鸟集》及《太戈尔诗》,郑振铎译;《新月集》,郑振铎及王独清各有译本;《诗人的宗教》,胡愈之等译;《太戈尔的诗与文》,黄新民译;《短篇小说集》,有沈雁冰与叶如音译本;《戏曲集》,有瞿世英、邓演存、高滋合译及朱枕薪译本;《泰谷儿小说》,王靖译。其他有郑振铎译的《印度寓言》,孙席珍译的《东印度故事》。

最近,介绍外国文学家全集的工作正在倡行,已在实行中的,有:李青崖编译《莫泊霜短篇小说全集》,赵景深编译《柴霍甫短篇小说全集》。这个风气一开,在时常闹饥荒的中国文坛上,将来一定有现在所不能料的好果给与我们的。

世界文学全部的介绍,郑振铎的《文学大纲》是最可宝贵的一部。中国人的爱好文学,从没有郑君那样热心的,尤其对于世界文学。郑君这部著作的出世,在中国文学史上的确可以大书特书,而且吸动了一般青年爱好文学的热心,这个功劳比创造任何事业来得伟大,来得有意义,来得有价值!

鸟瞰中的新文坛

在我开始要写新时代的文坛的情形时,竟使我十分踌躇。新时代的开展,到现在不过十多年,而新文坛上的创作家与创作品,却很能努力于表现出这个特异的时代。但在西洋写实主义的高潮早已低落的二十世纪,新浪漫主义和唯美主义在整个的世界文坛上亦将成为过去。中国因过往的时代的落伍,所有一切作品,在事势上不能和西洋并进。最近,新写实主义和未来派文学虽一度得在文坛上立足,但权威者的唾弃与摧残,早使醉心于这派文学的人退避三舍。新时代的文学是新开辟的草创的园地,原有的过去的历史既不配做现在的借鉴,外来的现在的思潮又和本国习性扞挌不相入。所以这时代的创作,虽有自称或被称为写实主义或唯美派的,而仔细一研究,便觉得不容易决定它的性质究竟属于何种。为了这个,一般的文学史作者都踌躇起来了!但叙述的责任是不可卸的,只要消除主观的成见,多用客观的方法,纵有谬误,当能见谅于读者的。

现在先叙新文坛的大势和主持新文坛的有力分子或团体,兼及他们对于中国整个新文坛的影响。当然的,在这个时代,语体的诗歌、剧本、小说和美的散文,已为一般人认为文学正宗而再也没有人表示异议了。

在新文坛的初期,诗歌却占重要地位。胡适之的白话诗歌运动,在当时几成为文学革命运动的主要目标。但初期的诗歌,尚未脱诗词气息,胡适之的《尝试集》,刘大白的《旧梦》与《邮吻》,刘半农的《扬鞭集》都有这种情形。稍后便是无韵诗的试作,康白情的《草儿》(现已分为《草儿在前集》、《河上集》二部),陆志韦的《渡河》,俞平伯的《冬夜》、《西还》及《忆》足为代表。其他如汪静之的《蕙底风》与《寂寞的国》,焦菊隐的《夜哭》与《他乡》,湖畔诗社的《湖畔》、《春的歌》等,以清纤的文笔,写婉妙的心情,颇为一般少年少女所喜爱。再后便是小诗,最初作者谢婉莹,笔名冰心女士,她的《春水》、《繁星》二诗集,作风都受了太戈尔的影响;宗白华的《流云》,梁宗岱的《晚祷》,张国瑞的《海愁》、《转眼》等继之;此外何植三、孙席珍、旦如、周乐山等都起来仿作;叶绍钧、刘延陵所编的《诗》(杂志)中,小诗尤多,可见当时风气之一斑。最后便是如今仍盛行着的西洋体诗，开其端者为郭沫若的《女神》；尝试而成功的是徐志摩的《志摩的诗》与《翡冷翠的一夜》；继之的有于赓虞的《晨曦之前》，朱湘的《夏天》与《草莽集》，闻一多的《红烛》与《死水》；余如梁实秋、蹇先艾、刘梦苇、饶孟侃、李金发都属于这一体；鼓吹这个运动的是《晨报副刊》的《诗刊》。还有一个白采，曾作了一篇长的无韵叙事诗，名为《羸疾者的爱》；洪为法亦作有长诗《他她》。

　　小说在初期亦各派都有，性质恰如各派先锋的集子名字：鲁迅的小说集是《呐喊》和《彷徨》，许钦文、王鲁彦、老舍、芳草等和他是一派，高长虹、向培良、高歌等虽曾高揭"狂飙运动"的旗帜，表示反对鲁迅，但作风到底与之相像。这派作者，起初大都因耐不住沉寂而起来"呐喊"，后来屡遭失望，所收获的只是异样的空虚，于是只有"彷徨"于十字街头了。叶绍钧一派的作风，完全在写人类心理的"隔膜"，他的《隔膜》如是，他的《火灾》、《线下》、《城中》莫不如是；刘大杰、王统照、沈从文、胡也频、丁玲等都为同派。冰心女士的作风也恰如她的小说集的名字"超人"，同派的像绿漪（苏雪林）女士的《绿天》与《棘心》，沉君（冯淑兰）女士的《卷葹》、《劫灰》及《春痕》，都能表现出她们超于肉爱的伟大精神，和非尘俗所有的自然之情和美。郭沫若与郁达夫，他们都是"沉沦"于"女神"的怀抱中的热情者，郭的诗集《女神》和郁的小说集《沉沦》，都能将这种人类所固有的热烈的冲动无理智地表现出来。这派作风，后来无形中分为二派，一派专写颓废的流浪生活，一派却写的是憧憬于肉爱中的迷梦。前者如叶灵凤、孙席珍可为代表，后者如张资平、滕固、金满成、黄中、章衣萍、邵洵美，没有一个不是在文坛上久享盛名的作家。描写乡土的文艺，如许地山的《缀网劳蛛》与《空山灵雨》，郑吐飞的《椰子集》，卢梦殊的《阿串姐》，马仲殊的《太平洋的暖流》，陈春随的《留西外史》，黎锦晖的《旅欧外史》，徐霞村的《巴黎生活》，都能表现出异乡或异国的情调，为其他作品中所没有的。最近，革命文学的呼声，由一二人的提倡，渐呼渐高起来。这派作者如蒋光赤（后改名光慈）、杨村人、钱杏邨、龚冰庐、巴金，都很努力于新写实主义的作品，他们笔尖下所写出的，都是热血、愤怒等种种制造革命的原料。郭沫若、张资平的新作品，亦有此倾向。其他如茅盾、胡云翼、黎锦明，他们的作品，对于这次革命的时代的表现是很深刻的，但富于幽默而缺少热力，不能和上列作者并驾齐驱。新时代最有生命最有价值的文艺是什么，如果他是稍知一些进化的原理，而且承认"文艺是时代的反映"这句话为不错的人，那么他就没有理由来反抗我们的肯定——新写实主义。不但是小说，诗歌和剧本以及其他种种都是如此，小说不过最显明而最有力量罢了。

戏剧不很发达，但所有创作的剧本，在舞台上成功的却不少。田汉的《咖啡店之一夜》、《湖上的悲剧》、《苏州夜话》及《古潭里的声音》，侯曜的《复活的玫瑰》、《山河泪》及《弃妇》，熊佛西的《青春的悲哀》，濮舜卿的《人间的乐园》，徐公美的《歧途》，洪深的《贫民惨剧》及《赵阎王》和他改作的西洋剧《第二梦》及《少奶奶的扇子》，蒲伯英的《阔人的孝道》与《道义之交》，陈大悲的《幽兰女士》、《张四太太》等，在舞台上都已有相当成绩。历史剧的创作，有郭沫若的《三个叛道的女性》，徐葆炎的《妲己》，王独清的《杨贵妃之死》，欧阳予倩的《潘金莲》……其他作品，尚有杨骚的《迷雏》与《他的天使》，杨荫深的《一阵狂风》与《磐石和蒲苇》，徐葆炎的《受戒》，白薇女士的《琳丽》与《打出幽灵塔》，罗江的《恋爱舞台》与《齐东恨》，丁西林的《一只马蜂》，胡春冰的《爱的生命》，郑伯奇的《抗争》，向培良的《沉闷的戏剧》与《死城》，黄朋其的《还未过去的现在》，胡也频的《鬼与人心》与《玫仑女士》，胡适的《终身大事》，王统照的《死后的胜利》，敬渔隐的《玛丽》等。诗剧有谢康的《露丝》，富有浪漫趣味。

美的散文，在这时代却特别的发达。周树人（鲁迅）和周作人二先生的幽默的杂感集与论文，很能吸动一般青年们的活泼的心。

他们又是介绍世界文学的最有力分子，欧化语体的由创用而达成功，都是他们二人的功绩。鲁迅所作，有《热风》、《华盖集》、《华盖集续编》、《而已集》、《朝花夕拾》及散文诗《野草》；周作人所作，有《自己的园地》、《雨天的书》、《谈龙集》、《谈虎集》、《泽泻集》、《永日集》等。其他如林语堂的《剪拂集》，章衣萍的《樱花集》、《古庙集》、《枕上随笔》，芳草的《苦酒集》，都含有幽默的风味。游记的佳者，有孙福熙的《山野掇拾》、《大西洋之滨》、《归航》、《北京乎》，郑振铎的《山中杂记》，王世颖和徐蔚南合著的《龙山梦痕》，罗文翰的《旅蜀日记》，瞿秋白的《新俄国游记》与《赤都心史》，沈美镇的《南居印象记》等；日记有田汉的《蔷薇之路》，郁达夫的《日记九种》等。成册的自序传的作者却很少，似只有郭沫若一人在从事，所作除已出版的《我的幼年》及《反正前后》外，《观战前后》及《革命春秋》亦已在排印或拟稿中。这个风气如能鼓动文坛，那末也是中国文学前途的一道光明。书信集有郭沫若、田汉及宗白华合著的《三叶集》，冰心女士的《寄小读者》，蒋光慈和宋若瑜的《纪念碑》，朱谦之和杨没累的《荷心》等，书信体的小说当然不算在内。此外，朱自清、俞平伯、叶绍钧、徐志摩、张若谷等，都以擅长散文为人推重。

中国向来没有所谓儿童文学，以前的儿童必读书《三字经》、《千字文》、《神童诗》等，都无文学可言。清季白话的《童话》出现，儿童始有文学书可读。它们的取材很广遍，很合儿童心理。文学革命以后，儿童读的故事、剧本、诗歌、小说等，译作者尤多。全国儿童所奉为圭臬的，要算两种儿童杂志——《小朋友》和《儿童世界》。这二种杂志的名称，几乎每个入学的孩子都知道，可见它们在全国势力之伟了。

民间文学在这时代特别引人注意。最努力于研究和搜集的当推林兰女士。她编的故事集，已出版的有《徐文长故事》五集、《鸟的故事》、《朱洪武故事》、《鬼的故事》、《呆女婿故事》、《巧舌妇故事》及《新仔婿故事》，其他还在陆续出版。此外尚有黄振碧的《闽

南故事集》,陈百岘的《从民间来》,钟敬文的《民间趣事》,萧汉的
《扬州的传说》,顾颉刚编的《孟姜女故事研究集》及《妙峰山》等。
民歌的编集,也有许多人在努力,已编成集的,有:何中孚的《民谣
集》,顾颉刚的《吴歌甲集》,王翼之的《吴歌乙集》,谢云声的《闽歌
甲集》及《台湾情歌》,台静农的《淮南民歌》,刘万章的《广州儿歌甲
集》,钟敬文的《客音情歌集》、《蛋歌》及《狼獞情歌》,李金发的《岭
东恋歌》,苗志周的《情歌》,刘半农的《瓦釜集》,娄子匡的《绍兴的
歌谣》,李白英的《民间十种曲》,丘峻的《情歌问答》,董作宾的《看
见她》等。

　　新文坛所以有此成绩,我们不能不归功于两派人物,也可说是
两个团体,一个是文学研究会,一个是创造社。只要顾名思义,就
知道一个是偏重于文学的研究,而一个是偏重于文艺之创作的。
后来的成绩也恰如所期。在介绍西洋文学一事上,文学研究会却
居全国文坛的首功。会中主要分子,如鲁迅、周作人、沈雁冰、郑振
铎、赵景深等,不但翻译的工作值得人家叹羡,就是他们在研究后
贡献给我们的论文,在国内也无其他团体足与比拟。自然他们也
有创作,但他们对于中国文坛的影响和世界文坛的贡献,我们如果
站在时代的观战线上来下批判,那么他们比了创造社至少要落伍
一些。创造社的重要人物,如郭沫若、郁达夫、张资平,他们的创作
品都有沸荡的热情,因为作者身世的飘忽,对于世界都有深刻的认
识,所以很能感动一般青春的男女。在这次革命中,多少勇敢的青
年曾建树下前此未有的功绩? 他们的热血是谁鼓动的? 他们的迷
梦是谁唤醒的? 我们把这二种功劳归之于创造社,怕谁也不忍泯
没了良心说句"不对"罢! 但在最近,因为时代的变迁,这二个团体
有渐趋一致的倾向。创造社的《创造月刊》,因提倡第四阶级文艺,
连出版部也被查封了;文学研究会所主持的《小说月报》,近来也在
大谈普罗(普罗列塔利亚的缩称)文艺而所载创作大都在表现这个
不安定的时代。在文学革命运动的初期,新潮社和新青年社的创

作造成了中国思想界与文学界的大革命,而在思想与文学革命成功后,创造社和文学研究会的工作已造成政治上的大革命及将造成未来的社会大革命! 这种种成绩,恐怕并不在当初提倡文学革命者的意料之中。伟大哉,新时代! 新时代的文学家真伟大啊!

同时,其他文学团体尚很多,但他们的成绩都很平凡。自称为未来派文学的团体狂飙社,曾一度厉行他们的"狂飙运动",最后,因掀不起青年的同情而沉寂了! 幻社为叶灵凤、潘汉年等所组织,定期刊物如《幻洲》、《戈壁》,曾造成了一时直言的风气,终于因之而遭禁止。他们的创作,多为青年感着时代的闷烦和不安而流于浪漫生活的写真,所以有人目之为颓废派。这自然是错误的,只有专门憧憬于肉爱的迷梦中而完全忘却了现实的作品,才是真正的颓废派,滕固、邵洵美、章克标、黄中一流作家方能当得这个称谓。其他团体的较著名者,有青白社、水沫社等。

作家与作品(上)

为弥补上节的缺漏起见,将新时代的作家和作品在这里再作综合的叙述。但每个作家,他的先后作品的性质绝难一致,所以不适用那分类的方法。现在略依前节所叙作家的顺序,叙录他们的作品于每个名字之下,至于是诗歌、小说、剧本抑或散文,则一概不复分别。

鲁迅,周作人的作品上节已全引。许钦文,著有《故乡》、《毛线袜》、《赵先生的烦恼》、《鼻涕阿二》(作风似鲁迅《阿 Q 正传》)、《回家》、《幻象的残象》、《胡蝶》、《若有其事》及《仿佛如此》。王鲁彦,著有《柚子》与《黄金》。老舍,著有《赵子曰》、《老张的哲学》及《二马》。芳草,除《苦酒集》外,著有《管她呢》。顾仲起,著有《爱情的过渡者》、《残骸》、《爱的病狂者》、《笑与死》、《生活的血迹》及《坟的供状》。王任叔,著有《监狱》、《殉》、《死线上》、《阿贵流浪记》、《破屋》及《情诗》。王新命,著有《狗史》与《蔓罗姑娘》。曾孟朴(东亚病夫),著有《鲁男子》。曾虚白,著有《德妹》、《魔窟》及《潜炽的心》。厉厂樵,著有《囚犯》、《丈夫》、《求生不得》及《拉矢吃饭及其他》。……

高长虹,著有《实生活》、《从荒岛到莽原》、《春天的人们》、《给——》、《时代的先驱》、《光与热》、《心的探险》、《曙》、《献给自然的女儿》、《走到出版界》、《游离及青白》。向培良,著有《我离开十字街头》、《沉闷的戏剧》、《死城》、《英雄与人》、《飘渺的梦》及《中国戏剧概评》。高歌,著有《清晨起来》、《高老师》、《压榨出来的声音》及《野兽样的人》。沐鸿,著有《天河》、《夜风》、《红日》及《狭的囚笼》。朋其,著有《荆棘》、《还未过去的现在》。尚钺,著有《病》与《斧背》。

叶绍钧的著作已见前。刘大杰,著有《渺茫的西南风》、《黄鹤楼头》、《支那女儿》、《盲诗人》、《白蔷薇》及《寒鸦集》。王统照,著有《春雨之夜》、《霜痕》、《一叶》、《黄昏》、《童心》及《死后的胜利》。庐隐女士(姓黄名英),著有《海滨故人》、《曼丽》及《灵海潮汐》。张闻天,著有《旅途》与《青春的梦》。沈从文,著有《阿丽思中国游记》、《雨后》、《好管闲事的人》、《老实人》、《呆官日记》、《革命者》、《第一次的恋爱》、《男子须知》、《入伍后》、《十四夜间》、《长夏》、《山鬼》、《鸭子》及《蜜柑》。胡也频,著有《活珠子》、《圣徒》、《诗稿》、《鬼与人心》、《爱与饥饿》、《R 夫人的战略》、《玫仑女士》、《从文的自序》及《往何处去》。丁玲女士,著有《他走后》、《她的自传》、《自杀日记》、《也频诗选》及《在黑暗中》。汪静之,著有《蕙底风》、《寂寞的国》、《耶稣的吩咐》及《翠英及其夫的故事》。左幹臣,著有《情人》、《创痕》、《征鸿》、《女健者》、《他瞎了》及《泪》。彭家煌,著有《皮克的情书》、《茶杯里的风波》及《怂恿》。徐蔚南,著有《奔波》、《都市的男女》。倪贻德,著有《东海之滨》、《玄武湖之秋》、《残夜》及《百合集》。许杰,著有《暮春》、《惨雾》、《飘浮》及《子卿先生》。

徐鹤林,著有《新都的赠品》与《姊妹们的消息》。虞冀野,著有《三弦》、《春雨》、《时代新声》及《木棉集》。陈翔冰,著《曼英小姐》与《叛道的女性》。林守庄,著有《失望》。……

冰心、沅君及绿漪的作品,已见前节。其他女作家:陈学昭,著有《倦旅》、《烟霞伴侣》、《寸草心》、《如梦》及《南风的梦》。庐隐与丁玲,亦已见前。凌淑华,著有《花之寺》。吴曙天,著有《断片的回忆》。陈衡哲,著有《小雨点》。露丝,著有《星夜》。吕沄沁,著有《漫云》。张近芬,著有《浪花》。蒋逸霄,著有《绿笺》。白薇的作品,除已见前引外,尚有《炸弹与征鸟》。……

郭沫若的著作,除《女神》外,著有《三个叛逆的女性》、《瓶》、《星空》、《落叶》、《橄榄》、《水平线下》、《卷耳集》、《塔》、《沫若诗集》、《前矛》、《恢复》、《文艺论集》、《沫若译诗集》及自序传四种。张资平,著有《冲积期化石》、《飞絮》、《苔莉》、《爱之焦点》、《不平衡的偶力》、《最后的幸福》、《雪的除夕》、《植树节》、《蔻拉梭》、《青春》、《梅岭之春》、《素描种种》、《柘榴花》及《文艺新论》;最近,编旧作为《张资平全集》,已出一至六册。成仿吾,著有《流浪》与《使命》。郑伯奇,著有《抗争》。王独清,著有《圣母像前》、《死前》、《杨贵妃之死》、《前后》、《独清诗选》及《独清译诗集》。穆木天,著有《旅心》。

蒋光赤(现改名光慈),著有《鸭绿江上》、《少年飘泊者》、《纪念碑》、《野祭》、《菊芬》、《最后的微笑》、《短裤党》、《哭诉》、《丽莎的哀怨》、《光慈诗选》及《俄罗斯文学》。钱杏邨,著有《革命的故事》、《欢乐的舞蹈》、《义冢》、《荒土》、《一条鞭痕》、《暴风雨的前夜》、《饿人与饥鹰》、《力的文艺》、《麦穗集》及《现代中国文学作家》。杨村人,著有《失踪》、《战线上》及《狂澜》。龚冰庐,著有《黎明之前》、《炭矿夫》及《血笑》。洪灵菲,著有《流亡》、《前线及转变》。黄药眠,著有《痛心》、《春》及《黄花冈上》。于赓虞,著有《魔鬼的舞蹈》与《晨曦之前》。巴金,著有《灭亡》。赵伯颜,著有《畸人》。……

茅盾,著有《幻灭》、《动摇》、《追求》及《虹》。黎锦明,著有《黾》、《破垒集》、《尘影》、《烈火》、《蹈海》、《一个自杀者》及《马大少爷的奇迹》。胡云翼,著有《西冷桥畔》、《中秋月》、《爱与愁》及《新婚的梦》。金石声,著有《迷惘》、《搁浅的爱》、《红灯照》及《爱的谜》。孙侠夫,著有《叛逆》、《屈伏》及《曙霞姑娘》。寒星,著有《流离》。金子杰,著有《乾达婆城》。……

郁达夫,著有《沉沦》、《茑萝集》、《迷羊》、《在寒风里》、《日记九种》、《达夫代表作》、《小说论》及《文艺论集》;近又将旧作编成《达夫全集》,已出版的有《鸡肋集》、《寒灰集》、《过去集》、《奇零集》及《敝帚集》。叶灵凤,著有《菊子夫人》、《鸠绿媚》、《天竹》、《白叶杂记》及《女娲氏之遗孽》。叶鼎洛,著有《前梦》、《乌鸦》、《未亡人》、《白痴》、《男女》、《双影》、《脱离》、《处女的梦》及《朋友之妻》。潘汉年,著有《离婚》、《曼英姑娘》及《爱的秘密》。周毓英,著有《在牢中》、《兵》及《苦囚日记》。孙席珍,著有《花环》、《战场上》、《到大连去》、《凤仙姑娘》、《金鞭》、《女人的心》。……

滕固,著有《壁画》、《死人之叹息》、《迷宫》、《平凡的死》及《银杏之果》。黄中,著有《三角恋爱》、《妖媚的眼睛》及《红花》。邵洵美,著有《火与肉》、《花一般的罪恶》及《天堂与五月》。章克标,著有《银蛇》。陈白尘,著有《漩涡》、《一个狂浪的女子》、《歧路》及《罪恶的死》。金满成,著有《我的女朋友们》、《爱与血》、《林娟娟》、《鬼的谈话》、《花柳病春》及《黄绢幼妇》。罗西,著有《玫瑰残了》、《桃君的情人》、《你去吧》、《莲蓉月》、《爱之奔流》、《密丝红》及《坟歌》。沈松泉,著有《少女与妇人》、《醉吻及死灰》。章衣萍,著有《情书一束》、《深誓》、《樱花集》、《枕上随笔》、《种树集》及《古庙集》。川岛,著有《月夜》。……

其他闻名的作家,尚有:郑振铎,著有《山中杂记》、《家庭的故事》、《恋爱的故事》及《太戈尔传》。顾一樵,著有《芝兰与茉莉》。徐志摩,著有《志摩的诗》、《巴黎的鳞爪》、《自剖》、《翡冷翠的一夜》

及《落叶》。蒋山青，著有《秋蝉》、《春茧》、《月上柳梢头》及《无谱之曲》。周全平，著有《烦恼的网》、《梦里的微笑》及《苦笑》。李金发，著有《微雨》、《食客与凶年》、《为幸福而歌》及《岭东恋歌》。赵景深，著有《栀子花球》、《荷花》、《作品与作家》、《童话论集》及《中国文学小史》。梅子，著有《无名的死者》与《光的闪动》。谷剑尘，著有《女尸》与《杨小姐的秘密》。段雪生，著有《两个不幸的友人》与《女看护长》(?)。罗皑风，著有《六月里的杜鹃》与《招姐》。徐霞村，著有《古国的人们》与《巴黎生活》。孙俍工，著有《海的渴慕者》与《生命的伤痕》。杨骚，著有《迷雏》、《他的天使》、《受难者的短曲》及《心曲》。焦菊隐，著有《夜哭》与《他乡》。江雨岚，著有《离绝》与《离绝以后》。AA，著有《狱中记》与《苦趣》。洪为法，著有《长跪》、《做父亲去》及《他她》。张若谷，著有《咖啡座谈》、《到音乐会去》及《文学生活》。郭文骐，著有《黑的美》与《把戏》。马仲殊，著有《周年》与《太平洋的暖流》。戴万叶，著有《前夜》与《出路》。朱自清，著有《踪迹》与《背影》。白采，著有《白采的诗》、《白采的小说》、《赢疾者的爱》及《绝俗楼我辈语》。徐葆炎，著有《受戒》与《妲己》。罗黑芷，著有《春日》、《醉里》及《槿花》。谭正璧，著有《芭蕉的心》、《人生的悲哀》、《邂逅》、《中国文学史大纲》及《诗歌中的性欲描写》。楼建南，著《挣扎》与《病与梦》。黄俊，著《恋爱的悲惨》与《恋中心影》。韦丛芜，著《君山》与《冰块》。……

作家与作品(下)

其他作家，曾出版过作品一种的，现亦列举于后：

台静农，著《地之子》。钟敬文，著《荔枝小品》。金溟若，著《残烬集》。陶晶孙，著《音乐会小曲》。李健吾，著《西山之云》。冯至，著《昨日之歌》。顾仲雍，著《昨夜》。蹇先艾，著《朝雾》。陈炜谟，著《炉边》。冯文炳，著《竹林的故事》。陈翔鹤，著《不安定的灵魂》。周乐山,著《飘宕的衣裾》。翟永坤,著《她的遗书》。汪锡鹏,著《结局》。白蕉,著《白蕉》。黄心真,著《罪恶》。纪元,著《处女》。迦陵,著《残梦》。王衡,著《爱之冲突》。朱溪,著《天鹅集》。魏金枝,著《七封书信的自传》。赵梓艺,著《微弱的弹力》。陈凝秋,著《追寻》。钱公侠,著《怅惘》。陈宀竹,著《前途》。黄嘉谟,著《断鸿零雁》。胡春冰,著《爱的革命》。金声,著《北伐从军杂记》。毛一波,著《时代在暴风雨里》。朱谦之,著《回忆》。王晖日,著《死后》。叶影庐,著《他们的叹声》。黄天石,著《献心》。严良才,著《惆怅》。徐祖正,著《兰生弟日记》。王匠伯,著《负生的日记》。陈明中,著《苦酒》。愈长源,著《喜轿》。曼陀罗,著《爱的幻灭》。黄归云,著《姊夫》。超超,著《小雪》。钟绍虞,著《离别之夜》。汪敬熙,著《雪夜》。戈鲁阳,著《牺牲者》。张维棋,著《致死者》。史悟冈,著《天上人间》。陆志韦,著《渡河》。胡思永,著《胡思永遗诗》。史岩,著《模型女》。张松涛,著《为了爱》。华瑞,著《诱惑》。古有成,著《阿英》。黄仲苏,著《谭心》。樊心华,著《圣处女的被污》。孟超,著《候》。邱韵铎,著《梦与眼泪》。芳信,著《春蔓》。柯仲平,著《海夜歌声》。石民,著《良夜与恶梦》。王蘋荪,著《憔悴的杯》。郭子雄,著《春夏秋冬》。滕刚,著《我所寻找的女人》。陈伯吹,著《畸形的爱》。傅彦长,著《十六年之杂碎》。汪剑馀,著《菊园》。

《英兰的一生》,孙梦雷作。《玉君》,杨振声作。《天问》,陈铨作。《灯花仙子》,孟尧松作。《青年的烦闷》,刘时民作。《回忆中的她》,刘冠悟作。《飘鸟之死》,王玉文作。《凄咽》,蒯斯曛作。《出帆》,梁得所作。《革命外史》,翁仲作。《花圈》,杨正宗作。《师生的爱》,朱二五作。《明朝》,林曼青作。《孤坟》,志行作。《水晶座》,钱君匋作。《梅花》,李无偶作。《桃园》,废名作。《扑朔的狂歌》,徐敬言作。《微痕》,曹唯非作。《两种力》,毛翰哥作。《爱的恕我罢》,黎明作。《瓦雀的悲剧》,梦萍作。《舟中》,黎烈文作。《海涯》,许幸之作。《牵牛花》,晋思作。《紫藤花下》,吴江冷作。

《银铃》,蓬子作。《我的记忆》,戴望舒作。《三姊妹》,索石作。《雨点集》,田言作。《积翠湖滨》,周开庆作。《落红》,洁梅作。《祝老夫子》,祝秀侠作。《五岛大王》,穆罗茶作。《水泡》,乌一蝶作。《旧时月色》,李曼倩作。《青春之血》,吴雄基作。《白鹭洲》,范香谷作。《西湖三光》,员子沙作。《纤手》,罗吟圃作。《西子湖边》,易家钺作。《爱之魂》,周伯英作。《初日楼少作》,严既澄作。《残弃》,贺扬灵作。《伯和诗草》,叶伯和作。《时代悲歌》,高仰霄作。《心琴》,姜卿云作。《秋波》,陈瘦石作。《海上孤舟》,贯之作。《遁缘》,敖锦卿作。《致远岛一孤鸿》,洪学琛作。《鲛人》,裘柱常作。《爱的牺牲》,王志之作。《深春的落叶》,龙秀实作。《雏》,容融作。《定情之夕》,倪家翔作。《寂寞的心》,陈震作。《苜蓿花》,旦如作。《婚后生活》,贺天民作。《弦响》,臧亦蘧作。《溪水》,王利贞作。《晚霞》,郭汝炳作。《儿时之梦》,朱梅溪作。《梦痕》,谢采江作。《晓风》,张秀中作。《乱都之恋》,张我军作。《心弦集》,林影作。《柴火》,施牧之作。《血泪之花》,林仙亭作。《爱的浪费》,子兮作。《春深了》,闵之寅作。《沉思》,心园作。《疯狂的小羊》,黄立钧作。《北河沿畔》,杨晶华作。《耒耜集》,林培庐作。《朝霞》,高雪峰作。《三民鉴》,陈毅夫作。《斜坡》,曼尼作。《青年的花》,刘梦苇作。《情人书简》,顾诗灵作。……

　　合集有创造社编的《辛夷集》、《木犀》及《灰色的鸟》。文学研究会编的《雪朝》、《星海》及《小说汇刊》。广州文学会编的《婴尸》、《仙宫》及《湖畔的少女》。东方杂志社编的《东方创作集》。小说月报社编的《换巢鸾凤》、《毁灭》、《歧路》、《社戏》、《商人妇》、《良夜》、《或人的悲哀》、《笑的历史》、《海啸》、《平常的故事》、《归来》、《三天》、《恳亲会》、《在酒楼上》、《彷徨》、《校长》、《孤鸿》、《一个青年》、《牧羊儿》、《生与死的一行列》、《眷顾》及《技艺》。晨报社编的《小说第一集》、《小说第二集》,《游记第一集》……湖畔诗社编的《湖畔》与《春的歌》。清华文学社编的《文艺汇刊》。血潮社编的《澎湃集》。日月文学社编的《夏雨集》。红叶社编的《夜之琼湖》。片月诗社编的《一片》。沙滩社编的《景山之东》。OM 社编的《我们的六月》与《我们的七月》。弥洒社编的《弥洒社创作集》。戏剧协社编的《剧本汇刊》。狮吼社编的《屠苏》。艺林社编的《海鸥集》、《秋雁集》及《文学论集》。凌梦痕编的《绿湖》。新文化社编的《中国创作小说选》。北社编的《新诗年选》。查孟济编的《抒情小诗选》。庄云奇编的《小说年鉴》。王秋心、王环心合著的《海上棠棣》。叶绍钧、俞平伯合著的《剑鞘》。郁达夫等著的《长湖堤畔》。……

在国内最占势力的文学杂志,当推《小说月报》、《创造月刊》及《语丝》。《小说月报》由十二卷起,由文学研究会中人主编,于介绍、创作两方面,颇见尽力。它的号外《俄国文学研究》、《法国文学研究》及《中国文学研究》出版后,影响于全国文学尤巨。同样是文学研究会编的《文学旬刊》,初附于《时事新报》发行,独立后改为《文学周报》,今已出至三百七十余期;《诗》,只出了七期,即停刊。《创造月刊》为创造社所编,主持人物为郭沫若、郁达夫、成仿吾等,初为《创造季刊》,出六期而止。又出《创造周报》,五十二期而止;《创造日》,附刊于《神州日报》,百期而止。《月刊》为他们最后的刊物,出至二卷六号,就被当局禁止,且连出版部也封闭了!《语丝》的担任投稿者,都是北大的教授。鲁迅与周作人两先生的著作,大半都在《语丝》上发表。它是全国青年的恩物,已出至五卷十余号(每卷五十二号),每期销至数万份。又有《莽原》,主编者是鲁迅,执笔的是长虹等,后来因主见不同而分裂了。《莽原》本为半月刊,出满二十四期后,乃改名为《未名》,现在还在继续出版。同时,长虹等另起炉灶,提倡"狂飙运动",主编《狂飙周刊》,出至十七期而止。在最近,长虹又独出《长虹周刊》,出了数期即停刊。《奔流》为鲁迅与郁达夫合编,专载幽默的创作和翻译,间附优美的名画,为国内最新派的文学杂志。现在又正是文学杂志最风行的时候,除上述各杂志的未停刊者外,有《大众文艺》、《南国月刊》、《现代戏

剧》、《现代小说》、《新流月刊》、《金屋月刊》、《真美善》、《泰东月
刊》、《春潮月刊》、《红黑》、《北新》、《新月》、《贡献》(上三种非纯文
学杂志,但多载文学作品)……都风行海内。

由文学革命运动开始到现在,国内所出文学杂志,至少有二百
数十种。或出一期即停,或出至数期而止,或出至数十期而停刊,
或现在还在不定期的继续出版。现据我所曾见及的列后:《文学
周刊》、《文艺评论》、《燕大周刊》、《文艺周报》、《烂熳周报》、《思潮
周报》、《晨光周刊》、《春风周报》、《翠湖之友》、《时代之花》、《火
焰》、《歌谣》、《青声》、《民众文艺》、《绿波周报》、《南鸿周刊》、《母亲
周刊》、《文学旬刊》、《文艺旬刊》、《爝火旬刊》、《文素》、《五光》、
《她》、《十日文报》、《绿波旬刊》、《微痕》、《艺林旬刊》、《微声旬刊》、
《璎珞旬刊》、《日出》、《诗学》、《孤吟》、《文学半月刊》、《文艺半月
刊》、《幻洲》、《A一一》,《弥洒》、《阳光》、《虹纹》、《心潮》、《浅草》、
《晓光》、《东风季报》、《文学季报》、《青年文艺季刊》、《湖波》、《草
堂》、《冰晶》、《玫瑰》、《平旦》、《小露》、《碧漾》、《微芽》、《星星》、《诗
坛》、《白露》、《努力》、《朝花》、《东方》、《大江月刊》、《明天旬刊》、
《镕炉月刊》、《人间周刊》、《荆棘周刊》、《孤帆周报》、《北京文学》、
《荔枝周刊》、《文社月刊》、《晨星》、《未明》、《火坑》、《无轨列车》、
《荒岛》、《辰星》、《天河》、《新时代》、《燕风半月刊》、《醒狮》(太原曙
社出版)、《潇湘绿波》、《支那二月》、《绿意》、《云波》、《孤星》、《鸡
鸣》、《姊妹》、《榆林》、《谷风》、《澎湃》、《飞霞》、《撄宁》、《绿野》、《平
中半月刊》、《心声》、《繁星》、《儿童公园》、《儿童文学月刊》、《池
畔》、《鉴赏》、《微波》、《鞟声》、《心花》、《呐喊》、《岭东觿篥》、《疏
星》、《芝兰》、《幽梦》、《大风》、《清华文艺》、《晓风》、《青痕》、《红
光》、《荆野》、《童灯》、《微光》、《晨风》、《棠棣之花》、《白杨》、《流
莺》、《火星》、《孤鹜》、《牧羊人》、《萤火》、《红晖》、《星海》、《绿竹》、
《弦上》、《黎明》、《玄背》、《星夜》、《南鸿》、《火坑》、《百花潭》、《未
央》、《烈火》、《热潮》、《人籁》、《火山》、《骆驼》、《心群月》、《晨曦》、

《广州文学》、《趣味》、《野火》、《乌鸦》、《火花》、《挣扎》、《溅沫》、《鼓浪》、《新生》、《土拨鼠》、《绵延》、《漠心》、《新民》、《蔷薇》、《线下》、《涌泉》、《火球》、《知》、《文刊》、《中州文艺》、《日日》、《雪花》、《星野》、《月潮》、《爱美》、《东风》、《东光》、《零星》、《诗园》、《南国》、《霜篥》、《浣花》、《飞鸟》、《彩虹》、《彩鸿》、《墨花》、《白杨文坛》、《赤报》、《太阳月刊》、《麦华》、《泪声》、《心弦》、《春的花》、《旭光》、《卿云》、《曙光》、《微笑》、《晨光》、《湖光》、《济美》、《启明》、《滇潮》、《飞蛾》、《小朋友》、《儿童世界》等。

旧文学的整理

文学革命运动告一段落后,文学家的责任日渐增重,除了介绍西洋文学,创造新体作品外,又多了一种整理旧文学的责任。前此并非没有文学批评和文学史的编著,但那些笔记式的诗话、文论及小说谈和兼叙学术或单叙贵族文学的文学史,不是琐碎而无系统,便是稗贩自日本,且又见解卑陋。所以真正的有价值的整理,在文学革命开始后才有。这种工作最有成绩而又站在最前驱者,当推胡适之先生。

胡先生用他研究中国哲学史的“汉学”方法,整理了许多向来被视为“闲书”的巨部通俗小说。《红楼梦》的作者是谁,和书中内容的讨论,前此也有许多人注意过,猜测过,可是谁都不及胡先生的确定和推测可靠而有证据。现在,研究“《红》学”已经成了过去的时代了,胡先生是“《红》学”的最成功者,也是最后的成功者。《水浒传》的作者和版本,以前没有人注意过,自胡先生的《考证》及《后考》出世后,于是各种版本都陆续发现,而作者是谁,却成了还在讨论中的一个重要问题。其他如《儒林外史》、《西游记》、《征四寇》、《水浒后传》、《镜花缘》、《宋人话本》八种、《三侠五义》、《官场现形记》、《海上花列传》、《儿女英雄传》、《老残游记》、《三国志演

义》等许多名作,都经胡先生加以考证或为作新序,增高了原作的
声价不少。至于文字的校勘和加新标点,最是不苟而最努力者,当
推汪原放先生。

汪先生是亚东图书馆的老板,他和胡先生二人,对于旧小说的
整理最有成绩。胡先生作考证或新序,他加标点而付之印行。他
所整理过的小说,不但不苟于标点,而且选择底本很严,校勘亦很
精详。《水浒》、《儒林外史》、《红楼梦》、《古本西游记》、《三国演
义》、《老残游记》、《儿女英雄传》及《海上花列传》,都是他自己动手
校点的;《镜花缘》、《水浒续集》,是他和章希吕合作校点的,尚有俞
平伯校点的《三侠五义》,汪乃刚校点的《宋人话本》和正在整理中
的汪协如校点的《十二楼》与《缀白裘》(戏曲选集),汪乃刚校点的
《醒世姻缘传》、《醉醒石》、《今古奇观》、《娱目醒心编》、《西游补》及
杂剧《西游记》,都由他的书店印行。此外,有俞平伯校点的《浮生
六记》,刘半农校点的《何典》,川岛校点的《杂纂四种》,范遇安校点
的《浑如篇》,王品青校点的《痴华鬘》,黎烈文校点的《大宋宣和遗
事》、《新编五代史平话》、《大唐三藏取经诗话》及《京本通俗小说》,
丁文江校点的《徐霞客游记》,郭沫若校点的《西厢》……都以名手
校名著,故亦很有成绩。

关于作家和作品的研究,在杂志上也时有发现。成册的发表
者,有:顾颉刚的《诗经的厄运与幸运》,梁启超的《陶渊明》,谢无
量的《诗经研究》、《楚辞新论》及《平民文学之两大文豪》,俞平伯的
《红楼梦辩》,胡朴安的《诗经学》,胡怀琛的《中国八大诗人》,陈一
百的《曹子建诗研究》,陆侃如的《屈原》,汪静之的《李杜研究》,谢
晋青的《诗经之女性的研究》,杨鸿烈的《大思想家袁枚评传》,陈东
原的《郑板桥评传》,潘光旦的《小青之分析》,傅东华的《李白与杜
甫》,胡云翼的《浪漫诗人杜牧》与《李清照及其漱玉词》,苏雪林的
《李义山的恋爱事迹考》等。

对于某一种文学作专门的研究,而又最有贡献的,如:吴梅的

《顾曲麈谈》与《词余讲义》，使现代人认识了曲的内容与曲的价值所在；胡云翼的《宋词研究》和胡适的《词选》，宋词因此抬高了在文学史上的地位；徐嘉瑞的《中古文学概论》与陆侃如的《乐府古辞考》，古乐府的真面目始得复现在现代人的面前。最伟大的自然是周树人先生的《中国小说史略》，他用了现代的眼光，科学的方法，将许多年埋没在壁角里的许多伟大的作品，一一把它们重行估定了价值，重新占据了地位。范烟桥的《中国小说史》，大半以周作为根据，但他自己所增入之材料，谬误百出，可以想见作者的程度。胡怀琛著有《中国小说研究》，正璧亦著有《通俗小说考证》。唐人传奇小说，中国文人素不重视，周树人先生编《唐宋传奇集》，后附《稗边小缀》；郑振铎编《中国短篇小说集》，将传奇小说和通俗短篇小说并列，于是始掀动了不少人的注意。此外，尚有陈钟凡的《中国韵文通论》，贺扬灵的《古诗十九首研究》，古层冰的《汉诗研究》，杨鸿烈的《中国诗学大纲》，胡怀琛的《中国民歌研究》及《小诗研究》，钟敬文的《歌谣论集》，玄珠的《中国神话研究》，胡云翼的《唐代的战争文学》等。正璧所著《诗歌中的性欲描写》一书，虽出版，然即遭禁止，但自以为很有大胆的见解与研究的价值，和普通的猥亵文字不同。

　　整部的中国文学史的编著，在最近十余年中，已不能说是不多。我们来屈指计算一下，那么至少在十种以上。我们不要问这些著作是否都有价值，我们只要想，在常闹智识荒的中国，得到这样一个数目的成绩，已经大可自慰，不必过分的苛求。此中最著名的最有价值的，当推胡适之的《白话文学史》，可惜只成了上册。但我们单就上册来研读，已使我们感到异样的满意了。其他如顾实的《中国文学史大纲》，有人说他完全贩自日本；胡怀琛的《中国文学史略》，有人讥之为账簿式的《中国文学史》；凌独见的《国语文学史》，差误百出；赵景深的《中国文学小史》，遗漏太多；赵祖抃的《中国文学沿革一瞥》，见解太是陈腐；胡毓寰的《中国文学源流》，叙述过于简略：各有所短，然亦有所长。至于正璧编的《中国文学史大纲》，有短无长，只可供覆瓿糊窗，不足称述。郑振铎的《文学大纲》，其中论述中国文学的一部分，如录出而编成一部中国文学史，也很伟大。最近，他又在编《中国文学史》，就他已发表的文字而观，将来全部告成时，一定可以有惊人的贡献。胡云翼著有《中国文学概论》，亦有新颖之见解，但亦只出版了上册。

最近，因时代的转变，一帮有著作热的青年都走上了革命的战线。他们厌弃旧的，欢迎新的，于是"且慢谈国学"的口号，由一两人之呼号而波涌到全国了。国学是无所不包的，中国过去的文学当然也是其中的一分子，于是青年们对于整理旧文学这桩事也表示厌恶了。这是不差的，现在的中国，国家的地位是何等的危险？国民的责任是何等的庞重？他们要迎接新的思想，建设新的事业，哪里再有功夫从容不迫的做埋头在故纸堆里的不是目前所需要的事业？这样，在最近的将来，这种不急要的工作，当然要少有人从事了。

将来的趋势

过去的新文坛既如上述，将来的文坛又是怎样一种趋势呢？要明了这种情形，至少，要了然于世界文坛的大势和国内文坛的最近情形。

西洋文学当十七八世纪时，重商主义兴起，封建的贵族地主树起反叛神权政治的旗帜，要求自由解放，要求希腊罗马时代古典文艺的复兴，于是成为"古典主义"。以后，接着是产业革命，资产阶级渐渐抬起头来，封建贵族为保持残余势力，于是有使人忘怀现实、憧憬理想的"浪漫主义"。但是浪漫主义卒不能遏止资产阶级的发展，自法兰西大革命，资产阶级在经济上、政治上有了充分的力量，于是"写实主义"便驱逐浪漫主义而出现。二十世纪的初头，资本主义的发展渐渐降落,同时,无产阶级有抬头之势,于是在文艺上自写实主义一变而为"新浪漫主义",资产阶级谋以此而挽其颓运。大战以后,无产阶级有长足的势力,俄罗斯革命又告成功,新浪漫主义至此遂不得不销声匿迹,只好眼看"新写实主义"纵横一世了!

从唯物史观来看西洋文学,可见在西洋文学史上所盛称的古典主义、浪漫主义、写实主义、新浪漫主义及新写实主义,是顺着经济构造之转变而直线式的发展,不是在同时并进的。近十年来中国文坛,正在开足它的特别快车样的速率,想追上西洋而与之并进。因此,时而提倡写实主义,时而浪漫主义与新浪漫主义亦占据文坛的一角,时而新写实主义轰动了一般好奇的青年。杂乱极了,中国文坛的最近情形,各种主义正在同时角逐,好像聚孔子、杜威、王阳明、伯拉图于一室而谈哲学,简直把时代颠倒杂乱了! 我们再把他们分析开来一看,我们不禁要为之打冷颤!

正和政客军阀把持国政一样,每一派的政客军阀所以得自由操纵国内一切,都有一个强国做他背后的牵引。这一派政客军阀打倒那一派的政客军阀,实际上是这一个强国战胜了那一个强国。介绍西洋文学本来是一桩正大的事,但因为介绍者个人主观的不同,把整个的西洋分成若干国别,又专门把他自己所喜悦的(或者因为要使人知道他曾在那里留学)恭维到极巅,而排斥他自己所反对的。创作家中了他们的诱惑,于是生动的中国的文坛上的一切创作品的派别,背后都似政客军阀一般地有他们的牵引,都成了被动的而非自动的了。你们看:许多留美学生和美国文学的崇拜者都在鼓吹"拜金主义"和"唯美文学",通法国文学的或由法国回来的留学生都在那里高唱肉欲的浪漫的"色情文学",留俄学生和列宁的崇拜者唯恐中国文坛不能尽如他们的期望——大家都来从事血的力的富于反抗性的新文艺,而一般日本迷又在不停地作他们幽默的文字。现代的中国文坛无形中尽被这四大势力所支配,而没有自己的地位。我尝把这四大派的文学作过一个譬喻：美国式的文学是绅士文学，俄国式的文学是英雄文学，法国式的文学是儿女文学，日本式的文学是名流文学。我们中国现在所需要的文学绝不是上述各式的文学，我们现在所需要的是有时代性的与环境性的富有热情与弹力的中国式的革命文学。俄国式的革命文学虽与之相近，但中国既不需要俄国式的政治革命，那么当然也不需要全然相似的俄国式的革命文学了。

许多派的社会革命或政治革命者，他们都想利用文艺的热力来宣传他们的主义，于是遂有各种"色的文学"的提倡。所谓"红色文学"是共产党利用以宣传他们的共产主义的，"黑色文学"是无政府党用来鼓吹无政府主义的，"白色文学"是人道主义者借以传布他们的和平主义的，"绿色文学"是世界语学者用来提倡世界主义的，"青色文学"乃是中国国民党党员中几个醉心于文艺的青年想创造来以宣传三民主义的。以上各色文学，实在都可称为革命文学。不过站在各个主义者的观点上来批评这各色文学，那么都是有声有色的有魄力的好文学；我们如果站在文学者的地位来批评这许多文学，那么这种种功利主义色彩很鲜明的文学，绝不是有价值的有生命的第一流的文学！

所以现在最有希望的文学不是某国式的文学，也不是某一色文学，而是站在世界文坛上最进化的最时代的新写实主义文学。新写实主义的原文是 Prolétaire Réalisme，或用译音称普罗列塔利亚文学。所谓普罗文学者，第一必须以能表示普罗列塔利亚（Prolétarian）的观念形态者，始得以此名称，但并不是专指普罗列塔利亚作家写的，或写普罗列塔利亚的事的，或为普罗列塔利亚所能阅读的。罗普列塔列亚自己能写果然最好，因为他们的意识多少要比智识阶级纯粹些，而所受旧的观念形态的影响要少些。至于写普罗列塔利亚的事的，则小说戏曲中之描写穷人者，古已有之，并且有许多对穷人抱着深深的同情。但因为他的观念立场不是普罗列塔利亚,而是站在统治阶级的观点,对穷人抱怜悯的慈善态度的,所以不能叫做普罗文学。反之,若能立足于普罗列塔利亚,以普罗列塔利亚的意识来观察事物,则虽描写贵族与资产阶级的作品,也尽可称为普罗文学。讲到应当为普罗列塔利亚所能阅读一点,那么在现今智识为有钱人独占的时代,普罗列塔利亚既不入学读书,缺乏教育,自然是不可能的。因之,在现在凡掉文弄墨的都属智识阶级中人的时代,欲求其绝对的纯粹怀抱普罗列塔利亚的意识是很少的。当此过渡时代,凡能以普罗列塔利亚的观点,观察事物,笔之于书的,亦尽可说是普罗文学了。

苍白幽暗的神秘主义,神经衰弱的浪漫主义,妄自独断的印象主义,个人独立的写实主义,以及朦胧不明的象征主义,现在是都过去了,正在到来的是新写实主义。它是没有国别的,没有颜色的,而且是男性的、勇敢的、唯物的、乐观的、现实的文学,它是新时代最进步、最有生命的世界文学。最近的中国文学,也正对准着这个方向,毫不畏缩的前进! 前进!

一八,三,二八——七,一四,于慧频之家。

编 校 完 后

·

古人说:"校书如扫落叶。"编书何尝不是如此? 本书是忙里抽暇编成的,时期又很短促,当然难免有遗漏谬误之处。现已排校完竣,虽有发现,亦不及更正。现将已发现的重要谬误和遗漏,列几条于后,以见一斑。

杂剧家杨景言,明初人,著曲两种,都已佚失,名目亦不可考。按元代有杨景贤,著有《刘行首》杂剧,惟不知他是元初时人,还是元末时人。"言""贤"同音,这两人是一是二,殊可怀疑。记在这里,以供研究家的参考。

在日本发现的元刊本平话五种——由《武王伐纣书》到《三国志》,当时因一时不能考得其详目,所以没有将书名开出。现从《北新周刊》及《中国文学概论讲话》的《附录》内考得它们的名目和卷数:

《武王伐纣书》	三卷
《乐毅图齐七国春秋后集》	三卷
《秦并六国》	三卷
《吕后斩韩信前汉书续集》	三卷
《三国志》	三卷

看了上列的名目,可以知道元刊本绝不止这五种。当然,《七国春秋》有了《后集》当有《前集》,《前汉书》既有《续集》当有《正编》,在《前汉书》与《三国志》之间还有《后汉书》,这是可以确定的。推而

至于宋人已有《五代史平话》，那么在元时或者各代史都已有平话，也并不是不可以有的事实。

明代通俗短篇小说集，最近又发现了三种：一种名《幻影》，题明梦觉道人西湖浪子辑，只存了残阙不全的七回；日本有《拍案惊奇》，内容与凌氏《拍案惊奇》全异，共十卷四十回，每回二目，八卷只存二回，九、十卷全缺，序末题孤山梦觉道人漫书，首七回与《幻影》残剩的七回全同，当为同书而异名。一种名《清平山堂》，共辑平话十五篇，在日本发现，中国未见。一种名《照世杯》，共收平话四篇，亦发现于日本，中国已有影印本。

新时代的翻译和创作，缺漏谬误颇不少。这一章在国内尚属创作，自较他章容易致误，除待再版时当加以相当的补订外，在这里仅改正一二显著的谬误。《桃园》的作者废名，便是《竹林的故事》的作者冯文炳；茅盾即沈雁冰，尚著有《色盲》，署名 MD；此外尚有，不再多举。

至于排校的差误，现在一时不易发现，待再版时当编"勘误表"，附刊于本书之后。

完了，请读者多所指正！

一八，八，三一，编者于故乡

诗歌中的性欲描写

——性欲文学的幸运儿

慧 频 的 序

　　正璧君的每种作品的编写成功,几乎都在我的家里,所以中间一切经过情形,敢说只有我完全知道。别的著作家著作时的情形若何,我都不知道,只以我所见到的正璧君而论,不禁使我要感起"著作家是超人的"这一种感觉。

　　在这里所谓"著作家",当然不是指那些文艺创作家。文艺是个人直觉的表现,不用多读书,也用不到参考访问等手续。只要一支笔,一瓶墨水,一张纸,就可随你的意思倾泻出来。但一个学问研究家将他研究学问的结果发表之于文字时,这就绝不是一支笔,一瓶墨水,一张纸所能如愿的了。伟大的见解和精细的辨别力是不可少的天资,对于某种学问尤当备具"博"的条件。"著作家的生活,似乎是贵族的",这句话果然含有几分真理,因为一种好的著作品的成功,除了备具上述的著作者本人的特长外,不可缺的是丰富的完全的各种参考书,而参考书的来源,当然以富裕的金钱做代价,但这不可拿来说正璧君。他是一个真正的无产阶级中人,他的经济力当然是很薄弱的,而本乡又是一个僻小的镇市,不比在城市有图书馆可以尽量供给他参考的材料。在这样一个环境里,他的奇伟的性情就表现出来了。他把五六年来教书所得薪水,尽以购买书籍。还不算,他每种作品所得的报酬,也毫无吝惜地付之一掷。知道他境遇的友人都劝他积蓄一些,他只有答以感激的微笑!他的奇特的志愿,和伟大的希望,有谁能了解他?他烦闷了,唯一的消遣品是阅书;他病了,枕边被上,就零乱地满堆了书本。照这种情形看,他应该成了一个"书呆子"了,却又不是。他的思想从不曾为某种学说所包围,而是绝对地自由、独立的。他的学问,足当一个"博"字,而他的生活全然非贵族的。在这点上,在各个著作家中,他不能不算是一个勇于奋斗和牺牲的难得的青年了。

他的人生观,几乎全然以书本为对象,所以他很少与社会接触的经验。近来他放弃了平昔的主张,曾加入屡次的社会运动,结果,恶势力和黑暗打折了他的兴趣。但他却并不因此退缩,他决意努力地干下去。他是一个富于同情心的人道主义者,因此不免要被某种主义者视为思想落后者;而在恶势力之下,他又几乎是洪水和猛兽。他在社会中所占的是这样一个地位,所以他虽然是个极有道德的青年,在众口中却很少美誉和佳评了。

这本著作,全然完成在这样的一种情况里。社会中一切事业,大都正在风雨飘摇之中,他偏有此闲情逸致,令人不能不佩服他的镇定。

在他的四壁不留一丝隙地的书城里,他一个人坐在书桌前,埋首执笔,桌上,近旁的凳上,满堆了杂乱的书本,有的揭开着,有的歪着,这正是他著作的时候。我是他的唯一的爱人,但我除了替他抄录材料同检取和整理参考书外,一些也不能加以帮助。他在每本著作的叙里都对我表示谢意,委实使我惭愧无地!

这篇叙言里,只记述些作者的性情和环境,绝不敢下一些批评。是好,我也说不出它的好处;是歹,我也没有能力看得出。我的智识的获得,全然是正璧君所赐予;所以对于他,除了颂赞和钦仰外,没有什么话可以说,也没有力量和才智去说。

他是一个真正的无产者,所过的生活仅仅图得个温饱,他愿牺牲了一切社会的享受,来做这不为名也不为利的冷酷事业,而且当做终身事业。无论他的著作是好是歹,他的意志,他的人格,是值得一般人的顶礼和颂赞的!

在将来,我立誓要做他的一个忠实而有力的好帮手,当他每次著作的时候。

一九二八,一,二五,于黄渡

目　　录

一　叙　论

　　"性欲文学"在中国,一向被视为猥亵而不为一般文学家所注意。但"非习惯地谈及性的事实者为猥亵",他的不雅训,除了"非习惯"以外,委实无所取义。虽是这样说,而在民众文学——当然是指流行于民众间的一切素被视为不足道的传说和歌谣——里,却是"习惯"的而非"非习惯"的。所谓猥亵,仅仅是少数"锦衣玉食"或者挂着"名教中人"的招牌的贵族文学家对于一帮"位居要津"的道德家或大伟人的诔语,而他们自己相互间也未见得绝口不谈,在他们的作品里也未见得绝对没有。

　　如果以为一国政治的设施应该真正服从多数民意,那么《金瓶梅》和《玉蒲团》一流的伟大作品,绝不会至于禁止和毁版。性欲文学或竟可占据了文坛的全部。这不是我夸大的话,也非无根之谈,"食,色,性也",圣人已先我言之。揭开天窗说亮话:你吃了饭和人谈起吃饭这桩事,却视为很平凡而不值得注意的事,何以你和女人或男人性交了就以为猥亵而谈起了要面红? 而且在人类中——或竟可说在具有雌雄性的一切生物——有几个人是不曾性交过的? 多欲伤身,多食未尝不伤身,谈起了吃饭未必会引起食欲,谈了性交谁能决定一定会引起性的兴奋?

　　但是,在民间,却又是另成一种畛域。

　　"到民间去",我们很愿意脱离了"礼教"的桎梏到民间去。在那里,有真挚诚恳的感情,有毫无忌讳的谑语。"戳你的妹子","和你姊姊睡觉"……会和"我要到你家里去吃饭"一般微笑着说。春天来了,在青葱的麦田深处,仿行叔梁纥和征在的故事的并不被视为大逆不道。所以在他们中间流传的一切故事和歌谣，大部分是叙说偷情和性交等事，而且也并不"发乎情，止乎礼义"。文学的起原是诗歌，诗歌的起原是民歌，民歌中性欲描写是这样的自然而又平凡。所谓性欲文学，在文学史是占着这样一个地位。而诗歌中的性欲描写，因之也超乎一切文学之上。

但是，在近代，为什么小说和弹词中的性欲描写屡屡被人唾弃而禁止，在诗歌中却能单独保存而材料最丰富呢？这原因却有详细说明的必要。

在一切旧道德观念和因袭思想压制之下，性欲文学应该早已绝迹于中国文艺之园里，不要说一般文学家无眼福去鉴赏，去研究，且"性欲文学"的名词也应该无从成立。然而事实并不如是。所谓一般旧道德家——像同善社和道教会、孔教会中的老少先生们——他们竭力地消灭性欲文学，嘱通官厅里出示禁止——当然，官厅的执事人，都是他们的道友，这种有关世道人心的大事，比了绑匪劫盗凶恶而且重要得多，如何不严厉地先去做？但是，他们眼中的所谓猥亵的书籍，仅仅只限于素为一般学者们不视为文学正宗的白话小说和弹词。所以在圣贤书中，一般贤人和学者的诗歌中，和"文人出其余绪"所做的传奇词曲中，这种所谓猥亵的文字还是保存着。而且还加上些"风流绝艳"和"柔媚宛转"的好评语，说是只有大文豪才能做得出，写得出！也算咄咄怪事！

在圣贤经传中的，当然谁敢说句不是，而且谁有力量敢把经文删改？——孔子当然是例外。"男女媾精，万物化生"（《易经》），"野合而生孔子"（《史记》）……这种话只有圣贤可讲，尔辈后生小子，血气未定，说了就是大逆不道。可惜卫道先生究竟胆小，索性删去了它们，不使后生小子入目，岂不更好？他们为什么不敢？

说了许多话，似乎还离题很远。直截些说，性欲文学在经籍中所以保存，都因卫道先生们只会恃强凌弱的缘故。如果一切白话小说和弹词早登大雅之堂，和经史子集并列入《四库》之阁（藏《四库全书》的都叫阁,像文渊阁、文澜阁,并非吾杜撰的典故),那么谁敢说句不是? 谁敢删除一字一句? 甚至早该有人替他们做校勘和考证的工作,不至连作者姓名也湮没了,更不必说禁止二字!

只有一切的诗歌词曲,虽然有的也出之山夫野老之口,然而曾采入经籍。孔子不删郑卫之诗——其实不但郑卫之诗淫,一部诗经中每卷里可以见到些性欲描写——而且一般大文豪的全集也都收载艳诗。因之词为诗余,曲为词余,无论他们描写性欲写得如何生动,如何细腻,只得置之不论。

但是经过了几千百年的帝王法眼而未被摒除,不得不算是性欲文学的唯一幸运儿。——虽然宋(?)朝有位道学先生将诗经中的淫诗删去,而想另成一部"白璧无瑕"的诗经,但是到底免不了"离经叛道"的罪名,在当时没有人睬他,只做了现代文学家工余后的笑资。

在现代,如果要研究性欲文学,只有诗歌词曲和经籍传奇,可以供你尽量采撷。讲到小说,正是不幸之至! 如果他们以为淫亵而索性禁止,那倒还不使人上当,最可恶的,他们都把来删改了,甚至还加上"原本"……字样,用以自欺欺人! 在现在,有好多的小说,连旧版也无觅处,在日本虽有——如《游仙窟》,三言两拍——却并不完备。一切的通行本,你们如果取来细细对勘,竟有你删这段我删那段的,于此可见卫道先生们用心之切。但是,他们的好心呢,还是他们没有看出? 文雅一些的(当然是说近于文言的)都未被删除,在石印本中时或可见。但在白话小说中如是,在文言的传奇中却也偶被删除。譬如袁枚《子不语》中的《控鹤监秘记》,除了商务铅印本,《随园全集》本以外,其他的石印本中都已不存。最不解的是进步书局的《笔记小说大观》本,同本的《谐铎》中《掌中秘戏》一则并没删除,而也将《子不语》中的《控鹤监秘记》删去。在小说中的性欲文学的厄运已至极巅,如不设法保存,恐不至绝灭之境不止了。恳求一般卫道先生们,念上海四马路上《性史》、《性艺》销路之多,究竟一切被禁止的被删除的小说弹词,还不及其淫亵之万一,存其生路,任一般书贾,取精本印而行世,不加禁止,使之延其一脉。但我们不希望,像刘半农印《何典》和张资平所作小说中,加入许多□□□□和××××,使人读了如何也不好,不如不印之为愈。

因为要说明幸运儿如何的幸运,不得不连带述些厄运儿如何的厄运。现在国内关于这类的论述很少,所以不嫌其详,多唠叨几句,以引起读者的注意。而且同样是描写性欲,何以一禁止而一不禁止?于此可见他们之禁止完全没有理由,而纯是恃强凌弱!不但如此,他们嫖妓偷情,却互称作"风流雅事",而一般平民间男女自由恋爱,会犯奸淫的条例,这种大不平等的事情已足证明他们的"有己无人"。此后,我们不能不用反抗的精神,打倒这种虚伪的、利己的、贵族的道德家,如果他们再不觉悟!

二 它们的来源

在清代以前，历史上不曾发现过禁止淫秽文字的事实。在一般古人的眼光中，正像圣人删定的经里所谓"饮食男女，人之大欲存焉"（《礼记》），人类既分男女，便免不了性交一事。人既不能不饮，不食，不性交，何以对于饮食二字毫不避忌，对于性交独讳莫如深？所以在他们著作中很平淡地时或显露出来。（后世作《杏花天》，《痴婆子》一流的下流文人，他们是为了要赚钱而有意写作，而且专写性欲，和古人将饮食男女平视，完全不同。）性欲如果是淫秽之事，则世间何以有人类，何以人人必作此淫秽之事？我真百思不得其解！所以同样是描写性欲的文字，要看作者的态度而定其淫秽与否。专写性欲和以之和饮食平视的偶写及性欲的作者，他们的人格可以相去天壤。所以《金瓶梅》的作者，和《红楼梦》、《隋炀艳史》、《今古奇观》……的作者，他们书中虽有描写性欲之处，尚无损于人格。尤其是诗歌词曲的作者，他们都偶一为之，平淡无奇地为之，量虽少，却不失其文学家之资格。

一切描写性欲的诗歌词曲的作者，吾敢大胆地总赞一句，每一个都是真诚的文学家。在世间日常行事之中，既难免此一事，则在诗歌中偶一表现，正是他们诚挚而不做伪之处。而且因为诚挚的缘故，在他们的笔下写出的，都是真实而无避忌的。所以，性欲文学在小说中尚有去取审择的余地，而在诗歌中可以不必拣择，正又因从没有一位诗人，在他的作品中专门描写性欲的缘故。

唯其如此，所以很难搜集。在数千万卷的诗歌词曲集中将描写性欲的一一搜出，这是谁也知是难于做到的事。况且量本来很少！不得已采用次一等的方法，就是除了几十部有名的诗词集外，到各种总集中去采撷。《诗经》当然是一部最重要而又包含性欲文学最多的总集。闻一多先生的《诗经的性欲观》一文，已将《诗经》中的性欲文学完全剔选出来，可以省去我们不少剔择的精力。在郭茂倩选的《乐府诗集》里，《子夜歌》、《折杨柳》一类歌曲虽极写小儿女宛转缠绵之思，却难找一首赤裸裸完全描写性欲的诗。宋人的别集，大都不收词集，所以只好在一切的词选里，和单行的各家词集里，去搜出许多。总集或选集有一种好处，就是在各家别集中因嫌其猥亵而不载的，选集中往往采取。像元微之的《续会真诗三十韵》一诗，中间一段描写性交状态，极生动翔活之妙，不下于《西厢记》的《酬简》，而元氏《长庆集》中并不收载，却见于蜀人韦縠选的《才调集》中，和传奇《会真记》(此文亦不载《长庆集》)一文中。再如读尽《欧阳文忠公诗文全集》，都是些圣贤的法语，和应酬或感慨的诗歌，再读他的《六一词》便似两人所作。里面有很好的抒情词和描写性欲的词，好像绝不是道德家所为，其实这正是欧阳氏表露本性之处，假使无此作品，后人只道他是柳下惠一流的粘液质的冷酷的不近人情的古董，谁知他也有一腔热情呢？元人的散曲——不是指杂剧——集，除了张小山的《北曲联乐府》外，全无传本，若无杨朝英选的《阳春白雪》(另外有一部词选集与它同名，一般学人往往误以为一书)，和《太平乐府》两部曲选，几乎使我们不能窥见元人套曲的面目。而且在这两部曲选中，有很好的描写性欲的作品，为前此文人所不敢写的。近代和现代的民歌集，最多此种作品的，要算清人选的《白雪遗音》(可惜此书刻本难得，郑振铎的《白雪遗音选》将描写性欲过裸的尽删去，以此我们无法见到)，和台静农的《淮南民歌》、《淮南情歌》(见北京大学《国学门周刊》和《月刊》)，钟敬文的《客音情歌集》。刘半农的《瓦釜集》中也有若干。此外在各家诗话里也可找到一二。清初到现代的笔记——从褚人穫的《坚瓠集》到最近出版的柴小梵的《梵天庐丛录》——里，可以剔出不少。在"杂剧"里，则除《西厢记》外，实不多靓。"传奇"方面，明人的《牡丹亭》、《珍珠衫》里，有难得的佳作；清人李笠翁的《十种曲》，几乎每种内都有一二处给我们找到。传奇是有明一代文学作品的代表，佳作如林，但传本之少，也一时无两。元曲有《元曲选》、《古今杂剧》等给吾们做材料，传奇如汲古阁编的《六十种曲》，近代无翻印本，所以我们不易见到，除了通行的《牡丹亭》以外，委实不易取材。但好在本文不是选集，只是一种好奇的研究性的综合的举例，不一定是要拣最好的，也不一定要完全的。不求"美"和"善"，只求达到一个"真"字已很够了。

在一切通俗小说中，写到性交这桩事，往往用词曲或四六文来描写。这种词曲当然也属诗歌一类，在本文中也有引述的必要。但恨我没有眼福，晚出世了几年，在现在可以见到的本子里，已十九被删除了。幸而漏网，也属不多。所以我决定，索性待将来作《小说中的性欲描写》一文时，加以周到地抉剔，再为引述。现在只得暂时割爱。

三　它们的特征和分类

　　描写性欲的诗歌词曲(以下简称诗歌)在一切的性欲文学中的地位,和一般诗歌在一切文学中一样。它们也有时代和地土的分域,而且也因此各产生其特征。诗歌在中国文学史上,由歌谣而乐府,由乐府而律诗,词,散曲,杂剧,传奇,逐步的演进;性欲文学也挨次地加入。在一切的诗歌中,有南北二大分域,北方文学豪放而粗率,南方文学婉约而细腻。性欲文学也并不超出此天然的界限。

　　中国文学所以分此二大畛域,都因南北地土风俗之不同:北方少江河,故声音粗糙,因少天产品,故物质生活不很满足,所以能忍苦耐劳,这样就养成了他们的豪爽的性格;南方多河道,故声音细软,天产品富裕,物质生活不欠缺,所以大都耽于逸乐,多婉转深邃之思,他们的性格近于女性。在历史上,美人多产于南方,而北方是英雄的降生地。文学是时代的产儿,时代当然可以包含时空二项,在南北地土风俗绝对相反的二大域里,他们虽然是同文同种,然而他们因为性格的不同,到底将不同之点,在他们的笔下不可遏止的流露出来了!

　　同样是骂人,"妈的□"和"戳你娘的□",前者何等豪爽,后者却略带婉转了。性欲文学在诗词中,这特征尤其显明。吾们读元人王和的《醉扶归》——

　　　　我嘴揾着他(她)油特髻,他(她)背靠着我胸皮。早难道香腮左右偎!则索项窝里长吁气,一夜何曾见他(她)面皮。则是着一宿牙梳背。

再读宋人秦少游的《河传》一词——

　　恨眉醉眼，甚轻轻觑着，神魂迷乱。常记那回，小曲栏杆西畔。鬟云松，罗袜划。　　丁香笑吐娇无限，话软声低，道"我何曾惯"。云雨未谐，早被东风吹散。瘦杀人，天不管！

　　这一曲一词，同样是写和妓女性交，而前者则粗率鄙俚，后者则婉转柔媚，正因一是北方文学，一是南方文学的缘故。有人以为一鄙俚，所以离文学远，一婉雅，所以是文学正宗。这是他忘记了文学是时代和个性的表现。在北方，不妨说鄙俚粗狂是文学正宗，在南方自当以婉约细腻为宗。绝不能用语气的粗细来分别文学手腕的高下。同样，南北文学中的性欲描写，正用来表现两方的性欲观念和动作，正不妨各从其特长。

　　最奇怪的，我觉得每一种文学，只有在它产生的时候（胎生时当然不能算数）最好，即单独以性欲文学在诗歌中而论，从原始的民歌——诗经——一直到现代的民歌中，唐人的律诗中，五代两宋的词中和元人的曲中，无论是南方文学、北方文学，都描写得很赤裸裸，而且毫无避忌。等到后人仿作，便好用堆砌语，好用出典，以使人愈难解为作品愈好之标准，于是性欲描写也隐晦而堕入恶趣了。

　　所谓性欲文学的对象，不外下列三种——一、私情；二、性交；三、肢体。但并不能说每一篇文字只描写其中的一题，写私情当然会牵到性交，写肢体也会联想到性交上去。总之，凡称作性欲文学，无论若何，绝不会出此三个对象的范围，而且不一定全备，也不一定只取其一。

　　一、私情　《桑中》、《濮上》，是著名的私情诗，民间流行的小曲、山歌，十九是以写私情为对象。文人作品，凡含有性欲气味的也十九如是。"家花不及野花香"，这句话果具有相当的哲理。清人汪懋麟的《醉春风》词，是写此题的好榜样：

好事而今乍,刬袜移深夜。手提金缕小鞋儿,怕,怕,怕!
火吠花阴,月沉楼角,暗中惊诧。

软玉相凭借,纤指将头卸。妾身拌得教郎怜,罢,罢,罢!
又听鸡声,催人枕畔,羞颜娇姹。

风流天子而以文学家著名的李后主,他有一段很香艳的轶事。
他的皇后病重了,他和她的妹子私通,一首流波生动的《菩萨蛮》词
就在他笔下倾泻出来:

花明月暗飞轻雾,今宵好向郎边去。刬袜步香阶,手提金
缕鞋。　　画堂南畔见,一晌偎人颤。奴为出来难,教郎恣
意怜。

二、性交　性欲文学的对象当然不出性交这回事,它的举例自
然不胜枚举。下面的一段文字,是在滩曲《采桑》中摘出的,写真正
野合的情形,在这一类中颇为别致:

……八幅罗裙当帐子,豆麦田内当床行。桑叶遮荫当房
屋,桑园地内好风光。郎向姐儿姐向郎,快活逍遥胜洞房。郎
抱姐儿姐抱郎,金莲钩住小情郎。郎掮小脚高高起,好比掮藕
上黄塘。丁香舌郎口里吐,胜如舔密吃酥糖。郎摸姐儿姐摸
郎,精神已失满裤裆。牡丹初放被郎采,丈夫未吃你先
尝!……

三、肢体　前人所谓"艳体诗",大概都属这一类,所以一向不
被称为猥亵。因此在本文中,这一类也最少引述。这一类大都是
联想性交,粗视之似乎不关乎性欲。现在举一段极粗陋的盛行民
间的《十八摸》:

伸手摸到姐妮介界边呀,姐妮介界好像一块三角田,唪咯咙咚祥,哎哎唷,哎哎唷,哎唷哎唷哎哎唷,一梭两头尖,胡子两边分,哎哎唷。(《十八摸》第五段)

和一首极文雅的尤侗的《黄莺儿》词咏美人乳——

宝袜缠红罗,紫葡萄,白露和。软红新剥鸡头颗。膏凝玉波,香吹粉荷。　　兰汤浴罢花心辬。衬金诃,绣衾低卧。未许阮郎摩。

凡是关涉于女性特有的生理现象,像王建宫词里"密奏君王知入月,唤人相伴洗裙裾"一类的佳句,也属于这一类。

从描写方法上讲,用些修辞学上的名称,可以分做:明言、隐喻、暗示、联想、象征五类。每类举一两首于后:

一、明言　这类像前举的《采桑》一段,就是很好的一例,不另举,而且也多至不胜举。

二、隐喻　这一类是用譬喻的方法说出的,昔人所谓"风花雪月"的诗词,如果是用来譬喻性交的,都属这一类。唐人王昌龄的《春宫曲》:

昨夜风开露井桃,未央前殿月轮高。平阳歌舞新承宠,帘外春寒赐锦袍。

开首第一句,就用来譬喻性交,和《西厢记》中佳句"露滴牡丹开"的用意全然一样。

三、暗示　此类是写性交前后的情形,或其背形,不明写性交而需读者自己去想象。白居易《长恨歌》的第三段,就是此类中写得很动人的:

春寒赐浴华清池,温泉水滑洗凝脂。待儿扶起娇无力,始是新承恩泽时。……

又如欧阳修的《临江仙》词咏妓席,不但流传给我们一桩风流轶事,且留给我们一首好例:

池外轻雷池上雨,雨声滴碎荷声。小楼西角断虹明。阑干私倚处,遥见月华生。　　燕子飞来窥画栋,玉钩垂下帘旌。凉波不动簟纹平。水晶双枕畔,犹有堕钗横。

"水晶双枕畔,犹有堕钗横"和"频频撼玉钩"一般是暗示性交的含蓄不尽者。

四、联想　这类是无意中说到和性交有关系或可以象征性交的事物,使人不由得要联想到性交上去。描写肢体的都属这一类。唐人刘禹锡的《春词》,是由象征的事物,而使人联想到性交的:

新妆宜面下朱楼,深锁春光一院愁。行到中庭数花朵,蜻蜓飞上玉搔头。

《西厢》第三折也有一段:

(耍孩儿)当初那巫山远隔如天样,听说罢,又在巫山那厢。业身虽是立回廊,魂灵儿已在他行。本待要安排心事传幽客,我只怕是漏泄春光与乃堂。夫人怕女孩儿春心荡,怪黄莺儿作对,怨粉蝶儿成双。

"怪黄莺儿作对,怨粉蝶儿成双",母亲怕女儿联想到性交而怪怨到莺蝶的成双作对,总可算无微不至了。

五、象征 这类文字，以谜语中为最多。前人所谓"双关"，都属这一类。南齐王融的《巫山高》的首段，在当时可谓创体。

想象巫山高，薄暮阳台曲。烟霞乍舒卷，蘅芳时断续。……

在谜语中的，待后面再讲。

在诗歌中还有一种特征：在文人的作品中，都以男性的主人自居，而女性往往处于被动地位。在民间歌谣中，男女似乎平视，但写到女性方面的性欲的兴趣，也很隔膜。这或者是女性的怕羞吧，或者为了女性中少识字的缘故。这要待性的心理学家去做专门的研究了。

后面的叙述，就依诗歌演进的次序排列，而殿之以谜语。为趣味起见，引述的文字，十九为明言一类。当然也为了其他的不很动目而不易发现。

四　在歌谣中

　　歌谣本来是一切诗歌的始祖，它是极自然而极真挚的。在文人笔下写出的多少有些雕琢，在民间口里传述的无一不纯真而率直，所以歌谣可以算是一切文学中的最"真"者。唯其如此，一般草野之夫，他们看性欲和吃饭一般平凡，所以时常要在歌谣中流露出来。他们的性情是率直的，他们口里的性欲描述都是生动而无虚伪的。可以说，从古代到现在，性欲描写在歌谣中，永不脱去"平凡"和"真"的地位。而且分量也最多，因为它们不一定要文人写在书本上，所以没有法子禁绝它们的流传。

　　最使我们欣幸，最能怂动吾们的胆量的，要算孔丘先生。经他老先生法眼审定或删订的"为万世法"的五经中，没有一书脱述"性交"这回事。尤其是《易经》和《诗经》。《易经》的全部，几乎拿男女性交做根据，推测到宇宙的一切。而《诗经》的大部分，是周以前的民间歌谣——视性欲很平凡的民间歌谣集。《礼记》拿"男女"和"饮食"并提，《书经》中也述及"鸟兽孳尾"这种事，《春秋》内记述无数的奸案。五经中没有一部是"白璧无瑕"的。谁说圣人不谈性欲，我要打他的嘴巴。

　　叙述诗歌中的性欲文学，开宗明义，就用圣人删定的民歌集——《诗经》说起，这是一桩何等引为荣幸的事！（如果研究性欲文学全部分，更须由五经说起，那非欢幸地大翻跟斗不可！）而且就诗经来谈性欲文学，简直美不胜收，这又是何等奇伟之事！

　　在闻一多先生的《诗经的性欲观》一文内，已把诗经中的性欲描写方法，分别得纤微毕现。现在为避免雷同计，只举些篇名和内容大要,并举出一首闻君未及引原文而很娴静地描述性交的好诗,供读者尝鼎一脔。

《召南》里的《喓喓草虫》,《郑风》的《野有蔓草》和《溱洧》,《齐风》的《东方之日》和《东方未明》,《曹风》的《候人》,都是直写性交的诗。《诗经》中的"虹"(《蝃蝀》),都用做性交的隐喻,还有捕鱼的"筍",用来隐喻女阴,因为象形而且又同功用的缘故。因此,容易捉鱼的筍叫做"寡妇之筍",又叫"罶",因为寡妇的性部易入而难出,"罶"字的意思,就是"鱼所留也"。"敝筍"的意思与之相同。"风"字也用作性之隐喻。《豳风》的《九罭》是平常人疑不到的暗示性交的好诗。描述联想性交的,如《齐风》的《鸡鸣》,《卫风》的《芄兰》,《鄘风》的《桑中》都是。象征性交的,《郑风》《大叔于田》写得最淋漓尽致。《叔于田》、《清人》,和《召南》的《鹊巢》,《邶风》的《谷风》,《齐风》的《猗嗟》,《秦风》的《小戎》,都是性交的写照。

本文所引一切诗歌,偏重"明言"一方,因为"明言"的容易看出,而又比较的近于真实。吾们看《野有死麕》第三章:

> 舒而脱脱兮,无感吾帨兮,无使尨也吠!

闻君以为是暗示性交,吾却以为是明言性交,吾们再看疑古玄同引他朋友用苏州口语"意译"的这三句:

> 徐慢慢能嘴刁嚜!徐勍拉我格绢头嚜!徐听听!狗拉浪
> 叫哉!

这不是在说:一个男子在和女子性交,因为冲动得太利害了,女子叫他慢些?绢头的用场不必明说。狗叫是隐示外面有人进来,所以不免要张惶起来。这首正是写得很娴静很真朴的明言性交的好诗!

《诗经》是极古的民谣民歌,但自孔丘以后,没有一位学者重视它们,不曾专门加以采选而保存。直到宋朝郭茂倩编《乐府诗集》,方才编进许多民间歌谣。但像《诗经》中那样赤裸裸描写性欲的诗歌,再也不易发现。《子夜歌》、《折杨柳》等诗未尝不宛转柔媚,但是除了"已许腰中带,谁笑解罗衣"和"婉态不自得,宛转君王床"等艳句,和《碧玉歌》中最出色的一首"碧玉破瓜时,相为情颠倒。感郎不羞郎,回身就郎抱"外,再有写得更进一层的吗?这样,怎不使我们失望!

一部最出名的富有极动人的性欲描写的民歌集——《白雪遗音》,我们已无眼福窥见全豹。但仅就郑君所选的篇什中,也可以窥见一斑,不好算是完全失望。此书刻于道光时,到现在不满百年,藏书家已视为鸿宝,颇令人不解。或者在当时为文人学士所鄙弃,无人重视,故此一经兵燹,便少见流传了。

全书共十二大册,载民歌八百余篇,都是盛行于当时闾巷之间的小曲。编者的眼光,在当时不能不算奇特,而且又冠以《白雪遗音》的好名称,更令人钦佩万分。现就郑君所选,择描写性欲较好的,录二首在下面:

> 好难熬的春之月,暖和是佳节。喜的是相逢,怕的是离别。中肠如结。离别后,相逢不知何年月?难舍难割!红绫被,半边冷来半边热,叫奴难休歇。鸳鸯枕上,空闲着半截,好比月儿缺!盼情人一盼一个多半夜,无语暗自嗟。闷恹恹,似醉非醉半痴呆,直是心邪。

> 好梦儿,梦见我那知心的人儿,似睡将睡。静听得铜壶滴漏,夜月微残,衾枕恰合欢。分明是巫山云雨情无限,灯影幌床前。大半是摩心的人儿离不惯,人去魂不远。如鱼得水,依依恋恋,流流连连,难割难舍。手拉手儿,口对口儿,临别时他又嘱咐了一番。恩爱重如山。这也是前生未了的姻缘案,今

世又团圆。惊醒了,冷冷清清,孤孤单单,忧忧闷闷,凄凄凉凉,前思后想,这条肠子割不断,时刻把心牵。

前首写思妇情荡,"似醉非醉半痴呆",可谓写得深切入木。后一首是写"云雨梦","灯影幌床前",不是灯幌,是人幌吧,写来何等生动有致?再有一首是"隐喻"而且又是象征性交的好歌,使我不忍割爱,也录在这里:

三月清明桃花放,眼望青时,几树垂杨。春风暖绿波,凑成鱼吹浪。狂风儿来来往往,只在花心撞。对对蝴蝶,穿过粉墙。燕成双,坐卧只在雕梁上,那窝儿想必就是他(们)的宵金帐。

在"五四运动"以前,此类民歌,除了《白雪遗音》外,民间流行的唱本也很多。可是再也不见较好而较完全的总集。单行本又多至无法搜齐。但在"五四运动"以后,顾颉刚君等各选其本乡民歌编成专集,北大国学门歌谣研究会又登报征求猥亵的歌谣,于是始确定了它的地位和价值,而为一般学者所重视。这不能不算是中国文学史上一桩披荆斩棘的大功业!

在顾颉刚编的《吴歌甲集》中,有很多像下面所举的这种好诗:

结识私情结识隔条浜,绕浜走过二三更:"走到唔笃场上狗要叫;走到唔笃窝里鸡要啼;走到唔笃房里三岁孩童觉转来。""倷来末哉!我麻骨门闩笪帚撑,轻轻到吾房里来!三岁孩童娘做主,两只奶奶塞嘴里,轻轻到我里床来!"(六十八首)

这首诗是和《野有死麕》第三章一样的写男女偷情,不过一是用"现在"式,一是用"将来"式来描写性交。这种好诗,只要读"轻轻到我里床来"一句,已经使人魂销了!

刘半农的《瓦釜集》,都是江阴的船歌,但不及它的附录《手攀杨柳望情哥词》富有情致。它里面有两首,将正在情欲最盛的青春期的少男少女们的不可遏制的热情,毫无避讳地倾吐出来——

> 我十七十八正要偷,那怕你爷娘困勒脚跟头。大麦上场壳帐打,韭菜逢春匡割头。(第九首)
>
> 山歌要唱好私情,买肉要买坐臀精,摸奶要摸十七八岁莲蓬奶,关嘴要关弯眉细眼红嘴唇。(第十三首)

台静农的《淮南民歌》和《情歌》二集中,最多这类的好作品,我不加赞语,先引《民歌集》中的若干首:

> 六月北风有些子寒,小姑子问嫂子"怎样玩?""打死虾蟆伸只腿,小鸡子喝水脸(朝)天,蜜蜂小眼搂郎玩。"(《民歌》第一四二首)
>
> 有事无事姐家行,俺碰乖姐洗身体。只叫"情郎来得好:开锅豆腐没点浆,石膏出在郎身上"。(《民歌》第一四三首)
>
> 新打牙床四方方,新打席子在中央,郎把席子扛了姐,姐的脚手扛了郎,翻来覆去郎身上。(《民歌》第一六〇首)

《情歌集》中几乎没有一首不是性诗,而且很多重复和类似的。现在也选载几首:

> "心肝肉来小姣姣,俺俩人事情又澎了!奶头子玩得渐渐大,小肚子玩得渐渐高,爹娘知道怎得了?""心肝肉来小姣姣,我的主意打定了:奶头子大了汗巾裹,小肚子大了湾子腰,孩子养掉又好了!"(第二首)
>
> 小乖姐门口一棵桑,姑嫂二人乘荫凉。姑子扯之嫂子手:"我的哥来你的郎,你俩一夜玩耍到天亮!"叫声"小姑子你不

用想：你的喜期来的呼呼响,秋七八月你婆家去,小孩的姑夫你的郎,你俩个个玩耍比俺俩强！"（第二○首）

"昨日许姐俺没来,"双膝跪在地尘埃,双手接着姐花鞋："小乖姐笑了俺起来！"乖姐张口骂一声,骂声"小郎不是人！昨日晚上那里死,今个早晨表什么情？"小郎张口骂一声："婆娘说话不中听：东园无花西园采,西园无花满园行,除掉你来有旁人！"乖姐张口笑哈哈："小奴跟你说玩话：你拾个棒棰当个针,那件旧了换身新,各人都要凭良心！"讲着,讲着,春心动,手扯手来进房门,小乖姐白鹅亮翅来卧倒,小郎子乌龙摇尾滚上身；嘴对嘴来心对心,藕尖子将对莲花盆,那一个到有俺俩个亲？（第三○首）

"叫你莫洋你偏要洋,嫩草能遭几场霜？乖姐跟你睡一夜,鼻子尖尖脸又黄,几乎一命见阎王！""叫俺不洋俺偏要洋,嫩草能遭几场霜；新打划子才下水,饭勺子能见滚米汤,病汉子偏缠胖婆娘！"（第五七首）

钟敬文的《客音情歌集》,是广东客家话的情歌集,流行惠州北部和嘉应州各属。格式都略如律诗中七言绝句,但首句间或作三百。描写性欲,描写得恰好的,如：

桐子打花无叶开,叔系嬲连一回来。乳姑唔系银打个,裤头唔使锁匙开。

唔舍得！喊我断肠样得归？三魂七魄娘身上,生死奈何也要为！（第五八首）

鸭子细细敢落塘,妹子细细敢连郎。冬瓜桼大都系菜,胡椒细细辣过姜。（第一二六首）

末一首全是隐示性交,"鸭子""黄瓜""胡椒",都用来作性器官的象

征。这种诗歌,往往当面错过,倘若你不是细心推敲。在苗志周的《情歌》第一集里,这类诗歌尤多:

> 路上冲娘问一言,面生难近妹身边。塘棋栽竹望成笋,下塘栽藕望成莲。
>
> 南风吹过北风番,新龙来占旧龙潭。看娘一似细筼席,借兄荐睡一时间。
>
> 妹金钩,谁说灯心不惹油? 谁说己娘不作笑? 少年正好作风流。
>
> 谁说高山不种田? 谁说路远不偷莲? 高山种田食白米,路远偷莲花正鲜。

此外尚有多首,难以尽举,读者不妨自取原书一读。

以上所举各地民歌,只据吾所见的已编选成集的。其余未经文人搜集,而在各地流行的,不知有多少。现在据已为他人作品中所征引过的录几段在下,以见一斑。

> ……用手揭开红罗帐,拿个枕头枕着腰。好事儿,说不出了。哎哟,哎哟,好事儿,说不出了。鸾颠凤倒闹通宵,云收雨散事完了。"干妹子,好与不好? 哎哟,哎哟,干妹子,好与不好?""曾记与你初交好,白绫裤子染红了。干哥哥,痛死我了! 哎哟,哎哟,干哥哥,痛死我了。小妹鲜花你采了,如今贪恋别人好。我这里,不愿来了。哎哟,哎哟,我这里,不愿来了!"……(《泗州调·跳巢》二十二段中九至十二段)
>
> ……第九谢郎本事强,弄得奴奴死去又还阳;三十六套春宫多做到,把天一夜变成两夜长。(唱本《十谢郎》的第九段)
>
> ……三把扇子骨里青,一面兔来一面鹰。杨柳青萠松,哎哎哟,一面鹰。鹰赶兔来兔赶鹰,二人赶的血奔心。杨柳青萠

松,哎哎哟,血奔心。四把扇子四角查,一面鱼来一面虾。杨柳青蓢松,哎哎哟,一面虾。一面金鱼来戏水,一面草虾望上扒。柳杨青蓢松,哎哟哟,望上扒。……(唱本《十把扇子》的第三第四段)

姐儿坐在牙床上,情郎上床来采花,皮酥肉又麻。先顽金鱼来戏水,后顽蜜蜂采花心。……(《打牙牌》的一段)

奴在河边洗小衣,一只蚂蚁扒在裤当里,箝得个痒栖栖。……(《洗菜心》的一段)

奴家下河洗小衣,自己瞧见自己的,那是一只好东西。……不由奴家笑哈哈,年少哥哥爱摘了他,这朵好鲜花。……(别一本《洗菜心》的一段)

姐在河边去淘米,大胆才郎把奴裤子摘,希呼儿漏出那好东西。……(《淘米调情》的一段)

……提你公婆我不怕,阝个呀哈呀;那怕充军要把头来杀,我今要采你的花,阝个呀哈呀;伸手解下你的丝罗带,阝个呀哈呀;八幅罗裙甫在身底下,咱们二人耍一耍,阝个呀哈呀。老汉推车不容易,阝个呀哈呀;背后插花当中又发麻,活像一个蜘蛛扒,阝个呀哈呀;插尽插出九百下,阝个呀哈呀,插得连水往外沙,好相一碗杏仁茶。……(《摘黄瓜》的二段)

……三双红绣鞋,桃花人人爱;相公作揖要想把花采,采奴花莫把花揉败。……八双红绣鞋,桂花香满怀;采奴鲜花放在瓶中栽,轻轻的莫把花插坏。九双红绣鞋,赏菊吃螃蟹;情哥把奴腿儿来爬开,肚齐下滴出水儿来。……(《姑娘卖花鞋》的三段)

在现行的民歌中,比以上更猥亵的还未引及。但这些都是很自然的作品。写偷情时只想如何使性欲满足,以何种方式为最佳,礼教二字在他们脑中委实无踪无迹。我们读了,但觉可爱,不见有违反人类性情和不道德之处。这或者是"仁者见之谓之仁……"

罢,那么我真不必多辩!

　　零星的民歌刻本,和元人刻的曲本一样,别字和省笔字非常的多。是作者的误笔呢,是刻者抄者的省笔或误抄? 我们都不用管它。好在我们都能意会得出的。

　　这种不加雕琢的民歌,都是一时代民俗性的表现。一般道德家未尝不想去禁绝它们,但既往的失败,也可使他们觉悟枉劳心力。而且这是真正的顶刮刮的国粹,和他们所迷信的假国粹绝对不同。它们不待人家去保存,它们所占的空间和时间,比了假国粹要普遍而长久得多!

　　总之,我已在前面说过:"在文人笔下写出的多少有些雕琢,在民间口里传述的无一不纯真而率直。"在民歌中的性欲文学的长处就在这一点上!

五 在 诗 中

除去民歌和词曲,要在纯粹的诗——古诗和律诗——里找性欲文学,那么诗只好做全体诗歌的殿军。所以如此的缘故,大概因为诗的最盛时代——唐时,诗是文人出身之阶,要上达天听,所以不便随意描写。性欲是淫秽之事,如何可登凭席,可达圣听?元稹的《长庆集》里何以不载《续会真诗三十韵》,他的原因可以据想而知。韩冬郎的《香奁集》在当时另外编行,也是为了这个缘故。

在"三百篇"以后,唐代以前,在文学史上是辞赋的最盛时代。一切性欲文学中所用的名词和典故,都在那个时候创造出来。宋玉的《高唐赋》和《神女赋》,几乎是两篇"性交赋"。所谓"阳台","巫山","云雨"一类譬喻而又象征的代名词,已成了文学上习用的套语。曹子建的《洛神赋》,也提起"交接"等名词,"怨盛年之莫当"一语,就是老实地申说自己性交能力的薄弱。小说《杂事秘辛》中"阴沟渥丹,火齐齐吐"等句,也富有诗的气息。

无意中在汉人张衡的《同声歌》里,见到这样一段好文字:

> 邂逅承际会,得充君后房。情好新交接,恐栗若探汤。······

男女性初次的结合,果然谁都免不掉"恐栗若探汤"的情况,和《西厢》中的"蘸着些儿麻上来"一样是深刻的创语。一部《玉台新咏》集都是写情诗,然除了前引的王融的巫山高和此诗外,性欲的描写委实和唐诗中一般得难得。

现在，要在唐诗中找性欲文学，除了《续会真诗三十韵》和《香奁集》外，也不必再向别处去找。但《续会真诗三十韵》的"续"字，完全是元稹用来作伪的，因为他要人不疑心张生就是他的化身，所以如此。韦縠已看破他的伎俩，所以选入《才调集》时径将"续"字删去。实在吾们只要想诗中所写是否非亲身经历者所能写出？就可推断而得。全诗亦载入稹所作《会真记》。以其可贵，全录于下：

> 微月透帘栊，萤光度碧空。遥天初缥缈，低树渐葱茏。龙吹过庭竹，鸾歌拂井桐。罗绡垂薄雾，环佩响轻风。绛节随金母，云心捧玉童。更深人悄悄，晨会雨蒙蒙。珠莹光文履，花明隐绣笼。宝钗行彩凤，罗帔掩丹虹。言自瑶华浦，将朝碧帝宫。因游李城北，偶向宋家东。戏调初微拒，柔情已暗通。低鬟蝉影动，回步玉尘蒙。转面流花雪，登床抱绮丛。鸳鸯交颈舞，翡翠合欢笼。眉黛羞偏聚，朱唇暖更融。气清兰蕊馥，肤润玉肌丰。无力慵移腕，多娇爱敛躬。汗光珠点点，发乱绿葱葱。方喜千年会，俄闻五夜穷。留连时有限，缱绻意难终。慢脸含愁态，芳词誓素衷。赠环明运合，留结表心同。啼粉留清镜，残灯绕暗虫。华光犹冉冉，旭日渐曈曈。警乘还归洛，吹箫亦上嵩。衣香犹染麝，枕腻尚残红。幂幂临塘草，飘飘思渚蓬。素琴鸣怨鹤，清汉望归鸿。海阔诚难渡，天高不易冲。行云无处所，萧史在楼中。

无论是谁，读了"无力慵移腕，多娇爱敛躬。汗光珠点点，发乱绿葱葱"而不动心惊魄，其人非痴呆即无知觉。诗人笔下描写性交情形，显明至此，淋漓如此，可谓至矣尽矣，蔑以加矣！

韩冬郎的《玉山樵人集》，我们见名思义就知是香艳诗集。他的《香奁集》不但艳，而且淫。就是好作"无题"诗的李义山的诗集中，也找不到相似的一首。在有唐一代诗人中只有冬郎肯这样大

胆吐露,使诗中不缺此一体,也算幸事。下面引他的两首七律和两
首七绝,以见一斑。

> 往来曾约郁金床,半夜潜身入洞房。怀里不知金钿落,暗
> 中惟觉绣鞋香。此时欲别魂欲断,日后相逢眼更狂! 光景旋
> 消惆怅在,一生赢得是凄凉。(《五更》)

> 天遣多情不自持! 多情兼与病相宜。蜂偷野蜜初尝处,
> 莺啄含桃欲吐时。洒荡襟怀微骏骒,春牵情绪更融怡。水香
> 剩注金盆里,琼树长须浸一枝。(《多情》)

> 眉山暗淡向残灯,一半云环坠枕棱。四体著人娇欲泣,自
> 家揉损研缭绫。(《半睡》)

> 信知尤物必牵情,一顾难酬觉命轻。曾把禅机销此病,破
> 除才尽又重生。(《痛忆》)

《五更》是直写性交,《多情》是隐喻性交,写来都恰到好处。《痛忆》
全首是写一尝到性交滋味,即欲罢不能的痛苦。"一顾难酬觉命
轻",写尽了一般"色情狂"者的心理。"不见可欲,使心勿乱",怪不
得老聃先生要提倡绝欲呢!
　　唐以后的诗,在文学史上已不居正宗地位,而且大都陈腐可
厌。宋人作品,词胜于诗,无一引的价值。明人如唐子畏辈虽有艳
诗,但因文过于质,至多像吴梅村的《子夜歌》——

> 夜夜枕手眠,笑脱黄金钗。倾身畏君轻,背转流光面。

那样旖旎风华,远不及他们的词之可取。
　　至于《疑云》、《疑雨》二集,但睹其名的人,以为内容写的至少
十之七八是些云雨私情,孰知十之一二也没有! 这正是王次回的
有意欺人! 他好似在替书局作广告,完全有名无实!

　　因此,诗中性欲描写之少,也可算至矣尽矣,蔑以加矣! 在最近流行的新体诗里,"花呵","月呵","爱人呵",时常可以见到。而要求一首描写性欲的诗,据吾所见,实等于零!

　　在以好作情诗出名的汪静之,下面的一首已算写得很大胆了!

　　　　我每夜临睡时,

　　　　跪向挂在帐上的《白莲图》说:

　　　　白莲姐姐呵!

　　　　当我梦中和我底爱人欢会时,

　　　　请你吐些清香薰着吾俩罢。——(《祷告》)

六 在 词 中

　　我们如果编《性欲文学史》,除了民歌外,词要算是最富于描写性欲的一体。而且民歌大都出之一般无智识的山夫野老之口,圣人虽删编《诗经》,然而他自己究竟不曾创作过一首。至于词,由唐,五代,至宋,上至宰相,下至娼妓,无一种人不能。不但是会作,而且无论是宰相,是贤人,在他们的词集中,不但写想和女人睡觉是常事,而且至少有一二首是描写性欲的。所以词是性欲文学的大宝藏。我们研究性欲文学,不能不掘开这宝藏,而要研究描写性欲的诗歌,尤非一一陈列之于几席之上不可。可是带颜色眼镜的人请勿参与,弄到结果,被人骂一句"村野妄人",究竟不大值得,还是乖一些的好。

　　词的起源说很多,有的以为起源于长短句,有的以为起源于诗余,有的以为起源于乐府和音乐。这种种说法孰是孰非,让文学史家去决定。吾们以为词的长处,在于格调自由,又能按之檀板。不比律诗只有文人会作而不很普遍,而词是人人能作的,只要他懂格调。所以论它起源,当然四者俱近。因为作的人多,所以不分贤愚,内容很通俗化。而不入贤人圣王之口的性欲描写,也很自然的搀入了。久而久之,贤人亦与之同化,不免也要描写一二首了。

　　词创作于李白,此说现已打破。惟始于唐人,则千真万确。吾们要看词的创始时情形,只要读《花间集》,吾们要找当时的词里的性欲描写,也只要读《花间集》,而且多至举不胜举。

　　被称为"好作艳诗"的温庭筠,他的词是《花间集》的"鳌首",但只多暗示性交而无明言。词在唐大概都如是。且《花间集》中所选，除了他和皇甫松外，都是五代时人所作。而明写性交的词，至五代始多创作。

文学史上的有名词家冯延巳和韦庄，他们所作颇多极大胆而为前此词人诗家——民歌当然不在内——所未敢尝试的，吾们试举其一二：

> 金丝帐暖牙床稳，怀香方寸。轻颦轻笑，汗珠微透，柳沾花润。　　云鬟斜坠，春应未已，不胜娇困。半欹犀枕，乱缠珠被，转羞人间。（冯延巳的《贺圣朝》）
>
> 恩重娇多情易伤。漏更长，解鸳鸯。朱唇未动，先觉口脂香。缓揭绣衾抽皓腕，移凤枕，枕潘郎。（韦庄的《江城子》二首之一）
>
> 髻鬟狼藉黛眉长。出兰房，别檀郎。角声呜咽，星斗渐微茫。露冷月残人未起，留不住，泪千行。（韦庄的《江城子》二首之二）
>
> 云髻坠，凤钗垂。髻垂钗堕无力，枕函欹。翡翠屏深月落，漏依依。说尽人间天上，两心知。（韦庄的《思帝乡》）

五代的词，到了李后主而登峰造极。他名重光，是一位富有天才的文学家。不幸而生于帝王家，更不幸而为亡国之君。但是"亡国之音哀以思"，所以他的词也哀至极巅。在未亡国以前，他所作的《一斛珠》，是向来被人称为"描写两性爱"的好词：

> 晓妆初过，沉檀轻注些儿个。向人微露丁香颗。一曲清歌，暂引樱桃破。　　罗袖裛残殷色可。杯深旋被香醪涴。绣床斜凭娇无那。烂嚼红茸，笑向檀郎唾。

和后主同时代的词人，像毛文锡、欧阳炯、顾夐、孙光宪、魏承班、阎选、牛峤、和凝、毛熙震、李珣等，他们都有极好的"性词"，最好的如：

> 滴滴铜壶寒漏咽。醉红楼月。宴余香殿会鸳衾。荡春心。　　真珠帘下晓光侵。莺语隔琼林。宝帐欲开慵起，恋情深。（毛文锡的《恋情深》二首之一）

> 相见休言有泪珠。酒阑重得叙欢娱。凤屏鸳枕宿金铺。兰麝细香闻喘息，绮罗纤缕见肌肤。此时还恨薄情无？（欧阳炯的《浣溪沙》三首之三）

> 一炉龙麝锦帷旁。屏掩映，烛荧煌。禁楼刁斗喜初长。罗荐绣鸳鸯。山枕上，私语口脂香。（顾夐的《甘州子》五首之一）

> 听寒更，闻远雁。半夜萧娘深院。扃绣户，下珠帘。满庭喷玉蟾。　　人语静。香闺冷。红幕半垂清影。云雨态，蕙兰心。此情江海深。（孙光宪的《更漏子》二首之一）

> 春深花簇小楼台。风飘锦绣开。新睡觉，步香阶。山枕印红腮。　　鬖乱坠金钗。语檀隈。临行执手重重嘱，几千回。（魏承班的《诉衷情》五首之二）

> 粉融红腻莲房绽。脸动双波慢。小鱼含玉鬓钗横。石榴裙染像纱轻。　　转娉婷。偷期锦浪荷深处。一梦云兼雨。臂留檀痕香。深秋不眠漏初长。尽思量。（阎选的《虞美人》）

以上都是明写性交中较好的，隐晦一些的尚有牛峤的《菩萨蛮》七首之三，毛文锡的《赞蒲子》，和凝的《临江仙》二首之二和《何满子》，顾夐的《甘州子》五首之三，孙光宪的《菩萨蛮》五首之二，魏承班的《菩萨蛮》，毛熙震的《临江仙》和《酒泉子》二首之一，李珣的《虞美人》……这些词，都见于《花间集》中。在草创时代之词里的性欲描写，因为作者大多是名人，所以没有宋词那么赤裸裸而又率直。这是时代关系，吾们正不宜加以苛求。

词到宋代而辟成一新天地,词中的性欲描写亦然。在"凡有井水处,即能歌柳词"的柳耆卿的乐章集中,几乎首首词里暗寓些性欲观念。他的身世很不幸,为当时帝王摒弃,所以很潦倒。但他因此一生几乎完全流连歌舞场中,而和社会很接近。他的词多长调而鲜小令,故不能多引几首。

> 佳景留心惯。况年少彼此,风情非浅。有笙歌巷陌,绮罗庭院。倾城巧笑如花面。恣雅态,明眸回美盼。同心绾。算国艳仙材,翻恨相逢晚。　　绻绻。洞房悄悄,绣被重重,夜永欢余,只有海约山盟,记得翠云偷翦。和鸣彩凤于飞燕。闲柳径,花阴携手遍。情眷恋。向其间,密约轻怜事何限。忍聚散?况已结,深深愿?愿人间天上,暮云朝雨长相见。(《洞仙歌》)

> 尤红殢翠。近日来,陡把狂心牵系。罗绮丛中,笙歌筵上,有个人人可意。解严妆巧笑,言谈取次成娇媚。知几度密约秦楼尽醉。仍携手,眷恋香衾绣被。　　情渐美,算好把夕雨朝云相继。便是仙禁春深,御炉香袅,临轩亲试,对天颜咫尺,定然魁甲登高第。待恁时,等着回来贺喜,好生地,剩与吾儿利市。(《长寿乐》)

他以为情欲满足了,及第可必,这简直是大胆的见解。吾们再读他的《镇西》、《彩云归》、《驻马听》、《迎春乐》、《法曲献仙音》、《鹊桥仙》、《雨中花慢》、《塞孤》、《燕归梁》、《玉女摇仙佩》、《十二时》、《宣清》、《浪淘沙慢》……无一首不把"云雨"一事很平凡地提起。他简直是一位色情狂的文学家!

柳耆卿和秦少游,都是南派词人,所以他们都不及北派作品直爽。黄鲁直和赵长卿的作品,真可不愧"猥亵"二字,正因他们都是北派的代表。秦少游的作品,除《河传》已见前节不再举,另举一首《鹊桥仙》和一首《迎春乐》。黄、赵二位的词,也举他几首最出色的。——他们二位的词,是宋词人中描写性欲最著名者,请读者特别注意。

　　纤云弄巧,飞星传恨,银汉迢迢暗度。金风玉露一相逢,便胜却人间无数。　　柔情似水,佳期如梦,忍顾鹊桥归路。两情若是久长时,又岂在朝朝暮暮。(秦少游的《鹊桥仙》)

　　菖蒲叶叶知多少。唯有个,蜂儿妙。雨晴红粉齐开了。露一点,娇黄小。　　早是被,晓风力暴。更春共,斜阳俱老。怎得香香深处,作个蜂儿抱。(秦少游的《迎春乐》)

　　银烛生花似红豆。占好事,如今有。人醉曲屏深,借宝瑟,轻招手。一阵白蘋风,故灭烛,教相就。　　花带雨,冰肌香透。恨啼鸟辘轳,声晓柳岸,微凉吹残酒。断肠人依旧镜中消瘦。恐那人知后,镇把你,来偰偰。(黄鲁直的《忆帝京》)

　　不见片时霎,魂梦相随着。因甚近新无据?误窃香深约。
　　思量模样忆憎儿,恶又怎生恶?终待共伊相见,与佯佯奚落。(黄鲁直的《好事近》)

　　对景还消瘦。被个人把人调戏,我也心儿有。忆我又唤我,见我嗔我,天甚教人怎生受?看承幸则勾。　　又是樽前眉峰皱。是人惊怪,冤我忔憎就。拚了又舍了。一定是这回休了,及至相逢又依旧!(黄鲁直的《归田乐》)

这首词须和上节所引韩冬郎的《痛忆》诗共读,方见其妙。

　　长忆当初,见他见我心先有。一钩才下,便引得,鱼儿开口。好事重门深院,寂寞黄昏后。厮觑着一面儿酒。试捆就。便把我,得人意处,闵子里,施纤手。云情雨意,似十二巫山旧。更向枕前言约,许我常相守。欢人也,犹自眉头皱。(赵长卿的《簇水》)

花前月下会鸳鸯。分散两情伤。临行属付真意,臂间皓
齿留香。　　还更毒,又何妨?尽成疮。疮儿可后,痕儿见
在,见后思量。(赵长卿的《诉衷情》)

在一代大儒"畜道德能文章"的欧阳永叔的《六一词》里,他的
《南歌子》是出名的艳词,但是怎及。下面所引的《长相思》和《醉蓬
莱》也不但艳,而且淫!

深画眉。浅画眉。蝉鬓鬅鬙云满衣。阳台行雨回。
巫山高,巫山低。暮雨潇潇郎不归。空房独守时。(《长相思》)
见羞容敛翠,嫩脸匀红,素腰袅娜。红药栏边,恼不教伊
过。半掩娇羞,语低声颤,问道:"有人知么?"强整罗裙,偷回
眼波,伴行伴坐。　　更问:"假如,事还成后,乱了云鬟,被娘
猜破!我且归家,你而今休呵!更为娘行,有些针线,诮未收
啰。却待更阑,庭花影下,重来则个。"(《醉蓬莱》)

一位提倡"文以载道"的古文作家,居然能够作出这种情意猥亵的
性词,在中国文学史里,实不多见。因此我们知道作者如果是有真
性情的人,他每不自觉地会流露出来,绝不是理智所能遏止的。这
也是活文学战胜死文学的一幕,也是时代文学战胜古典文学的一
幕,我们不可轻易看过。
苏东坡的词以狂放出名,但他的抒情词也不后于人。《洞仙
歌》里也会用"钗横鬓乱"来暗示性交,而且全词写得非常澹淡,比
众人用浓厚的背景来衬托却另成一种风格。

冰肌玉骨,自清凉无汗。水殿风来暗香满。绣帘开,一点
明月窥人,人未寝,敧枕钗横鬓乱。　　起来携素手。庭户无
声,时见疏星几点渡河汉。试问夜如何?夜已三更,金波淡,

玉绳低转。但屈指，西风几时来，却不道，流年暗中偷换！

这首词或以为是五代时蜀主孟昶所作，调为《玉楼春》，经东坡增字而成《洞仙歌》。事之真伪，尚无定论。

除了上面所引各家的"性词"，据吾所无意发现的，少游的如《一丛花》、《满庭芳》，鲁直的如《喝火令》、《惜余欢》，晏殊的《迎春乐》，史达祖的《步月》和《换巢鸾凤》，贺方回的《浣溪沙》，吴文英的《解语花》，杜安世的《剔银灯》，姜白石的《少年时》，周邦彦的《荔枝香近》，杨无咎的《卓牌子》，王诜的《忆故人》，程垓的《芭蕉雨》，郑云娘的《西江月》和《鞋儿曲》，无名氏的《望远行》，陈后山的《清平乐》……都是多少写到一些性的好词。把较好的举几首于后，作为有宋一代好词的结论。

　　人若梅娇。正愁横断坞，梦绕溪桥。倚风融汉粉，坐月怨秦萧。相思因甚到纤腰，定知我今，无魂可销。佳期晚，谩几度，泪痕相照。　　人悄，天渺渺。花外语香，时透郎怀抱。暗握葳苗，乍尝香颗，犹恨侵阶芳草。天念王昌忒多情，换巢鸾凤教偕老。温柔乡，醉芙蓉，一帐春晓。（史达祖的《换巢鸾凤》）

　　三扇屏山匝象床。背灯偷解素罗裳。粉肌和汗自生香。
　　易失旧欢劳蝶梦，难禁新恨费鸾肠。今宵风雨两相望。
（贺方回的《浣溪纱》）

　　朦胧月影，黯淡花阴，独立等多时。只怕怨家乖约，又恐他侧畔人知。千回作念，万般思想，心下暗猜疑。蓦地得来厮见，风前语，颤声低。　　轻移莲步，暗卸罗衣，携手过廊西。正是更阑人静，向粉郎故意矜持。片时云雨，几多欢爱，依旧两分离。报道情郎且住，待奴兜上鞋儿。（郑云娘的《鞋儿曲》）

　　藏藏摸摸。好事争如莫。背后寻思浑是错，猛与将来放

著。　　吹花卷絮无踪,晚妆知为谁红! 梦断阳台云雨,世间
不要春风。(陈后山的《清平乐》)

宋代以后,词家很少,然亦间有佳作。明代文家祝允明和唐子
畏,他们是著名的风流才子,他们的词也风流绝俗。唐子畏的咏美
人浴和咏纤足两题,和祝允明的幽期赋一题,比了宋人所作,尤能
令读者为之心旌摇摇然。

　　衣褪半含羞。似芙蓉,怯素秋。重重湿作胭脂透。桃花
在渡头。红叶在御沟。风流一段谁消受? 粉痕深,乌云半軃,
撩乱倩郎收。(《黄莺儿》)
　　第一娇娃,金莲最佳。看凤头一对堪夸。新荷脱瓣月生
牙。尖瘦帮(?)柔满面花。从别后,不见他。双凫何日再交
加? 腰边搂,肩上架。背儿擎住手儿拿。(《排歌》)
　　为想鸾交凤友。趁残灯淡月,悄地绸缪。一团娇颤忒风
流。惊忙错过佳期候。莺慵燕懒,春光怎留? 蜂嫌蝶妒,空担
闷忧。欢情不比相思久。(《皂罗袍》)

"欢情不比相思久",描出急色儿不耐久交,写来何等风韵有致? 明
人作品,还有李在躬的《支颐集》所载的几首幽欢词,和唐祝所作,
也不相上下。

　　姗雨尤云,靠人紧把腰儿贴。颤声不彻,肯放郎教歇!
檀口微微。笑吐丁香舌。喷龙麝,被郎轻啮。却更嗔郎劣。(《点
绛唇》)
　　洞房幽,平径绝。拂袖出门,踏破花心月。钟鼓楼中声乐
歇。欢娱佳境,闯入何曾怯? 　　拥香衾,情两结。覆雨翻云,
暗把春偷设。苦恨良宵容易别。试听紫燕深深说。(《鬓云松》二

首之一)

漏声沉,人影绝。素手相携,转过花阴月。莲步轻移娇又歇。怕人瞧见,羞还怯。　　口脂香,罗带结。誓海盟山,尽向枕边设。可恨鸡声催晓别。临行犹自低低说。(《鬶云松》二首之二)

清初文人,大都多故国凄凉之思,壮志不遂,每堕于情。医家傅青主,相传他的艳词,有"欢床如天,欢身如云。登天抱云,欢堕侬身"之句,可惜他的《霜红龛词》尚未有刻本,吾们无以窥见全豹。诗人吴梅村的词,少年时所作,多缠绵悱恻之什,和老年作品几似两人。性欲的描写,也不期然而然流露于字里行间。

娇眼斜回帐底,酥胸紧贴灯前。匆匆归去五更天,小胆怯谁瞧见。　　臂枕余香犹腻,口脂微印方鲜。云踪雨迹故依然,掉下一床花片。(《西江月》)

低头一霎风光变,多大心肠。没处参详。做个生疏故试郎。　　何须抵死推侬去,后约何妨。却费商量。难得今宵是乍凉。(《丑奴儿令》)

清人的词颇多,作家亦辈出,然大都好用典故而少自然之美。隐喻、暗示、象征性交的词,自然不在少数,但故意的雕琢,虽佳不足取。《朱陈村词》是有名的艳词集,而它的作风即不免此弊。现在吾举出举"博学鸿词第一名"的彭羡门,他的《延露词》被称为"淫艳回荡"的,而且较为自然,所以选它几首:

朱丝宛转垂银蒜。今宵底事抛针线?怪煞太风流,频频撼玉钩。　　千般轻薄个,可也羞灯火!渐觉麝兰微,画屏人欲迷。

玄女捣罢明于雪。襄帷人似婵娟月。何必怨羁雌？有人帘外窥。　　娇羞生不惯，惊迟檀郎看。香汗玉肤潮，无声落凤翘。

枕函腻脸明双玉。纤蛾接黛攒新绿。欢泪粉香垂，为郎忍片时。　　金铺横屈戌，皓腕频频觑。觑向蜡灯中，臂妆深浅红。（以上都是《菩萨蛮》）

蓦地相逢乍。三五团圆夜。几回解带又沉吟，怕怕怕！夜上香浓，口边朱损，有人惊诧。　　好把红茵借，更取青鬟卸。为伊私昵不能休，罢罢罢！索性回身，恣他怜惜，柳娇花姹。（《醉春风》）

此外如《梵天庐丛录》卷二十五所载章星园的《六么令》——美人十二咏，和徐祐成《补恨楼词》，都是佳作。在《饮水词侧帽词》和《忆云词》中反都找不出，也算是桩异事。

在词里，性欲文学这样的丰富，而且又是十分之七八都写得特别有致，大概都因它的格调自由。于此可见，不论哪种文学，只要解放了，没有不进步而另成一种蹊径的。词到现在，已和新体诗同化。而且新体诗的格调，也有取资于词调的。可是大胆的性欲描写，反而少见了！

我再举一位方外人所作的《咏幽欢》一首，以结本节。这方外人是洞庭山上的一个尼姑，名字叫素琴，后来和一姓刘的书生恋爱了，就双双逃走！

墙阴花浓，眼波斜度兜心事。绿杨摇曳，凑着东风意。
笑吐丁香，羞颤双眸闭。娇无那，浅迎深递，搅乱香堆里。（《点绛唇》）

七 在 散 曲 中

词变为散曲,又是诗体一大解放。词的格调已很自由,但还嫌太文而字数的限止很严。散曲的长处,在能将语白随意插入调中而无甚限止。但作者大都为北人,和盛行南方的词作家有性质刚柔之别。散曲本是元代北派文学的代表,虽然也间有温柔旖旎的作品。所以散曲中的性欲描写,大都草率而粗粝,和词中完全不同。元人以胡族入主中国,不知中国所重之礼义,对于曲不但不禁止,且用以取士。(惟此说尚为史家所聚讼,未有定论。)所以当代一时无二的作曲家如关、白、乔等都有很好的性欲描写,在他们的散曲中表现出来。

关汉卿和白仁甫,都是金末人。他们的散曲传世颇少。据吾们所见而论,小令如关汉卿的《一半儿》,白仁甫的《阳春曲》,都是很好的春情词。此外如景元启的《得胜令》,也是佳构。但元启是元代人。

云鬟雾鬓胜堆鸦。浅露金莲簌绛纱。不比等闲墙外花。骂你个俏冤家。一半儿难当,一半儿要。《一半儿》四首之一

碧纱窗外静无人。跪在床前忙要亲。骂了个负心回转身。虽是话儿嗔。一半儿推辞,一半儿肯。《一半儿》四首之二

笑将红袖遮银烛,不放才郎夜看书。相偎相抱取欢娱。止不过赶应举,及第待何如?《阳春曲》六首之五

百忙里铰甚鞋儿样。寂寞罗帏冷串香。向前搂定可憎娘。止不过赶嫁装,误了又何妨?《阳春曲》六首之六

梅月小窗横,斗帐惜娉婷。未语情先透,春娇酒半醒。书生称了风流兴。卿卿,愿今宵闰一更!(《得胜令》二首之一)

和汉卿同时,而又和汉卿友善的王和卿,他喜欢和人开玩笑,汉卿时常为他所窘。他所作曲也一如其为人,滑稽可喜。更妙的是咏胖夫妻和胖妓两曲:

一个胖双郎,就了个胖苏娘。两口儿便似熊模样。成就了风流喘豫章。绣帏中一对儿鸳鸯象。交肚皮厮撞。(《拨不断》)

夜深交颈效鸳鸯。锦被翻红浪。雨云收,那情况。难当!一番番在人身上。偌长,偌大,偌粗,偌胖,压扁沈东阳。(《小桃红》)

但散曲中用"小令"描春态,还不及用"套数"描写得熨贴而又细腻如画。为供读者欣赏计,不嫌冗长,录几首在后,且乘便说明套数的来历。

宋人词已有用同一词牌写成数首而连叙一事的。到了后来的"转达"(又名传达,又叫缠达),则以一词一诗相间。但词仍用同调。再后的"大曲"和"曲破",虽用曲的遍数很多,然仍限于一曲。合诸曲以成一体者,实自"诸宫调"始。董解元的《西厢》,就是此体的作品。"套数"也是合诸曲而成一体的。它和"诸宫调"的分别,就在一是"南词",一是"北曲"。和"杂剧"的分别,在一有做作和说白而又较长,一则只有衬字而较短。照吾看来,"套数"实在是"杂剧"的胎生儿,因为它恰是未成形的杂剧。

下面是一套关汉卿的《双调·新水令》——

【双调】【新水令】楚台云雨会巫峡。赴昨宵约来的期话。楼头栖燕子,庭院已闻鸦。料想他家,收针指,晚妆罢。

【乔牌儿】款将花径踏,独立在纱窗下。颤钦钦,把不定心头怕。不敢将小名呼,咱则索候她。

【雁儿落】怕别人照见咱,掩映在酴醾架。等多时不见来,则索独立在花阴下。

【挂搭钩】等候多时不见她!这的是约下佳期话。莫不是贪睡人儿,忘了那伏冢在蓝桥下?意懊恼,却待将她骂。听得呀的门开,蓦见奴花。

【豆叶儿】鬓挽乌云,蝉鬓堆鸦。粉腻酥胸,脸衬红霞。袅娜腰肢,更喜恰堪讲堪夸。比月里嫦娥,媚媚孜孜,那更净达?

【七弟兄】我这里觅她,唤她。哎,女孩儿,果然道色胆天来大。怀儿里搂抱着俏冤家。揾香腮,俏语低低话。

【梅花酒】两情浓,兴转佳。地权为床榻,月高烧银烛。夜深沉,人静悄。低低的问如花!中是个女儿家。

【收江南】好风吹绽牡丹花。半合儿,揉损绛裙纱。冷丁丁,舌尖上送香茶。都不到半霎,森森一响遍身麻!

【尾】整乌云,欲把金莲趓。扭回身,再说些儿话:"你明夜个早些儿来。我等听着,窗纱外,巴焦叶儿上打。"

写得赤裸裸如此,在文人作品中,除套数以外,可以说完全没有。

乔孟符以善作"小令"出名,但在他的小令内却找不出一首像下面那样的春情词。

【仙吕】【赏花时】春透天台醉碧桃,月满云窗听紫箫。莺燕友,凤鸾交。幽期密约,不许外人瞧。

【幺】打,不觉头毒如睡马杓。粘,随风絮沾如肉膘胶。藤缠葛数千遭,把丽春园缠倒。诳得那贩茶客,五魂消。

【赚煞】我是个锻炼的铁连环,不比你捻合就的泥圈套。挣么快的锋芒,怎敢犯着小厮扑？如何敢和我换交伏？唇枪舌剑吹毛。不是我骋麄豪,强霸着月夜花朝。围你在垓心里怎地逃？若不纳降旗受缚,肯舒心伏弱！敢交点钢锹,劈碎纸糊锹？

孟符是元代杂剧大作家之一,他的作品尚有三种在《元曲选》里传至现代。但像这样好文字,却找不到一两段。下面的一篇,是元人杨西庵作的——

【仙吕】【赏花时】只为多情忒俊雅,月下星前拖逗煞。掩映着牡丹花。潜潜等等,不见劣冤家。

【幺】今夜休逢打骂咱？忽见人来敢是她。只恐有争差。咨咨,认了,正是那娇娃。

【煞尾】悄悄吁,低低话。厮抽抒,粘粘掏掏,终是女儿家,不惯耍。庞儿不甚挣达。透轻纱,双乳似白牙。插入胸前紧紧拿,儿油油腻滑。颤巍巍拿罢,至今犹自手儿麻。

"厮抽忏,粘粘掏掏,终是女儿家,不惯耍",是写的初破瓜的小女儿,和其他所写的不同,很为别致。

此外如曾瑞卿和沙曾卿的《越调·斗鹌鹑》,关汉卿所作大曲《双调·碧玉箫》十段,无名氏的大曲《双调·寿阳曲》十四段,也都是春情词。曾作如下:

【越调】【斗鹌鹑】连夜银蟾,遂朝媚脸,体再情添。淹渐病深,殢雨初沾,尤云乍敛。她不嫌,俺正欢。不顾伤廉,何曾记点？

【紫花儿】双敧月枕,携手虚檐。付粉妆奁,欢娱忒酽。收管持严。如鳒鳒鳒鳒裁何会(？)。有半句儿诒,无一星所欠。浪静风恬,落花泥粘。

【幺】无嫌大排场,俺占乔风月,咱兼闲是非。人啭强做科

撒坫。硬热恋白沾相签。抡的柄铜锹,分外里险。撅坑撅堑,
潘岳花持,韩寿香苦。

【小桃红】小姨夫统锾紧,沾粘新人物,冤家欢。早起无钱
晚夕厌,怎拘钤?苏卿不嫁穷双渐。败旗儿莫飑,俏懃儿绝
念,鱼雁各伏潜。

【幺】假真诚,好话儿,亲曾验。鼻凹里沙糖怎恬?贪顾恋
眼前甜,不提防背后闪。

瑞卿好用市井语,所以这一篇文字,有几处很难下句读。这要
待研究方言的专家给予一种帮助,绝不是吾们浅学者所能做到的。
所以句读如有差误,要请读者原谅!

于伯渊的《忆美人》词,写性抒情,面面周到,而且篇幅很长,语
句细致,和上引诸作,有性质粗莽和熨贴之别。这种作风,已近于
南曲"传奇"了。

【仙吕】【点绛唇】漏尽铜龙,香销金凤。花梢弄,斜月帘栊,
唤起无聊梦。

【混江龙】绣帏春重。趁东风培养出牡丹丛。流苏斗帐,龟
甲屏风。七宝妆奁明彩钿,一帘香雾袅薰笼。翠云半髯,朱凤
斜松。眉儿扫杨柳,双湾浅碧。口儿点樱桃,一颗娇红。眼如
珠光摇秋水,脸似莲花笑春风。鸾钗插花枝蹀躞,凤翘悬珠翠
玲珑。胭脂蜡红腻锦犀盒,蔷薇露滴注玻璃瓮。端详了艳质,
出落着春宫。

【油葫芦】鸾镜出函百炼铜,端详玉容:似嫦娥光落广寒宫。
衬桃腮巧注铅华莹,启朱唇呵暖兰膏冻。傅粉呵,则太白,施
朱呵,则太红。鬓蝉低,娇怯香云重。端的是占断了绮罗丛。

【天下乐】半点儿花钿笑厣中,娇红。酒晕浓。天生下没包
弹可意种。翰林才咏不成,丹青手画不同。可知道,汉宫中最

爱宠。

【那吒令】露春纤玉葱。扫眉尖翠峰。含清香玉容。整花枝翠丛。插金钗玉虫。褪罗衣翠绒。缕金妆七宝镮，玉簪挑双珠凤。比西施宜淡宜浓。

【鹊踏枝】翠玲珑，玉玎珠。一步一金莲，一笑一春风。梳洗罢，风流有万种。殢人娇玉软香融。

【寄生草】倾城貌，绝代容。弄春情，漏泄的秋波送。秋波送，搬斗的春山纵。春山纵，勾拨的芳心动。鬓花腮粉可人怜，翠衾鸳枕和谁共？

【幺】情尤重，意转浓。恰相逢似晋刘晨误入桃源洞。乍相交似楚巫娥登赴阳台梦。害相思似瘦兰成愁赋香奁咏。你这般玉精神，花模样，赛过玉天仙。我则待锦缠头，珠络索，盖一座花胡同。

【金盏儿】脸霞红，眼波横。见人羞推整钗头凤，柳情花意媚东风。钿窝儿里黏晓翠，腮斗儿上晕春红。包藏着风月约，出落得雨云踪。

【后庭花】绣床铺绿翦绒。花房深红守宫。豆蔻蕊梢头嫩。绛纱香臂上封。恨匆匆寻些闲空。美甘甘两意浓。喜孜孜一笑中。

【六幺令】几时得鸳帏里，锦帐中。折桂乘龙。鱼水相逢，琴瑟和同。五百年姻眷交通。顺毛儿扑撒上丹山凤，点春罗一抹香浓。莺雏燕乳供欢宠。莺花烂缦，云雨溟蒙。

【幺】云鬟髻松。星眼朦胧。锦被重重。罗袜弓弓。粉汗溶溶。风流受用。孟光合配梁鸿。怎教她齐眉举案劳尊重。俏书生别有家风。金荷烧尽良宵永。怜香惜玉，倚翠偎红。

【赚煞】花月巧梳妆，脂粉闲调弄。没乱煞看花眼肿。偏是她心有灵犀一点通。恼春光蜂蝶娇慵。莫不是蕊珠宫，天上飞琼，会向瑶台月下逢？投至得隔墙窥宋，停梦款梦。

只怕她俊庞儿娇怯海棠风。

此文很占篇幅，但一时难得，所以全载了。

象征性交的有宋方壶的《南吕·一枝花》咏蚊虫，暂从略。明人的散曲，远不及元人，故不引述。

八　在戏曲中

所谓戏曲,系包含"杂剧"和"传奇"而言。"杂剧"的来源,在上节中已说及。它简直可以和"散曲"一起叙述,如果它不进化为"传奇"。它们的不同:杂剧每折一人独唱到底,传奇则不但一折中可以有数人唱,而且一个曲牌里也可几人分唱;杂剧每本只四折,传奇可以多至无限。这样看来,传奇的创作,又比杂剧自由和解放得多了。至于"京剧"一流,因少叙事而又无柔婉的作品,本文暂不叙及。

然散曲的"小令"和"套数",元初名臣中,也偶或作之。蒙古色目人中,作者亦有。而作杂剧的则大抵为布衣,或省掾令史之属,而且只有汉人。关、郑、马、白一流大作家,没有一人曾仕于元,即其一例。

但描写性欲的文字,除《西厢记》外,没有更胜一筹的,而且又不多见。《西厢记》的作者究为谁,绝非本文所可考据,故不去管他。它的《酬简》一出,是"前无古人,后无来者"的伟大文章,任何人不能不一读:

【村里迓歌】猛见她可憎模样,早医可九分不快。先前见责,谁承望今宵欢爱?着小姐这般用心,不才珙合当跪拜。小生无宋玉般容,潘安般貌,子建般才。姐姐,你只可怜见为人在客!

【元和令】绣鞋儿刚半折,柳腰恰一搦。羞答答不肯把头抬,只将鸳枕挨。云鬟仿佛坠金钗,偏宜鬏髻儿歪。

【上马娇】我将这钮扣儿松,缕带儿解,兰麝散幽斋。不良会把人禁害！呀,怎不回过脸儿来？

【胜葫芦】我这里软玉温香抱满怀。呀,刘阮到天台！春至人间花弄色,将柳腰轻摆,花心轻折,露滴牡丹开。

【幺】但蘸着些儿麻上来。鱼水得和谐,嫩蕊娇香蝶恣采。半推半就,又惊又爱。檀口揾香腮。

【后庭花】春罗元莹白,早见红香点嫩色。灯下偷窥觑,胸前着肉揣。畅奇哉！浑身通泰。不知春从何处来？无能的张秀才,孤身西洛客。自从逢稔色,思量的不下怀。忧愁因间隔,相思相划摆。谢芳卿,不见责。

【柳叶儿】我将你做心肝儿般看待,点污了小姐清白。忘飧废寝舒心害。若不真心耐,志诚捱,怎能够这相思苦尽甘来？

【青歌儿】成就了今宵今宵欢爱,魂飞在九霄九霄云外。投至得见你个多情小奶奶,憔悴形骸瘦似麻秸。今夜和谐,犹自疑猜。露滴香埃,风静闲阶,月射书斋,云琐阳台。审问明白！只疑是昨夜梦中来,愁无奈！

【奇生草】多丰韵,忒稔色。乍时相见教人害。霎时不见教人怪。些儿得见教人爱。今宵同会碧纱厨,何时重解香罗带？

【煞尾】春意透酥胸,春色横眉黛,贱却人间玉帛。杏脸桃腮,衬着月色,娇滴滴,越显红白。下香阶,懒步苍苔。动人处,弓鞋凤头窄。叹鳏生不才,谢多娇错爱。你是必破工夫明夜早些来！

《西厢记》的不为《元曲选》所收而得“家传户诵”到现代,为妇人孺子所习知,就因为有此好文章。金圣叹、陈眉公一流批评学者很看重它,也是为了有这样的好文章！否则元曲传世颇多,何以独取此而遗彼？凡文学作品,愈真则传之愈久愈远,《西厢》的成功,就在这“描写逼真”的一点上。“西厢是有生命的人性战胜了无生命的礼教底凯旋歌、纪念塔”。现代文学者这样地颂赞它。

在《元曲选》中，像无名氏的《鸳鸯被》第二折，写张瑞卿和李玉英在尼庵中幽会一段，和戴善夫的《风光好》第二折，写陶毅学士在官舍中和妓女秦弱兰叙情一段，已算很赤裸裸。此外几乎没有了。

【伴读书】我钗堕了无心插，眉淡了教谁画？则我这软怯怯的柔肠，好教我撇不下！汗浸浸揾湿香罗帕。我正欢娱，忘了把门扎。可擦的似有人来迓。……

【倘秀才】他大字儿将咱镇压。我恰才小胆的争些儿谑杀！哎，你个撒滞殢的先生也那假！若是有人见，若是有人拿，登时间事发！

上面的系在《鸳鸯被》中录出。"他大字儿将咱镇压"，这种憨爽的妙语，也不能不算是性欲文学中的创作。

【红芍药】他早把绣帏儿簌簌的塞了纱窗，款款的背转银釭。早把我腰款抱，揾残妆。羞答答懒弃罗裳。袖稍儿遮了面上。可曾见这般情况？怀儿中把学士再端详，全无那古懒心肠！

此阕见《风光好》，在"杂剧"中已不易见到。吾们不当以"鸡筋"视之。

元人传奇，除《幽闺》、《琵琶》两记外，无有传本。明代是传奇的灿烂时代，佳构很多。"临川四梦"之一的《还魂记》中《惊梦》一出，是传奇中的绝世佳文。《红楼梦》中林黛玉所引诵的"一生儿爱好是天然"和"良辰美景奈何天，赏心乐事谁家院？"等佳句，都出在此出中。最妙自然是写柳梦梅和杜丽娘梦中欢会一段：

【小桃红】则为你如花美眷，似水流年。是答儿相情遍。在幽闺自怜。转过这芍药栏前，紧靠着湖山石边。和你把领扣松,衣带宽。袖稍儿揾着牙儿苦,也则待你忍耐温存一晌眠。是那处曾相见?相看俨然。蚤难道这好处相逢无一言?

【鲍老催】单则是混阳烝变。看他是虫儿般蠢动把风情搧。一般儿娇凝翠绽魂儿颤。这是景中缘,想内成,因中见。怕淫邪展污了花台殿。她梦酣春透了怎留连?拈花闪碎的红如片。

【小桃红】这一霎天留人便。草借花眠。则把云鬟点,红松翠偏。见了你紧相偎,慢厮连。恨不得肉儿般团成片,也逗的个日下胭脂雨上鲜。……

此外零星的描写,如《幽媾》中的《滴滴金》,和《婚定》中的《一撮掉》,还不及备举。

袁于令的《珍珠衫》,以猥亵著名,但在人间已成绝本!可惜得很!

明人一切的传奇的全本,吾无法见到。仅在《缀白裘》里所选《浣纱记》的《采莲》和《衣珠记》的《园会》两折内,见到他们描写性欲的伎俩的一爪,以慰"聊胜于无"!下面一段,是写馆娃宫里的欢会——

【古轮台】日苍黄。兰桡归去遍船香。秋风吹起塞潮涨。莲歌争唱。况十里回塘,处处月儿初上。冷眼端详,可憎模样。红裙宜嫁绿衣郎。顿然心痒,恨不得执上牙床。颠凤倒鸾,随蜂趁蝶,怎生拦当?归路暮云黄。听空中响,馆娃高处奏笙簧。

【前腔】千行宛转处,灯烛辉煌。夹道里罗绮盘旋,笙歌嘹亮。香雾氤氲,处处有麝兰飘荡。今夜欢娱忙,看双双被底效鸾凰,肯教轻放?趁良宵恣意颠狂。残香破玉,踩红践翠,只得支吾勉强!鸳瓦散飞霜。银河朗,娟娟残月下回廊。

《浣纱记》的作者是昆山人梁伯龙,他是作昆曲的能手。但传奇的辞句总是不及杂剧来得粗爽，多少有些儿做作。昆曲本是唱法的一种，本身原是传奇，所以也有此弊。下面是《衣珠记》的一段——

【梁草序】夜深沉，不耐严寒。出香闺，急难回转。望尊兄怜念，扶过花前。转过荼蘼亭畔。到迎春洞，愿把衾裯荐。那鹊桥偷渡也且从权。莫认邮亭一夜欢。和你欢会也在名园。

【前腔】感卿卿，青眼垂怜。反缔我，百年姻眷。奈嫡亲中表，礼法相关。清白由来可辨。我是白玉无瑕，怎受青蝇玷？山鸡羞配，也难报鸾（？）。恐负嫦娥爱少年。和你情儿逗，心儿恋，眉流目注神撩乱，携素手，且把带儿宽。

【节节高】翩翩美少年，配婵娟。春宵一刻千金换。心撩乱，话更甜。从人愿，今宵了却前生念。风流被底流香汗。只恐分离各一天，别时怎得重相见？

《衣珠记》不知是何人的手笔。从这段文字看，可以判定它必不是能手所作。

清初的李笠翁，他是中国文学史上著名的性欲文学家。他所作的小说《肉蒲团》，在性欲小说中，除了《金瓶梅》外，堪称卓绝。但他的作风多少都带些滑稽气息。《十二楼》和《十种曲》，虽一为小说，一为传奇，然而作风几乎完全相同。在当时，他是以善谈"秽语"而为人轻视的，所以《四库全书》不收他的著作。

《十种曲》都是很好的传奇，此外还有六种，吾们不易见到，无从窥其内容。但仅就《十种曲》而论，则几乎每种内都有些猥亵的写述，下面几段是较显明而且又很滑稽的：

【普贤歌】做成妙计女嫖郎，谁料天灾遇血光，经期忒煞长！猩红满裤裆，特来包染朱红棒。（《凰求凤》第六出《倒嫖》）

【红芍药】侧耳朵，静听鸾交。正在冲锋处，钩响床摇。小姐你莫怪郎君肆狂暴！他若是稍逡巡，这欢娱便难保。笑你那风流罪苦枉自劳。还亏得邹小姐是个处子，若遇着大方家，止堪贻笑。只怕那臭皮囊，口大难包。经不得这鼻息儿，做了个透香的灵窍。（《奈何天》第四出《惊丑》）

【剔银灯】想着他知情处，是能高始低。中款处是先徐后疾。似这等狠巴巴不肯留余力。直待把白儿捣碎。惊疑，怎不见其中鼎沸？这的是天生就作怪狐狸。

【四边静】你求欢到处将人觅。不过是孤眠怕岑寂。得此救饥荒，省得沿门去求吃。休怪他长无二尺，细而少力。不勾疗奇淫，入手浪抛掷。（《慎鸾交》第十八出《耳醋》）

你如果感得烦闷，或感得孤寂，或者失恋了使你神经失常，那么读《十种曲》便是你最好的医方。如果读了不会捧腹，不将愁闷尽消，你们尽管打我嘴巴！

清人传奇亦很多，最著名的如《燕子笺》、《桃花扇》，都以文词优美擅长。但只有洪昇的《长生殿》中《窥浴》一出，写得最淫艳动人心魄。这段曲先写杨妃一人出浴，后来明皇也加入同浴，宫娥在外面窃窥见他们的情形——

【凤钗花络索】【金凤钗】花朝拥，月夜偎，尝尽温柔滋味。【胜如花】镇相连，如影追形。分不开，如刀划水。【醉扶归】千般捅纵百般随，两人合一副肠和胃。【梧叶儿】密意口难提。写不迭，鸳鸯帐，绸缪无尽期。【水红花】悄偷窥，亭亭玉体，宛似浮波菡苔，含露弄娇辉。【浣溪纱】轻盈臂腕消香腻。绰约腰身漾碧漪。【望五乡】明霞骨，沁雪肌。【大胜乐】一痕酥透双蓓蕾，半点春藏小麝脐。【傍妆台】爱杀红巾褘，私处露微微。【解三酲】凝睛睬。【八声甘州】恁孜孜含笑，浑似呆痴。【一封书】休说俺偷眼宫娥魂欲化,则他个见惯君王也不自持!【皂罗袍】恨不把春泉翻竭,恨不把玉山洗颒。不住的香肩鸣喋,不住的纤腰抱围。俺娘娘无言匿笑含情对,意怡怡。【月儿高】灵液春风,澹荡恍如醉。【排歌】波光暖,日影晖。一双龙戏出平池。【桂枝香】险把个,襄王渴倒阳台下。恰便似,神女携将暮雨归。

我们觉得在一切曲——包含小令、套数、杂剧、传奇——里的性欲描写,传奇和杂剧都远不及套数。这或许是时代和体裁的关系。元代是一个蛮荒时代,君主不知圣贤为何物,也不识文艺的雅俗,所以得以尽量写述。杂剧是要表演的,如明述性交,难道可以当众表演吗?所以只有隐写,或暗示。传奇的风行,则在君主专制时代,而且也为了要好表演,不得不隐约一些。它的理由当然不会如此简单,但大概总不出乎此了。

在新体的戏剧中,"描写性欲"四字,现在还完全谈不到!

九 在谜语中

谜语古时叫做"廋词",后来又叫做"隐话"。名义上似乎和诗歌无关,实际上是诗歌的附庸。王闿运说:"谜古谓之隐,其源盖出于诗,于六义,比之类也。"因为古诗中本有隐喻一体,所以说源出于诗,理由也算得充足。我们读汉时曹娥碑的"黄绢幼妇,外孙齑臼",和孔北海的离合体四言诗,寓"鲁国孔融文举"六字,可见当时已成很流行的一体。古绝句如"藁砧今何在?山上复有山。何当大刀头,破镜飞上天",通首是隐语。《鲍明远集》卷七载有字谜诗三首,宋人周密的《齐东野语》卷二十搜载隐语二十余则。于此,可见它的来源之长,和诗歌关系之深。

在谜语中,隐喻性交的在各地民间流传的果然不少,然最佳的要算意含"双关"的象征的一体。譬如谜底明为他物,而辞句则全说性交。此种作品,文人都喜为之,朋人屠隆和冯梦龙所作,便是很好的一例。

屠隆字纬真,又字长卿,浙江鄞县人。明万历时举进士,做过颍上和青浦县知事,好招名士饮酒赋诗。后迁礼部主事,罢归后,家贫,卖文为活。做官下场如此,可称难得。他的著作很多,作风都与陈眉公一流人相似。和徐文长最相善,更可想见其为人。

他未中举时,眷一爱妓,某日,欲留宿。妓颇风雅,不重金而重诗,要他作词一首,写"今宵之事",而寓地支十二字。他搦笔就写:

了相思一夜游(子),敲开金锁门前钮(丑)。正值汇夜夕阳收(寅)。柳腰儿抱着半边(卯),红唇儿还未到口(辰)。口吐舌尖软如钩（巳）。还有玉杵在身边，不是木头削就（午）。二八中间直入，挑起脚尖头（未）。呻吟口罢休（申）。壶中酒点滴不留（酉）。倦来人似干戈后（戌）。只恐生下孩儿，子非吾有（亥）。

后来此妓要嫁他，他推辞未娶。此词见《呪闻录》，颇为难得。

冯梦龙字犹龙，又字子犹。明崇祯时吴县人，曾做大官，明亡，于乙酉年殉难。他评编的书很多，尤以刻通俗短篇小说集——如《警世通言》、《喻世明言》、《醒世恒言》——最有功于学术界。又曾编《智囊》和《智囊补》，又刊传奇十四种。他的著作，除曲二种外，有散曲等。一切杂文，詹詹外史编的《情史》内收载不少。他的谜语，我是在《坚瓠补集》卷二上找到的。

原谜是一首《西江月》。我们不要看谜底，先读原文，觉得他说的是什么？

一物身长数寸，头圆颈细无毛。佳人一见手来挝，揭起罗裙戏耍。席上交欢无限，声音体态娇佳。看来俱是眼前花，直弄到成胎便罢。

这不是在说男子的性器官吗？（虽然"无毛"两字有些破绽。）但是它的谜底是"弹棉花槌"！

下面一首，是我在十几岁时，一位堂兄写给我猜的。当时看了，心里就知说的是男子性器官，不觉很不好意思起来。在当时又不懂"带水拖浆"是怎样一种情形，所以也不敢决定，只推说不知。后来他写出谜底，我恍然于自己面红耳赤的不是。请看原文：

此物生来三寸长，一头光来一头毛。伸进去干干燥燥，拔出来带水拖浆。

如其不知谜底是"牙刷"，那是谁也要误会是在说性交的。这是多么有味的谜语！

再有一谜，在民间很流行，而辞句很文雅。我疑心也是哪一位文学家的作品，而流传到民间去的。在村夫野老口中，知道它的也不少。这个谜是：

> 一位佳人生得娇，才子见了抱住腰。脱去裤子一蓬毛，弄弄弄出子来了。

在吾们南方人的口音里，"子"和"字"是有分别的，而北音则都读"卩"音。所以末句又作"弄弄弄出事来了"，因为南音"字"和"事"同音，可以相谐。它的谜底是"笔"，而谜文则完全是在说性交。

再如《红楼梦》二十二回，薛宝钗所制的谜语：

> 有眼无珠腹内空，荷花出水喜相逢。梧桐叶落纷离别，恩爱夫妻不到冬！

吾们如果单读开首的两句，不要疑心在说"女阴"吗？这或许是无意的偶合，但也去"双关"不远。我们尽不妨和前举诸谜同样看视。

这类的谜，当然还有，而且不作诗歌式的尚未引其一二。这都是我见闻不广的缘故。本章结末，再举一首单独隐喻性交的谜语，以示一格：

> 两把铲子朝天，两把锄头锄地。一个老和尚不肯落井，五个小和尚捉他落井。

此外，灯谜式的一首也未引。因为大都引用古书语句，且毫无诗意，和本章所论，全不相同，而且好的也不多，所以索性割爱了。

十　结　论

　　数年来研究文学的结果,使我做出这样一篇文字,真正荒谬绝伦!此种文人绮语,本已造孽不浅,吾又推波助澜,将它们一一剔出,罗列在一起,如数家珍。这样,非堕入拔舌地狱不止!但是,请诸位道德家平心静气听小子一言:本文所采所述诸作,无一从违禁书中去剔来,既登文人几案,又入大雅之堂。吾不过将分散在各处的,破些功夫搜罗了一回,既不完备,又无捏造。所以你们如果要销毁这篇文字吾也肯俯首唯命,只要你们能将本文的来源,就是本文所引用诸书,一一毁灭。否则"只许州官放火,不许百姓点灯",在平等的现代,恕我不甘从命!

　　这样一个题目,绝不是这样一篇文字所能网罗全尽的。好在我见少闻寡,所得尚十不足一,所以本文尚能容纳。但据吾所见到的而论,割爱亦已不少。你想,从诗歌的起源——民歌说起,一直说到它的附庸——谜语,其中容量何止千万?而吾要从中抉剔,一一不漏,自是事实上所不可能的事。

　　有人问,"弹词"和"杂剧传奇"一般是参用白和唱的,如何一收一不收?我以为"弹词"是介于诗和小说中间的畸形产物,杂剧传奇则重在唱曲。你只要看元人刻本《杂剧三十种》,有曲无白,是表示白可随演者之便,而曲则有一定。弹词如无白,就等于盛行苏杭一带的小唱本——像所谓《唐诗唱句》之类,《倭袍》弹词的每回前载有一首,《吴歌甲集》所收亦多此类——所以绝不能算做诗歌的一体。但也不能算做小说,因为它唱句多于说白。它只能和"鼓词"和"佛曲"并成一类,而另立成文学的一体。

　　但一切弹词和通俗小说,从清之中叶到现在,不知曾被禁止过
多少次。所以足本和真本,很难觅得。我的本意,想搜罗一切文学
作品中的性欲描写,做一番综合的研究,成一部《性欲文学研究》。
因为弹词和小说善本难得,有的竟然得不到,所以未能十分动笔。
本文就是其中的一篇,搜罗很不完备,他日还须改作。但现在既开
其端,我必竭我心力,接着再作《经传中的性欲描写》、《传奇小说中
的性欲描写》诸文,以期达到最后的目的——完成我的《性欲文学
研究》!

　　　　　　　　十六,十一,十九——二十五初稿成于中村

尾　语

　　这样一本"离经叛道"的无聊作品，在十年前的中国绝不许我出而问世。现在却靠了"五四运动"的余荫，又加上了"真理"的保障，很平常地在出版界中呈露了。在作者果然是幸事，在读者不能不感谢这是"自由"所赐予。

　　我在本文中已经说过：本文的材料的来源，无一出于违禁书中，我不过将它抉剔在一起而加以相当的叙述罢了。所以不但没有违犯"猥亵"条例，而且是一种很平常的述作。

　　"研究文学"，已决定做我一生的职业。一个人的意志，往往以嗜好为从违，我也不能跳出这个畴范。我的特别爱好文学，我自己也不解其故。只能说，因为我爱它，所以爱它。这本书的写成虽然不满十天，然搜集材料却"匪朝伊夕"。因为爱好的缘故，就不觉得经过怎样麻烦了。

　　一种著作的成功，绝不是一印成书本就算数的。一改，再改，虽千万改亦不为多。我对于我自己的作品，都抱这种态度，尤其是这一篇文字。关于性欲文学研究的书籍，在国内尚属创作。我的尝试，自知是不会成功的，但我并不因此自馁。先驱者都是达到一个目标的牺牲品，这个牺牲品多少曾下过些努力，而搏得个相当的光荣。只要后继者肯继续努力，百折不回，成功的大道绝不隔绝我们，而我们的目的总能达到。这是我生平的唯一信条。

　　本书的材料的搜集，开始在两年之前，而且不限于诗歌一门，凡属性欲文学，莫不尽量采撷。结果，别种的发现很少量，而诗歌一门独多。完全二字虽然说不到，但采拾到这样一些已属不易，也可以自骄了。

抄录材料,向来是我的慧频的拿手戏。一个著作家(?)得到这样一个好帮手做终身的伴侣,他的作品在无形中会获得一些好果。精神的安慰相比物质的享乐,它的鼓励的力量,谁都知道来得伟大。又加上她的无代价的帮助,更增加了我无尽的兴趣。

最后,很诚恳地致谢于一切帮助我和鼓励我的友人!

一九二八,二,二五,作者